杨肇林／著

知向谁边

毛泽东与中国海军

作家出版社

目录
contents

一 海军还只是一点萌芽

1954年10月18日，秋高气爽，北京中南海怀仁堂。中国的军事精英济济一堂，举行国防委员会第一次会议。毛泽东致开幕词，开宗明义地说：

> 今天是大敌当前，敌人很强大，他们包围我们、威胁我们，我们应当团结起来。今天在座的，有人民解放军的骨干，有社会上有名望的，以及过去做军事工作有经验的人……国防委员会今后的任务是：团结起来，训练我们的军队和人民，逐步建设一支近代化的革命军队。……这是人民的目标，是宪法规定的目标。

此时，毛泽东心情很好。

1953年7月27日，打了近三年的朝鲜战争，迫使美国人签订了《停战协定》，杜勒斯之流把新中国“掐死在摇篮里”的打算落空了。“小米加步枪”打败了“飞机和坦克”，中国人民付出了重大牺牲。朝鲜战争教育了世界人民。我们的愿望是不要打仗，但是帝国主义一定要打，只好让你打，你打你的，我打我的，你打原子弹，我打手榴弹，抓住你的弱点，跟着你打，最后打败你。这是1950年9月间的讲话，实践证明此话不错。毫无疑义，我们还应该用新的武器装备人民军队。1954年，我们国家自己出产了一架飞机，自从盘古开天地，三皇五帝到如今，这是一件开天辟地的大事情，虽然还只是一架教练机。当然，最重要的是团结各方面人士建设军队、建设国家。今天将要与在座诸公研究这桩事情。

第二件大事，也叫人高兴。一个月前，1954 年 9 月 15 日，第一届全国人民代表大会第一次会议召开，制定了第一部宪法。我们正在做我们的前人从来没有做过的极其光荣伟大的事业。我们的目的一定要达到，我们的目的一定能够达到。他记得对这话表示赞同的掌声颇为热烈。

第三件事，也使人高兴。本年 4 月 26 日日内瓦会议在瑞士日内瓦国联大厦召开，尽管美国人极不情愿，仍然不得不同意和中国、朝鲜、越南人民讨论朝鲜统一和印度支那问题。中国是一个大国，登上国际舞台，参加正式的国际会议。我们要跟一切愿意和平的人合作，孤立美国当权派中好战的那一派。当今，美国气势汹汹，矛头对着我们，其实是利用反共的旗帜占领从日本到英国的整个中间地带。印度支那这个小地方的战争，牵动着亚洲、欧洲、美洲。我们主张缓和国际紧张局势，不同制度的国家和平共处。我们与一切要和平的人拉关系，来保卫我们的国家，建设我们的国家。

毛泽东在主席台上，看到他认识的人不少。军队的那些人不说，在座的唐生智、黄琪翔、蔡廷锴、程潜、李明灏，高树勋、林遵，还有一些未曾谋面却久闻其名的朋友。过去不认识的人，今天可以坐在一起开国防委员会会议，这种情形是很可以想一下的。

人无远虑，必有近忧。中国面临包围，面临威胁，人们应该要有危机感。美国正在收紧对中国的包围圈：1950 年 6 月，美国第七舰队入侵台湾海峡；1951 年 8 月，美国、菲律宾签订《共同防御条约》；1951 年 9 月，美国与澳大利亚、新西兰签订《共同防御条约》；同月，美国与日本签订《安全条约》；1953 年 10 月，美国与韩国签订《共同防御条约》；一个多月前，1954 年 9 月 8 日，美国拉英国、法国、澳大利亚、新西兰、菲律宾、泰国、巴基斯坦共 8 国在马尼拉签订《东南亚集体防务条约》。其中，1954 年美国与日本签订的《共同防御援助协定》，尤其要引起注意。日本经美国政府授意，于 7 月 1 日颁布实施《自卫队法草案》，将保安厅改为防卫厅，保安队改为自卫队，改变了“警察后备力量”的性质，重建日本军队，复活军国主义，这是很严重的事态。第二次世界大战后，根据“开罗会议”和《波茨坦宣言》精神，中国、苏联、美国、英国等 11 个国家组成的盟国远东委员会决定日本必须非军事化、民主化。

当时由美国人主导制定的《日本国宪法》第九条明确规定：日本“永远放弃作为国家主权发动的战争、武力威胁或行使武力作为解决国际争端的手段。为达前项目的，不保持陆海空军及其他战争力量，不承认国家的交战权”。如今，日本却重整军备，威胁亚洲和平。与此同时，美国总统艾森豪威尔的特使范佛里特于7月底再次去台湾，明确宣称美国与蒋介石之间“应该有一项共同安全双边条约”。随后，杜勒斯也到台湾同蒋介石密商，急于敲定一项条约，把台湾变成美国“不沉的航空母舰”“控制自海参崴到新加坡的每一个亚洲海港”，打造包围中国的“岛屿锁链”。面对如此气势汹汹的敌人，怎能不防？

毛泽东正式讲话了，没有讲稿，只有一个简单的提纲，更多的是即席发挥，但显然是经过深思熟虑而后发。

> 中国军队的近代化，我看可以分作三个阶段。
>
> 第一代是清朝末年搞的新军。……这个新军和孙中山建立的革命党，在人民拥护的基础上，完成了推翻清朝的任务。但后来腐化了……
>
> 第二代是黄埔军。它曾经是一个革命军……今天在座的中间，有许多人，共产党的非共产党的，都是亲眼看过、亲身经历过的。以黄埔军为主干的国民革命军起初成立了八个军，黄琪翔、蔡廷锴是四军的，程潜、李明灏是六军的，唐生智是八军的。黄埔军也曾受到了人民的拥护，北伐时势如破竹，但也有一个缺点，就是脱离人民。……
>
> 现在的人民解放军是第三代。人民解放军的前身是红军。
>
> 这三代，代表了中国军队近代化的三个阶段。中国要搞一部军事史，把这三个时代的进步写一下就好。

毛泽东停顿了一下，接着说：

> 今天，国防委员会有各方面的人，具有各个时代经验的人，大家为爱国主义所鼓舞，为着应该共同的目标，这一点是很可贵的。在座许多人是老前辈，你当师长的时候，我还在当兵。

此时，毛泽东注视着他的老朋友程潜。毛泽东忆起，1911 年，武昌起义消息传到长沙，他立即投笔从戎，加入起义的湖南新军，编入新军第二十五混成协第五十标（相当于今天的旅、团）第一营左队当兵。当时，程潜是师长，毛泽东呢，是许多人里的一个小卒，普通一兵啊！听毛泽东这样一说，在座的许多人更感亲切了，老军事家们开始小声交谈，或是会意一笑。

毛泽东讲话挥洒自如，有人回应，他更加谈笑风生，把话引向深入。他知道这些与蒋介石打过交道的过来人，又不甚了解共产党，心里没有底，便接着说：

过去蒋介石有什么意见，人家要猜摸一番，过了一个时期就变了。现在对我们用不着猜摸，我们的方向就是人民的方向，这是载于宪法的。现在常常听人说要摸底，有什么底？宪法就是底。共产党的底就是发挥一切有用的因素，破坏阻碍的因素。有用的因素是建设性的力量，包括各种知识分子、旧军队出身的将军和士兵。共产党的许多将军们，很多也是从旧军队来的，像贺龙副主席就是当过湘西镇守使的。没有天生下来就是共产党的。一个人生下来并没有什么任务，母亲生儿子也并不是要他当军人、当将军，这是社会历史条件造成的。

会场上起了轻轻的嗡嗡声，他们可能想起了自己的经历，与毛泽东发生了共鸣。

毛泽东扫视会场，看见了林遵。去年 3 月间，他在南京检阅了海军，还同他有过交谈，知道刘伯承要他去办海军教育，由华东军区海军副司令员改任军事学院海军系主任。他高兴地说：

我们的海军，目前还只是一点萌芽。去年我还坐过一次军舰，从汉口到南京，在南京还看过鱼雷快艇演习，海军战士都是十九到二十三岁的青年，见了他们就忘了我们是老朽。当时也看到林遵委员，你们变成先生了。建设工业要有工程师，办学校要有教授，要团结他们，没有他们是不行的。当然，没有新人也不行。割断历史是不行的，好像什么都是我们白手起家，这种看法是不对的。

毛泽东的目光与海军司令员肖劲光和海军副政治委员苏振华交流了一下，他强调地谈到海军，因为中国受西方帝国主义包括日本的欺负有一百多年了，外敌入侵大多来自海上。中国有着漫长的海岸线和众多岛屿，需要扎紧篱笆，要有强大的海军。近代以来，从林则徐、左宗棠起，多少仁人志士为建立现代海军殚精竭虑，我们应当继续这种努力。动员全国力量，为了肃清海匪的骚扰，保障海道运输的安全；为了准备力量于适当时机收复台湾，最后统一全部国土；为了准备力量，反对帝国主义从海上来的侵略，在一个较长时期内，根据工业发展的情况和财政的情况，有计划地逐步地建设一支强大的海军。

肖劲光是一个老同志，1949 年 12 月，为统一管理指挥各地人民海军及现有舰艇，选调他担任海军司令员。1920 年他曾经和刘少奇、任弼时一起在莫斯科东方大学学习过，现在要学习苏联的先进经验，他是一个不错的人选。苏振华刚从第五兵团政委、贵州省委书记的岗位上调来担任海军副政委，是经邓小平、彭德怀选调来的。他比肖劲光年轻 10 岁。在延安"抗大"时，他和胡耀邦分别担任一大队大队长和政委，一个是平江的农民，一个是浏阳的泥腿子，年轻好学，毛泽东曾经称赞他们是"工农分子知识化的典型"。还有一个更年轻些的刘道生，现在正在苏联海军学院学习。这三个人组成海军主要领导班子，希望他们为建立强大的海军有所作为。

毛泽东在讲话结束时有意强调不要割断历史，不是无的放矢。1950 年 4 月 23 日，刘道生参加华东军区海军成立一周年庆祝大会，受命为军舰命名、授旗，对部队作了调查，回来后写了个报告说：刚脱离国民党起义的原海军同志，不了解共产党、解放军，强调海军技术，不相信靠"土包子"可以建设海军，甚至有人主张应该由他们来组建海军；老战士又看不惯新同志的旧习气，经常发生碰撞。应该强调从野战军来的同志主动加强对原海军同志的团结，这是一个很中肯的意见。1949 年夏天毛泽东第一次见到林遵的时候，林遵也坦率地谈过相似的意见。当时毛泽东就向他说，因为你们的起义，迅速增强了人民海军的力量。希望大家团结起来建设海军。新中国成立的时候，讲过要另起炉灶，是因为我们接收的是一个烂摊子，需要改造，推陈出新，但是，不能够说什么都是白手起家。渡江战役发起的时候，张爱萍受命组建华东军区海军，就只有那几个人，连一条船也没有。林遵起义后，保存了几艘军舰，又买了几条商船改建，这才有了华东的舰队。肖劲光当了海军司令，要去刘公岛视察，连一条交通艇都没有，借了条渔船才从威海摆渡过去。所以，要使同志们千万不要以为什么都是白手起家，时刻保持谦虚谨慎，加强各方面的团结。

毛泽东讲话后，没有离开，继续同与会的老朋友叙旧谈新。金风送爽，高朋满座，何其痛快！各方朋友，包括过去曾经敌对阵营的人士，如今齐聚一堂，坐在一起，共商国是，只因为“换了人间”啊！

夏日，7月的一天，毛泽东来到北戴河。过去，这里是外国人休憩避暑的地方，如今，回到了人民手里。清晨，毛泽东登上海滨的联峰山，迎风望海，遥看东方一轮光芒四射喷薄而出的朝日，心旷神怡。夜晚，漫步海滩，想及曹操于建安十二年五月征乌桓，九月班师经碣石写了《观沧海》，心潮澎湃。他极目幽燕，遥念魏武，吟得《浪淘沙·北戴河》一首，并说：南唐后主李煜写的《浪淘沙》都属于缠绵婉约一类，以这个词牌反其道而行之，写了一首豪迈奔放的大海之词，算是对古代诗坛靡弱之风的抨击：

> 大雨落幽燕，白浪滔天，秦皇岛外打鱼船，一片汪洋都不见，知向谁边？往事越千年，魏武挥鞭，东临碣石有遗篇。萧瑟秋风今又是，换了人间。

渔船出没在波涛间，遨游在大海上，问一声“知向谁边”与“怅寥廓，问苍茫大地，谁主沉浮”异曲同工，不是犹疑，不是心中无底，而正显躺公心闲气定，高人一筹，把定航向，驶向彼岸。

此时，与会的肖劲光、苏振华和林遵感慨万千。他们无一不与毛泽东有过不同寻常的交往，今日面聆讲话，共同感受到毛泽东深谋远虑、知人善任和对他们的殷殷嘱望。

新中国前30年海军历程，他们和毛泽东一起走过，无论是解放沿海岛屿，炮击金门，打击侵入海南岛的美军飞机，建造核潜艇，建造第一艘导弹驱逐舰，收复西沙群岛，还是组织舰船编队驶向太平洋，海军由近海向远海进军，无一不经毛泽东规划、决策。不仅海军的将军们有如此感受，普通水兵也都感受到他们的生活、命运与毛泽东紧密相连。笔者当年刚参军 5 年，调到新组建的海军航空兵政治部工作，常在前线机场采写战斗通讯，后来又协助老同志整理革命回忆录，以后，一直在海军领率机关工作，虽只是一个初级军官，接触所至，上至司令员、政委，下至飞行员、炊事兵，有着共同感受。我将在以后叙述中，传达他们对毛泽东的直接感知，告诉你一个海军历史中的毛泽东。今天，人们因不同的价值取向，个人境遇的差异，对毛泽东或赞或贬，但是，凡是从 20 世纪走过来的中国人，都不能不回首毛泽东与每个中国人共同度过的那段历史，从中得出自己的结论。

二　刘公岛起义引发的思考

在远方，列宁格勒，涅瓦河畔，有 9 位中国军人时刻关注着北京举行的国防委员会会议，他们是伏罗希洛夫海军指挥学院的学员，其中有海军副政委、后改任海军第一副司令员刘道生，有后任海军学院院长朱军，还有刘华清等几位海军将军。他们热烈讨论毛泽东的讲话，朱军说："早在 1944 年，毛主席就十分关心中国海军和海防问题。"这是他亲身的经历，那时，他在延安担任军委一局三处处长。

延安王家坪，中共中央礼堂后面，靠山一溜窑洞，便是中共中央军委机关所在，毛泽东经由这里处理全国各战场的军情要务，实施党中央对各个战场的指挥。

1944 年，世界反法西斯战争接近胜利，欧洲已进入决战阶段，远东决战就快要到来了。11 月 5 日，在清朝北洋水师海军公署所在地刘公岛，汪精卫伪海军练兵营卫队长郑道济和连城、毕昆山再也不能忍受日本帝国主义的奴役，杀敌起义，带领所部 600 人投奔八路军。

朱军知道，早在 1941 年 9 月，新四军在苏北组建了一支海防大队，活跃在长江口到连云港海面。在广东、福建、浙江沿海，也都开展了海上游击战。现在，汪伪海军中有人起义，这是时局变化影响所致。他们立即向毛泽东、朱德报告。

毛泽东跨着大步，甩着胳膊，笑眯眯地和朱德一起走了进来。他高兴得很:“你们想过没有，等抗战胜利了，把日本人赶跑了，要把中国的大门认真看起来，现在就要着手研究海防、岸防的事情。中国再也不能敞着大门，听任别个随随便便，轻而易举地打进来。”他转向军委参谋长叶剑英说道:“这个事请你负责组织研究。”

几天后，中央军委决定成立海防研究小组，组长朱瑞，组员朱军、易轮。

朱军出生于1908年，早年进保定军官学校学习，1927年加入中国共产党。曾经做过10年地下工作，担任过上海、天津地下党组织的保卫队长、情报队长。抗日战争爆发后，在军委一局任处长，负责对友军及对敌、伪军的作战研究。易轮，广东梅县人，原在延安交际处工作。叶剑英知道他是广东黄埔海军学校毕业的，便调他到军委一局工作。

与此同时，军委还决定成立了空军组，由常乾坤、王弼同志组成。

叶剑英早年即与海军结缘。1921年10月，他随护孙中山乘“宝璧”号军舰经西江去广西，讨伐北洋军阀。不久，担任护航第二营营长，为抚河上的军事运输护航。1922年3月，孙中山回师广州，任命叶剑英为海军陆战队营长。6月16日，军阀陈炯明发动叛乱，炮击总统府，孙中山冲出围困。危难紧急时刻，叶剑英在长堤天字码头及时接应，护送孙中山登上“宝璧”军舰，尔后转“永翔”舰，再转“永丰”舰，移驻黄埔。孙中山决定率“永丰”“永翔”“楚豫”“豫章”“同安”“宝璧”“广玉”军舰讨逆，挺进白鹅潭江面。叛军沿岸阻截。叶剑英协同“宝璧”舰李芳舰长指挥，用炮火还击岸上叛军，保障军舰航行。革命军与叛军力量悬殊，又遭到英国人无理胁迫，要求军舰离开白鹅潭，孙中山处境危殆。在坚持战斗的55天里，叶剑英几乎是衣不解带，紧紧护卫孙中山，直到8月9日孙中山离开广州，转道香港去上海。

朱军说:“叶剑英元帅是一个通才，他教给我们许多海军知识，要我们认真领会毛主席的思想。当我军还处在边塞窑洞里、战争胜利尚未可期的时候，毛主席就关注海防，当时，主要指岸防。这是根据中国屡屡被敌人从海上入侵的历史和当时国力来考虑的。在毛主席要求下，我们读了不少这方面的书和资料，开始知道了海洋的事情。但那时我们还年轻，主要考虑的是驱逐日本强盗。抗战胜利还没有实现，我们还想不到胜利以后的事情，但是，毛主席、朱总司令想到了。我们常说，毛主席高瞻远瞩，这不是空泛的赞颂，他确实是比一般人看得远些，未雨绸缪，昭示发展前景，使同志们有所准备。当时有许多未确定的因素：中国究竟是谁的？人民能不能掌握中国命运？但是，毛主席不仅考虑准备大发展，夺取抗日战战争的最后胜利，建立新中国，而且考虑到，要使中华民族能够抵御外敌入侵，长治久安！”

刘道生说：“我们感受相同。我们这些人，都是参加革命以后，接受毛主席的教育和影响，才学会打仗、工作的，也是毛主席把我们引到海军事业里来的。1949 年 12 月，我在第十二兵团任副政委，接到中央军委电令，调到海军任副政委兼政治部主任。在这以前，10 月间，肖劲光司令员从北京回到长沙后告诉我，毛主席找他谈话，要他当海军司令员，还说给他找了一个帮手，就是我。我和肖司令员一样，想都没有想过，当时思想还停留在打仗上，只想着在解放全中国的最后战斗中再打几个漂亮仗。毛主席却向我们提出了一个崭新的任务，一个新的使命，促使我不得不赶紧转变思想，跟上发展的形势。”

朱军说：“我跟海军有缘。1949 年 2 月，‘重庆’号巡洋舰起义，开到葫芦岛。真是巧得很，那时，我正在辽西军区当副司令员，上级命令我去慰问，接着要我留在那里负责安顿起义的同志和军舰，组建安东（今丹东）海军学校。从在延安参加海防小组，不过 5 年，人民解放军便有了第一艘军舰，我也真的干起海军了。可是，国民党派飞机轰炸，我们没有防空力量。为了保护起义的同志和军舰，不得已，请示上级批准，组织起义的同志把它沉到了海底。现在，正在组织打捞。”

1993 年，纪念毛泽东同志诞辰 100 年，笔者参加“中国出了个毛泽东”丛书写作，5 月，在南京再次采访朱军。

南京，半山园，海军指挥学院。

雨后初晴，空气格外清新。小小庭院里，杜鹃灿若云锦，红枫艳如二月花，庭院向外的小门开着，从洞开的门，看到古城墙边，一片水杉林，满眼皆绿，林木掩映着半山寺，典雅、清幽。在宋代，这里曾经是宋代名臣，有名的拗相公王安石的故居。这叫人不禁想起他《千秋岁引》中的名句：“孤城画角，一派秋声入寥廓。东归燕从海上去，南来雁向沙头落。楚台风，庾楼月，宛如昨。”

朱军闻声迎了出来，他穿着洗得发白的灰色军便服，腰板挺直，面色红润，银丝满头，使得满室陡然生辉。我对他说："刚才我想起了当年王安石归隐的词，那与你全不搭界！我真应该给你朗诵苏东坡的诗：'君年甲子未相逢，难向君前说老翁。更有方瞳八十一，奋衣矍铄走山中。'这才是你啊！"

朱军哈哈笑了，说道："谢谢你恭维，倒是对我的鼓励！"

朱军把我让进小书房，听我说毛岸青、邵华正主编"中国出了个毛泽东"丛书，他高兴地说："书名起得好，应该有部大书写毛泽东！"

我说："现在很少有人知道毛主席早在1944年对海防工作曾经有过指示，你是当年最早接受毛主席指示的人，请详细谈谈延安海防小组的事情。"

朱军说："还有易轮，他现在在广州休息了。"说着，拿过纸笔，为我写下易轮的名字，并详细写下他原来的职务和现在的住处。

朱军不戴眼镜，眼不花，手不颤，字体流利，有力度，让人很难相信他已是86岁高龄了。

朱军深情地说："毛主席关心海洋的事情，还可以追溯到更早。举例说，1919年9月1日，毛泽东青年时期主导成立问题研究会，在起草研究会的章程中提出要研究的问题有71项，直接关于海洋的就有7项——海洋自由、港湾公有、飞渡大西洋、飞渡太平洋、海外贸易经营，等等，可以看到他视野开阔；1939年12月，他在《中国革命和中国共产党》中开宗明义地写道：我国'有很长的海岸线，给我们以交通海外各民族的方便。'此话不可等闲看待啊！它概括地表述了中国人的海洋观。历史上，海盗在欧洲兴起，西方有些民族强调征服海洋，利用海洋向外殖民扩张；而中华民族的传统是'天人合一'，与大自然和谐相处，'交通海外'，与世界各民族和平交往。那时，毛主席要我们研究中国历代海防思想和实际，特别要我们注意明清两代的海防，借鉴历史经验，解决现实海防问题。"

朱军说，几千年来，中国几乎没有外患，这是中国成为境内各民族共有的大统一国家的重要的外部条件。汉代的匈奴扰边，宋代以后，蒙古族、满族入主中原，主要是汉民族与边疆民族的矛盾纷争，是政权更迭，是国内一家子的事情。明代以前，基本没有海患，直到明朝初年，威胁从海上来。洪武二年（1369）正月"倭人入寇山东滨海郡县，掠居民男女而去"。洪武四年（1372）八月"倭夷寇福州之福宁县，前后杀掠居民三百五十余人，焚烧庐舍千余家，劫掠官粮二百五十担”。明太祖朱元璋使人诏谕日本政府，希望他们制止武士、浪人为患中国。同时，明令“放通海道……以其来商市舶”，以贸易促和平。但是，日本人不听，变本加厉纵使倭寇为害。于是，朱元璋“怒日本特甚，决意绝之，专以防海为务”。朱元璋的思想很明确，降谕说：“海外蛮夷之国，有为患于中国者，不可不讨；不为患于中国者，不可辄自兴兵。”“阻山越海，僻在一隅，彼不为中国患者，朕决不伐之。”此见之于《明实录》的记载。到明成祖朱棣时，有郑和“七下西洋”的壮举。也因“岛寇倭夷，在在出没”，在全国建立了55卫、99所，以卫、所、水寨兵船为主，海上巡逻，陆岸防御、乡村守望相结合的海防体系。以后，西洋殖民主义东来，中国海防形势越发严重了。而明中期以后，到清朝的皇帝，多数“向不以海为重”，甚至实行禁海，闭关锁国。结果被帝国主义用炮舰轰开门户，落得个有海无防。

我由衷敬佩说：“感谢你给我上了一堂海防历史课！你们这一代老将军，有战争实践经验，有文化根底，都是学者型专家。”

朱军笑着摇摇头说：“哪里，我原来只是个中学生，读过几年私塾，参加革命后才真正学到知识。特别是在延安，毛主席、党中央领导同志耳提面命，号召学习，他们自己又勤学好问，我们耳濡目染，自然大受影响，开始懂得为革命需要学，学以致用。我们关注海洋，更是毛主席引导的。”

我说：“可是有人说毛泽东囿于黄土地，面对海洋，面对蓝色文明，惶惶然莫之所措。”

朱军平静地说：“当年，不是也有人讥讽毛泽东说‘山沟里没有马列主义’吗？其实，他们是想说，毛泽东和中国共产党人不了解西方文明，不知道什么是‘普世价值’。这些同志不了解历史。毛泽东和许多中国共产党的领导人，都是先接受了西方民主思想，发现西方思想不能够救中国，也不能够救世界，才转而接受马克思主义的。至于说到海洋，无论是海洋观念，还是海洋建设实践，在本世纪的中国，毛泽东都是开拓者。”

朱军深有感触说：“1949年2月，我调到‘重庆’号工作，接触了舰长、水兵，了解了他们勇敢起义的前前后后。当时，王颐桢和其他人，共28个普通水兵，包括舰上唯一的中共候补党员毕重远，他们在全国革命形势推动下，接受了共产党的影响，成立了士兵解放委员会，发动武装起义，得到爱国官兵和邓兆祥舰长的支持、参与，把军舰开到了烟台。这让我想起，还是在 1947 年 3 月，蒋介石派胡宗南进占了陕北，党中央不得不退出延安，很多人都为革命前途担心。然而，就是在被包围、追击的艰难转移中，毛主席在靖边县王家湾写文章，指出蒋介石'为渊驱鱼'，与人民为敌，其结果反迫使人民团结起来，同他们作你死我活的斗争，必然加速反动派的灭亡，人民的胜利。国民党海军的'重庆'号起义，林遵带领海防第二舰队起义，还有许多舰艇陆续起义，都证实了毛主席惊人的预见。"

三 “重庆”号起义，人民海军建设先锋

烟台。

1949 年 2 月 26 日清晨，晓雾初开。

“重庆”号巡洋舰从雾中穿行而来，所有炮口向天空仰到最大角度，表示没有射击之意。

烟台人民解放军守军不明来意，严密注视着这渐渐驶近的，不知从何而来的巨舰。

士兵解放委员会代表毕重远、武定国、赵嘉堂、蒋树德乘坐舰上小汽艇，开向烟台山。中国人民解放军烟台警备区作训股长刘兴元在岸边迎接他们。

毕重远说:“我们是‘重庆’号巡洋舰士兵解放委员会代表。‘重庆’号已经起义，请求进港。”

真是突如其来的好消息，刘兴元连声说:“欢迎，欢迎你们!”

刘兴元立即向中共烟台市委和胶东军区首长报告。

“重庆”号军舰徐徐驶进烟台港。

当天下午，烟台市委书记徐中夫和贾若瑜请邓兆祥舰长和部分军官上岸。

邓兆祥舰长说:“‘重庆’号过去的一切罪恶由我负责，士兵无罪，罪在兆祥。’

贾若瑜握住他的手，笑着说:“光荣起义，何罪之有?”

徐中夫告诉邓兆祥和起义士兵说:“欢迎你们回到人民的怀抱，我们已经向党中央、毛主席报告你们已经光荣起义归来。”

“重庆”号巡洋舰，原是英国皇家海军“曙光”号（Aurora），也名“震旦”号，1936年9月建成，编入英国皇家海军序列，标准排水量5274吨，满载排水量7500吨，长153米，宽15.2米，最高航速30节，续航力4000海里，有152毫米（6英寸）双联装主炮3座，105毫米（4英寸）双联装副炮8座，40毫米高射炮2座，20毫米双联装机关炮3座，军舰左右两舷各有533毫米（21英寸）鱼雷发射管6具，舰尾有攻击潜艇的深水炸弹发射架2具，雷达、声纳设备、通讯设备、航海设备、轮机设备都比较先进，是20世纪30年代第一流的现代化巡洋舰。第二次世界大战中，它活跃在大西洋、北海、爱琴海、地中海，同其他军舰一道，击沉了赫赫有名、不可一世的德国4.5万吨的战列舰“俾斯麦”号，先后击沉16艘意大利海军舰船，还参加了盟军北非登陆和西西里登陆作战。是英国海军功勋舰，也是行将退役的军舰。

还在抗日战争时，日本人攻陷广州，中国海关的6艘缉私艇避往香港，被英国人征用。日本攻陷香港时，英国人将6艇沉入大海。战后，中国政府要求英国赔偿。几经交涉，英国政府答应以“曙光”号巡洋舰相抵，同时租借新型驱逐舰“孟狄浦”号给中国政府。

1946年2月，国民党海军总部公开招募学兵赴英国受训、接收军舰：

> 中华民族优秀有为的青年，应该踊跃献身于海防，接受严格统一的技术和意志训练，非如此无以洗刷国家积弱的耻辱，非如此无以产生崭新的海军阵容……海军在召唤中国青年！

一批热血青年王颐桢、陈鸿源等，激动得热血奔涌，报名参加当了学兵。其中，毕重远有着特别的经历。他是南京市学生运动的活跃分子，中共南京地下党党员。

学兵们经过几个月的训练，1946年底，由邓兆祥率领，搭乘英国邮船“澳洲皇后”号，离开吴淞口，驶往英国。

青年士兵们在异国痛切地感受到国家贫弱所遭致的轻侮，渴望早日回到祖国，建设起中国的海军。他们忍辱负重，加紧训练，接收了军舰。

1948年5月7日，上海《申报》报道：

（路透社伦敦5日电）海军部宣布：巡洋舰“震旦”号及驱逐舰“孟狄浦”号将于5月19日在朴茨茅斯移交中国海军。接收之中国舰员，在英受训已有数年之久……中国接收后，该舰更名“重庆”号，邓兆祥上校任该舰舰长。

1948年5月26日，“重庆”号和“孟狄浦”号（已改名“灵甫”号）由英国朴茨茅斯港起航，经两个月航行，返回中国。1948年7月28日抵香港，邓兆祥颁发训词，语重心长：

万里归来，国门在望。惊涛骇浪，履险如夷。慰抚侨胞，满载声誉。全系员兵努力自爱之所致，良堪告慰……

我员兵均属国家秀彦，又经留英训练多载，以及沿途操演，获益匪浅，建军之任责无旁贷……接舰任务，行告终了，论功行赏，国家对诸君必有不次之拔擢……所有员兵务须充分利用此机会，充实学识以备用。廿年后之今日愿与诸君共话今朝事，届时方知努力者必得努力之果实也。

然而，等待他们的是冷遇，是国民党海军派系倾轧。桂永清秉承蒋介石的旨意，一心要把“重庆”号纳入“戡乱救国”的航道。

9月，“重庆”号由南京驶上海，水兵们想着中国名列世界四强，最大的军舰理所当然地停靠上海最风光的外滩铜人码头，或者是虬江码头，谁知外滩码头已经属于美国公司，虬江码头也已经变成美军专用码头。过去是“浦东到浦西，大英花旗法兰西”，而今是一片星条旗，竟没有中国军舰容身之处。“重庆”号不得不被挤到偏僻的南市高昌庙江中抛锚碇泊。水兵们疑惑：这岂不是成了美国殖民地吗？

远在海外，他们以为抗战胜利后的中国，是光明的中国，回国两个月，看到、听到的却是“刮民党”政府贪污腐化，横征暴敛，物价一日数涨，用一大捆金元券纸币，才能买回一斤米，民不聊生，不堪负担；苛捐杂税，多如牛毛，田粮赋税已经预征到几十年之后，苦难没有尽头，前途没有希望；特务遍地，横行不法，人民被无端绑架、杀害，人民生命财产朝不保夕。跻身世界四大强国的中国之梦破灭了，他们心在滴血。

10月6日，蒋介石亲自登上“重庆”号，命令开往葫芦岛，参加内战。

当人民解放军完成了对锦州的包围，准备夺取锦州，“关门打狗”，全部消灭东北地区国民党军时，蒋介石痴人说梦，想用锦州吸引人民解放军，由侯镜如指挥东进兵团，由廖耀湘指挥西进兵团东西对进，夹击人民解放军。强令“重庆”号以重炮轰击人民解放军塔山阵地。

葫芦岛港外，“重庆”号舰首、舰尾抛下双锚，6门152毫米主饱，向着塔山不间断地齐射。炮火在黑土地上爆炸，更震动了水兵们的心，他们在心里呐喊，这绝不是他们学习海军、献身海防的初衷。

10月15日，人民解放军解放锦州。蒋介石飞至北平，组织反扑，妄想夺回锦州。随着长春解放，廖耀湘兵团在黑山、大虎山被歼，大势已去。蒋介石无可奈何，不得不下令从东北撤退，便命令“重庆”号开至营口，掩护撤退。11月间，“重庆”号回到上海维修。

水兵在动荡。三分之一的水兵不辞而别，弃舰他去。

早在英国，毕重远就利用组织军乐队联络士兵，传播进步思想。回国后，他接受党的指示，积极争取到管理军舰图书室的便利，不断向群众推荐进步书刊，传播解放区消息，一点一滴地把党的思想和召唤扩散到群众中去。

1949年新年开始，国民党军战略上的战线已经全部瓦解，东北的国民党军已被完全消灭，华北的国民党军即将被完全消灭，华东和中原的国民党军只剩下少数，毛泽东发出了“将革命进行到底”的号召。人民解放军直逼长江，京沪动摇，学生运动风起云涌，蒋介石政府风雨飘摇。“重庆”号上，地火在运行。

王颐桢、毕重远、武定国、李铁羽、陈鸿源、王元方、睦世达、于家欣、洪进先、张启钰、王继挺等青年士兵，先是个别秘密串联，单线联系，特别是王颐桢、毕重远积极引导，逐渐联络起28人，在“重庆”号军舰281雷达室成立了“‘重庆’号军舰士兵解放委员会”，于2月25日凌晨发动武装起义。

1950年3月，笔者从第十二兵团宣传队转入海军文工团，随部队来到大连海军学校集训。第一课进行海军制式训练，由“重庆”号起义同志当教官。他们良好的军人素质和军人姿态，都使我们感叹，对于他们的勇敢起义，既敬佩又感到神秘。5月3日，文工团李林团长，一个参加过1935年“一二·九”学生运动的老同志，主持召开座谈会请王颐桢同志座谈“重庆”号起义经过。李林说:“明天是‘五四’青年节，1919年的‘五四’运动，1935年的‘一二·九’运动，1947年‘反内战、反饥饿、反迫害’运动，一脉相承，青年学生都走在前头！1947年5月，毛泽东同志指出蒋介石政府已经处在全民包围中，中国境内已有了两条战线，第一条战线是人民解放军和国民党军的战争，第二条战线是国统区伟大的正义的学生运动和国民党反动派的尖锐斗争。‘重庆’号起义就属于第二条战线。王颐桢和他的同志们是青年运动先锋，是建设人民海军的先锋！”

王颐桢中等个子，身材匀称，皮肤白皙，说话文静、沉稳。他讲得很生动，很平实。因为事过不久，记忆犹新。笔者如实做了笔录，下面是在文字上略加整理的记录要点：

“重庆”号从英国航行了9614海里，约3.4万华里回到祖国，我们以为迎接我们的是一个新的中国，可是，从我们自己家人的生活艰难，感受到物价一日数涨，老百姓的日子比过去更糟，苦不堪言，而且，没有希望。商业萧条，工人失业，学生失学，社会动荡。国民党横征暴敛，贪污腐败，特务横行，压制民主。我们失望了。尤其不能忍受的是，美国军舰霸占中国港口，连“重庆”号都不能停靠上海外滩。街上美军吉普车横冲直撞，报纸惊呼“市虎伤人”。北京大学生沈崇被强奸，武汉景明楼妇女集体遭受美军侮辱。我们疑惑，胜利的中国怎么倒成了美国殖民地？我们也曾经想过，从国外学成归来，英雄必有用武之地，为“开拓灿烂辉煌保卫祖国领海的新事业”一显身手。万万没有料到，回来不到两个月，蒋介石就坐镇“重庆”号，逼迫开赴葫芦岛打内战。完全违背我们参加海军的初衷！在葫芦岛，在营口，我们更看到了国民党军的败退。接下来，东北易手，华北不保，进行所谓徐蚌会战，国民党说“固若金汤”，实际上摇摇欲坠，南京、上海风声鹤唳，人心惶惶。人们都看到国民党大势已去。“重庆”号从营口回到上海，很多士兵不辞而别，离开了军舰。有的投奔解放区去了。1949 年 1 月，我回老家江苏高邮去，那是苏北地区，抗日战争时就有新四军活动，邻近解放区，可是我没有能够通过国民党军的封锁线，不得不再回到军舰。但是，一直想要脱离海军。有许多士兵和我有一样的思想。这纯粹是国民党的所作所为，把一群爱国士兵逼得走向他们的对立面。

国民党对我们不好，对老百姓不好，我们要离开，但不能便宜他们，单个人走不脱身，何不把船一起开走？不只是我一个人这样想。（鼓掌。国民党不仁，人民自可“不义”！——笔者当时注）我先向老同学、好朋友洪进先试探。洪进先是信号士，利用工作方便，偷偷听过新华社广播，对时局有清醒的看法。我们一拍即合，觉得需要找一些志同道合的人才能够成事，几乎异口同声说可以先找武定国。武定国是鱼雷士。一天，早饭后，机械检拭，我和武定国一起清洁鱼雷发射管。我刚一试探，武定国就明白了，他说，我也正要找你啊！原来，他也有同样的想法，而且，也认为第一就要找我。我们三个人结合起来了，分别找最知己的同学试探，先后联络了十几个士兵。

与此同时，毕重远也在积极活动，他已经联络了陈鸿源和其他人。他比我年轻些，但是，有头脑，很稳重，人缘好，待人诚恳，热心为大家办事。在英国时就是舰上军乐队的小号手，回国后又是舰上图书室管理员，大家都喜欢他，相信他。当时，我们谁都不知道他是地下党。毕重远分析，军官不好把握，只有依靠士兵起义。要把偌大一艘军舰开走，每个主要战位，要有一两个可靠的骨干，要控制全舰，必须有二三十个不怕死的勇敢士兵。毕重远第一个要找的是我；我和武定国、洪进先第一个想要找的也正是他。这样，我们两股力量会合了。

另外，在轮机舱张启钰身边也集合了一些同样想法的士兵。毕重远和张启钰沟通，得到了响应，约他到 281 雷达室碰头。

281 雷达室在二层甲板，平常无关的人不能去，值班军官也很少去，只有雷达兵于家欣一个人在雷达室工作。他已经表示要一起参加行动。

1949年农历年来得早，立春也早，1月29日大年初一，2月4日立春。年前年后，是一年中最冷的日子。可是，立春前鸣雷了，我们心中一动，春前雷响，预示着中国会要有大变动。一天晚上，三路人马悄悄来到281雷达室，一共有28个士兵。一见面，互相招呼，惊喜说：你也来了啊！原来都是彼此要好的朋友。（鼓掌）这就是大势所趋，人心所向吧。大家你一言我一语地说开了，没有主持人，也没有主要发言人，不知道是谁提议应该有个名称，议论来，议论去，武定国说，来这里的都是士兵，最高的是中士，就叫“士兵解放委员会”吧。大家都赞成，“‘重庆’号士兵解放委员会”就这样诞生了。（热烈鼓掌）

从此，委员们积极利用雷达室、上甲板、冷藏室、电池房秘密讨论，在航行中发动起义的设想，有了眉目。甚至考虑到如果不能开走军舰，或是军舰搁浅，宁可炸毁军舰，也不能留给国民党继续祸害老百姓。2月17日早晨，“重庆”号开航，说是去青岛拖带修理船坞，可是，航行到吴淞口便抛锚待命了，一说要开到台湾去，一说要到江阴阻截解放军。大家焦急起来了。我、毕重远、武定国、张启钰和一些委员来到281雷达室紧急商议，认为不能等待航行中的机会，更不能去到内河的江阴，多数人主张利用移换锚位的机会把军舰开走。吴淞口泥沙淤积，军舰隔几天必须移换停泊锚位。那时，主机启动了，起锚移动舰位，有利于起义。杨际和表示不同意，激烈争论时他退出了委员会。实际上，他是主张等到与地下党取得联系后再行动。

大家紧张地研究起义行动的细节，等待时机。主要困难是开走军舰先要发动主机和启动电罗经，这需要4到6个小时，这么长的时段里，容易暴露。这时，军舰上有了传言，说有人要把军舰开走。我们深恐走漏了消息，觉得事不宜迟。恰巧，接到通知：25日移动锚位。这是一个极好的时机。委员会决定24日凌晨实行起义。现在的关键是要取得武器，拘禁军官，控制全舰。

“重庆”舰的枪支平时锁在司令走廊的几个橱柜里，共有30支手枪、10 支卡宾枪，橱柜上锁，钥匙锁在键橱里，24 小时由担任键橱更的专人守卫。打破柜门强取，必定会惊醒旁边卧室里的舰长、副舰长。毕重远是有心人，提出智取，而且，他早已取得了担任键橱更的士兵的信任和好感，答应去向负责的上士汤博文请求由毕重远替换他值键橱更，汤博文同意了。当日午夜，毕重远来到甲板，向值更的两个水兵说：天太冷了，你们先到 281 雷达室暖和一下，再来换我。他们一进雷达室，便被缴械了。于家欣是当天带班中士，用同样的办法引另外两个值更水兵去雷达室。如此，士兵解放委员会的手中已经掌握长、短枪几支了。毕重远来到司令走廊接更。走廊空无一人，他迅速开启玻璃键橱，取出两串钥匙，悄悄打开枪支和弹药橱柜，陈鸿源和几个士兵前来接应，取出枪弹，所有委员会的士兵都武装起来了！（鼓掌）

士兵委员会按照事先的计划，控制了全舰主要战位，拘禁了所有军官。立即开始备航。许多士兵闻讯都表示一起参加行动。

我、毕重远、武定国一起前去请邓兆祥舰长，向他说：士兵解放委员会已经起义，请你开船，去山东烟台解放区。邓舰长神情严峻，默不开口。我们反复恳切说，我们爱国才参加海军，蒋介石却逼我们打内战，我们知道你也是不愿意的。国民党败局已定，我们要走光明的路！

当时，我们不知道邓舰长的心思。夸张点说，我们是挎着枪，跪着求他开航。痛陈苦楚，剖析利害，说到动情处，真是声泪俱下。（啧啧声，唏嘘感叹）

邓兆祥长叹一声说：启动主机要几个小时，路上又怎么避免被追截，你们想过没有？听他这样一说，我们知道他是首肯了。我说，请舰长到舰桥去看看，主机即将备便，每个部门和战位都有人值更。他随我们登上舰桥，万万没有想到，平常主机备航需要 4 个小时，今天，士兵们却只用了一个多小时。他如释重负，命令说：立即启动电罗经，先使用磁罗经航行。

25 日黎明，“重庆”号驶出吴淞口，开始了新生的航行。（热烈鼓掌）

"重庆"号向烟台航去。为了团结全体爱国舰员，争取起义最后胜利，士兵解放委员会通过舰上的广播，发布《告士兵同学书》，申明大义：

全体同学们：

我们在一群极端自私的军阀豪门的欺骗与压迫之下，度过了多少年悲惨的日子。当蒋、宋、孔、陈四大家族从我们老百姓的身上剥削了二百亿美元以上的财富之后，国内每年就有两千万左右的人在死亡线上挣扎，其余绝大多数的人民都在朝不保夕的苦境之中。以上海一地而论，每天就有两百左右儿童在饥饿与寒冷之下死亡。中国目前景况，就是广大人民辛劳的果实，只不过是供给极少数人的享用及他们国内国外财富的增加而已。由于他们想把四万万人民都置于他们的暴力压迫之下，不惜掀起空前未有的惨绝人寰的内战。但是，这个内战是全体老百姓与军人所反对的，请看从济南、东北，以至平津的蒋介石军队，向解放军投诚和起义的，就有百万人之多，空军也高涨着起义的热潮。今天，每个爱护祖国的人，都不愿支持这个为豪门保持特权的战争了。

回头再看看我们自己，老同学中有一部分是在战时参加赴英接舰参加海军的，目的是驱逐我们的敌人日本，有一部分投效海军为的是要建设起中国的潜水艇舰队，而还有一部分是桂永清用欺骗手段把他们骗进来的……在短期内，国民党的陆军将完全被消灭在大陆上，本舰也将很快地开往台湾。到那时，家回不去了，海军离不开，只有一辈子在桂永清的压迫之下，过着奴隶牛马的生活了。眼看着灾难就要降临到我们自己身上的时候，我们怎能不起而奋斗呢？

本舰的同学们，都是社会人士所尊重的知识分子，我们知识分子应负起领导社会的责任，我们不能容忍那些暴虐无道的豪门军阀把国家带到无比悲惨的境地，我们更不能容忍在他们的欺骗与压迫之下为他们充当炮灰，去反对那些真正为人民谋福利的解放军，今天该是我们站起来的时候了。为了四万万人民的解放，为了促进幸福的新中国的迅速到来，为了下一代子孙的生存，我们必须反对四大家族，将用他们交给我们的武器，把他们消灭掉！

“重庆”军舰士兵解放委员会

1949年2月25日

当时在舰舰员574人，所有士兵都拥护解放委员会的公告，参加起义行列。声言退出士兵解放委员会的杨际和以及他所联系的士兵也都积极参与起义。

在舰约35名军官，除准尉书记官曾道明企图抢夺枪支被单独拘禁，趁隙从舷窗逃跑外，其他军官都表示同情，没有一人反对起义。由海军总部临时派来的卢东阁上校，以及轮机长陈昕、电务官周方先、航海官陈骏根等军官还积极协助航行。邓兆祥舰长原本正直、爱国，倾向进步，他与海军中进步军官周应骢过从甚密，与海防第二舰队司令官林遵多有交往，林遵于近期曾经两次来访。此时，林遵已与中共中央委派的林亨元有了直接接触，酝酿起义。当时他们的谈话，没有留下记载。1978年，笔者采访林遵时，他说过这样的话：“第二舰队酝酿起义的时候，我与欧阳晋、戴熙愉商量，如果‘重庆’号能够一起行动，成功的把握会大些。我要欧阳晋回‘重庆’号去了解情况，我还两次拜访邓兆祥舰长。”据此，猜度他们的谈话，不外乎局势和海军前途。所有这些，对邓兆祥不无影响。

士兵解放委员会考虑到军官和士兵多有家小，为了稳定人心，决定发放安家费。要求军需长交出装载银元的仓库钥匙，取出国民党政府准备运往台湾的部分银元，分发给每一个舰员。

“重庆”号驶近青岛海面，邓兆祥舰长担心被美国军舰发现，从他们所占据的青岛出来拦截，便将航线远离青岛，迅速、顺利绕过山东半岛成山角。

烟台在望。

水兵们降下国民党青天白日旗，升起了士兵解放委员会制作的白底红星的大旗。

白底，显示大海纯洁光明的道路；红星，代表“重庆”号士兵热爱祖国，追求光明的热心。

此时，毕重远郑重向伙伴们说：“我要告诉大家，我是中共党员。我们是同志，永远在一起战斗！”

王颐桢、武定国和他紧紧握手。起义行动前一刻，毕重远及时建议选举士兵解放委员会领导人，推举出王颐桢、武定国为联络员。其他水兵也上前与毕重远握手。在他们看来，毕重远如此诚恳热心助人，如此细心能干，如此敢于担当最危险的任务，他就应该是共产党员！

毕重远，“重庆”号军舰上唯一的中共党员，是一个怎么样的人？笔者于20世纪70年代初调到海军政治部工作，有机会近距离观察这个颇带传奇色彩的人。此时，他已是海军政治部联络部部长，此前，曾经担任政治部主任的秘书、处长。在众多中层干部中，他不显山不露水，十分低调，从来没有听他主动谈过“重庆”号起义。后来，我了解到他对坊间流传的讲述“重庆”号的文字有所保留，向他询问有关细节，他也总是平静地叙述当时事情经过，强调某某同志做了什么，某同志做了什么，我问他：“你作为军舰上唯一的共产党员起了什么作用？”

他回答说：“我只是做了我应该做的，而且做得不够。”

我转而问道：“你是怎样入党的？”

“那还是抗战胜利前夕，南京被日本军队和汪精卫一班汉奸祸害得不成样子，特别是开设了许多鸦片烟馆毒害老百姓。我那时是高中学生，受一百多年前林则徐禁烟的激励，和许多学校的同学走上街头，宣传禁止鸦片，砸烂鸦片烟馆。地下党的钟沛璋同志发现了我，介绍我加入共产党。”

“抗战胜利后，1946年你报考赴英接舰学兵队，是地下党派去的吗？”

“我报告了组织，同意我去报考。”

“那时就带着组织军舰起义的任务吗？”

“哪里哟，那时的要求是坚持隐蔽，积蓄力量，等待时机。”

“什么时候提出组织军舰起义的？”

“起义是形势发展的需要和必然。主要是士兵群众接受了党的影响，有了起义的要求。马克思主义认为，群众是真正的英雄，人民是创造历史的主体。共产党的主张代表了人民的愿望，集中了人民的意志，集聚了人民的力量。人们事后知道，上海、南京地下党组织都通过各种渠道做了引导和推动。”

无需再提出什么问题了。

1988年，毕重远被授予海军少将，1990年离休。笔者离休后与毕重远同住一个干休所，他仍然是那样平平常常，安详恬静。近年，随着年增岁长，八十开外的人了，不再是当年“重庆”号吹响号角的小号手，但谈起国家命运、世界前途，仍然英气勃勃，不减当年。

“重庆”号起义，雄辩地证明毛泽东 1947 年 5 月在《蒋介石政府已处在全民的包围中》发出的预言：

> 蒋介石卖国集团及其主人美国帝国主义者，错误地估计了形势。他们曾经过高地估计了自己的力量，过低地估计了人民的力量……采取了变中国为美国殖民地的政策、发动内战的政策和加强法西斯独裁统治的政策，他们就宣布他们自己和全国人民为敌，他们就将全国各阶层人民放在饥饿和死亡的界线上，因而就迫使全国各阶层人民团结起来，同蒋介石反动政府作你死我活的斗争，并使这个斗争迅速发展下去。

“重庆”号军舰起义，震动了中国，震动了英、美海军。海军是国民党唯一没有受到人民解放军打击的军事力量，现在，却发生了雪崩，唯一的王牌军舰竟然投奔共产党、解放军而去，引起国民党上层一团混乱。国民党海军总司令桂永清在无线电台，接连几天向邓兆祥舰长和“重庆”号官兵哀告呼唤：“悉你们悄然离沪，我闻之心痛欲裂，悔之无及……由于赏罚不明，待遇低微，造成军心动摇，珠玑弃散，责在永清。”“一切问题均可予商量，所有要求，永清全部承诺。”“切盼早日率部归来。”甚至哭出几声来，情切切，意迫迫，惶恐不已。

国民党政府，先是极力掩饰“重庆”舰起义，后来，无可奈何地承认“重庆”舰“投共”。在南京政府、议会间，更闹嚷嚷地演出了质询的活剧。他们散布各种谣言和揣测：“原舰长邓兆祥为马尾系，而新易之舰长卢东阁则属于青岛系，易舰长之命令发表，遂激起邓兆祥及舰上马尾系官兵之不满，因而气愤出走。”而事实是，在士兵解放委员会发动起义前，邓兆祥舰长甚至一无所闻。桂永清还污蔑说：“官兵格于待遇不满现状。或为愤慨，或为投机，铤而走险。”更是一派胡言。

在西柏坡，正筹备召开中共七届二中全会。毛泽东和战友们正在谋划促进胜利更迅速到来，研究制定全国胜利后的基本方针、政策。

参谋人员兴冲冲向毛泽东报告说："主席，国民党最大军舰——'重庆'号起义了，开到了烟台！"

毛泽东拿过电报飞快地看了一遍，脸上堆起笑容，连声说："好，好！这是一个信号，表明国民党南京政府已经分崩离析，朝不虑夕。内部火山爆发，海军官兵在觉醒。这是人心向背的又一个证明。"

毛泽东要求详细了解"重庆"号起义情形。

2月28日，毛泽东电报指示："只要有可能就要争取邓兆祥、陆荣一在政治上站在我们方面，以利争取国民党海军全部归顺过来。"陆荣一是"重庆"号副舰长。

烟台刚刚解放，没有防空力量，距离青岛很近，那里驻扎着美国舰队，为了避免"重庆"号遭受国民党空军轰炸和其他意外，"重庆"舰士兵解放委员会建议将军舰开往渤海深处葫芦岛。

3月3日下午，中共中央复电，同意"重庆"号军舰开赴葫芦岛。胶东军区东海军分区政委任克加率指战员30多人登舰一起行动。

3月4日，中共七届二中全会开幕前夕，毛泽东日理万机，仍然心挂"重庆"号官兵安危，批示说：请东北局立即通知葫芦岛部队准备迎接"重庆"号及应付空袭。东北军区指派辽西省军区副司令员朱军至葫芦岛负责接待"重庆"号的工作。

朱军1944年在延安曾受命研究海防问题，这回，可真的实际做海军工作了。

3月4日早晨，朱军和驻军营长李庚辰等早早地来到葫芦岛码头，迎来了"重庆"号。东北军区又派易轮、郑石率领工作人员前来负责指挥和后勤保障。易轮也是当年延安海防小组成员，中共中央迅速派朱军和易轮前来接待"重庆"号，再现中共中央决策反应之快，深谋远虑。

朱军和邓兆祥，这两个经历不同道路，又同具职业军人特质的人，开始了合作共事。他们一直保持着友谊。邓兆祥信赖这位共产党代表，朱军钦佩邓兆祥的人格。

朱军深入水兵群众，同士兵解放委员会成员广泛接触，了解到士兵解放委员会的内部分歧，同任克加一道努力，选举出王颐桢、李铁羽、毕重远、刘懋忠、张启钰五人为常委，加强护舰的领导。

中共中央七届二中全会开幕之时，毛泽东、朱德接到了“重庆”舰官兵发来的致敬电，这是对这次会议最好的祝贺。

毛泽东欣然读着电报：

敬爱的中国人民领袖毛主席、中国人民解放军朱德总司令：

当我们“重庆”号574名官兵平安地到达解放军港口之际，请接受我们最诚挚的崇高的敬意。

在美蒋勾结的反中国人民的内战中，幼年的中国海军亦不幸被作为帮凶工具。但战争近三年来，国民党陆军消灭殆尽，空军起义风起云涌，而在战犯桂永清据为私人财产的海军内部广大海军青年亦已不能再受其欺骗麻痹。复加蒋介石又在政治经济各方面的反动措施，已进入最后崩溃而不可收拾。美帝国主义的任何援助，也绝不能使之起死回生。

全国解放战争的胜利，计日可待。鉴于大势所趋，人心所向，“重庆”号全体官兵不甘再助奸为虐，咸愿来诚赎罪，报效人民，乃于2月25日在国民党心腹地区吴淞口外，毅然高举海军义旗，北驶开入解放区港口参加中国人民解放军。今后誓当在中国共产党领导下，东北解放军军政首长的直接领导下，贯彻毛主席的八项和平主张，为彻底摧毁美蒋勾结的对中国人民的统治、完成全国人民解放大业奋斗，为彻底改造自己、根除一切不利于人民事业的思想作风、建立起一支强大的新中国人民海军而奋斗。相信我们“重庆”号已走过的航路，数百艘国民党海军舰艇，万千有志海军青年，必将跟踪而来，团结在你们——普照着新中国领海领土领空的明灯周围。

毛泽东反复看着电文中最后一段，兴奋地说：“‘重庆’号开启了航路，他们是先行者，必然会有更多的军舰接踵而来。”

为使“重庆”舰上军官了解解放区的情况，东北军区首长派专列火车接邓兆祥及大部分军官去沈阳参观。就在这一天，3月13日，国民党派飞机至葫芦岛侦察。以后，每天都有飞机侦察，估计必将进行轰炸。朱军与任克加、易轮和士兵解放委员会同志们研究防空部署，决定留100多人保证舰上防空炮火运作，配合港口高射炮连防空自卫，其他官兵撤离军舰，保证安全。

3月19日开始，多批、多架国民党空军美制B–29空中堡垒轰炸机连续三天对“重庆”号轮番轰炸。人民解放军的高炮和“重庆”号的防空炮火奋力反击，但只能够阻止B–29飞机降低高度，减少投弹命中率，而无法消灭来犯之敌。

国民党空军已经从英国人那里了解到“重庆”号的防空薄弱部位，B–29飞机利用军舰炮火死角，缘舰尾向舰首纵线轰炸，一颗重磅炸弹在军舰右舷炸开一个直径4米的大洞，军舰上部建筑、指挥系统被破坏。士兵解放委员会的同志们和留在舰上的水兵，英勇作战，22名水兵负伤，黄海民、沈桂根、韩志铭、刘芳圃同志牺牲，史德基、丘标同志也因伤重送至锦州医院抢救无效而牺牲。他们为保卫归属于人民的军舰，献出了宝贵的生命，最后都安眠在葫芦岛港西山坡上。

朱军感到格外沉重，他在考虑一些同志的建议：把军舰开到海上去，机动防空。虽然东北军区已连夜运来燃油，掩蔽在码头水下。但是，海上发现了潜艇活动的迹象。如果“重庆”号驶出葫芦岛，可能遭致攻击。

国民党飞机仍在疯狂轰炸，码头已部分被炸毁，军舰危在旦夕。朱军和同志们商量，决定采取自沉，保护军舰，保护码头。

朱军向上级发出请求批准军舰自沉的电报，没有回答。

朱军再次发出请示电报，仍然没有回答。

朱军焦急地第三次发出请示电报，还是没有收到回答。

码头上，军舰上空，炸弹尖啸着直落下来，再也不能迟延了。此时，已经拆卸了雷达、仪表仪器等贵重物资，朱军决心承担责任，不待上级答复，下令“重庆”军舰自沉。

3月21日。刘懋忠和机电部门的杨桂发同志，噙着眼泪，打开军舰海底门，让军舰慢慢地平稳地坐沉海水之中。

但是，人们没有发现一颗炸弹在水下爆炸，把军舰右舷下部位炸开了一个不易发现的裂口，几个舱室早已灌满海水，当军舰下沉时，意外发生了侧倾。这为以后的打捞造成了困难。

军舰沉了，国民党空军的轰炸停了。

东北军区伍修权参谋长专程赶来葫芦岛，安抚、慰问起义的同志们。

毛泽东指派贺龙赶往葫芦岛。

“重庆”号官兵早已听说过贺龙的许多传奇故事，怀着好奇和尊重，争相一睹他的风采。

贺龙身穿缴获来的美国军大衣，蓄着黑黑的胡子，与水兵随意寒暄，笑声朗朗，全看不出这是一个率领千军万马、叱咤风云的将军。

贺龙冒雨视察，大声向“重庆”号官兵说：“同志们，你们辛苦了！党中央、毛主席、朱总司令派我来，代表他们热烈欢迎你们，祝贺你们起义胜利，向你们表示慰问！”

官兵们激动了，士兵解放委员会的同志们更觉得如见家人般亲切。

朱军揣着一颗忐忑不安的心，陪同贺龙察看了码头，汇报了水兵们抗击国民党飞机轰炸的英勇战斗。贺龙看过几处被轰炸所造成的毁损，说道：“你们做得对，自沉的决定很及时，很必要。”朱军这才把一颗悬着的心放了下来。

下午，在码头小礼堂，贺龙热情地慰勉起义官兵说：“我们家乡湖南有句俗话，‘留得青山在，不怕没柴烧’。毛主席说：有‘重庆’号官兵在，有人在，就保住了一切。‘重庆’号军舰是个好东西，我们很想要它，但是，现在用不上，也用不起。因为它用的炮弹要全部从英国购买，烧的油也要全部从国外进口，它现在在我们手里就像一只刺猬，拿也拿不得，丢也丢不得，所以沉掉它最好。但是，不要多久，我们一定会把‘重庆’号军舰打捞出来，为建设人民海军出力！”

贺龙还同士兵解放委员会的水兵同志们谈了许久，水兵们心里热乎乎的，深切感受到人民解放军官兵一致、上下平等，与国民党海军、英国皇家海军，有天壤之别。他们走进了一个温暖的新世界。

3月23日，毛泽东、刘少奇、周恩来、朱德和中共中央动身前往北京，24日到达保定，准备凌晨2时转乘火车去北京，在兴奋、忙碌中，毛泽东、朱德仍然联名给邓兆祥和“重庆”号全体官兵发出慰勉电：

热烈庆祝你们的英勇起义。美帝国主义者和国民党空军虽然炸毁了“重庆”号，但是这只能增加你们起义的光辉，只能增加全中国爱国人民、爱国海军人员和国民党陆军、空军人员和爱国分子的愤恨，使他们更加明了你们所走的道路乃是爱国的国民党军事人员所应当走的唯一道路。你们的起义，表示国民党反动派及其主人美帝国主义者已经日暮途穷。他们可以炸毁一艘“重庆”号，但是他们不能阻止更多的军舰将要随着你们而来，更多的军舰、飞机和陆军部队将要起义站在人民解放军方面。中国人民必须建设自己的强大国防。除了陆军，还必须建设自己的空军和海军，而你们就将是参加中国人民海军建设的先锋。祝你们努力！

毛泽东
朱　德
1949 年 3 月 24 日

借鉴历史上中国海军建军先建校的传统和外国海军建设经验，1949 年 4 月中共中央军委决定以“重庆”号起义官兵为基础，开办安东海军学校。邓兆祥任校长，朱军任政委，张学思任副校长，李东野任政治部主任。张学思是张学良同父异母的弟弟，黄埔军校毕业，早年即参加中国共产党，此时任辽宁省政府主席、省军区司令员。5 月 3 日，邓兆祥、朱军带领“重庆”号起义同志来到安东，后来，又有“灵甫”号起义的 70 多名官兵从香港辗转来到参加学习。10 月 1 日，中华人民共和国开国大典阅兵式，以“重庆”号起义官兵为主组成的海军方队，步伐整齐、雄姿英发地通过天安门广场，令国人振奋、世界惊诧——中国人民解放军队伍里有了海军阵列。

1949 年 9 月，中央军委派刘亚楼、张爱萍、张学思赴苏联考察空军、海军军事学校工作。11 月 14 日，张学思向中央军委报告《关于组建海校的初步意见》，据此，聂荣臻代总参谋长向毛泽东提出《关于创办海军学校的报告》，“原则上以安东海校为大连正式海校的基础”，从中选调“重庆”“灵甫”两舰原海军军官当教员。毛泽东当天批阅后转刘少奇、周恩来、朱德审阅，11 月 22 日中央军委命令在大连创建“中国人民解放军海军学校”，肖劲光任校长兼政委，张学思任副校长兼副政委。同日还指示各中央分局选送学员。

1950年1月，张学思、李东野选调了“重庆”号、“灵甫”号的主要军官和80名学员作为骨干，转去大连筹办大连海军学校（今大连海军水面舰艇学院），选调200多名学员去华东军区海军工作。邓兆祥、朱军和“重庆”号其他同志组成教导大队转赴葫芦岛，开始打捞“重庆”号的努力。1950年4月28日，“重庆”号重新浮出海面。肖劲光比较了苏联专家的意见后，果断批准按照邓兆祥精心拟订的航线，顺利、安全地把“重庆”号拖带至大连造船厂。随后，1950年8月，邓兆祥、朱军带领教导大队转赴青岛创办快艇学校。

“重庆”号不愧是中国人民海军建设的先锋！

四 炮击“紫石英”，防患于未然

关乎中国命运的大决战，在长城内外、大河上下进行。

天将破晓，毛泽东更觉神清气爽。他默想，时局发展之快，胜利到来之迅速，有点出人意料。两个月前，1948 年 9 月，就在西柏坡中央机关食堂的土屋里召开了中央政治局开扩大会，估计需要 5 年左右时间，可以从根本上打倒国民党。但是，从 7 月起，仅 4 个月的时间，各路野战军歼灭敌人近百万。特别是 9、10 两个月的大胜利，把革命的车轮大大向前推进了。我们的认识大大落后于时局的发展。

毛泽东拿起笔来，草拟给各中央局、各前委的电报：

> 我军已不需要再以三年时间（从今年 7 月算起）歼敌 300 个正规师，才能达到打倒国民党的目的。我军大约再以一年的时间，再歼其 100 个师即可达成这一目的。

电报写完，他又看了一遍。

自从 1948 年 3 月 23 日，毛泽东离开陕北，渡过黄河，5 月间来到这里，革命大踏步前进了。

这太行山麓的农家小院，日夜可以听到滹沱河的流水不断地奔流向前。前院那棵楸树下，磨盘边，多少次同刘少奇、朱德、周恩来、任弼时争论、商讨、议决大事，确定决战，如今，胜利在望！

毛泽东为胜利欢欣鼓舞，但有更深的思索，他关注的兴奋点已不是蒋介石，而是蒋介石身后的美国人。

1945年日本投降之日，美国海军陆战队9万人便在中国登陆，进占上海、青岛、天津、北平、秦皇岛、台湾。美国人用军舰帮助蒋介石把第八军、第五十四军、青年军第二零六师等13个军37个师抢运到山东和许多战略要地，争夺人民抗战胜利果实。当时的美国总统杜鲁门在他的回忆录中写道：

> 蒋介石需要我们帮助他，把他的军队运到日本主要部队准备投降的地区。否则，中国共产党人会收缴日本军队的武器，还会占领日本人所控制的地区。
>
> 利用敌人来做守备队，直到我们能将国民党的军队空运到华南，并能调军队去保卫海港为止。因此我们便命令日本人守住他们的岗位和维持秩序。

1946年11月4日，蒋介石政府同美国签订了《中美友好通商航海条约》，美国人便堂而皇之地随意进出中国了。美国船舶包括军舰在中国开放的任何口岸、地方或领水内可以自由航行，还可在遇到“任何危难”时，开入中国对外国商务不开放的任何地方和领水。国民党政府驻美国大使顾维钧说得更明白，更奴颜婢膝：“全中国领土均向美国商人开放。”拱手让人，卖国求荣，可说是无耻至极。

1947年12月，美国海军上将柯克列席了蒋介石主持的海军军事会议，商定以美国在华舰艇五分之三巡逻长江，五分之二用来封锁崇明到营口的海港。美国、英国、法国军舰陈兵长江中、下游，深入内河，阻止人民解放军南进。

1949年1月8日，毛泽东在1949年的任务的指示中说：我们从来就是将美国直接出兵占领中国沿海若干城市并和我们作战这样一种可能性，计算在我们的作战计划之内的。这一种计算现在仍然不要放弃，以免在事变万一到来时，我们处于手足无措的境地。但是，中国人民革命力量愈强大，愈坚决，美国进行直接军事干涉的可能性也就将愈小。

正因为此，毛泽东在同一指示中明确要求：1949年及1950年，我们应当争取组成一支能够使用的空军及一支保卫沿海沿江的海军。并且预言这种可能性是存在的。

毛泽东、中共中央发布了新中国海军第一个起航令。

3月25日，毛泽东和朱德、刘少奇、周恩来、任弼时率领中共中央机关和人民解放军总部由西柏坡移师北平。原来安排住在颐和园中的佛香阁，但毛泽东只停留一夜，第二天便搬到香山，同人民解放军总部住在一起。

双清别墅，清代修建的香山静宜园中的园中之园。半山之间，依山一带围墙。山楼凭远，轩楹高爽，门前一处池塘，屋前高树数株。

毛泽东喜欢这里轩临碧水，藤萝掩映，银杏、玉兰，高树直立。

4月16日，毛泽东给渡江战役总前委发电报指示：你们的立脚点应放在谈判破裂用战斗方法渡江上去，并保证于22日一举渡江成功。

时隔一日，4月17日，毛泽东在电报中重申决心，强调：你们应按原计划，确定于22日渡江不要改变，并必须争取一举成功，是为至要。

4月18日，毛泽东再发电报指示：二野、三野各兵团于4月20日开始攻击，22日实行总攻，一气打到底……此种计划不但为军事上所必需，而且为政治上所必需，不得有任何改变。

真正是三令五申，军令如山！

毛泽东在同一电报中同意总前委的安排：渡江任务完成后，以陈锡联、谢富治第三兵团出徽州沿浙赣公路东进；以宋时轮、郭化若第九兵团监视芜湖、南京，主力位于南京以西；以陈赓第四兵团接替第九兵团在芜湖的任务，并准备加入攻南京；王建安、谭启龙第七兵团，杨勇、苏振华第五兵团的任务照原规定不变。

这是既着眼于渡江后胜利追歼逃敌，也是针对侵入内河的外国军舰以及美国可能的直接军事干预而采取的措施。

4月20日，南京国民党政府拒绝在国内和平协定上签字。4月21日，毛泽东、朱德发布了《向全国进军命令》，要求中国人民解放军：

奋勇前进，坚决、彻底、干净、全部地歼灭中国境内一切敢于抵抗的国民党反动派，解放全国人民，保卫中国领土主权的独立和完整。

渡江战役打响，毛泽东彻夜未眠，关注着千里外的长江突破。

21日拂晓，人民解放军中集团首先在裕溪口至枞阳间突破，将国民党军长江防线拦腰截断。人民解放军东、西集团也展开攻击。当晚，三野、二野的24个军，百方雄师组成中、东、西三个集团，向汤恩伯、白崇禧两个集团苦心经营的长江防线攻击，横渡长江。

毛泽东问：“江南的天气怎么样？”

江南正值清明、谷雨时节，通常是细雨淅沥，路滑难行。“烟雨霏霏江草齐”，景色固好，但于行军、作战却很不便利。

参谋报告说；“部队正冒雨前进。”

果然有雨，战士们要越发辛苦了，但愿部队前进不要受阻。

参谋们陆续报告：“我军中、东两个集团在吴兴会师，包围了从芜湖、南京、镇江向南逃窜的国民党部队。”

4月23日，南京解放，国民党反动统治被根本打倒。毛泽东在双清别墅的亭子里，坐在一张木椅上，一只手随意放在膝上，一只手拿着报道南京解放的号外，安详平静，看不出有什么激动，似乎这不是他和战友们的杰作，似乎这不是他期待已久的胜利。但是，这终究是人民解放战争雄伟的一幕，是人民盼望打倒蒋介石的胜利，他心中涌动着诗情，挥毫写下《七律·人民解放军占领南京》：

钟山风雨起苍黄，
百万雄师过大江。
虎踞龙盘今胜昔，
天翻地覆慨而慷。
宜将剩勇追穷寇，
不可沽名学霸王。
天若有情天亦老，
人间正道是沧桑。

毛泽东写完以后，又随手揉成一团，丢进了纸篓里。秘书田家英却是有心人，把纸团捡起，小心展平，收藏起来。直到1963年，毛泽东应臧克家等的要求，整理、编辑《毛泽东诗词》时，田家英把保存的诗篇交给毛泽东，他看后哈哈大笑说："哦，我还写过这么一首诗，写得还可以，收进去吧。"此诗才得以流传。

当时的毛泽东，意不在诗。胜利已经取得，本次战役已经结束，通常，毛泽东对过去的胜利，总是掉头不顾，他的谋划，又指向新的目标。他看着，沉思着，想着蒋介石残存的军队，想着停在中国海上窥伺的美国军舰。他又审视已经做好的追歼国民党军、防范帝国主义入侵的部署。

4月20日中午，从长江上传来了帝国主义军舰的炮声。

深深侵入中国内河长江的英国军舰"紫石英"号、"黑天鹅"号、"伴侣"号、"伦敦"号，公然向人民解放军开炮，打死、打伤人民解放军指战员252人。人不犯我我不犯人，人民解放军开炮还击，击伤"紫石英"号军舰，迫使它陷于扬州附近江面不能动弹。

英国人打头阵，这是挑衅，这是试探。美国人会有什么动作？4月21日，毛泽东复电指示粟裕、张震和总前委："凡擅自进入战区妨碍我渡江作战的兵舰，均可轰击，并应一律当作国民党兵舰去对付。"

人们不会忘记，1927年3月24日，大革命胜利向前发展的时候，在长江上的英国、美国、日本军舰，曾经炮轰南京，打死、打伤2000多中国人，制造了南京惨案。同年12月广州起义，英国、美国、日本、法国公然派海军陆战队登陆帮助中国反动派镇压广州起义。今天，绝对不允许历史悲剧重演。人民革命即将取得根本胜利，帝国主义将被彻底驱逐出中国，他们怎会善罢甘休？我们又岂能不防？

有迹象表明，驻青岛的美国海军军舰正在撤走。目前在长江中的美国军舰、法国军舰都还保持着沉默。美国的决策者似乎还没有决定直接进行军事干预。但是，"紫石英"号公然卷入中国内战，毕竟是一起严重事件。蒋介石开门揖盗，让外国军舰深深侵入内河，使中国既无海防，也无江防。

目前，仍然要把帝国主义出兵干涉的可能性放在估计中。人民解放军集结重兵在京沪杭地区，足可以防患于未然。

毛泽东命令：“密切注意外间对我渡江的反应。关于‘紫石英’号事件有什么情况，要及时报告。”

4月21日，英国远东舰队司令布朗特冒险了，率领军舰企图掩护“紫石英”号逃离人民解放军炮火控制的江面。岸上，严阵以待的部队，一阵猛烈炮火，打得他们夺路而逃。

4月23日，毛泽东电报指示：英舰事件，现已震动世界各地。英、美报纸均以头条新闻揭载。请粟、张加强江阴方面的炮火封锁，一则使国民党军舰不能东逃；二则使可能再来之英舰不能西犯，如敢来犯，则打击之。

鉴于美国大使馆没有随国民党政府南逃而迁往广州，司徒雷登仍然留在南京，通过他的私人顾问傅泾波表示愿意继续当大使和中国共产党交涉。4月28日，毛泽东电报指出：“美英军舰已于26日由上海撤至吴淞口外，英、美采取此种态度于我有利。”“现美国方面托人请求和我方建立外交关系，英国亦极力想和我们做生意……美国援助国民党反共的旧政策已经破产，现在似乎正在转变为和我们建立外交关系的政策。”继4月27日批评三十五军擅入司徒雷登住宅“很不好”后，在此重申要保护外国侨民和外交人员。4月29日，毛泽东又严令：“须事先严戒部队，到吴淞后避免和外国军舰冲突。不得中央命令，不得向外国军舰发炮，至要至要。”

4月26日，在英国伦敦，那个被英国人视为“老狮子”的温斯顿·丘吉尔，虽然不再是英国首相了，仍然不改他的狂妄自大，在英国下院大放厥词，污蔑中国人民对入侵军舰反击是“暴行”，叫嚷“派一两艘航空母舰到中国海上去……实行武力报复”。

毛泽东鄙夷地笑了：这个丘吉尔，又在像他自己所说的喜欢追逐名声的响亮，怕是要一直追到炮口里去。然而，事情不会按帝国主义分子的逻辑发展，时代不同了，再也不是维多利亚女王时代，中国再也不是鸦片战争年代了。

替代丘吉尔担任英国首相的艾德礼，也在英国议院声称：“英国军舰有合法权利在长江行驶，执行和平使命，因为它得到国民党政府的许可。”

旧中国历届政府签订的不平等条约，中国人民一概不予承认，但毕竟是一种负担。毛泽东觉得正可借此契机，向全世界所有国家，昭示新中国的对外政策，打破帝国主义分子进行军事干预的图谋，保卫中国的主权。

4月30日，毛泽东提起笔来，气贯长虹地写道：

> 我们斥责战争贩子丘吉尔的狂妄声明……英国的军舰和国民党的军舰一道，闯入中国人民解放军的防区并向人民解放军开炮……中国人民解放军有理由要求英国政府承认错误，并执行道歉和赔偿。难道你们今后应当做的不是这些，反而是开动军队到中国来向中国人民解放军进行“报复”么？艾德礼首相的话也是错误的。他说，英国有权开动军舰进入中国的长江。长江是中国的内河，你们英国人有什么权利将军舰开进来？没有这种权利。中国的领土主权，中国人民必须保卫，绝对不允许外国政府来侵犯……人民解放军要求英国、美国、法国在长江、黄浦江和在中国其他各处的军舰、军用飞机、陆战队等项武装力量，迅速撤离中国的领水、领海、领空，不要帮助中国人民的敌人打内战。

这篇以中国人民解放军总部发言人名义发表的《为英国军舰暴行发表的声明》，义正辞严，传遍世界各个角落。响当当，掷地有声！西方人吃惊了，一百多年以来，几曾听到过中国人如此讲话？然而，今天有这样的中国人，这就是毛泽东。

5月6日，参谋报告：“二野第三兵团、第五兵团已进占金华、衢州、上饶，向浙东、闽北发展进攻，截断了浙赣路，堵住了国民党军退路。”

毛泽东点点头，他放心了。这不仅截断了国民党军退路，重要的是控制两省沿海地带，可以监视美军海上活动，保障三野对上海顺利展开攻击，制止美军可能的冒险干预。

毛泽东知道南征诸将现在最关注的是尽快向华南、西南进军，但是，且莫着急，暂时还要他们停留在江苏、浙江一带，示形于敌，取得“不战而屈人之兵”的效果。

现时，毛泽东最为关注的是严防美国从海上可能的入侵和干涉，把帝国主义侵略势力全部驱逐出中国。各部队应当按照4月18日电报的部署，及时到达指定地区。只要到达了，摆开一个架势，就会有效地遏制美国军队从海上可能来的干预。

5月20日，他电报指示三野前委：“为了对付外国军舰的干涉，你们应有充分的精神准备与实力准备，即要将外国干涉者的武装力量歼灭之或驱逐之。如感兵力或炮火不足，应迅从他处抽调补足。”明确规定：“黄浦江是中国内河，任何外国军舰不许进入，有敢进入并自由行动者，均得攻击之；有向我发炮者，必须还击，直至击沉击伤或驱逐出境为止。”“凡关外舰事件应将详情查明具报。”

5月23日，毛泽东发电指示《对各野战军的进军部署》：粟裕、张震应当迅速准备提早入闽，争取于6、7两月内占领福州、泉州、漳州及其他要点，并准备相机夺取厦门。入闽部队只待上海解决，即可出动……二野目前主要任务是准备协助三野对付可能的美国军事干涉。此项准备是必须的。有此准备即可制止美国的干涉野心，使美国有所畏惧，而不敢出兵干涉。但在上海、宁波、福州等处被我占领，并最好由三野以一部分兵力协助山东攻占青岛（假如上海占领后，青岛美军尚未撤退）以后，美国出兵干涉的可能性就很小了，那时二野就可以西进了。

毛泽东仍然不敢掉以轻心，5月28日发出《预筹帝国主义武装干涉的对策和部署》：

> 近日各帝国主义国家有联合干涉革命的某些象征。例如美国正在和英、法等12国会商统一对华政策，青岛增加了美国军舰，留在南京的各国大使准备撤走，英国在香港增兵，广州国民党也有某些高兴表示，可以看出这种象征。将来是否会演成干涉的事实，目前还不能断定。但我们应当预筹对策，以期有备无患……在华北、华东方向部署充分兵力，以防美国海军协同国民党海陆军向我后方的袭击和扰乱。

毛泽东反对帝国主义侵略的坚定决心、果断措施、注意政策和策略，为中国近代史上所未见，也给今人如何对待纷纭的国际形势以有益的启示。

7月，三野叶飞第十兵团进入福建，8月17日解放福州，10月17日攻占厦门。在山东，人民解放军解放青岛和内长山列岛。

无论从中国海防的历史，从当前的需要看，中国需要一支强大的海军！

9 月 21 日，中国人民政治协商会议第一届全体会议开幕，毛泽东发出了中国人民的最强音：中国人民站起来了！

毛泽东预言：

> 我们将不但有一个强大的陆军，而且有一个强大的空军和一个强大的海军。

从 1954 年至 1979 年，长期担任海军政治委员的苏振华深有体会地说："毛主席对海军建设的考虑，从 1949 年 1 月 8 日党内指示中提出争取在'1949 年、1950 年建成一支保卫沿海沿江的海军'，到他去世前夕，要求我们努力奋斗，建设起一支海军，使敌人怕。集中一点，就是要把帝国主义侵略势力从中国永远驱逐出去，使中国再不遭受海上来的侵略。所以，他始终如一地号召我们要建设一支强大的海军。"

五　白马庙，人民海军起航

华东军区报告，着手筹建华东军区海军，提议由张爱萍任华东军区海军司令员兼政委。

毛泽东批阅报告，想起了张爱萍。

张爱萍瘦高瘦高的个子，一口四川腔，会打仗，还是个秀才。长征时，他在红三军团。遵义会议后，部队渡过赤水，在云南扎西整编。红三军团由原来3个师缩编成4个团，战斗力倒加强了。当时，张爱萍在第十一团。整编后，全军原打算在泸州和宜宾之间渡过长江，“赤化四川”。但是，四川的地方军沿江严密布防，中央军薛岳的部队又紧追在后，云南的白军也涌向贵州毕节前来截击，过不了江了。此路不通，回头东进。二渡赤水，进占桐梓。红三军团齐心合力攻下娄山关，再占遵义，引得吴奇伟两个师猛扑过来。红一军团和红三军团互相配合，在忠庆铺、老鸦山消灭了吴奇伟2个师8个团，打了长征以来最大的一次胜仗。张爱萍带领第十一团打得很好。长征到达陕北，毛泽东深感要想取得革命胜利，提高红军干部素质实在是第一要紧的事，因此在保安办起了红军大学，张爱萍是红军大学第一期学员。那时候，他们都年轻，张爱萍也不过二十多岁吧，经过学习、讨论，廓清了中国革命和红军作战问题，统一了认识，增强了团结，也才有后来的革命大发展。

1937年“七七”事变后，张爱萍先去武汉，后到江南敌后打游击。毛泽东已经许多年不见他了。

此时，张爱萍病后初愈，急急赶往蚌埠孙家圩。在华东野战军、中原野战军总前委指挥部，陈毅司令员向他郑重交代了组建华东军区海军的任务。陈毅特别指示：从三野抽调一批有文化的营、团干部去建设海军。

张爱萍衔命赶往江苏泰州白马庙。

渡江战役即将打响，东路渡江战役指挥部设在白马庙，三野粟裕副司令员亲自在这里指挥。

4月23日，突过长江的中国人民解放军占领南京。从“总统府”门楼顶上扯下了标志国民党统治22年的旗帜，升起了代表中国人民伟大胜利的红旗。

就在这历史性的一天，在白马庙一座普通民房里，华东军区海军领导机构正式组建起来。

张爱萍和同志们分乘三辆美式吉普车，连夜冒雨向江阴进发，天明时到达靖江八圩的长江边上。张爱萍点数了一下，一共13人，这就是华东军区海军司令部的全部人马。人不多，但很精干，英气勃发，精神可嘉。他一挥手：“出发，上船，去江阴。”

江阴，濒临长江入海要津，是江防、海防要塞。城边的君山、黄山，俯瞰长江，扼控江流，形成天然门户。从宋代起，就在这里设营置炮，成为长江上的战略要地。

清朝曾国藩率领湘军水师攻打南京，在江阴激战，“鼙鼓惊天，千桨飞动，血溅碧涛”。

1937年8月13日，淞沪抗战爆发，中国军队与日本侵略军的海军、空军在江阴有过激战。由于力量对比悬殊，中国海军司令陈绍宽忍痛下令在这里沉下345艘军舰、轮船和185艘小艇。原想以此封锁江阴至靖江一段最狭窄的航道，阻截日军的长驱直进，日本侵略军却从陆路迂回包抄江阴，攻陷要塞。

渡江战役中，毛泽东关注江阴的控制和夺取。占领江阴，就关住了南京国民党残余力量顺江逃跑的通路。毛泽东年轻时候，30年前的1919年4月，也正是这“烟花三月下扬州”的季节，他在上海送别了赴法勤工俭学的青年后回湖南，乘船第一次经过江阴，慨叹此地扼江控海的险要，也对产生徐霞客的地方表示敬意。明代徐霞客，本名徐宏祖，少负奇气，30岁出游，遍历名山大川，穷星涉海而还。一部《徐霞客游记》十二卷，对山川地理位置、地貌地质、水文气象、树林花木、鸟兽虫鱼、生物矿物，以至社会风情、农田水利，各有系统的观察和记述，前无古人，世所罕见。他不是旅游者，他是探索者！毛泽东也是少负奇气的人，也是喜欢游历，用双脚开拓道路的人，只是现时他没有旅游的闲情逸致。1949年4月22日，当人民解放军西起九江、东至江阴突破汤恩伯苦心经营的千里长江防线后，毛泽东提笔为新华社写了一条消息，兴奋地宣布：

> 人民解放军百万大军，从一千余里的战线上，冲破敌阵，横渡长江……21日下午至22日下午的整天激战中，我已歼灭及击溃一切抵抗之敌，占领扬中、镇江、江阴诸县的广大地区，并控制江阴要塞，封锁长江。

人民解放军胜利渡过长江，江阴要塞守军投向人民。张爱萍率领人马进入江阴要塞。

4月28日，要塞司令部礼堂集合着1942年即已建立的原苏北军区海防纵队和第三野战军教导团的800名壮士，张爱萍热情洋溢，号召大家为建设和发展新中国人民海军而奋斗。

5月4日，中央军委、总政治部复电指示："同意以张爱萍为华东军区海军司令员兼政治委员……关防印信同军级。"

关防印信，由古代沿袭而来，是执掌权力的凭证和依据，一般为长方形和正方形，根据级别不同有大小之分。

华东军区海军有了行使军一级的权力。张爱萍最关切的是，海军需要军舰，需要懂得海上行船作战的人，何处去求？

从南京传来振奋人心的消息，国民党海防第二舰队司令林遵带领全舰队几十艘舰艇，在南京笆斗山江面起义。

近代中国海军尽管很弱、很小，但是，孕育了一大批爱国家、爱民族、追求进步的士兵和将领，他们顺应潮流，纷纷起义，站到人民方面来，将增加人民海军的力量。现在，张爱萍带领的华东军区海军已从江阴开展工作了，新、老海军将为中国人民海军的光明前途共同奋斗。

六 “海防第二舰队”长江上的壮举

毛泽东预言：国民党反动派及其主人美帝国主义者可以炸毁一艘“重庆”号，但是他们不能阻止更多的军舰起义站在人民方面。

在“重庆”号起义之前，国民党“黄安”号军舰舰务官鞠庆珍、枪炮军士长王子良、枪炮官刘增厚、枪炮班长孙露山等趁舰长刘广超元宵节离舰回家的机会，于2月12日晚8时半在青岛组织起义，13日凌晨4时驾驶军舰抵解放区连云港。

这是国民党海军官兵首举义旗的胜利。

2月13日，国民党海军201号扫雷艇一等兵李云修、王文礼、万成岐带领水兵在长山岛起义，驾艇驶向烟台。

另一个重大起义，经过长时间准备，终于在关键时刻爆发。

1949年4月23日，人民解放军攻击南京之日，国民党海防第二舰队少将司令官林遵带领9艘军舰、16艘炮艇共1271名官兵，在南京笆斗山江面起义。

起义加速了国民党军长江防线的土崩瓦解，有利于人民解放军顺利渡过长江。

5月18日，毛泽东、朱德驰电赞誉：

> 庆祝你们在南京江面上的壮举。你们率领25艘舰艇，毅然脱离反动阵营，参加到中国人民解放军的大家庭来，这是值得人民热烈欢迎的行动。在巡洋舰“重庆”号于2月间起义被国民党反动派于3月

间炸毁以后，4月间又有你们的大规模起义，可见中国爱国人民建设自己的海军和海防的伟大意志，不是任何反动残余所能阻止的。希望你们团结一致，学习人民解放军的建军思想和工作制度，并继续学习海军技术，为中国人民海军的光明前途而奋斗。

毛泽东

朱　德

1949年5月18日

林遵出身于海军世家，父亲林朝曦在清朝水师先后担任鱼雷艇副艇长、艇长，后来一直在海军任职，1924年，他鼓励18岁的儿子林遵考进烟台海军学校。

大革命时期，“打倒列强除军阀”席卷南北大地，深入人心。烟台海军学校倾向于南方的革命势力，遭到山东督军张宗昌的迫害，被勒令解散。1926年5月，林遵和其他30名学员转入福州海军学校寄读，继续完成学业。

福州是林遵的老家，他的叔祖林则徐是他所尊重、敬爱的民族英雄，他一心想像乃祖一样，驱逐洋人出中国。

1930年，林遵考取海军赴英留学生。他先是在英国海军驱逐舰上当练习生，后到格林维基海军大学中尉班和波斯麦斯迈思通信、鱼雷、航海、枪炮专科学校学习，1934年在通信专校高级班毕业，他是一个在英国学成的海军通。毕业后，还曾去德国、美国、日本参观、考察。后来他还被选派参加英皇乔治六世加冕典礼，担任特使团海军武官。这样一个从小在南京教会学校金陵中学学习，又在英国直接受教育、深受西方影响的人，怎么会站出来坚决反对帝国主义呢？

毛泽东在《唯心历史观的破产》中有一段极为精彩的文字：

西方资产阶级需要买办和熟习西方习惯的奴才，不得不允许中国这一类国家开办学校和派遣留学生，给中国“介绍许多新思想进来”，随着也就产生了中国这类国家的民族资产阶级和无产阶级。同时并使农民破产，造成了广大的半无产阶级。这样，西方资产阶级就在东方造成了两类人，一类是少数人，这就是为帝国主义服务的洋奴；一类

> 是多数人，这就是反抗帝国主义的工人阶级、农民阶级、城市小资产阶级、民族资产阶级和从这些阶级出身的知识分子，所有这些都是帝国主义替自己造成的掘墓人，革命就是从这些人发生的。不是什么西方思想的输入引起了骚动和不安，而是帝国主义的侵略引起了反抗。

1937 年，抗日战争爆发，林遵担任第五游击布雷大队大队长，在皖南长江水面上布雷，阻滞日寇长驱直入。后来，在参谋总长办公室担任海军参谋。1945 年，出任中国驻美大使馆海军武官。

1945 年 1 月，根据《战时租借法案》，中国和美国商定，由中国派遣一千多名海军官兵去美国学习，接收美国海军 8 艘军舰，以便配合美国海军在太平洋与日本海军作战。

中国水兵在美国迈阿密海军训练中心接受训练，住在滨海大道阿尔克赛旅馆。训练正在进行时，日本战败投降。水兵们原来都是青年学生，受过民主思想的熏陶，久已积蓄了对贪污、无理惩罚和不平等待遇的不满与愤怒，只是为了抗战而暂且隐忍。1945 年 10 月下旬的一天，水兵们围着领队许世钧中校质问：国家发给的服装费哪里去了？来美国途经印度时的旅途津贴哪里去了？许世钧平日积怨太深，面对质问，先是敷衍搪塞，既而横蛮强压。水兵们再也不能忍受欺骗，再也不堪强压，深藏在心底的怒火爆发了，一气之下，把他挟持到旅馆的 12 层楼上，关进了洗手间。

美国武装宪兵强行把许世钧带出学兵的包围圈。中国学兵开始罢课，绝食。迈阿密的报纸头版发布消息："中国海军罢课！"轰动了美国。中国政府震惊，下令逮捕了 8 名学兵，遣返回国。同时，不得不宣布将许世钧调离回国，改善学兵的待遇。

58 年后的 2003 年，已是著名剧作家的黄宗江，当年是去美国迈阿密训练的学兵，他回忆道：

> 我们在迈阿密训练结束，准备接舰登舰。我们这些水兵因上级贪污我们的旅费，积怨已久，这时感到登了舰便分散了，乃聚议绝食抗议（拒绝参加接舰仪式）。这当然是犯上乃至可称作乱的大事，但箭

在弦上不得不发。我是发箭的带头人之一。午夜，我们三个代表走到宿舍值更军官面前，由我发言并递交我起草集体签名的申诉书，我还捧着一盒英文 China 标志的臂章，声称所发中国军人佩戴英文臂章是一种侮辱，乃退交以示抗议。……事败是必然的，抓了几个骂大街的中学生，押送回国，当“八舰”归国停泊南京下关时，他们还来码头接我们，一切不了了之。我们这些带头的大学生只受了一次训斥，长官声称彼此心照不宣，警告今后再犯，严惩不贷。

另一个因为参加罢课而被捕押送回国的任治佑，2003 年写文章回忆说：

谈判僵持不下，走廊里人越聚越多，群情激昂，有人建议关住领队许世钧作人质。我因去得早，挤在门口边，后面人递过一把锁，我将门锁挂上，旁边卢锡章将门锁上。……中美联合开始大逮捕。我在救火实习课上由美军宪兵和一名中国军官将我逮捕。试问，一个 16 岁的初中生，能运动得了那些大学生和老海军吗？出于义气，我始终没有供出黄宗江。

以后，在 1982 年我与黄宗江见面时，我问他当时的后台，他也问我是不是共产党。而有一点是肯定的，不愿做洋奴的中国青年海军士兵在爱国主义驱动下，敢于在留美部队中造反，反贪污，反内战。

于是，中国政府改派驻美国大使馆海军副武官林遵接替指挥，带领学兵继续完成训练，接收美国军舰。

1946 年 1 月，林遵带领水兵接收了护航驱逐舰“太康”号、“太平”号，扫雷舰“永定”号、“永顺”号、“永胜”号、“永宁”号，猎潜舰“永泰”号、“永兴”号共 8 艘军舰，由迈阿密转去美国设在古巴关塔那摩的海军基地，进行海上实战和战术训练。

这 8 艘美国 20 世纪 40 年代初建造的轻型军舰，参加过第二次世界大战。最大的“太康”、“太平”号各为 1430 吨，航速 21 节，另外 6 艘军舰各为 945 吨和 900 吨。对当时的中国海军来说，这是装备最先进、最现代化的军舰了。

经过 8 个月训练，1946 年 4 月，林遵率领由 8 舰组成的中国舰队和美国赠送的运输修理舰“峨眉”号启程回国。

中国舰队访问了古巴哈瓦那，随后通过巴拿马运河，沿着中美洲哥斯达黎加、尼加拉瓜、危地马拉海岸线向北航行，到达墨西哥南部太平洋岸边的阿卡普尔科港。途经各地，华侨无不欢欣鼓舞，热烈迎送中国舰队。在阿卡普尔科港，全城华侨举家出动来到码头，许多老华侨朝着中国军舰跪下磕头，涕泣流泪。几百年的屈辱、艰辛，对祖国强盛的期待，一下子宣泄出来了。林遵和官兵们也感动得涕泪交流。

在阿卡普尔科港码头上，矗立着纪念第一艘中国帆船到达美洲的纪念碑。林遵和官兵们向中国航海前辈致敬。

中国舰队驶抵夏威夷群岛的檀香山，这里地处太平洋中心，有“太平洋十字路口”之称。这是因华人开发而繁荣起来的地方，名字也是华人起的。夏威夷本地人叫这里为火奴鲁鲁（Honolulu）——避风港。

但是，这里曾发生了日军袭击珍珠港事件，掀起了太平洋战争风暴。

战争刚刚过去，记忆犹新，更加使人感到中国需要一支海军。林遵设想回国以后，以 8 舰为基础，再训练一批新人，建立起中国的新舰队。

1946 年 7 月 2 日，中国舰队驶入日本东京港，访问东京。

一百年来，中国备受这个近邻的侵略，今天总算胜利了。旅居日本的华侨们看到中国舰队，欢呼雀跃，嘱托官兵：中国要自强，中国要有强大海军。

林遵和水兵们驶近祖国，万里归来，临近家门，心都快跳出来了。水兵们想象码头上激越的锣鼓，炸响的鞭炮，万人空巷的欢迎。然而，刚一驶进吴淞口，信号台却传来海军总部紧急命令：“峨眉”号立即直航青岛，其余 8 舰不得在上海停留，直接航驶南京。

一瓢冷水兜头浇来，水兵们大失所望，林遵也不解其中缘由。

军令必须执行。林遵率领8舰溯江而上,7月20日到达南京。码头上冷冷清清，似乎不知道有这样一支舰队远道归来。人们惊疑不定。岸上命令在江中抛锚。

海军总部因迈阿密事件，严密防范这些远道归来的水兵，连码头也不准停靠。

在南京挹江门海军司令部，参谋总长兼海军总司令陈诚接见 8 舰水兵代表，对要求释放因迈阿密事件被逮捕的 8 名水兵的要求不予置理，只在训话中应允所有士兵提升一级，更厉言声色警戒所有人员一律不得退役，如有擅离职守的，按军法严惩。

林遵恳切陈词，建议以8舰为基础训练新海军，也受到申斥，并被明确告知：一切力量要用于“勘乱建国”，用于内战。不几天，蒋介石宣布桂永清为海军代总司令。桂永清是蒋介石的亲信，复兴社骨干，著名的“十三太保”之一，不懂海军，却长于权术和特务统治。他首先撤销8舰编制，深恐8舰集中在一起形成一股势力。他把8舰分别调往四处，分而治之，林遵自然也被免去舰队指挥官的职务。

林遵从此“坐冷板凳”了。

战后，法国殖民者重新回到印度支那半岛，继续觊觎中国南海诸岛。中国政府内政部和海军总部决定组织“前进舰队”协同广东省政府正式接收南沙群岛、西沙群岛。

远去南海边陲，既不能劫收，捞不到金条、洋房、美女，还可能同法国军队发生武装冲突。炮火无情，有生命之虞。即使无战事，凶险的波涛，诡秘的航路，也令人谈虎色变。于是，这舰队指挥官的差事便落在了林遵头上，副指挥官由姚汝钰担任。

几年宦海沉浮，林遵深知为政的腐败，自己不希望飞黄腾达，但是，叔祖林则徐的英名，一生豪杰，使他内心不能平静。而今又有报国的机会，他顾不得刚刚安顿下的温馨小家，也不计较“坐冷板凳”时所遭受的一切，临危受命，承诺组织“前进舰队”。

第一个闻讯来找林遵的是“太康”号军舰枪炮长戴熙愉。这个青年军官原是“水兴”号猎潜舰航海官，在美国接舰训练中，成绩优异。他同许多爱国军官一样满腔热血，回国后，却一下跌进了冰窖里——蒋介石已决定大打内战。关外沦陷十几年，刚刚光复，又罹战火。中央军已发动大规模进攻，蒋介石命令对江苏、安徽、山东、山西、河北、河南、察哈尔（今内蒙）、绥远等地一切共产党在抗日战争中开辟的解放区发动进攻。军警宪特以禁止摊贩为名，滥捕、枪杀无辜平民。物价飞涨，民不聊生。全国各地，掀起了反饥饿、反内战、反迫害，争和平、争民主的潮流。戴熙愉和海军青年军官、士兵很自然地接受潮流的影响，拒绝参加反共反人民的内战。

戴熙愉向林遵说:“上峰命令‘太康’号调到渤海去打共产党，我想离开这条舰，跟随您去收复南沙、西沙群岛。”

林遵理解这些青年军官的苦闷和要求，他愿意组织前进舰队去南海也是为了避免参加内战，说道:“好，先躲过初一再说十五的事。只是‘永兴’舰已经有了航海官，现在‘太平’号还缺一个舰务官，你先去那里吧。”

戴熙愉连声说:“可以，可以，只要不去渤海就行。”

林遵摆摆手，不让他继续往下说，吩咐道:“你到‘太平’号名义上是舰务官，实际上当我的航海参谋。这次去西沙群岛、南沙群岛要有同法国人打仗的准备，这是自从鸦片战争以来中国同列强没有打完的官司，没有打完的仗。这一仗我们不打，我们的后人也要打。但是这次南下，最大的难题是航海。你和林焕章两个人负责编制航海计划，先尽可能收集相关海图和资料。”

“前进舰队”由“太平”号护航驱逐舰、“永兴”号猎潜舰和两艘登陆舰“中业”号、“中建”号组成。10月29日由吴淞口起航，从台湾外海航行。11月1日驶近香港，为了隐蔽，绕开香港，夜泊万山群岛的内伶仃岛。11月2日舰队驶入珠江口，抛锚停泊。

林遵和副指挥官姚汝钰带领参谋林焕章、张君然、“太平”号舰长麦士尧、“永兴”号舰长刘宜敏、“中业”号舰长李敦谦、“中建”号舰长张连瑞转乘炮艇至广州，拜会了广东省政府主席罗卓英，会见了广东省政府委派的接收南沙群岛专员、省政府顾问麦蕴瑜和接收西沙群岛专员、省政府委员萧次尹，同他们交换了进驻西沙群岛、南沙群岛的意见。广东省政府已经组织了由省政府各机关代表和民政厅、实业厅以及中山大学的专业考察人员、测量人员、有关行业技工组成的队伍，林遵欢迎他们随舰队一道进驻西沙群岛和南沙群岛。

11月6日早晨，“前进舰队”从虎门秘密起航，8日下午，驶抵海南岛南端榆林港，购置了一批适应珊瑚礁航行的渔用木船，雇请了熟悉西沙群岛和南沙群岛的渔工。一切准备工作就绪，等待适宜航行的天气。

为了尽快收复西沙、南沙群岛，林遵决定编成两个分舰队，“水兴”号和“中建”号由姚汝钰率领直接收复距榆林180海里的西沙群岛，林遵亲自带领“太平”号、“中业”号收复南沙群岛。

12月23日，西沙群岛分舰队“永兴”号和“中建”号起航，由姚汝钰率领，趁风浪稍弱的间隙先行赴西沙群岛。

林遵语重心长地向姚汝钰叮嘱说：“你们向林岛航渡，要格外注意北礁和七连屿这两个难点。北礁航道狭窄，这是进入西沙群岛的门户。过去，无数船只在这里翻沉了。不小心偏离航道，容易触礁或撞上沉船。至于七连屿，靠近林岛，粗心的船老大常常把它看错了，不注意风、流、压的影响，船失去控制，容易在礁盘上搁浅。我们都没有在这里航行过，都没有经验，更要谨慎。”

“永兴”号、“中建”号分舰队于24日凌晨，驶抵西沙群岛东部宣德群岛的林岛，此地又名多树岛、猫屿，距榆林港182海里。两舰在礁盘外抛锚，组织人员登岛。在大风大浪中抢运物资，搭建营房，构筑工事，修建炮位。经过五昼夜的紧张工作，电台架通，进驻工作大体完成。29日上午，中央各部委代表、广东政府接收官员和驻岛人员为收复西沙群岛纪念碑揭幕。

羊角树丛中，向海的一面，水泥制作的纪念碑顶端镌刻海锚，正中镌刻着“南海屏藩”四个大字，背面镌刻着“海军收复西沙群岛纪念碑，中华民国三十五年十二月二十四日，张君然立”。

分舰队列队升旗，鸣炮，以“永兴”号舰名重新命名林岛为“永兴岛”。

分舰队于30日下午返抵榆林港。

林遵向林焕章、戴熙愉、麦士尧说：“西沙群岛收复，增加了收复南沙群岛的紧迫性，我们必须赶在法国人可能干预之前，尽快进驻南沙群岛。”

南沙群岛距榆林港550至800海里，航程远，风浪大，几次出航，都因风浪折回。林遵决定改变航线，重新制订出航计划，先航向越南海岸，再驶向南沙群岛。

12月9日，南沙分舰队驶出榆林港，摆脱了潮汐影响，克服海面上风、浪、涌和海中流、溜、漩的影响，一直向前。12月11日清晨，进南沙群岛海域。

一片浅绿海水，一线雪白珊瑚沙，托起一片绿岛。测定为北纬10度22分50秒，东经114度22分0秒，这是南沙群岛中第一大岛黄山马峙。

礁盘边缘隆起，岛上灌木丛生，郁郁葱葱，绿盖全岛，海鸟云集，更有椰树耸天而立。林遵下令在礁盘外面抛锚，放下舢板，派遣陆战分队，涉礁登岛。

登陆分队上岛侦察后，发回信号，林遵便带领官兵、广东省政府人员一起登岛了。

摧毁了日本人侵占时竖起的纪念碑，重新树立中国主权碑石。

林遵主持，以海军隆重的礼仪，升旗鸣炮，向全世界郑重宣告：南沙群岛、西沙群岛正式回到中国怀抱！以“太平”号的舰名重新命名黄山马峙为“太平岛”。

12 月 15 日，林遵率领“太平”号军舰巡视了铁峙、南钥岛、双子岛等，用“中业”号舰名重新命名铁峙为“中业岛”。

法国殖民者慑于正义，没有以任何形式干扰中国政府收复自己国土的行动。

从南沙返回后，林遵的好朋友、海军中央训练团主林祥光，因为反对桂永清而被逮捕。特务统治，白色恐怖，连林遵也感到人身安全没有保障，他不愿帮蒋介石打内战，宁愿接受闲职，当了海军点验委员会副主任，避祸保身。

可是，桂永清在 1947 年年底，召见林遵，命令他担任海防第二舰队司令。海防不过是虚名，实际上是配合“京、沪、杭警备司令”汤恩伯率领的 54 个师的兵力，加强东起江苏江阴，西至江西湖口的千里江防，妄图阻挡人民解放军向江南进军。

林遵把舰队司令部设在离南京百里之外的镇江，在舰队司令部任用自己所信任的机电官阙晓钟、参谋戴熙愉、作战官欧阳晋以及副官王照华，把仅有的“惠安”“吉安”“营口”三艘护航驱逐舰和“安东”“永绥”“江犀”三艘炮舰以及两个炮艇队分在五个防区，分别驻泊江阴、镇江、南京、芜湖、安庆。尽管兵力不多，但由于舰艇机动性强，形同活动堡垒，仍然是一支威胁力量。

镇江，古名京口、润洲、朱方，春秋时起，便是军事重镇和江防要地。随着漕运兴起，镇江曾是大江南北交通枢纽和货物集散中心。

林遵独处迎江路舰队司令部的二层楼上，眺望长江，思绪万千。他原想避免卷入内战漩涡，却被调来阻挡人民解放军渡江。他苦闷、忧烦，于是，徜徉山水。

镇江有金山，因《白蛇传》的故事而闻名。林遵游金山，为白娘子苦斗法海终被镇在塔下而叹息。

林遵来到镇江南郊的几处古刹，翠竹万竿，绿天如海。走进竹寺的山门，他恍然有悟。

每座庙宇都设有山门，其实应是三门，三解脱门。佛经说只有从空门、无相门、无作门脱身而出，才能出世超凡。

迎门更见弥勒佛，有名的“布袋和尚”，令人想起他有一句警世偈语：“行也布袋，坐也布袋，放下布袋，何等自在。”

是啊，解脱，悟觉，谈何容易？

再往里进，抬头一匾，匾文为：一生补处。

触目惊心，发人深省。

直走到挹江亭，亭上有联：“来时觉幽奥，到此豁心胸。”

林遵不觉吟出古人诗句：“两点金焦来北固，几重烟水送南朝。”

自己作为一个军人，又能有何作为？

中共中央注意林遵了，周恩来指示地下党与郭寿生联络，通过他策动林遵起义。

郭寿生原是共产党员，1927 年上海武装起义时，曾经策动驻沪舰艇起义。蒋介石“四一二”叛变后，他长期受特务监视而脱党，现在是国民党海军司令部新闻处上校专员，《海军月刊》社社长。他是林遵在烟台海军学校的同学。

中共上海地下党组织领导人吴克坚把联络郭寿生的任务交给林亨元。林亨元找到郭寿生弟弟的朋友张汝砺，进而结识了郭寿生。几次交往后，林亨元坦率地向郭寿生说：“我是中共地下党员，组织要我告诉你，周恩来同志请你归队。”

郭寿生大为感动，说道：“周恩来同志了解我，他叫我归队，我就归队。”

1948 年秋天一个上午，郭寿生一身雪白的海军服，肩配海军上校肩章，登上停泊在镇江的海防第二舰队旗舰“惠安”号。

林遵闻讯赶忙迎了出来，故友重逢，分外高兴。郭寿生是林遵的学长，在烟台海军学校创办“新海军社”，聚集了一群进步青年军人，成为中国共产党外围组织。1925 年，18 岁的林遵积极投身“五卅运动”，郭寿生介绍他加入“新海军社”。

浅斟慢酌中，林遵吐露了不愿打内战，担心成为千古罪人的苦恼。郭寿生哈哈一笑，说道：“苦海慈航，佛度众生，守着金山寺，我们何不去随一番。”

林遵觉得郭寿生话中有话，欣然陪郭寿生游金山寺。

金山寺，传世已经一千五百年，是佛教禅宗古刹。原来建在江中的金山上，沧桑变化，河水改道，山与镇江陆岸相连了。整个金山，从山脚到山顶，山为寺裹，寺为山抱。殿宇庙堂，楼阁亭台，层楼相叠。更有一塔耸立，直上云天，气势不凡。山上有洞，供奉着唐代高僧法海。与民间传说《白蛇传》相反，法海是一个很有道行的和尚。后人更附会说他就是东渡日本传播禅宗的鉴真和尚，曾多次渡海，九死一生，直到眼睛瞎了，仍矢志不移，终于在第五次渡海成功。

林遵偕郭寿生缓步拾级而上，惋惜当年四月间的一场大火，把大殿和许多楼宇烧得七零八落，但仍然没有失去清幽和佛地的庄严。

登上慈寿塔，林遵说道："历代骚人墨客，吟咏金山的诗，不计其数，我喜欢王安石的这一首：'数重楼枕层层石，四壁窗开面面风。忽见鸟飞平地上，始惊身在半空中。'这应当是登上金山之巅，或许就是在这塔中所见吧。"

郭寿生笑说道："你还像过去那样喜欢诗，最近有什么新作？"

林遵苦笑着摇摇头，说道："日夜忧心，朝不虑夕，哪里还有心情作诗啊。不瞒你说，我这半年来，常常跑到金山、焦山来，是百无聊赖，散散心吧。"

郭寿生说："愿闻其详。"

两人越谈越投机，越谈越深入。

郭寿生了解林遵的爱好和秉性，林遵了解郭寿生"红帽子"的历史，料定他绝非无缘无故而来。林遵厌恶内战，不满桂永清的统治，急欲脱身而出，他长长叹了一口气，试探说："苦海无边，何处觅苇舟？"

郭寿生明白林遵的心意，说道："彼此一样，我们都处在十字路口，都要作出选择。"

林遵故意淡淡地说："有何见教？"

郭寿生说："出家人不打诳语，真人面前不说假话。中国共产党中央周恩来副主席派人来叫我归队，并且叫我转告你，希望你站到人民方面来。"

林遵沉思良久，郑重求教说："怎么做？"

郭寿生说："只有一条路可走：起义。"

林遵默默地点头。

在此之前，他已经同意机电官阙晓钟的建议，委托吴平、曹一飞两个学生去解放区找中国共产党。他们两个考进济南华东大学，向校长韦悫报告了国民党海防第二舰队起义的意图。韦悫及时转报第三野战军和华东局。

林遵已多次反复思索过了，中国海军的历史给了他启迪。

在中国军人中，海军军人多数是顺应历史潮流，趋向进步的。

1911年辛亥革命爆发，就在此地，就在镇江江面上，宋文翙率领“楚观”号等13艘舰艇起义；黄钟瑛“慷慨励士卒，效忠民国”，率领“海容”“海筹”“海深”号军舰在九江起义，拥护革命。孙中山先生曾称赞黄钟瑛“拥树民国，立于泰山磐石之安”，他去世后，得到殊荣，孙中山先生挽词：“尽力民国最多，缔造艰难，回首思南都俦侣；屈指将才有几，老成凋谢，伤心问东亚海权。”

人生当做黄钟瑛这样的海军军人！

1916年，袁世凯窃国当洪宪皇帝，海军总司令李鼎新率舰队南下，通电反对袁世凯。

1917年，北洋军阀段祺瑞专权、卖国，孙中山号召护法，海军总司令程璧光和第一舰队司令林葆泽，率领“海圻”号、“永丰”号等7艘军舰南下广州，拥护孙中山。

有意思的是，这些起义领导人，无一不出自马尾船政学堂——福州海军学校，都是自己前辈校友。

林遵反复咀嚼郭寿生的话，他又想起了海军宿将萨镇冰——马尾船政学堂第二届毕业生，晚清末年海军提督萨镇冰统制巡洋舰队和长江舰队。当辛亥革命发生的时候，萨镇冰奉命率舰队开赴武昌镇压，不肯违反人民意愿，滥杀无辜，仓促间，他也不能立即同旧制度决裂，便称病离开舰队。离开前，把指挥权交给趋向革命的“海筹”舰舰长黄钟瑛。第二天，黄钟瑛便率领舰队下驶九江，宣布起义，带动了几乎所有海军舰艇反正，拥护革命。

今天，形势不容许做萨镇冰。林遵决心起义。林遵按郭寿生要求，派出他所信任的第二舰队总轮机长阙晓钟、参谋组长欧阳晋同郭寿生联络。林遵也曾想过联络“重庆”号一道起义。他对欧阳晋说：“舰队如果起义开出长江，桂永清必然派‘重庆’号追击，最好联络他们共同起义。”欧阳晋领命到“重庆”号找知心朋友、海军中校雷达官张敬荣试探。林遵还亲自拜访过邓兆祥舰长，含蓄地透露过反对内战的心意。

1949年1月，蒋介石宣布引退下野，由李宗仁出任代总统，声明以中共八项和平条件为基础，国民党、共产党双方进行和平谈判。林遵希望和谈成功，战争就可以终止，国家元气也容易恢复，个人也可少一番风险。由这种善良愿望出发，他一时生出一些幻想。

国民党政府为了笼络林遵，晋升他为海军少将。

国民党政府假和平的嘴脸终于暴露，和谈破裂。林遵坚定决心，想多争取一些军舰参加起义。

林遵以加强江防为名，向汤恩伯、桂永清要求增加舰艇，争得将第一舰队3艘“永”字号军舰和登陆舰队的3艘军舰划归第二舰队指挥。这样一来，归属第二舰队管辖的有18军舰、50多艘炮艇。

一天，第三野战军的孙克骥持郭寿生以“李治平”署名的举荐信，以福建同乡的名义直上“惠安”舰要求见林遵。当此非常时刻，林遵万分谨慎小心，由于事先没有具体约定，生怕特务耳目众多，引人怀疑，没有同意见面，要戴熙愉派艇送他上岸。

这一场误会，引起波折。

上海地下党领导吴克坚认为已到决定性时刻，党的代表必须和林遵直接会面，于是林亨元约定林遵在金山寺会面。

1949年1月，预定约会的日子，突然下起滂沱大雨，会面地点改在一个深巷子里的饭馆。

林遵由阙晓钟陪同来到饭馆。一见林亨元，林遵惊喜了，说道：“原来是你啊！老朋友，你好啊！”林遵在重庆时，曾因同乡聚会和林亨元有过一面之缘。此时，他完全放心了。林亨元、林遵、阙晓钟三个人一面吃着镇江特产硝肉，一面用福州话低声交谈。

林亨元诚恳地说：“中共中央同意你们选择在大军渡江时起义。希望你们起义后配合解放军渡江，之后，以你们舰队为基础建立华东军区海军。起义一个舰队就编为一个舰队，一个分队就编为一个分队。林遵先生个人有什么要求和条件，也可以商量。如果起义不成，也欢迎林遵先生个人到江北解放区去。中共中央特别嘱咐，请林遵先生保重，隐忍待机，切勿暴露，避免在事前遭受不必要的损失。”

林遵十分感动，他觉得面前摆着一条不同于过去的道路，他下决心同旧世界决裂。他坦率说了自己的观点：“脱离国民党，实行起义，这个决心已定。配合渡江，我们可以做到不向北岸和渡江船只开炮，但是不能调转炮口往江南打，因为这里老百姓多，容易误伤。我们起义是为了长江两岸老百姓免于遭殃。我们按兵不动就是协助渡江。”

林亨元没有强求林遵，说道：“你们起义，我们欢迎。至于是不是调转炮口打阻击渡江的国民党军队，请你们根据具体情况决定吧。”

林遵向林亨元详细介绍了海防第二舰队情况和起义准备，商定由第三野战军派人来镇江联络，共同合作，实行起义。

林遵和林亨元热烈握手，拍板确定。

后来，孙克骥在上海会见了阙晓钟，传达了陈毅司令员的要求：“第一，配合解放军渡江；第二，以实际行动反抗桂永清，将第二舰队留在长江不予撤退。”

4月中旬，欧阳晋奉林遵命令，专程到上海当面向林亨元表明说：“第二舰队起义的准备工作已经就绪，决定配合大军渡江，就地起义。确定第二舰队起义时舰艇与岸上的昼夜联络信号为二闪白色闪光。”并且提供了国民党军江防部署、舰艇性能、南岸便于登陆的地段等情况，特别建议渡江前，最好先行夺取江阴要塞，封锁长江航道。4月23日毛泽东在给总前委的电报中就曾指示：“请粟、张加强江阴方面的炮火封锁，一则使国民党军舰不能东逃；二则使可能再来之英舰不能西犯。”

林遵和旗舰“惠安”号常驻镇江，原计划在镇江或江阴起义。4月中旬，桂永清命令“惠安”舰驶至南京停靠。

4月19日，桂永清突然登上“惠安”号，命令林遵立即赶去芜湖，阻击人民解放军渡江。

林遵推托为难说：“‘惠安’号主机正在检修，无法开航。”

桂永清脸色铁青，不由分说地严令：“你立即乘‘美盛’号登陆舰，限今天下午四时以前起航，到芜湖后换乘‘永嘉’号督战。”

“小不忍则乱大谋”，不能硬顶，不能使整个舰队起义中途夭折。林遵隐忍从命，赶去芜湖。

4月22日清晨，桂永清从南京电令林遵将安庆、芜湖所有舰艇带回南京，并限令23日拂晓前赶到。

林遵正要赶回南京，组织起义，便率领“永嘉”“永修”号军舰立即下驶。桂永清从午夜以后，接连三次电报催促林遵：“务于5时前到达总司令办公室报到。”

林遵赶到南京挹江门海军总司令部，桂永清急不可耐地说：“你可来了。国民政府已经迁往广州，江阴已经易手。本人马上乘飞机去上海。现在把集中在笆斗山锚地的舰艇交你指挥，由你带到上海。你应当为党国效忠！”

林遵一听，喜在心头，这真是难得的好机会！但他很快稳住自己，不露声色，连声推辞说：“林遵才疏学浅，难以担当如此重任！而且，集中南京的舰艇庞杂，有些还不是第二舰队的，难以调度，实在难当重任。还是请总司令亲自坐镇、指挥，我从旁协助。”

桂永清连忙摇手说：“大可不必，你一人足矣。”更许愿说：“只要你把舰队带到上海，哪怕只剩下一条舰，我也报请总统晋升你为海军中将，任海军副总司令，授予青天白日勋章。”

林遵为难地说：“在南京的各种舰艇既多且杂，每艘舰的航速都不一样，有的跑得快，有的走不动，陈旧失修的不在少数，想全部带到上海，实在是力所不能呀！”

桂永清考虑了一下，不情愿地说道：“好吧，一些性能老旧、负伤严重、价值不高的舰艇，我授权你可以断然处置，根据情况将其毁沉，其余的务必于今晚离开南京，驶往上海，不得有误。我将电请空军掩护你们冲过江阴。”

林遵为了不使桂永清起疑，再三推辞，坚请他留下指挥。

桂永清急于逃往上海，声色俱厉地向林遵说：“总裁有令，要我即飞上海转奉化，共商国是，不宜在舰队耽搁，以免贻误党国大事。好了，你赶快回舰部署吧。”

林遵离开时，作战署署长王天池又交给他一封桂永清事先写好的亲笔信：

尊之兄：

着你率队于23日傍晚驶离南京，江阴炮台已于21日易手，已命空军轰炸江阴要塞，并派空军掩护你们下驶，你们务必于23日晚间驶离此地，以免空军误会。

桂永清

4月23日

桂永清暗示以空军轰炸为威胁，强令林遵把舰队撤往上海。

林遵乘“永嘉”舰来到笆斗山锚地。一句英国谚语不断在林遵脑子里反复回旋：“A bird in the hand is worth two in the wood——一鸟在手，胜于二鸟在林，多得不如现得。”

时不再来，机不可失。林遵决定回到舰队就召集舰长们讨论，争取全舰队起义。

林遵同“惠安”号吴建安舰长商议后，立即召集各舰舰长来旗舰“永嘉”号开会，林遵说道：“桂总司令要我带领所有在南京的舰艇，于今天撤往上海。他在离开的时候，给了我一封信，一道手谕，我给大家念念。”

桂永清的信，引起了恐慌和不安，也激怒了舰长们。

林遵强调说：“我几次请求桂总司令来舰队亲自指挥撤退，他不答应。请周参谋长，或者王署长来舰队督阵，他们也都不肯来。桂总司令也已经离开南京了，现在，一切只有靠我们大家了。”

舰长们越发愤怒了，说道：“解放军已经开始渡江了，这不是把我们丢给共产党了吗？”

林遵等大家平静了一些，才接着说：“现在的情况是，解放军已经在安庆上游开始过江。江防部队的陆军已经撤退，说是撤到沪杭一线的第二道防线。长江天险都已经不守，那里更是无险可守之地呀。大局就是如此，败局无可挽回。如果按照桂总司令的命令，我们下驶上海，有‘三关’要过：第一关，江阴要塞已经易手，它的强大炮火肯定要拦截我们。第二，江北仪征、三江营一带有解放军很强的炮兵阵地，控制着江中航道，我们能否安全通过，不敢说。英国军舰‘紫石英’号就被打得动弹不了。第三，‘营口’号已经投共，肯定会拦截下驶的舰队。是走是留，事关诸位切身安危，事关全体官兵命运，我听取和尊重大家的意见。”

经过激烈讨论，戴熙愉依据林遵授意适时提议投票表决，是留下举行起义，或是下驶上海。结果8票赞成起义，2票反对，6票弃权。

林遵说：“大多数愿意留下来，我刚才又跟几位有异议的舰长谈过，也表示愿意与我同进退，都决定不走了。当然，也绝不勉强，假如哪位现在还想走，我们决不阻拦。”没有人反对，林遵断然宣布：“好，我们一致行动，解放军过江，我们不打；国民党撤退，我们不走，决定起义！”

林遵习惯性地看了下手表，此时是1949年4月23日15时30分。

海防第二舰队胜利起义。

细心的戴熙愉发现“永嘉”号上被陈诚提拔的青年军官有异常表现，建议林遵立即转移，回到所熟悉和可信任的“惠安”号军舰。

黄昏时，“永嘉”舰突然挂出了起锚信号，水兵也站了炮位，炮口对准“惠安”号。

旗舰信号就是命令。许多舰艇不明真相，以为林遵仍在“永嘉”号，也纷纷复挂了起锚信号，站了炮位。

林遵闻讯，大吃一惊，连忙走上指挥台，感到形势十分严重。吴建安是个急性子，主张开炮打击叛舰。

林遵制止说：“不可以，不能流血。”

戴熙愉痛苦地说：“这是我的过失。离开‘永嘉’时，没有命令他们降下司令旗；上了‘惠安’，也没有通知升起司令旗。可能许多舰长以为司令还在‘永嘉’舰，盲目跟他们跑。最好打开报话机请司令把他们喊回来。”

林遵命令打开报话机，叫通各舰，亲自喊话：“各舰听令：我是林遵，我现在在“惠安”舰，请不要误会，立即回原锚地抛锚！”

果然，“永绥”“楚同”“安东”“美盛”“吉安”等舰听从呼唤。但是，“永嘉”“永修”“永定”“武陵”“美亨”“永绩”“兴安”7艘军舰向下游逃驶而去。深夜，起义的海防第二舰队才与人民解放军部队取得联系。

桂永清在上海不断发电报询问第二舰队情况，催促立即下驶去上海。

为了避免和推迟国民党空军轰炸，林遵命令继续保持与国民党海军电台的联系。

4月25日早晨，第三野战军第三十五军的联络代表张普生陪同林遵会见吴纪文军长、何克希政委。他们对林遵和第二舰队起义，表示热烈欢迎，传达毛主席指示说：“毛主席对你们的爱国正义行动热烈赞扬。毛主席说重要的是建设海军的人才。军舰重要，人更重要。军舰疏散，尽可能保存。实在保存不住也不要紧，但一定要保人。”

林遵十分感动，真切地说：“感谢毛主席和各位的关怀！”

何克希笑着问道：“林司令，现在还继续保持‘灰色’吗？”

林遵说：“我想再保持一段时间。这样做，或者可能推迟遭到轰炸的时间，也可能避免留在上海和其他地方的眷属遭到损失。”

何克希说：“敌人轰炸不可避免，建议你们疏散人员和舰艇。”

林遵颔首答应说：“我也是这样考虑的。”

4 月 25 日，国民党空军飞机几次飞临第二舰队锚地上空侦察，林遵判断，空军轰炸的威胁十分逼近了。他指示“惠安”舰的电台继续保持与国民党海军电台的联系。尽可能让桂永清发生错觉，推迟舰队遭受轰炸的时间。

上海国民党海军电台发来质问：“舰队为什么还不开下去？”

林遵指示回答说：“一些舰艇发生故障，正在修理，不能行动。”

桂永清给林遵来电说：“只要你能把舰艇带到上海，任何事情都有商量余地。”桂永清还要海军总部的人，分别利用同学、同乡的情分发电劝诱第二舰队的舰长们下驶上海。

4 月 26 日，国民党海军总部给林遵和各舰长分别发来电报，要求立刻下驶上海集中。下午，桂永清再次给林遵发来电报：“限你们 26 日午夜通过江阴下驶，届时有空军掩护，幸勿延误。”

这是威胁，接下来必将是狂轰滥炸。

林遵按照与何克希商定的方案，命令全舰队于 4 月 27 日转移至南京下关。

清晨，水兵们冲洗甲板，检拭机械，把军舰打扮得漂漂亮亮。

官兵换上了整洁的服装，军官们摘去了帽子上的青天白日帽徽，士兵们拆掉了披肩上的青天白日徽记，在甲板上整齐列队。

船钟敲响六下的时候，林遵发布命令：“红旗升上桅顶！”

军号吹响了升旗乐曲，全体官兵立正敬礼，目光注视着一面象征革命的红旗，直达主桅顶端。

以旗舰“惠安”舰为首，在红旗引导下，浩浩荡荡，向南京下关驶去。

舰队靠上了下关码头，一辆吉普车驶到码头。人民解放军第八兵团司令员陈士渠走下车来。林遵简短地向他介绍了舰队情况。陈士渠高兴地说：“好呀！我们上船看看。”

陈士榘到各舰参观。在“安东”舰的会议舱，陈士榘向所有舰长、艇队长说：“祝贺你们胜利起义。热烈欢迎你们加入人民军队！”陈士榘接着果断地说：“当前最重要的是保存我们的舰艇和人，而主要是人！国民党的飞机一定会来轰炸，敌人不让我们有海军，可我们一定要建设人民的海军。今天，我看过了你们的舰艇，就算是接收了，细节以后再说。尽快疏散隐蔽，船上大部分人先到岸上集中学习，避免遭受轰炸损失。”

4月28日上午9时5分，国民党空军的美制轰炸机6架，对第二舰队分散隐蔽的舰艇狂轰滥炸。留舰的官兵组织火力奋勇还击。“惠安”“楚同”“永绥”三舰被炸沉。枪炮员何友生，水兵童如恒、吴本祥、陈一起、王幼琴、顾立卿为保卫军舰牺牲，战士董福利、施依顺、陈善鑫等16人负伤。

4月30日，国民党空军飞机又炸沉“吉安”舰。5月4日炸沉“太原”舰。以后，又炸沉“安东”舰。“吉安”“安东”“楚同”“永绥”“太原”5舰都因为被炸损毁严重无法修复。

起义的9艘军舰中，6艘先后相继被炸沉，造成了重大损失，激起了起义官兵的义愤。后来，经过努力，尽一切可能打捞军舰，加以修复。

“惠安”舰被打捞修复后改名“瑞金”舰。

“江犀”舰被打捞修复后改名“涪江”舰

“美盛”舰被打捞修复后改名“黄河”舰。

“联光”舰被打捞修复后改名“古田”舰。

4月30日，林遵召集各舰长和炮艇队长会议，决定向毛主席、朱总司令发出致敬电：

中国人民革命军事委员会主席、中国人民的领袖毛主席、中国人民解放军朱德总司令：

当我们开始走进中国人民解放军的行列之际，请接受我们最诚挚崇高的敬意。

我们是一群被国民党反动派政府统治的海军，反动政府曾指挥我们以人民血汗换来的武器，来屠杀争取民族独立、民主自由的人民，保护卖国独裁内战反人民的蒋家小朝廷。可是，我们时常想到，用人民血汗建立起来的海军，应该是用来捍卫国家独立与人民民主的，为什么要拿美帝国主义供给的武器，屠杀自己同胞，从事反人民的战争？我们怀疑，思虑，愤愤不平，想到有一天总会找到可能的机会回到人民的阵线，和人民站到一起。

这个期待的日子终于来到了，当人民解放军百万雄师胜利突破了长江，南京国民党反动政府逃窜的时候，我们舰队的舰艇集中在南京东北笆斗山下，23 日在燕子矶高举义旗参加了中国人民解放军。

怙恶不悛与人民为敌的国民党反动派，竟于我们起义后，不断驱使空军轮番轰炸，妄想阻止中国人民建立自己的海军。这更加暴露了国民党反对中国独立民主的狰狞面目，更激起了我们的愤怒，更坚定了我们为人民解放事业而奋斗的意志。今后誓愿在中国共产党与人民革命军事委员会和人民解放军华东军区领导之下，贯彻毛主席、朱总司令的进军命令，为彻底推翻在美帝国主义支持下的国民党反动统治，完成新民主主义革命而奋斗；为彻底改造自己，学习毛主席建设人民军队的原则思想作风，学习人民解放军一切优良的政治工作与指挥工作的制度，建立一支人民的海军而奋斗。

第二舰队少将司令　林遵
永绥军舰舰长　邵仑
楚同军舰舰长　李宝英
惠安军舰舰长　吴建安
江犀军舰舰长　张家美
吉安军舰舰长　宋继宏
美盛军舰舰长　易元方
联光军舰舰长　郭秉衡
安东军舰舰长　韩廷枫
太原军舰舰长　陈务笃
第五巡防艇队队长　杜徵琛

第一机动艇队队长　张汝槱

暨全体官兵同叩

1949 年 4 月 30 日

5 月 11 日，新华社发布消息：

新华社南京 5 月 11 日电：4 月 23 日，当人民解放军三路强大部队胜利渡过长江时，国民党海军第二舰队司令林遵将军率所属舰艇 25 艘（后经核实共为 30 艘），于南京东北约 8 里之笆斗山江面光荣起义，参加中国人民解放军海军。起义的海军官兵受到人民解放军和广大人民的热烈欢迎。

这一天，南京风和日丽。

林遵和起义的官兵走进“总统府”的“子超楼”的议事大厅，一些穿着粗布衣服的人民解放军干部已经迎候在那里。大家相互热烈鼓掌致意。中国人民解放军第二野战军司令员、南京军管会主任刘伯承走了进来。

刘伯承以浓重的四川乡音，风趣地问道：“你们晓得我是谁吗？我就是报纸多次发表消息，说是已经被‘打死’过好几回的‘刘匪’——刘伯承是也。”

官兵们交头接耳，惊讶感叹了。他们没有想到这样一位赫赫有名的统帅竟是如此风趣，如此平易近人，更没有想到人民解放军这样的高级首长会接见他们。

刘伯承很满意这种效果，哈哈笑了一声，继续说道：“那是国民党吹牛皮，他们打不死我！你们看，我不还是好好的吗？不是还在这里欢迎你们，同你们讲话吗？”

会场上顿时活跃了，官兵们消除了紧张，缩短了同刘伯承的距离。

刘伯承高兴地说：“今天，我代表人民解放军热烈欢迎你们！欢迎林遵将军和海防第二舰队全体官佐和士兵！”

会场上响起了热烈的掌声。

刘伯承又问道：“你们知道这里是啥子地方吗？”接着自问自答说：“这里就是‘子超楼’，是蒋介石那一窝子，四大家族和那些战犯们‘议事’的地方，你们有哪个到这里来过呀?”

会场上静悄悄的。

刘伯承继续说道:“怕是都没有来过吧！今天让你们见识见识。我也是头一回到这里来呀。”

大家注意打量这个曾经是反动统治中心的地方，感慨不已。

刘伯承继续说:“蒋介石就是在这个大厅里‘议事’决定，做了许多伤天害理、祸国殃民的坏事。他们在这里决定挑起内战，屠杀人民，要消灭共产党。他们吹牛皮，说是要在几个月内消灭共产党。结果呢，今天被消灭的不是共产党，被消灭的是他们，是他们自己。毛主席和朱总司令命令我们坚决、彻底、干净、全部消灭反动派。我看，他们离彻底完蛋的时间不远了。”

海军官兵们全神贯注，认真听刘伯承的讲话。

刘伯承提高嗓音说:“毛主席领导全国人民和人民解放军，用小米加步枪打败了美国帝国主义武装起来的蒋介石几百万军队，推翻了压在人民头上的三座大山——帝国主义、封建主义、官僚资本主义。南京的解放，我们在这里会见，就意味着蒋家王朝的彻底覆灭。那些战犯都跑了，但不管他们逃到哪里，我们总会把他们抓回来！同志们，新中国即将成立，即将建立新的联合政府，人民政府。我们要废除伪宪法、伪法统，没收官僚资本，实行土地改革，建设繁荣富强的新中国!”

刘伯承继续语重心长地说:“当今的中国，只有两种军队，一种是帝国主义者、官僚资产阶级、封建阶级领导的反人民的军队，一种是无产阶级领导的人民大众的反帝国主义、反封建主义、反官僚资本主义的军队。此外，再没有任何第三种军队。第二舰队一经起义，就在根本立场上由反人民的军队转变成为人民服务的军队。所以，舰队起义后，国民党飞机就来轰炸，第二舰队也就实行还击，这就标明了这个转变。起义的海军官兵一方面要认识过去曾经是反人民的工具，另一方面要加强现在为人民服务的意志。因此，起义的海军官兵要努力学习毛主席建设人民军队的思想，为建设中国人民海军而奋斗!”

林遵在致词中说:“我们坚决拥护和接受刘司令员给我们的指示，今后一定努力学习毛主席的建设人民军队的思想，为建设人民的强大的海军而奋斗!”

刘伯承从座位上站起来，绕桌一周，和每一个人握手。然后，一起下楼，在楼前台阶上和林遵、舰长、艇队长、官兵代表合影留念。

下午，刘伯承、唐亮、江渭清和第二野战军司令部在新街口龙门酒家，宴请林遵和起义官兵代表。晚上，第二野战军政治部举行文艺晚会，欢迎全体起义官兵。

5月18日，毛泽东、朱德发来电报庆祝第二舰队南京江面上的壮举。

在林遵率领第二舰队起义后，1949年5月24日，国民党汉口巡防处的64号、65号炮艇和50、66、70号巡逻艇在洞庭湖滨的岳阳起义，士兵徐甫庭、顾杰、徐大光、张慎平、曹学海、胡营、张燕明等冲入64号指挥艇，打死中校处长陈文惠，驾艇驶抵武汉。1949年12月4日，55、59、71号巡逻艇，于广西南宁江面起义。

1949年9月，国民党海军海防第一舰队旗舰“长治”号，从舟山驶往长江口，封锁上海。早在1949年2月，舰上的军士陈仁珊就同中共上海局外县工委有了联系，酝酿起义。由他和林寿安、李春官组成核心领导小组，先后发展了43名士兵。9月19日凌晨2时5分，在长江口外大戢山海面，陈仁珊等发动武装起义，击毙武力反对起义的11人，扑灭在搏斗中烧起的大火，团结更多的官兵，驾舰驶往上海解放区。

1949年10月22日，国民党广东江防司令部第四炮艇队的“舞风”号炮舰和38号巡逻艇在艇长李可皋率领下，在撤向澳门途中，于江门起义，驶向广州。

10月26日，撤至澳门的“联荣”军舰，在中共地下党策动下，李振华、曲振华、说景龙、杨成德等组织起义成功，驶向广州沙面。

1949年11月8日，国民党海军汕头巡防队的“光国”号炮艇接到命令撤往台湾，报务员黄维鸿、信号兵杨朝顺、文书施德贤、枪帆兵吴正连等制伏艇长，宣布起义，将炮艇从南澳岛开回汕头。

1949年11月29日，在重庆江面的国民党海军江防舰队“永安”“郝穴”军舰起义。

1949年11月30日，国民党海军江防舰队司令张裕拒绝执行蒋介石逃离重庆前下达的炸毁军舰的命令，与第二野战军先头部队联络，带领“民权”“常德”“英山”“英德”“永平”5艘军舰起义。

1949年12月7日，“同心”号运输舰在四川云阳江面起义。

国民党海军“灵甫”号军舰，经中共上海局策动，陈克、尚镭谋划在上海赴广州的航行中组织起义。由于“重庆”号起义，英国人在香港收回了这艘租借给国民党的军舰。陈克、尚镭等组织 73 人，先后脱离军舰，乘船来到天津，加入人民海军。

在香港的国民党海军“永明”号扫雷舰官兵苏云飞等 28 人，经华东军区海军驻港地下工作人员策动，也毅然脱离军舰，到达深圳，参加人民海军。

国民党海军爱国官兵在人民革命胜利的形势下，作出了历史性的正确抉择，正如毛泽东在给“重庆”号军舰官兵复电中所说：“中国爱国人民建设自己的海军和海防的伟大意志，不是任何反动残余所能阻止的。”

从林遵、第二舰队和广大海军官兵的故事，可见毛泽东洞察入微，对于中国各阶层人士的估量是何等的独到、精确。

1949 年 8 月 28 日上午，北京中南海怀仁堂。

毛泽东约见林遵和解放后应召参加海军建设的原国民党海军总司令部办公室少将主任金声、国民党海军总司令部第六（机械）处处长曾国晟和海军总司令部办公室上校副主任徐时辅。

华东军区海军司令员张爱萍陪着林遵等人走了进来。

林遵穿着黄色军装，胸前佩戴“中国人民解放军”胸章，向毛泽东举手敬礼。毛泽东把他的手从眉额上拿下来，一把握住，连声说：“欢迎，欢迎！”

林遵本准备好了报告词，但是，毛泽东这样随和，一双大手热乎乎的，轻轻一握，透着温暖、亲切，他只朴实至诚地问候道：“毛主席好！”

毛泽东笑眯眯的，用眼光招呼所有在场的人说：“好，大家都好！”

随着，他逐一走到每个人面前握手。

毛泽东坐下后，看大家还站着，连连摇手说：“坐，请坐。抽烟吗？大家随便。”

毛泽东打量林遵，清癯，干练，高颧骨，大眼睛，坐在那里腰板挺直，两手放在膝上，一派训练有素的军人气度。

毛泽东笑着问道：“看来你也就是四十来岁吧？”

林遵答道：“我 1905 年出生，今年 44 岁了。”

毛泽东说：“你看起来很少相，不像是四十岁出头了嘛。”

接着，毛泽东又一一问徐时辅、曾国晟、金声多大年纪，什么地方人。

5月11日，刘伯承曾在南京同林遵谈过，送来过一个情况报告。此外，中央工作的同志们鉴于程潜、陈明仁在8月4日宣布湖南和平解放，对西南各省震动很大。云南方面，卢汉、龙云都透露了起义的意向。因此，建议在这个关键时刻会见国民党起义人员，以利于推动西南各省和平解放。毛泽东同意了，但是，他从来不喜欢官样文章，不愿把会见什么人搞成客套，搞成礼仪性的走过场，他准备实实在在地同林遵几个人商议建设人民海军的事情。须知，他们都是海军专家，而我们对海军却知之甚少。

毛泽东诚恳地说："请大家到北京来，是想和你们商量建设海军的事情。你们是老海军，张爱萍他们是新海军，新老海军要互相学习。"

林遵却循着自己的思路，说道："国民党把我们的许多军舰都炸沉了，我感到惭愧。既不能同军舰共存亡，又没有能够妥善保存住军舰，是我计划不周，以为舰艇疏散隐蔽起来，就能避免轰炸，减少损失。结果，损失更严重。"

毛泽东说："不要难过，只要人在就好。有人，就会有军舰，可以造新军舰。最宝贵的是人。你们一千多人起义，比几条、几十条军舰都宝贵，你们大有功于人民！"

林遵深受感动，说道："第二舰队的官兵，绝大多数都反对蒋介石打内战。但是，仍不免做了反人民的罪行，在安庆、三江营开炮，造成沿岸人民和人民解放军的损失，罪责在我。中共中央、周恩来副主席特意派郭寿生去找我们，给我们引路，这是看得起我们，信任我们，我们才能够新生，宣布起义。还有5条舰叛变跑向上海，连我的旗舰'惠安'号也有一些官兵带着武器要挟去上海，我真是忧心如焚。只是当时的形势和大多数舰长、官兵的支持，最终才安定下来。"

毛泽东点点头，说："你们起义是顺乎潮流，合乎人心，是正义的！我们希望国民党更多的有识之士，和我们合作，一起完成解放事业，一起建设新中国。"

林遵在重庆时，多次见过蒋介石，那一个总是摆出威仪赫赫、至高无上的样子，而毛泽东是如此平和，穿一套布衣服，也没有熨过，一双布鞋是普通农家手工制作的。同你谈话时，他用专注、热切的眼光看着你，你不得不被吸引，想向他倾诉自己的思想。

毛泽东把身子挪到沙发边上，更靠近林遵一些，举起大拇指说：“你们的起义是壮举。你们起义使人民海军的力量迅速增强了。会有更多的国民党人仿效你们，站到人民一边的。”

毛泽东接着说：“蒋介石搞孤家寡人，搞独裁，我们历来主张团结，统一战线。1923年，中国共产党在广州召开第三次代表大会，决定同孙中山先生的国民党合作，建立反对北洋军阀的统一战线。1924年，我们许多共产党员参加了国民党第一次代表大会，一起建立黄埔军官学校。两党合作，全国革命运动普遍高涨，才有了北伐战争的胜利。”

毛泽东继续说：“抗日战争，我们的统一战线扩大了，打败了日本帝国主义；三年解放战争，我们还是靠统一战线。我们诚心诚意同大家合作，大家也和我们风雨与共。今后，全国人民要一起合作，建设新中国！”

毛泽东停下来，他希望大家随意寒暄。但是，看起来很难。这也难怪，除张爱萍外，这些同志究竟还不习惯共产党、人民解放军的一套，一时难以完全解除拘谨。

毛泽东提起话头说：“我们要建设海军，请你们谈谈你们的意见。”

林遵响应说：“第一是训练。海军活动范围是在辽阔海洋上，必须战胜风浪，战胜自然，然后才能和敌人作战。安全很重要，技术很重要。一艘军舰，至少要有一半懂得技术的人，才能说得上安全，才能使军舰正常航行。我以为要先组织人才，集中训练。”

毛泽东点头，便问道：“你是哪个学校毕业的？”

林遵说：“我是烟台海军学校的，后来转到福州海军学校寄读，在那里毕业。又在英国学了5年海军，还到德国学过潜艇。”

毛泽东笑道：“啊，你是个海军的通才哟，难得！”

林遵说：“不敢当。”

毛泽东问道：“你讲的福州海军学校，它的前身是马尾船政学堂吗？”

林遵说；“是的。”

毛泽东点点头，说道：“啊，这个马尾船政学堂，还是同治年间，敝同乡左宗棠‘大人’奏请开办的。听说是招小孩子从小训练起，很严格的。”

林遵说：“是，进学校要订合同，不准中途退学，学期五年，平日不放假，只有年节可以回家几天。”

徐时辅说：“那时候的海军学校大都这样，我学海军，开始是东北海军学校将校班幼年生，进校的时候 14 岁，一进去就先到‘肇和’号练习巡洋舰上，做适应性训练 8 个月，然后才去葫芦岛学校学习。”

毛泽东饶有兴趣，问道：“你也到外国学过海军吗？”

徐时辅回答说：“我是在美国安纳波利斯海军学校海军研究生院学习的。”

毛泽东高兴了，说道：“你们都是有科学技术知识的人。海军是现代化的军队，你们要发挥所长，教会新海军，教会从野战军调到海军来的人，帮他们掌握技术，学会开军舰。”

毛泽东慨叹说：“1866 年马尾船政学堂开办起来，中国算是有了现代海军、近代海军。这个学校出了许多人才，光是海军提督、海军总司令就出了好几个。”他转向林遵说：“萨镇冰，清朝最后一个水师提督，他是你的同乡啊。”

林遵说：“民国反正，啊，辛亥革命后，他挂职离开军舰，回到老家教书。”

毛泽东说：“这是一位可敬的老先生！他拒绝镇压辛亥革命。这一次，李宗仁请他去台湾，他拒绝了。蒋介石打电报让他和陈绍宽一起去台湾，他称病不去，还告诉陈绍宽规避。很可敬！”

毛泽东停了一下，又说：“这个学校的学生当了海军总司令的还有李鼎新、黄钟瑛、宋文翊、程璧光。”

林遵惊异，毛泽东竟如此熟悉海军的历史，如此关心萨镇冰，他为此十分感动。萨镇冰是海军宿将、福建先贤，是林遵极为尊敬的前辈。

后来，1952 年 1 月，萨镇冰在 93 岁高龄时，写诗一首，托人转送毛泽东，表达他对海防建设的关心和期盼：

衰躯不与世争光，
偶向经坛拜梵王。
尚望舟师能再振，
海氛一扫捍岩疆。

毛泽东未及回信，萨镇冰病逝。5 月 25 日，毛泽东复信说：

萨先生现已作古，其所作诗已成纪念品，兹付还，请予保存。

毛泽东特别指派陈毅专程去福州，主持萨镇冰丧礼。

毛泽东继续说：“同你们先后起义的，还有邓兆祥，‘重庆’号舰长，他好像是广东人？”

林遵说：“邓舰长是广东高要人。”

毛泽东说：“高要，又叫端州，那是出端砚的地方。”

林遵说：“是，邓兆祥舰长先是进黄埔海军学校，后来又在吴淞、烟台海军学校学习，担任过马尾海军学校的训育主任。”

毛泽东接着说：“马尾船政学堂以前还出了刘步蟾、邓世昌、林泰曾，都是著名将领，甲午海战中的的英雄。”

毛泽东又问林遵：“林泰曾，和林则徐有什么关系吗？”

“林泰曾是林则徐的孙子。”

“哦。你也姓林，你也是林则徐的后代吗？”

林遵回答道：“林则徐是我的叔祖。”

毛泽东说：“哦，你也是将门之后啊！林则徐是我们中华民族英雄。我年轻的时候，读过他委托魏源编的书。魏源是很推崇林则徐的，他说‘整我戎行’‘必沿海守臣皆林公而后可，必当轴秉钧皆林公而后可’。”

毛泽东又说：“你刚才强调了人才训练，这个意见很中肯。魏源也说过‘人才进则军政修’‘器利不如人和’，很有见地。”

林遵进而说出自己另一个意见道：“我以为对于起义的官兵，在物质上多给一些照顾。这样，既可以安定现在官兵的情绪，也利于招徕散处各地的旧海军人员，对于还在国民党手中的海军官兵，也会产生好的影响。”

毛泽东点头。

毛泽东和大家谈得高兴，说：“希望大家团结起来搞好海军建设。我们需要强大的海军，把帝国主义侵略势力全部赶出中国去。这是从林则徐开始的中国几代人的愿望。新海军要很认真、很虚心地向你们老海军学技术、学科学；老海军也要认真学习新海军的革命思想、传统作风。我们这支军队是人民军队，不同于一切旧军队，有它自己唯一的宗旨，就是为人民服务；有它自己的原则和传统作风，比如党的绝对领导，政治工作制度，密切联系群众的作风。总之，你们懂新科学知识，有技术，新海军要向你们学习。人民解放军有优良的政治工作和战斗作风，你们也要向新海军学习，新老海军要团结，相互学习，共同为建设强大的人民海军而奋斗。”

这时，张爱萍说道：“主席为我们华东军区海军报题写了刊头，我们还想请主席给华东海军题词作指示。”

毛泽东欣然道：“好哇，你们想想，写什么？应该写什么，想好了，我给你们写。”

大家一时不知请毛泽东写什么好。

毛泽东说：“这样吧，你们回去想好了，告诉我，我再给你们写。”

谈话结束，毛泽东又和大家一起来到门外，招呼一起照相。毛泽东要林遵站到自己身边。

林遵感动地说：“毛主席，您这么忙，耽误了您这么多时间，真不好意思。”

毛泽东爽朗地笑道：“你们是远来的客人嘛！我这个人呀，是来者必见，哪怕几分钟也好。这叫打开窗户通通空气，了解情况。你们来了，给了我难得的学习机会，了解情况的机会。应当谢谢你们！”

回到北京饭店住处，张爱萍领着大家研究，草拟请毛泽东题词的内容。每个人都沉浸在兴奋中，每个人都受到毛泽东人格力量的感召。经过反复推敲，拟订了一个草稿：“我们一定要建设一支海军，这支海军要能保卫我们的海防，能有效地防御帝国主义的可能的侵略。”

后来，毛泽东正是依据大家的意见，为华东海军题词。

建立强大的海军。林遵和毛泽东同声相应，同气相求。

1949 年 9 月 15 日，中央军委任命林遵为中国人民解放军华东军区海军第一副司令员。他积极协助张爱萍组建华东军区海军。起义的官兵积极帮助从野战军转来的“新海军”学会驾驭军舰，他们也逐渐转变成人民军队的一员。海防第二舰队起义的炮 3 号艇枪炮兵赵孝庵在 1950 年 7 月 9 日浪矶山海战中，奋勇炮击国民党军炮舰。战斗中，炮 3 号艇中弹沉没。赵孝庵拖着 12 处负伤的身子，避开只有 10 里之遥的仍然为国民党军占据的大陈岛，鼓励其他 5 位战友游向 40 里之外的大陆。他被授予甲等战斗模范称号。1952 年全国战斗英雄代表大会和全国工农兵劳动模范大会在北京召开，他被选入大会主席团。笔者在大会上采访过他。赵孝庵后来担任了鱼雷快艇支队长。海防第二舰队起义的炮艇107号的艇长杜克明，曾经随林遵参加过在美国迈阿密的接舰训练，在1950年7月12日奔袭披山的海战中，驾艇勇撞国民党军“新宝顺”号炮艇，将其击沉。

1949年9月21日下午，林遵出席中国人民政治协商会议第一届全体会议开幕式。

中南海，怀仁堂，雕栏画栋，绚丽多彩，主席台正中是政治协商会议的会徽。红旗。鲜花，典雅，喜庆。林遵头一次走进如此神圣的殿堂，噤声等待。毛泽东身着黑色制服走进会场，人们热烈鼓掌，毛泽东把手举到帽檐，笑着回敬所有的人，显得那样谦和、朴实。林遵看了一下表，18时50分。

19时整，大会开始，毛泽东讲话，林遵仔细聆听。毛泽东说：“诸位代表先生们，我们有一个共同的感觉，这就是我们的工作将写在人类历史上，它将表明：占人类总数四分之一的中国人从此站起来了！”

毛泽东的声音不高，却重若千钧，有震天撼地的力量。林遵更加意识到自己正置身一个历史时刻，参与一件经天纬地的大事业。

毛泽东满怀信心地预言：“我们的国防将获得巩固，不允许任何帝国主者再来侵略我们的国土。在英勇的经过考验的人民解放军的基础上，我们的人民武装力量必须保存和发展起来。我们将不但有一个强大的陆军，而且有一个强大的空军和一个强大的海军。”

毛泽东召唤一切爱国人民，为建立强大海军而奋斗。这是林遵和所有中国人的民族宿愿。

随后，宋庆龄讲话。林遵敬仰孙中山先生，也敬仰宋庆龄。他听到她平和地说：“中国人民的成就，已经把整个世界的形势改变了。”后来，程潜上台讲话，讲到他追随孙中山四十五年，革命没有成功，他感到惭愧。他还说，“我们革命的目的，本来不在改朝换代，而是要求社会变革，是要把数千年来的封建专制彻底推翻，把近百年来的帝国主义的压迫根本扫除。”林遵觉得，这些长于他的前辈，说出了他和许多人的共同感受。

9月23日，毛泽东宴请程潜、张治中、傅作义和林遵、邓兆祥等26位起义将领，毛泽东几次举杯庆祝原国民党军将领举行起义，顺应人民和平运动的功绩。毛泽东说："由于国民党中一部分爱国军人起义，不但加速了国民党残余军事力量的瓦解，而且使我们有迅速增加的空军和海军。"

政治协商会议期间，毛泽东十分关注林遵，9月26日凌晨3时，写信告诉周恩来：

> 尚未讲话而应讲话或想讲话的人们，如林遵、邓兆祥、刘善本……等人（名单应加斟酌），本日上午或下午必须逐一通知他们写好讲稿，否则明天就来不及了。请注意及时组织此事。

林遵给毛泽东留下了深刻印象。林遵对毛泽东的细致关切，知人善任，永远铭刻在心。

1993年5月，我在上海采访林遵的夫人胡志贞，后来，把记述林遵的文字请她审阅，她在9月28日亲笔回信说：

> 毛主席在接见林遵同志时说过："有了你，我们就有了人民海军。"这句话，林遵同志曾告诉过我和孩子们。这里包含着党和毛主席对林遵同志的评价、信任和赞誉。毛主席知人善用，给了我们极其深刻的影响。这句话是可以核查的。供您参考。
>
> 感谢您能理解林遵同志并客观地反映历史事实。

当年，林遵脑子里，时时萦绕着毛泽东的话："中国的命运一经操在人民自己的手里，中国就将如太阳升起在东方一样，以自己辉煌的光焰普照大地，迅速荡涤反动政府留下的污泥浊水，治好战争的创伤，建设起一个崭新的强大的名副其实的人民共和国。"

9月27日下午6时，林遵和所有政治协商会议代表齐集天安门广场，为人民英雄纪念碑举行奠基典礼。黄昏的暮霭中，天上亮起一抹红云。毛泽东在肃默中诵读纪念碑铭文：

三年以来，在人民解放战争和人民革命中牺牲的人民英雄们永垂不朽！

三十年以来，在人民解放战争和人民革命中牺牲的人民英雄们永垂不朽！

由此上溯到一千八百四十年，从那时起，为了反对内外敌人，争取民族独立和人民自由幸福，在历次斗争中牺牲的人民英雄们永垂不朽！

铭文平和、直白，发自内腑，发自人民心底。

20世纪60年代初，笔者曾采访林遵同志。夏日，南京海军学院，一片浓浓的绿荫。这里曾经是宋代著名宰相王安石居住过的半山园。我请林遵谈他率领海防第二舰队起义的经过，请他谈毛主席接见时的情形。那时，距毛主席接见已有多年，林遵仍然激动不已。他说："我去见毛主席的时候，心里有些不安，几天几夜都在想，不知道应该说什么好，也准备了一大堆话，可直到进了屋子，见了毛主席，竟不知道该怎么说。毛主席招呼我们坐下来，随随便便聊天，问话，我的话自然而然就出来了。毛主席问什么，我答什么，也不考虑什么身份啦，谦虚啦，得不得当啦。毛主席不是高高在上的接见，而是同你交谈，同你商量，以礼相待，平等相待。后来，毛主席讲话比较多，我们自自然然恭敬地听着，不是因为他是共产党的领袖，只是他是长者，是师长。我们受教于长者，心悦诚服。听毛主席叮嘱我们新老海军要互相学习，互相团结，我心里本来有的一点不痛快也被化开了。那时候，华东海军指定了一个三人小组，我还不熟悉我军的这一套，向派来的同志主动靠拢不够。三人小组也没开过什么会，心里有些想法。毛主席一讲，我心里就开通了，敞亮了，痛快了。"

林遵还说："那时候，我本来还有一个打算，是在听了毛主席讲话后，才发生了变化。酝酿起义的时候，郭寿生问我有什么想法，起义后有什么打算。我那时候，只想避免内战，中国人不要开炮打中国人，要使跟着我的部属有个妥善安置和出路，个人进退，想过'急流勇退'四个字。带领舰队起义了，事成之后，就休息，退隐。见了毛主席，听毛主席讲话，要建设强大的海军，这是中国历史上从来没有过的机会。而且毛主席又这么真心实意看得起我们，器重我们，寄希望于我们，我不能不听从这个召唤，不能不跟着他去实现中国几代人的海上强国的梦。”

林遵边回忆边继续说：“告辞毛主席出来，我深切感到毛主席是真正的礼贤下士。以前读《史记》，看到郦食其见刘邦，刘邦正在洗脚，没有起身出迎，郦食其责怪他倨傲不恭，不敬长者。刘邦谢罪，马上起身，光着脚，忙得连鞋子都穿倒了。那是封建帝王，根本不能同毛主席比，我们更不是长者，而是小学生，毛主席还这样客气、谦虚、和气。毛主席是这样一种人，只要你见过一面，有过一次接触，听过他一次讲话，你永远也忘不了，终生受益。这不是个人崇拜，而是受到一种精神感召，由衷的心悦诚服。”

“文化大革命”中，林遵在劫难逃，被抄家，被批判，被诬为“双料特务”，但他从没动摇对共产党、毛泽东的敬重、信任，也没动摇为中国海军建设出力的初衷。

1975 年 6 月 6 日，中共中央军委任命林遵为海军东海舰队副司令。林遵不改初衷，继续坚持要求加入中国共产党。1978 年秋天，我在舟山一处海军基地再次遇到林遵，那时，他刚刚成为一名共产党员。一个与林遵共事多年的同志说，林遵的经历，使他身上不免有许多旧的东西，他的入党，要克服旁人所没有的因袭负担，要付出加倍的努力。

基地码头上，当年那些日本造、美国造、“万国造”的舰船早已淘汰退役，停靠着的是中国自己设计、建造的“051”型导弹驱逐舰、“053”型导弹护卫舰、远洋测量船、补给船等新型舰船。舰长、部门长和许多军官，多数经过海军舰艇学院、海军指挥学院学习、深造。其中，有许多人是林遵的学生。他们在为中国远程运载火箭全程试验，为首次到太平洋航行做准备。

林遵兴奋地向笔者说：“我一直想中国有一支强大的海军。1946 年从美国带领 8 艘军舰回来，一心想以 8 舰作基础，经我的手训练出一支新舰队。结果是 8 艘军舰被分散，我也坐了‘冷板凳’。1949 年起义以后，想过以起义官兵做技术骨干，建设华东海军的舰队，这也不切实际。后来刘伯承元帅把我要去搞教学，办院校，为海军建设打基础。现在，海军有了很大发展，新型舰艇装备了部队。我回舰队，还是抓部队训练，尽快恢复被耽误和破坏了的训练工作，但是很难，需要加倍努力。即将进行的试验，是毛主席生前确定的任务，要胜利完成任务，舰员的训练仍然是最要紧的工作。”

七　立即任命海军司令

中南海，菊香书屋。夜，静极了。

毛泽东从书本上抬起头来，凝神细听，似乎天籁有声，秋虫似铃。

大军势如破竹，广州已于前几天解放，国民党政府“迁都”重庆，第二野战军的部队早已在9月间向西南运动了，西南指日可下，蒋介石只有台湾一地可逃了。

攻克南京后，青岛、福州相继解放，广州又已解放，美帝国主义直接出兵武装干涉的可能性不大了，应当尽可能在大陆歼灭国民党军残余，但渡海作战，终不可免。木船可以渡长江，渡海吗？10月24日夜，第十兵团的3个团从厦门强渡，在金门岛登陆，后续部队受阻于潮水，也无船可渡，先头3个团陷于孤军作战。一海之隔，仅数里之遥，漳、厦纵有大军屯集，也只能望洋兴叹，无从援手。而金门的国民党军第二十二兵团3万人，以逸待劳，打我无后援的部队，占有地利的优势。我军战士苦战三昼夜，大部分英勇牺牲。这是胜利追歼战中一个重大损失。从这个教训看，要反对骄傲轻敌，也看出我们多么需要海军啊。一个金门岛尚且如此，打台湾又如何呢？何时组建起一支能够掩护渡海作战的海军部队？未来防御、反对帝国主义的海上入侵，又需要什么样的海军呢？

华东军区建立了海军，广州方面，洪学智组织了江防部队。为了统一领导，党中央确定建立军委海军领导机构。毛泽东反复考虑，海军由谁来主帅呢？他在众多的人选中，挑出了肖劲光。已经通知他到北京来，要当面同他谈谈，听听他的意见，再提交中央讨论确定。

肖劲光，一副湖南人少有的大身坯，大方脸，浓眉大眼，还有一种不信邪的犟脾气。吃了不少亏，受过不少打击，好在打而不倒，锐气、犟气不减。

20世纪20年代，湖南和全中国有许多青年，感到前路渺茫，四顾彷徨。1918年毛泽东和蔡和森组织青年人去法国勤工俭学。1920年夏天，毛泽东和何叔衡、方维夏又在湖南组织了俄罗斯研究会，招收青年学生去新俄学习。17岁的肖劲光正彷徨无路，他的好朋友任弼时拉着他一起报名，一同去苏联，在莫斯科东方大学学习。1924年春天，肖劲光回到湖南，在安源工人俱乐部从事工人运动。

1925年夏天，毛泽民、肖劲光要去广东工作，恰巧毛泽东也要去广东。肖劲光在长沙水风井文化书社第二次见到毛泽东。

三伏天的长沙，天气能热死人，坐着不动，也汗如水洗。入夜以后，窄巷子里，木板楼房下面，摆满了躺椅、竹床，人们横七竖八躺着乘凉，摇着蒲扇，拍打着蚊子，还不时打两声“哦嗬”，希冀能从湘江上喊来一阵凉风。

文化书社楼上的窗户洞开，明晃晃的美孚油灯下面，桌上摆了几样小菜。湖南省委书记易礼容，为去广东的三个同志饯行。

一碗干煸辣椒豆豉，一碗辣椒炒虾米，一碗辣椒炒百叶，个个吃得津津有味，辣得合不拢嘴，辣得通身汗直流，似乎唯有这辣，才能解暑，才能祛湿，才能消火。

毛泽东记不得当年都说过些什么了，但对肖劲光那股火爆的革命激情，仍然记得蛮清楚，印象深刻。

1927年，肖劲光第二次到苏联，入列宁格勒托尔马乔夫军政学院学习。1930年回国，到了江西中央苏区。1931年12月，季振同、董振堂、赵博生带领国民党第二十六路军1万6千多人在宁都起义，编成红五军团。在当时可是一件震惊中外的事情。军委派肖劲光去担任军团政委，按照古田会议决议进行工作。

但是，起义部队的官兵有反复，1932年1月，一部分军官逃跑，第十四军工兵连80多人反水。谣言四起，部队不稳。肖劲光、季振同在九堡召集会议研究。外面坐着打好了背包要走的军官，等待会议决定。肖劲光骑着马，从九堡跑 30 里路到瑞金找中央局和军委。听了肖劲光汇报，有人主张派部队去武力解决。肖劲光觉得不妥，又跑去找毛泽东。

肖劲光风风火水跑到毛泽东住处。

毛泽东住在一座小屋的二楼，房间里一张床，一张桌字，两把凳子。肖劲光一屁股坐下，向毛泽东讲了红五军团发生的事情，说道："连季振同都发生怀疑，提出了质问，怎么办呢？"

毛泽东想了想，问道："你同意用武力解决吗？"

"我不同意！"

毛泽东点点头，说道："那就好。不能不分青红皂白，像割韭菜一样，统统割掉，绝不能这样！"

"那怎么办呢？"

毛泽东有意缓缓说："莫急，莫性急。我告诉你一个办法，剥笋子的办法。一层一层剥，把外面不能吃的，没用的笋壳一层层剥掉，剩下的就是笋肉，就是精华。"

肖劲光一拍大腿，站起身来，连声说："好，对头。就是这个办法。"停了停，他又问道："那怎么个剥法呀？"

毛泽东叮嘱说："你马上回去，对他们讲，就说是毛泽东讲的，宁都暴动，大家自觉自愿参加革命，我们欢迎。但是，如果认为这边不好，有人要走，我们欢送。这也是原来有言在先，也是我们一路来采取的办法嘛。"

肖劲光赶回九堡，把毛泽东的话告诉季振同，季振同十分兴奋，连声说："这我就放心了，拥护！"他出面给要走的军官做工作，还拿出自己的光洋、票子分给要走的人。结果，原来要走的，倒有许多留下不走了。

一场即将发生的动摇、反水，妥善解决了。

1933 年 10 月，肖劲光担任红军第七军团政治委员，奉命在黎川、浒湾抵御国民党军的进攻。战斗失利，王明"左"倾冒险主义者和顾问李德要问罪于肖劲光。当时"左"倾路线领导人为了反对毛泽东，搞了所谓反罗明路线，反"邓、毛、谢、古"。这是四个大的。还有四个小的，就是肖劲光、陈正人、李井泉、余泽鸿了。

公审肖劲光，差点儿要杀他的脑壳。毛泽东坚持要刀下留人，王稼祥也拒绝在杀人判决书上签字，才留下了个肖劲光。李德在《中国纪事》中说："我当时说，应该把肖交给军事法庭处置。毛泽东像以前一样又出来庇护他。"

肖劲光被判5年徒刑，关了起来。其时，毛泽东在宁都会议上已被撤职，处境很不好，自己不好直接去看肖劲光，便叫贺子珍代表他去看望。肖劲光坐牢，也还是气鼓鼓的，也亏得有这股子气，人才能挺过来，坚持斗争。

长征以后，到了陕北，肖劲光担任八路军后方留守处主任，保卫陕甘宁边区，一直到抗日战争胜利。加强军队建设，提高部队战斗素质，统一战线，团结友军，打击顽固派，熟练掌握我军一套行之有效的作法……十年里头，毛泽东为肖劲光修改、草拟留守兵团的电文上百……

毛泽东吩咐说："肖劲光什么时候到北京，就什么时候叫他来。"

衡宝战役结束，在衡阳、宝庆（今邵阳）地区歼灭白崇禧集团主力4个师。肖劲光从衡宝前线指挥所回到长沙，接到中央军委电报：毛主席要求他立即来北京。肖劲光猜想：会是什么要紧的任务呢？

几个月前，1949年2月，肖劲光带领第四十军、第四十三军作为进军武汉的先遣兵团从北京出发，5月，解放武汉。8月，湖南和平解放进驻长沙。不过半年多时间，中国东南半壁河山已全部解放，今后打仗的任务当不会那么多了。此次，毛主席把他从前线叫到北京来，为什么呢？

北京前门外西河沿、粮食店街一带，客栈、大车店鳞次栉比。过去当是来往商贾，候选官员们在北京的便宜寓处。一家客栈，新换了招牌"解放饭店"。肖劲光在这里住了下来。第二天，便去中南海见毛泽东。

毛泽东一见肖劲光走进屋子，便说道："正等你来哩。路上好走吗？铁路全通了没有？"

肖劲光作了回答，但他急于知道召他进京，所为何来，便急着问道："主席，叫我来，有什么任务？"

毛泽东笑笑说："莫急，歇口气，我就跟你讲。"

肖劲光只好沉下来，眼珠不错地望着毛泽东。

毛泽东点燃一支烟，悠悠地吐出一口烟团，这才开口说："中央议过组建空军、组建海军的事情。空军的筹建工作基本就绪，中央决定刘亚楼去当司令员。现在要着手海军的组建，要有个人抓总，我们想让你来当这个海军司令。找你来，一来是先打个招呼，二来是听听你个人有什么意见。”

肖劲光毫无思想准备，直不笼统地说：“主席呀，我是个旱鸭子，下不得水的，根本不懂海军，当么子海军司令哟！”

毛泽东没有作声，等着肖劲光往下说。

肖劲光继续说：“主席，我一坐船就晕，天旋地转，不是搞海军的材料。”他想起先后两次去苏联乘坐海船的滋味，更加着急地说：“我去苏联，从上海坐船，晕得一塌糊涂，晕得四肢无力，晕得呀，手脚动弹不得。”接着又加了一句：“当海军，搞不来！”

毛泽东笑着说：“‘曾经沧海难为水’哟！不要‘谈虎色变’。告诉你说吧，就是看中你这个旱鸭子。叫你去组织指挥，又不是叫你一天到晚坐船出海。”

肖劲光变得认真起来，仔细听毛泽东讲话了。

毛泽东说：“过去，我们在陆地上打仗，主要钻山沟，开动两只脚板。今天，没有空军不行，没有海军不行，都要建设起来。靠什么？还是靠我们的传统。但是还不够，还要向苏联学习，争取苏联援助。你和刘亚楼懂得我军传统，又都在苏联学习过，懂得俄语，有这个方便条件。我看你们两个是合适的。”

肖劲光认真地听着。

毛泽东继续说：“蒋介石在大陆存身不住，往台湾跑。解放台湾，跨海作战，没有海军不行。帝国主义也不会甘心，我们准备它从海上来，封锁我们，甚至在沿海登陆，占领我们几个城市。现在这种可能性比较小了，但是，还是应该有备无患。这需要海军。建设一支海军是一个长期的任务，要有个统筹规划。”

肖劲光点头称是。

毛泽东说：“从鸦片战争算起，一百来年，所有侵略都从海上来，帝国主义还会走老路。要打中国，主要从海上来，我们不能不防。”

肖劲光再也不能有二话、提出异议了。

毛泽东继续说：“我找来一些材料看了，中国历朝历代，总的说还是重视海洋，注重海防建设的。汉、唐不去说了，看看宋史、明史，很有启发。清朝初年，也还是注意的。道光以后，也不完全是不想搞海军，是国力不行，加上腐败，这才溃不成军，帝国主义才得以从海上长驱直入。在我们手里，一定要结束有海无防的历史。”

毛泽东继续说：“海军是新事物，要军舰，要大炮。这方面要学习外国。英国搞了两个世纪，美国也有一百多年。我们搞海军，要了解他们。不过，不要指望他们会帮助我们。我们只有一边倒，依靠苏联。我们要很注意学习苏联，学习苏联海军先进的东西。至于我们军队的一套看家本领，自然是丢不得的。我们还是要靠人民军队的传统，建设人民解放军的海军！”

肖劲光虽说来时毫无思想准备，一点也没往这方面想，但听了毛泽东讲话，他既激动，又感到担子很重。

毛泽东说：“你来当海军司令，再给你配一个得力的助手，刘道生。他从第十三兵团到第十二兵团当副政委，你也熟悉了，把你们两个一起调到海军来。你回去后继续把湖南的事抓好，调海军的事，等中央讨论决定了才算数，再通知你。”

12 月初，毛泽东即将启程去苏联访问，这是他生平第一次出国，第一次去苏联，去会见斯大林。中国和苏联的关系，中国革命，东方革命的许多问题，需要同斯大林商讨。中国的建设，包括海军建设，需要争取苏联援助。

毛泽东再次约见肖劲光。

肖劲光来了，毛泽东说：“你在苏联学习过，你给我讲讲苏联的情况。”

肖劲光谈了自己对苏联的了解，诸如风俗、习惯，毛泽东很有兴趣地听着。

毛泽东又说：“这次去苏联，有许多事情要谈，苏联援助的事情是个大题目，请他们帮助我们建设海军、空军。你看解决海军装备，需要从他们那里买些什么？当今世界上，真正愿意帮助我们的只有苏联一家啊。”

12 月 6 日，毛泽东离开北京前往苏联。

经过艰难谈判，毛泽东终于使斯大林同意签订一个《中苏友好同盟条约》。他感到有立即任命人民海军司令的必要。1950 年 1 月 13 日，发出给刘少奇的电报：

> （一）我今（十三）晚去列宁格勒，两天可返莫斯科。（二）刘亚楼及苏联顾问柯托夫等四人已交涉好可以来此，请通知聂荣臻。（三）可即任命肖劲光为海军司令，此点亦请告聂荣臻。

从电报的时间和内容看，毛泽东确定立即任命肖劲光为海军司令员，其中有争取苏联及时援助海军建设的深意。

中央军委发出电令："为统一管理指挥各地人民海军及现有舰艇，调第十二兵团兼湖南军区司令员肖劲光同志为中国人民解放军海军司令员，刘道生同志为海军副政委兼政治部主任，并允许由原兵团直属队抽调部分机关干部，以作为海军直属机构的基础。"

1950 年 3 月，映山红开得火炽烂漫，由第十二兵团抽调出来参加海军的人员，从湖南出发。

早晨，天下着小雨。长沙北火车站，军车待发。同志们十分兴奋，登上一节一节"闷罐"车厢，唱着歌子向北进发。

笔者当年是一个小宣传队员，为有幸参加人民海军而欣喜。和我们同一列车到海军去的一些人，把军帽的帽檐转到脑后，兴奋地问别人："像不像海军？"

在毛泽东召唤下，有多少像肖劲光、刘道生、张爱萍这样的将军，有多少像邓兆祥、林遵、王颐桢、毕重远、尚镭这样的爱国的原海军人员，有多少从黑龙江边用一双脚板量过大半个中国、从北方打到南方的老战士，有多少青年学生走向海洋，投身于新中国海军建设！

肖劲光在回忆录里写道：

> 经上报第四野战军领导审批，最后确定抽调来海军的有第十二兵团兼湖南军区之司令部（含通信队）300 余人，政治部（含宣传队）200 余人，兵团卫生科及供管处 300 余人，军政干校约 700 人，还有警卫团 2 个步兵连、1 个机炮连，总共 2000 余人。其中一部分来到北京组建海军直属队，其余都到青岛筹建青岛基地（今北海舰队）。

肖劲光、刘道生到达北京，筹建海军领导机关。但是，海军是一个独立军种还是附属陆军的一个兵种？海军领导机关应该设在哪里？

参照苏联、美国的情况，考虑到中国有漫长的海岸线和辽阔的海域，肖劲光、刘道生认为海军应是一个独立的军种，领导机关应设在北京。但是，也有些高层领导同志认为，只需在总参谋部里设一个小的海军领导班子，这个领导机关应该放在沿海。聂荣臻代总参谋长向正在莫斯科访问的毛泽东汇报了两种意见。毛泽东回答说："海军应该是一个战略决策机构，是一个军种，应该单独成立司令部。海军领导机关应该设在北京。"

毛泽东为海军的最初起航，划定了正确航线。

1951年10月10日，经周恩来修改，毛泽东批准，中华人民共和国中央人民政府、人民革命军事委员会发布了《关于海军领导关系的决定的命令》：海防为我国今后主要的国防前线，中国海岸线漫长，岛屿众多，今后海上斗争的性质和形式是多样和复杂的，而为巩固海防又必须取得陆海空军行动的配合。这些因素就决定了我国的海军建设，特别在海防组织问题上及作战指挥上，除它本身所具有的集中性与统一性外，又必然带着地区性与分散性的特点。但另一方面，海军就其性质及任务来讲，它是一种与陆军不同的武装力量，因此，它在建军的计划上，武装力量的组织上，政治工作建设上，干部培养使用上，业务技术的教育与指挥上，各种编制、制度、条令的规定上，以及全面性的兵力、武器的调动与使用上，又决定了它的统一性、集中性与整体性的特点。根据以上特点，所以各个战略地区的海军，对各大军区与对军委海军司令部就被确定为双重领导关系，各大军区主要为作战指挥关系。军委海司主要为建制领导关系。

海军的领导干部来自各野战军，后来，肖劲光在回忆录里写道：

> 在海军领导机关宣告成立的时候，中央军委只任命了我和刘道生同志两位海军领导人。在4月下旬，军委任命了王宏坤同志任海军副司令员，随后又于6月任命罗舜初同志为海军参谋长。1952年3月，他被升为海军第二副司令员，由周希汉同志接替他任海军参谋长。1953年2月，原任中南军区海军司令员兼政委的方强同志，调海军任副政委后改任第三副司令员。这年10月下旬，苏振华同志调来海军任副政治委员兼政治部主任（1957年2月升任海军政治委员）。解放战争后期，他曾任第二野战军第五兵团政治委员。以上就是海军初创时期的7位主要领导干部。大家都怀着建设强大海军的共同目的，离

开原来的工作岗位，来到海军，组成了海军的领导班子，同广大指战员一道，为海军军建设事业贡献力量。光阴荏苒，一晃就是二三十年。其中多数同志的后半生都是在海军度过的，他们为创建人民海军所付出的辛勤劳动，我想是不应该被忘记的。

1950年4月22日，肖劲光到大连海军学校视察，笔者的日记记载了肖劲光印象：

1950年4月22日　多云

今日，海军肖劲光司令员来校视察，一早，学员队、机关、文工团都在穿过校区的自由河旁操场列队等候。

这里是老虎滩西侧，卧虎山下一片海滩平地，自由河从中穿过，水泥桥后的台阶上，矗立一幢三层高的灰色教学楼。日本占据时，是日本一所中学校。从通向城市中心的马路到自由河之间，散处着200多幢别墅。日本占据时，为日本达官、富人居住区。日本投降时，遭到破坏。后为苏联红军一个炮兵团进驻。经交涉后移交给海校。房屋虽然破损，由于教职员和学员不多，住处宽松。海军文工团从湖南来后，分住在这些别墅里，一个分队住一幢。别墅多为两层，独门独院，围以齐胸高的花墙，室内敞亮，有暖气，有楼梯通向屋顶平台，每幢房前有一个小花园，有松树、樱花，有假山、垒石，有玻璃阳光花房，房后有洗澡房，有烧热水的锅炉。由此可见日本人在中国土地上作威作福的一斑。今天，所有一切，都归还了现在的主人。

等待多时，忽听从校门口传来了“立正”的口令，随着一处一处“立正”的口令，逐次迭进，越来越近，张学思副校长陪着肖劲光司令员走了过来。这种仗势，一反野战军的随意，颇显威仪，这就是海军气势！

肖劲光站在礼堂的讲台上，南方人少有的高大壮实的身坯，方正的国字脸，头发似乎根根上竖的板寸头，也给人威仪赫赫的印象。“唯楚有材”，是湖南人的骄傲。对于杰出的老乡，从毛泽东到赫赫有名的将军，自当敬佩。

肖劲光开口说：“建军先建校，学校是海军建设重中之重。建设海军，首先就要培养人才。过去，我们打仗，一杆枪，一个背包，一个米袋子，就全部装备完毕。走路，靠一双脚板；宿营，靠老乡的房屋。打个比方，那时的部队建设，是先有菩萨后建庙。海军就不一样了，必须先建庙，才能够进菩萨。要有军舰，就必须先有码头、军港！”

肖劲光通俗、风趣的比喻，一语中的。

肖劲光提高嗓音说：“我们的任务是，建设一支以空、潜、快为主的轻型海上战斗力量，逐步建设一支坚强的海军；我们的路线是，在中国共产党绝对领导下，以解放军为基础，以工农为骨干，吸收大量革命的青年知识分子和科学技术人员，团结和改造原海军人员，建设人民的海军。”

肖劲光继续说：“再打个比方，盖高楼，必须打好桩子，夯实基础。建设海军，先要打好思想政治桩子、技术桩子、组织桩子，我们的海军才能够建设起来。”

全场报以热烈掌声。

“空、潜、快”，“三个桩子”，言简意赅，好懂易记。

1957年，肖劲光随彭德怀、叶剑英率领的军事友好访问团访问苏联，正值毛泽东率领中国党政代表团参加苏联十月革命40周年纪念，肖劲光和刘亚楼去看望毛泽东。毛泽东正在吃饭，指点着牛排邀请肖劲光、刘亚楼一起吃。谈得高兴了，毛泽东笑问刘亚楼：“你还晕飞机么？”又转向肖劲光说：“你还晕船吗？”

肖劲光回答说：“好多了。”

毛泽东大笑起来，不无得意地说：“空军司令晕飞机，海军司令晕船，这就是我们的干部政策！”

八　远方决策解放海南岛

莫斯科郊外，姊妹河畔，斯大林第二别墅。

窗外，白雪皑皑，树木苍苍，林涛如潮如吼。毛泽东站在窗前，神思飞越，他似乎看见了中国南海边上正如火如荼进行的战斗。

毛泽东第一次出国到苏联访问，1949 年 12 月 16 日中午，抵达莫斯科，斯大林盛情请他下榻在这座别墅。苏联卫国战争期间，斯大林就居住在这里。当晚，毛泽东同斯大林在克里姆林宫开始会谈。这是一场艰难的谈判，有许多中苏两国历史遗留的问题，有巩固新中国迫切需要解决的现实问题，有共同应对帝国主义侵略和维护世界和平的问题，需要他们运用各自的智慧和毅力，取得对两国人民有利的解决。即使在这样的情况下，毛泽东仍然心挂中国南方的战争，特别关切解放海南岛。从 1927 年起，琼崖纵队一直坚持武装斗争，艰难困顿，红旗始终不倒。海南岛人民急切盼望解放啊！

已经抵达莫斯科三天了，毛泽东需要把自己的关切，告诉前方的同志。他提笔起草《渡海作战必须注意的问题》电报，指示时任第四野战军司令员的林彪："以四十三军及四十军准备攻琼崖。"强调说：

> 渡海作战完全与过去我军所有作战的经验不相同，即必须注意潮水与风向，必须集中能一次运载至少一个军（四五万人）的全部兵力，携带三天以上粮食，于敌前登陆，建立稳固滩头阵地，随即独立进攻

> 而不要依靠后援。因为潮水需十二小时后第一次载运船只方能返回运第二次，而敌可用海空军切断我之运输，故非选择时机一次载运一个军渡海登陆，并能独立攻进，建立基地，取得粮食，便有后援不继，遭受重大损失之危险。三野叶飞兵团于占领厦门后，不明上述情况，以三个半团九千人进攻金门岛上之敌三万人，无援无粮，被敌围攻，全军覆没。你们必须研究这一教训。海南岛之敌，可能较金门敌人战力差些，但仍不可轻敌。请告诉邓赖及四十军、四十三军注意，并望你向粟裕调查渡海作战的全部经验，以免重蹈金门覆辙。

毛泽东照例签上名字和日期："毛泽东，十二月十八日"。随着又特别注明"于远方"。这是少有的。他或许是要引起同志们重视和注意吧。

解放海南岛，必须取胜，不仅关系迅速解放全中国，而且，这一南方大岛的解放，将打掉国民党军的重要支撑点，对于帝国主义将要在亚洲采取的行动也不无影响。

1949 年 4 月 22 日，当人民解放军胜利渡过长江，以摧枯拉朽之势，扫荡国民党残余力量的时候，毛泽东和中共中央军委就密切注视帝国主义的动向。

国民党军溃败了，国民党政府做了鸟兽散，新中国还没有建立，蒋介石寄希望于美国的直接军事干预。而美国的海军舰队还盘踞在青岛，司徒雷登还滞留在南京，观望中国局势的变化。历史的教训和现实的危险，提醒中国人民不可掉以轻心。1949 年 5 月 23 日，毛泽东发出《对各野战军的进军部署》，指示"二野目前的任务是准备协助三野对付可能的美国军事干涉，此项准备是必需的，有此准备即可制止美国的干涉野心，使美国有所畏，而不敢出兵干涉。"

5 月 28 日，毛泽东又发出电令《预筹帝国主义武装干涉的对策和部署》。

随着 5 月 27 日上海解放，6 月 2 日美军被迫从青岛撤走，8 月 17 日福州解放，帝国主义出兵干涉的危险减少，人民解放军开始向西南、华南进军。10 月，第四野战军第十五兵团、第二野战军第四兵团对逃至广东的国民党军进行追击作战。10 月 17 日，毛泽东即电令第四兵团乘胜解放广东高要等地，"使十五兵团易于攻取海南岛，消灭残敌，平定全粤"。

在人民解放军解放广州后，10月31日，毛泽东和中共中央军委仍然对帝国主义侵略动向保持警惕，电令“邓华兵团（两个军）必须全力镇守广州（主力）、韶州（一部）之线，不要进攻雷州半岛，更不要攻海南岛……全国国防重点是以天津、上海、广州三点为中心的三个区域”。

当毛泽东接到报告说湛江只有国民党军4000人，解放雷州半岛可以加强南路支援解放广西及琼崖的基地，改变原来的意见，于11月9日电报指示由邓华率领的第十五兵团“分出一个师（可以是一个最强的师）去南路”，协同梁广领导的粤桂边纵队肃清南路之敌。

从那时以来，海南岛一直是毛泽东和中央军委关注的重点。从中国来苏联的路途中，毛泽东在列车上几乎手不释卷，但是，他一路上一直在思考海南岛作战。

12月31日，毛泽东接到林彪12月27日电报称“争取在旧历年前进攻海南岛”。他发出《进攻海南岛应以充分准备确有把握为原则》的电报，强调“同意该电所取方针，即努力争取在旧历年前进攻海南岛，但以充分准备确有把握而后动作为原则，避免仓促莽撞造成过失。为此，邓赖洪应速到雷州半岛前线亲自指挥一切准备工作，并且不要希望空军帮助”。

此时，人民解放军对麇集在西南地区的国民党残余部队实行大迂回、大包围，11月14日解放贵阳，关住了国民党军南逃的通道；11月30日解放重庆，歼灭了宋希濂集团；12月4日解放南宁，歼灭了白崇禧集团；12月30日解放成都，歼灭了胡宗南集团，胡宗南只身乘飞机逃到海南岛。蒋介石割据西南、伺机反攻的迷梦完全被粉碎了，唯有寄希望于固守海南岛。他命令薛岳取代陈济棠为海南防卫总司令，统领5个军、1个海军舰队50多艘舰艇、1个陆战团、1个空军大队约45架飞机，共10万余人，组成陆、海、空“立体防御”，号称攻不破的“东方马其诺防线”。要把海南岛变成台湾第二，作为战略支撑点，希冀引起帝国主义干涉和支持，进行反攻。

雷州半岛与海南岛隔海相望，一道琼州海峡，最宽处不过27海里、最窄处仅11海里，却阻挡了人民解放军进军的步伐。第四野战军凭着一双铁脚板，从白山黑水打到南海之滨，势如破竹，但不得不在这海峡面前止步不前。

1950年1月10日，毛泽东在莫斯科发出《大力做好解放海南岛的准备工作》

电报:

（一）一月六日电及转来邓、赖、洪一月五日电均悉。（二）既然在旧历年前准备工作来不及，则不要勉强，请令邓、赖、洪不依靠北风而依靠改装机器的船这个方向去准备，由华南分局与广东军区用大力于几个月内装置几百个大海船的机器（此事是否可能，请询问华南分局电告），争取于春夏两季内解决海南岛问题。（三）海南岛与金门岛情况不同的地方，一是有冯白驹配合，二是敌军战斗力较差。只要能运两万人登陆，又有军级指挥机构随同登陆（金门岛是三个不同建制的团又无一个统一的指挥官，由三个团长各自为战），就能建立立足点，以待后续部队的继进。（四）请要十五兵团与冯白驹建立直接电台联系，并令冯白驹受邓、赖、洪指挥，把琼山、澄迈、临高、文昌诸县敌军配备及敌海军情况弄得充分清楚，并经常注视其变化。（五）同时由雷州半岛及海南岛两方面派人（经过训练）向上述诸县敌军进行秘密的策反工作，勾引几部敌军于作战时起义，如能得到这个条件，则渡海问题就容易多了。

毛泽东语重心长，反复告诫吸取金门岛作战失利的教训。毛泽东更充分信任琼崖纵队，寄予厚望。几十年来，中共琼崖特委领导人民坚持海南岛斗争，创建军队，在五指山建立了根据地。1946年，根据同国民党达成的协议，琼崖纵队撤出琼崖解放区。当时有一种意见，主张琼崖纵队北撤至山东烟台。但是，国民党不承认中国共产党领导的这支武装，撕毁协议，以为可以把它消灭在海南岛内。中共中央香港南方分局担心琼崖纵队在海岛上孤军作战，难以坚持，提出把骨干撤出海南岛。10月26日，中共琼崖特委书记、琼崖游击独立纵队司令员兼政治委员冯白驹、特委委员黄康、纵队政治部主任林李明联名向中共中央报告海南岛实际情况，认为琼崖地区有军队，有山区根据地，有各族人民支持，能够坚持斗争，不应撤离。10月30日，毛泽东在延安亲笔拟稿回电答复他们说:

> 你们意见很对。你们应当坚决斗争，扩大军队，扩大解放区，学会集中主力打运动战，争取每次歼灭敌军一营一团，同时发展民兵游击队，配合主力作战。你们应以占领整个海南岛为目标，将来再向南路发展。你们“坚持自卫反击再决议”是正确的。

正因为琼崖纵队在极其艰苦的条件下，坚持壮大人民武装力量，今天，才能配合大军渡海作战。

2 月 1 日，中共中央华南局第一书记、广东省军区司令员兼政治委员叶剑英主持召开海南战役作战会议。会后，第四野战军前委于 2 月 10 日向中央军委和毛泽东报告：海南岛作战，我军如一次以一个军登陆，则船只问题极难解决，同时又无法对付敌之空海军扰乱。因此，建议在此期间内，先行以偷渡办法，到达海南岛后即与冯部会合，打小规模的运动战和游击战，然后大部队再设法渡海。

毛泽东在莫斯科听取了国内汇报，很高兴部队经过研究，提出了可行的作战方案，在 2 月 12 日凌晨 4 时发出《关于同意四十三军以一个团先行渡海给林彪的电报》：“同意四十三军以一个团先行渡海，其他部队陆续分批寻机渡海。此种办法如有效，即可能提早解放海南岛。”

从 1949 年 12 月 18 日电报强调吸取第十兵团以 2 个团的兵力贸然进攻金门遭致失利的教训，“因为潮水需十二小时后第一次载运船只方能返回运第二次，而敌可用海空军切断我之运输，故非选择时机一次载运一个军渡海登陆，并能独立攻进，建立基地，取得粮食，便有后援不继，遭受重大损失之危险”，要求林彪“向粟裕调查渡海作战的全部经验，以免重蹈金门覆辙”。到 1950 年 1 月 10 日电报强调“不依靠北风而依靠改装机器的船这个方向去准备”，但也表示担心“于几个月内装置几百个大海船的机器（此事是否可能，请询问华南分局电告）”。直到 2 月 12 日电报“同意四十三军以一个团先行渡海，其他部队陆续分批寻机渡海。此种办法如有效，即可能提早解放海南岛”。从中看出，毛泽东对于解放海南岛作战的指导，十分谨慎，根据前线情况的变化，特别是指战员的创造一步步调整和改进自己对于战争的指导。毛泽东“用兵如神”，不是拍脑袋，眉头一皱计上心头，而是从实践中来，从群众中来。

1950年3月4日晚，毛泽东从苏联回到北京。第二天，3月5日，解放海南岛作战开始。毛泽东行装甫卸，顾不得休息，密切注视战斗的进展，他格外关心先头部队偷渡是否顺利。

第四十军、第四十三军各组织一个加强营于3月5日利用夜暗和西北风，分别开始偷渡。第四十军第一一八师二五二团一个加强营799名指战员，分乘14艘帆船，由雷州半岛灯楼角起航，开始偷渡。琼崖纵队提供情报说，国民党军在儋县海头港至白马井的百里海岸线上，只有一个团的兵力。冯白驹建议在这一带登陆。渡海先锋营经过一夜航行，没有能按预计时间到达预定登陆地点，直到6日午后，才在白马井南侧排浦港海岸登陆。琼崖纵队第一总队的同志在那里等候接应。两支部队夹击阻挡的国民党军，随即向阜龙解放区转移。随后，各部队战术性登陆成功，8000人陆续偷渡到海南岛，同琼崖纵队结合起来，站住了脚。4月10日，人民解放军开始大规模强渡登陆作战。

4月16日晚7时，第四十军军长韩先楚率领6个团18000人，分乘300多艘帆船起航，抢渡琼州海峡。与此同时，第四十三军副军长龙书金率领两个团6000人，分乘81艘帆船起航强渡。

国民党海军第三舰队的20多艘舰艇，虽然有铁甲，有火炮，但是，面对英勇无畏的人民解放军，面对木制机帆船密集的近距离炮火，被冲得七零八落，无可奈何，防不胜防，溃不成军。

20日，薛岳集中国民党军第六十二军、第三十二军共6个师在美亭地区向人民解放军登陆部队反扑，第四野战军登陆部队在琼崖纵队和海南岛人民配合下，夹击国民党军。经过激烈战斗，"东方马其诺防线"土崩瓦解。薛岳见大势已去，慌忙命令国民党军向南撤退，他自己狼狈地乘飞机逃往台湾。23日，人民解放军解放海口，继续追歼残余国民党军。5月1日，海南岛全境解放，

海南岛战役，人民解放军伤亡4500人，歼灭国民党军3.3万余人。

人民解放军没有军舰，也没有飞机掩护，用木船打退钢铁的现代化军舰，用载重几吨的帆船，把近10万大军运过海峡，得到琼崖纵队和海南岛人民配合，胜利登陆，创造了20世纪海战奇迹。

5月的北京，中南海荷叶田田，"出绿水而含新"，万物欣欣向荣。海南岛战事胜利结束，毛泽东很感欣慰。5月19日，他看到邓华关于海南岛战役中木

船打军舰的报告中说，第四十三军的 3 艘木船、45 名指战员勇敢地同国民党海军的钢铁军舰作战，取得胜利。他似乎看到了战士们横渡琼州海峡的无畏身影，不禁慨叹：这是陆军海战队，这应当就是我们的人民海军！

毛泽东提起笔来，赞赏地写道：

这是人民海军首次英勇战绩，应予学习和表扬。

毛泽东是何等殷切地盼望人民海军在战斗中迅速成长！

海南岛解放后，蒋介石命令退守珠江口外的万山群岛，“策应大陆，准备反攻”。海军第三舰队司令齐鸿章兼任万山防卫司令部司令，以垃圾尾岛为中心，指挥一个海军陆战团，地主土匪武装“广东突击军”和 30 多艘舰艇，企图坚守顽抗。

5 月 25 日人民解放军华南江防部队全部 5 艘炮艇、9 艘登陆艇、12 艘登陆舰、8 艘运输船，协同陆军第四十四军第一三一师开始解放万山群岛的作战。

“桂山”号步兵登陆舰，“解放”号、“先锋”号、“奋斗”号、“前进”号、“劳动”号炮艇，由唐家湾（今珠海）起航，趁暗夜奔袭垃圾尾岛国民党海军锚地。

夜海茫茫，风推浪卷，刚缴获来的破旧的木壳炮艇、登陆舰，没有先进的航海设备，靠着经验航行。途中，各艇失去联系，又没有良好的通信设备，互相呼叫不应。各艇仍然奋勇前进，分头向垃圾尾岛航行。

凌晨 4 时，“解放”号、“桂山”号趁暗夜驶近垃圾尾岛马湾，发现许多国民党海军舰船，远不是原来侦察估计的 3 艘，而是 20 多艘，吨位约 1 万吨。而“解放”号炮艇仅 28 吨，守军军舰吨位大于进攻舰艇吨位 300 倍。

副队长林文虎面临艰难的抉择。他原是泰国华侨，著名的拳击运动员，1940 年毅然回国参加抗日游击斗争，成长为一名很有战斗经验的指挥员。他和党代表王大明实在舍不得放弃这一个绝好的偷袭机会，决定利用暗夜，冲击国民党军舰群，近战歼敌。

林文虎发出命令：“冲进去！”小炮艇插进国民党军舰群，灵活机动，抵近一艘军舰，便用炮火横扫军舰甲板。国民党军做梦也没料到人民解放军竟会有军舰打来，一时摸不着头脑，慌忙中胡乱开炮，互相射击。林文虎从国民党军舰信号灯光中，判明一艘大舰正是第三舰队旗舰“太和”号，便下令集中全部炮火向它射击，由 800 米直打到 100 米。第三舰队司令齐鸿章被击重伤，国民党守军舰队立即失去指挥。

“解放”号左冲右突，趁混乱击伤了“太和”号护卫舰，又打得“中海”号登陆舰和“永”字号扫雷舰起火。一艘国民党军炮艇挡在前面，便立即向它开火，一阵猛烈轰击，这艘炮艇立即沉没。

天已近亮，国民党守军从惊慌中清醒过来，发现原来只有“解放”号 1 艘炮艇和“桂山”号步兵登陆舰，便四面包围过来。

战斗中，林文虎英勇牺牲，“解放”号只得奋力冲出重围，驶出马湾。

国民党军舰艇炮火转而向“桂山”号登陆舰集中射击。“桂山”号舰长池敬樟牺牲，军舰严重负伤，陆军副团长郭庆隆决定抢滩登陆。重伤的“桂山”号在垃圾尾岛钓庭湾抢滩登陆，战士们奋勇夺取山头阵地，用手中的轻武器同国民党军展开殊死战。终因寡不敌众，“桂山”号舰员和陆军指战员除一人外，全部壮烈牺牲。

解放后，垃圾尾岛被命名为桂山岛，永远纪念“桂山”号的英烈。

“先锋”号、“奋斗”号炮艇驶到垃圾尾以东海面，遇到从纷乱中逃出马湾的国民党军 25 号炮艇，便截住猛打。“先锋”号战士趁两艇接近的一刹那，勇敢地纵身一跃，跳上了国民党军 25 号炮艇的甲板。艇上的水兵都惊呆了，乖乖地当了俘虏。炮艇也被人民解放军缴获。

随后，“先锋”号、“奋斗”号又合力击沉国民党军第 26 号炮艇。

垃圾尾奔袭战拉开了解放万山群岛的序幕。经过逐岛争夺，江防部队协同陆军第一三一师，经过 71 天英勇战斗，共毙伤俘国民党军 700 多人，击沉国民党军船艇 16 艘，缴获舰船 11 艘，解放了万山群岛，肃清了华南沿海国民党军残余力量。

后来，在辗转传递中，曾把毛泽东对琼州海峡木船打军舰的赞扬，误传为对万山群岛作战的批示。虽如此，几十年来，毛泽东的批示，一直鼓舞着人民军队的建设，鼓舞人民海军队勇敢战斗，保卫海南岛，保卫中国的主权和神圣领土。

九　大雪初晴来到海军司令部

睡了一个好觉，毛泽东醒来一看，窗外白得晃眼。昨夜下雪了。

庭院里，微风吹树，细雪颤落，阶前一片洁白。卫士们没有扫掉积雪，特意为他留着。毛泽东喜欢这白净世界。

今天，1952年2月14日，毛泽东原定要去空军和海军看看，有事要同刘亚楼、肖劲光他们商量。特别是要说服海军让出钱来，让出原本答应给他们的外汇，先给空军买飞机。目前，朝鲜战场急需飞机呀！

进北京后，不像在延安的时候，随时都可以到留守兵团司令部肖劲光那里去。不过，今天硬是要去他们那里看看。事先不打招呼，不要通知，不要搞得沸反盈天。轻车简从，随意走走，免得啰嗦、麻烦。

毛泽东心里很清楚，三军中，海军最缺少家底儿。战斗舰艇主要是国民党海军起义的，从战争中缴获的，从苏联买的有限，还都是小鱼雷艇之类。海军大大小小总共才183艘舰艇，总共才3万多吨。另外，从招商局接收的轮船，从香港买的旧船，打捞起来的沉船223艘，也只有9万吨。说来真是可怜，清朝水师在甲午战争前，就已经拥有战斗舰船8万吨；而人民海军目前拥有的，只及那时的一半。

西方帝国主义封锁，加上国家远没有工业化，只有从苏联购买军舰。毛泽东在莫斯科访问的时候，同苏联签订了购买海军装备1.5亿元的合同。实际上，没有完全履行。

1950年7月8日，毛泽东又致函斯大林:“请求帮助增加顾问教官，及1951年计划中所需舰艇、飞机、武器装备。”

毛泽东还亲自给斯大林打电话，希望从苏联购买两艘潜艇。

不久前，1951年12月11日，海军上报了《海军五年计划组成部署》。毛泽东从如山的文件中，挑出海军的报告，反复审阅。

海军的报告，重申了1950年8月海军建军会议的决定。

那是一次集思广益的会，海军的同志们认真总结了初建时期的经验，制订了一条正确的建军路线:在共产党的绝对领导下，以工农为骨干，以解放军为基础，吸收大量革命的青年知识分子和科学技术人员，争取团结和改造原海军人员，建设人民海军。

报告也确定了海军建设方针，从长期建设着眼，由当前情况出发，建设一支现代化的、富于攻防力的轻型海上战斗力量。首先组织利用和发展现有力量，在现有力量的基础上，以发展鱼雷快艇，潜水艇和海军航空兵等新的力量，逐步建设一支坚强的海军。

午夜以后，北方的寒夜，冷空气像冰水一样砭人，脚冻了，手痉挛了，毛泽东还在仔细审视报告中的细节。

毛泽东搓搓手，终于提起笔来批道:同意。

这时已是12月13日凌晨2时了。

从海军送呈报告，经过周恩来等人审阅，到毛泽东批示，不过3天，实际只48个小时。

海军在毛泽东、中共中央的议事日程中，无疑是放在优先考虑的位置上。毛泽东赞同海军提出的主张，以建设海上防御力量为主，优先发展潜艇、快艇和海军航空兵。这是符合当前需要和实际可行的。

广袤的海域，漫长的海岸线，众多的岛屿，是大陆的屏障。但是，一百年来有海无防，帝国主义的84次入侵，都从海上长驱直入，直迫海岸。一处失守，便如同蚁穴溃堤，一泻千里，整个中国如同一个破壳的鸡蛋，暴露在列强的“利甲坚兵”之下，中国迫切需要有坚强的海上力量。

清朝康熙时，水师提督施琅进驻台湾，经略东南沿海，在《论开海禁疏》中提出“盖天下东南之形势，在海而不在陆”，是颇有见地的。道光时的林则徐曾经胜利地抗击过英国海军入侵，贬戍新疆途中，他还提出打击海上入侵敌人的主张：“有船有炮，水军主之，往来海中，追奔逐北，彼所能往者，我亦能往。有大帮水军，追逐于巨浸之中，彼敢舍舟而扰陆路，占据城垣，吾不信也。”林则徐的知己魏源曾痛心于“先陆而后海，实迫于绵力之不得不然”。国力衰微，自无强大海军可言，他期望“中国必能以巨舰争雄于海上，而后有自全之势”。他在《海国图志》中发出呼唤：“水师急于陆师！”道光以后，“岛舰失陷，时局艰危”，痛感“现在东西两洋，竟以铁甲兵轮称雄，辄以此相挟，而我海疆绵延万余里，独无海军以资捍御，诚不可以为国”。清朝廷也曾经提出“海军为国家第一要务”。由于历史的原因，重振海军的梦想终于破灭。海军几乎成为国弱民贫的同义语。

当今世界许多国家，都在谋求海上力量的优势，实质上是谋求全球战略优势。美国人马汉说得很露骨：“国家的强盛、繁荣、庄严和安全，是强大的海军从事占领和各种征服的副产品。”“许多世纪以来，英国商业的发展、领土的安全、富强帝国的存在和作为世界大国的地位，都可以直接追溯到英国海上力量的崛起。”他得出结论：“获得制海权或控制海上要冲的国家，就掌控了历史的主动权。”这是对外扩张的理论。在可以预见的未来，美国等西方大国必将大力发展海军，苏联也不得不如此。那么中国呢？为了积极防御，为了反对帝国主义侵略，也必须建立强大的海上力量。然而，这只能依据国家的经济发展，一步一步来，“欲速则不达”。

毛泽东一行，先驱车来到离天安门一箭之遥的空军司令部。这里原是外国设在东交民巷口的一座兵营。

1950 年 9 月 15 日，全国战斗英雄代表会议就在这里的一座礼堂举行。用美国军用白铁皮盖顶的穹窿形的大屋，是当时军队最好的一个礼堂了。毛泽东在 350 名战斗英雄代表中，发现有几个穿一身白军服的海军代表，在一片草绿中，显得十分鲜亮。这是我军从没有过的。毛泽东还注意到他们中有军官，有水兵。从材料中知道其中一个水兵叫赵孝庵，随林遵第二舰队起义的，现在是华东军区海军炮艇大队 3 号艇的枪炮兵。1950 年 7 月 10 日早晨，3 号艇在琅矶山岛外海面待机，发现从大陈岛驶出国民党海军一艘 300 多吨的大炮艇。3 号艇虽只是一艘 25 吨的小炮艇，却不顾力量悬殊，发动攻击。赵孝庵坚持开炮射击，击伤了国民党军炮艇。但是，终因火力悬殊，3 号艇负伤沉没，艇长牺牲。赵孝庵和其他 4 名同志落海。

战斗的地方，距离被国民党军盘踞的大陈岛不远，看得清清楚楚。而大陆却远远的看不见，至少在 40 里以上。赵孝庵鼓励同他一起下水的四位战友说：“我们是中国人民解放军海军，我们一定要划回去。”

海浪把他们冲散了。赵孝庵身上 12 处负伤，右臂已经失去举起的力量，右腿也直往下坠，他只能凭一条左臂，依靠救生圈，奋力划动。

茫茫大海里，赵孝庵孤身一人。他实在没有力气了，他想到过自沉，但绝不向近在咫尺的大陈岛划去，他始终向着大陆方向，经过十多个小时同海浪搏斗，最终划回来了，力气耗尽，昏倒在海滩上。但是，他生还了，他胜利了。

毛泽东是一个容易动情的人，他为这个水兵所感动，眼角都润湿了。昨天，赵孝庵还是国民党海军，今天却是坚强的人民战士。这表明他们根本立场的转变，多么难能可贵啊！

毛泽东代表中央向战斗英雄代表会议和同时召开的全国劳动模范代表会议致辞说：

> 中国必须建立强大的国防军，必须建立强大的经济力量，这是两件大事。这两件事都有赖于同志们和全体人民解放军的指挥员、战斗员一道，和全国工人、农民及其他人民一道，团结一致，协同努力，方能达到目的。

毛泽东在空军机关视察完毕，起身去海军机关。

空军司令员刘亚楼连忙嘱咐秘书，赶紧向海军司令部通报。

毛泽东和陪同的罗瑞卿、刘亚楼驱车从东交民巷巷口驶出来，沿着红色围墙，向天安门开去。

罗瑞卿指点说：“人民英雄纪念碑快要落成了。落成之后，拆去原来的红墙，天安门前的广场将是世界最大的广场。”

汽车沿着东长安大街行驶，有轨电车丁零当啷开过去，车顶电线上，不时爆放出蓝色弧光。

毛泽东撩开车窗的遮帘，向外探望。他难得有这样的闲暇，慢慢地坐车在大街上巡游。

车过东单，驶进一条狭窄的胡同。车开进去后，几乎就没有多少空隙了，行人只好紧贴着墙根让汽车过去。

汽车穿过胡同，便到了贡院东街。灰色低矮的砖墙，围起一个院落，坐北朝南有两栋二层楼的灰色砖房，新色新气，刚刚盖好不久。还有几栋也是两层的红砖房，还有用马口铁皮搭盖起的穹窿形大屋，看上去类似延安的窑洞。这马口铁皮也是美国人的军用品，送给蒋介石再由他运输给我们的。

汽车在灰色的主楼门口停下，毛泽东走出汽车，直往门里走去。

毛泽东走到楼梯口了，前来迎接的警卫员正匆匆下楼，一见毛泽东，赶紧敬礼说："毛主席！我去喊肖司令。"说着，回身向楼上跑去。

毛泽东笑笑，挥挥手招呼罗瑞卿、刘亚楼说："我们是'不速之客'呀！哪个要他们接哟，我们自己上去。"

肖劲光、刘道生一面整理服装，一面快步迎来，他们举手向毛泽东敬礼。

毛泽东伸出宽厚的大手同他们握着，说道："你们好吗？没想到我们要来吧？"

语气中透出一种得意。

肖劲光说："你来得好快，接到空司打来的电话，刚放下电话筒，你就到了！"

毛泽东哈哈笑着说："我们是不请自来哟，是'不速之客'。欢迎也来，不欢迎也来！"

肖劲光、刘道生连声说："欢迎，欢迎！请都请不到哩。"

毛泽东看了一眼罗瑞卿、刘亚楼说道："主人欢迎，我们就进吧！"

海军创立之初，没有房子。肖劲光、刘道生带领人马从湖南来到北京，租住民房和前门外粮食店街一带的便宜客栈。1950 年 4 月 14 日召开军委海军领导机关成立大会，也没有地方开会，幸亏协和医院慷慨借给礼堂，这才使几百人能够齐聚一堂。海军司令部分住在东单麻线胡同，政治部则住在西观音寺，而后勤部住在西四、西堂胡同，各单位散居在官帽胡同、汪家胡同、广宁伯街，几乎遍及半个北京城，十分不便。这时也还有人主张海军领导机关应当搬到沿海某一个地方，加上北京确实找不到一处能够容纳一个军种机关的房子，海军没有立脚之地，肖劲光便去找毛泽东。

肖劲光直截了当说:“主席，我们是上无片瓦，下无寸土，没有落脚的地方哩。怎么办才好?!”

毛泽东抬眼望了望这个还穿着黄军装的海军司令，问道:“你们机关有多少人?”

肖劲光回答说:“一共有九百人。”

毛泽东说:“人不多嘛。海军是个决策机构，应该安在北京。没有房子，可以自己盖。这样办吧，你们写个报告，我们来批钱。”

正是这样，才在贡院东街一块不大的空坪上，在周围一片低矮的四合院中，建起了几栋两层楼房，海军才有了最初的窝。

肖劲光、刘道生引毛泽东和罗瑞卿、刘亚楼走进会客室里。这是司令部办公室外面的一间小屋，部队战士来了，在这里接待;毛泽东来了，也在这里接待。

毛泽东径直走到窗户前面，窗外楼下院子里，积着厚厚的白雪，晶莹洁净倒使人感到暖乎乎的。

毛泽东高兴地说道:“好雪！瑞雪兆丰年呀!”

这时，海军副司令员王宏坤、参谋长罗舜初也闻讯赶来见毛泽东。

肖劲光请毛泽东入座。

毛泽东还在欣赏大雪，说道:“一场好大雪。按老百姓的讲法，下雪就是下白面哪，今年会有个好年景哩。”

大家也受毛泽东的感染，欢欢喜喜，高高兴兴。

毛泽东一面赏雪，一面观察新盖的楼房，新建的院落，他转向肖劲光笑着问道:“你们盖了这些房子，准备打几只‘老虎’呀?”

肖劲光回答说:“我们的‘三反’‘五反’运动正在深入。”

毛泽东坚持问道:“打两只，还是三只‘老虎’?”停了停，又说:“要认真清理，这也是挽救干部。但一定要实事求是，不放过一个坏人，也不冤枉一个好人。”

早在1951年，毛泽东就指示要对贪污、浪费、官僚主义来一次全党大清扫，才能制止很多党员被资产阶级腐蚀的极其危险的现象，才能克服七届二中全会所早已料到的被“糖衣炮弹”打倒的情况。

刘道生扼要汇报了海军“三反”运动的进展和部署。

毛泽东仔细地听，点点头。

毛泽东这才转向正题，说道："今天，我来和你们商量一件事。现在，抗美援朝急需飞机，可是，我们国家的外汇有限，我们打算集中外汇先解决空军的亟需。原来是打算拿出2亿元，再给海军买几艘驱逐舰、几十条鱼雷快艇的，但是，又要买飞机，又要买军舰，外汇不够了。争取抗美援朝战争的胜利，是当前头等大事，是不是可以用外汇先给空军买飞机，以后再给海军买军舰，你们看，这样行不行？"

毛泽东、周恩来原已决定把在莫斯科签订的3亿元军事贷款的一半，用于海军。1950年6月，朝鲜战争爆发，中国出兵抗美援朝，保家卫国，服从这一需要，原计划给海军的外汇不得不先用于最急需的方面。两年中海军只用了约2千万元。现在，需要再减少外汇，再推迟海军建设。毛泽东亲自登门同海军商量，使在场的海军同志十分感动。

肖劲光说："拥护主席和党中央的决定，把有限的外汇先给空军买飞机。"

刘道生说："抗美援朝，是当务之急，同意主席、党中央的安排。我们的一些项目再往后推迟一下。"

王宏坤、罗舜初也表示同意。

毛泽东很高兴，说道："我也知道海军要用钱，而且原来已经答应给你们的，现在不能给了，所以，一定要请你们同意才行。"

肖劲光说："主席，不要说您亲自来了，您打个电话，我们也是想得通的。"

毛泽东点点头说："想得通就好，我们就这样说定了，外汇先让空军用。国内的钱，还有一些。你们是不是买点材料自己造？上海江南造船厂过去不也造过一千多吨的船吗？还是依靠国内，自力更生。"

刘道生说："江南厂，还有别的几个造船厂都可以造，先造几十吨的小艇。去年青岛造船厂造出了几条小艇。目前，小艇在解放沿海岛屿护渔、护航方面，起了主要作用。我们今年打算让江南造船厂试制稍大一些的船。"

毛泽东惊喜地连声说："好，很好。先造小艇，来得快，又实用，花钱也不多，可以打个基础，积累经验，逐步把我们自己的造船工业发展起来。"停顿了一下，毛泽东强调说："好，先自己造小的，为将来造大的打基础。"

毛泽东十分高兴，特意看了刘亚楼一眼，转向大家说："好了，问题解决，皆大欢喜。"

大家都笑了，毛泽东又向肖劲光等人说："朝鲜战争对海军有利，给了你们海军一个机会。"毛泽东说完这句话，等待其他人的反驳。他估计到，有人会认为朝鲜战争耽误或者推迟了海军建设。不过，海军几个同志都没作声。毛泽东又盯着他们看了看，说道："朝鲜战争一打，有些建设不得不推迟一下，这是事情的一个方面，但是事情还有另外一个方面，就是使我们海军有了三几年准备时间，准备力量去解放台湾。渡海作战要几百条船，天上还要有飞机掩护，需要时间做好准备。所以，我说朝鲜战争是给了海军一个机会和有利条件。你们看是不是这样？"

经毛泽东这一说，肖劲光等人更加释然了。

毛泽东忽然问肖劲光说："我上次问你要的材料，是你们海军哪些'秀才'搞的呀？"

原来毛泽东为了分析、预测当时朝鲜战争发展形势，需要了解美国从本土运输一个兵团和一个军的兵力到横滨、南朝鲜、越南、香港各需多少舰船，多长时间。此外，还需要多少舰船为这些部队运送补给物资，毛泽东要求肖劲光在两天内提交一份准确而详细的资料。

肖劲光向海军研究委员会的刘隽等委员请教。

海军研究委员会集中了原国民党海军的许多高级军官。华东军区海军一成立，便注重延请原海军高级军官，像毛泽东曾经接见过的金声、徐时辅、曾国晟，都是华东军区海军、张爱萍热心敦请来的人才。1949年11月底，中共中央曾专门电令各中央局、中央分局、各大军区：

原海军人员流散各地尚属不少，有的已转业于商船、海关，或任教于一般学校，或服务其他机关，有的则流散各地，生活无依。中央责成各地党政民学机关及各战略区，设法清理登记，调选搜罗这些人才。凡无政治问题，身体尚健，而有一技之长者，尽可能抽调来，以克服新海军建设中人才的困难。

原国民党海军总司令部第六（技术）署代署长陈书麟在回忆文章中记述：

1949年4月，中共中央社会部谢筱迺同志从上海经香港入闽，以经商为掩护，成立福州工作站，负责领导开展争取原海军人员的工作，我也参加了这方面的工作。工作站将电台设在叶可钰同志（原国民党海军马尾训练营营长、中校）家中，与党中央保持直接联系。当时福州地区敌特宪警密布，福州站工作开始时，只能通过个别成员隐蔽地进行联络。党组织决定首先从争取有声望的国民党海军元老萨镇冰、陈绍宽入手，并通过他们影响其他人员，扩大争取范围。我与这两位老人早就认识，参加做他们的工作相当顺利，这两老均表示坚决拥护中国共产党的主张。他们的态度给其他退隐的海军高级人员以深刻的影响，随后经过福州的国民党海军撤退人员及其家属也多被争取，留在大陆迎接解放。

8月17日福州解放，由福州市军管会领导，成立了“在闽海军人员联谊会”，公开扩大吸收原海军人员。华东军区海军也在福州成立了办事处，招收原国民党海军人员，负责挑选、输送原海军人员前往上海、南京。10月底，第一批新参加人民海军的人员包括各级官佐、士兵、学生共140人，乘汽车出发。旧时，福建没有铁路，闽北公路破烂不堪，绕经江西、浙江两省，历时一个多月才到达目的地。我是这一批官员队的队长，官员队中有年高资深的韩玉衡等数人。他们响应中国共产党号召，不顾长途颠簸劳累，积极参加人民海军建设，受到华东军区海军司令员张爱萍等的热烈欢迎，华东军区海军司令部设立了研究委员会。主要吸收原国民党海军资历较深、实践经验较多的高级人员参加，作为提供咨询、建议的参谋、研究机构。曾以鼎同志（原国民党海军战时总司令部参谋长）任主任委员，郭寿生同志（原国民党海军杂志社社长）任副主任委员。初期研究人员有陈藻藩、张衍学、金声、蔡鸿干。从福州来的官员队中的韩玉衡、陈可潜、杨廷纲、刘孝鋆、蔡世燦、郭则汾、何希焜和我都是委员。随后，又有3批总共400多原国民党海军官兵和青年学生从福州前来参加人民海军。其中，方莹、叶可钰、陈景芗、郭衍学4位同志也分配到海军研究委员会，穿着人民海军服装，在政治上受到信任，享受高级供给制待遇，生活上受到特别关怀照顾。

1950 年 4 月，军委海军刘道生副政委亲自到南京选调和迎接曾以鼎（在英国学习海军，原海军总司令部参谋长、中将）、郭寿生（原《中国海军》杂志社社长、上校）、陈藻藩（原海军江南造船所副所长、少将）、韩玉衡（原海军马尾造船所所长、少将）、陈可潜（原海军上海无线电台台长、上校）、杨廷纲（原广州护法政府孙中山侍从武官、少将）、刘孝鋆（原海防第二舰队司令、少将）、蔡世燦（原海军总司令部军衡处处长、少将）、陈景芗（原海军总司令部军需处处长、少将）、何希焜(原海军青岛海军学校教育长、上校)、蔡鸿干(原海军《海军整建》月刊社编辑）和我共 12 人到北京，成立军委海军司令部研究委员会。以后又有刘隽、曾贻经、郑震谦、叶裕和、聂锡禹、方莹（原海军上海军区司令、少将）、曾国晟、陈嘉镔、杨岗等同志加入。仍由曾以鼎、郭寿生为正、副主任委员。1952 年成立两个业务组，我和刘隽（曾留学美国参谋大学）分任组长。曾以鼎同志于 1957 年 11 月 1 日病故，安葬于八宝山革命公墓。

刘隽曾经在美国参谋大学学习多年，熟悉美国情况。肖劲光请他主持查阅资料，提出数据，反复计算，两天内向毛泽东提供了所需资料。

毛泽东记得这件事，他很想见见这些“秀才”。

肖劲光说:“这份材料，是由我们海军研究委员会搞出来的。”

“哦。”毛泽东更高兴了。

肖劲光继续说:“您所要的材料，在海军工作的苏联顾问一时回答不上来，我就向原国民党海军的高级将领请教，他们熟悉美国、英国的海军，很快就拿出了数据。”肖劲光又不无得意地说道:“有人说，海军研究委员会是我们海军的第二顾问团哩。”

毛泽东点点头说:“你代我谢谢他们！应该很好照顾他们，团结他们，发挥他们的长处，新老海军团结一致，建设好人民海军。”

毛泽东来海军视察的消息，立时传遍了机关每一个角落。

同志们都自发地集合在院子里，等在毛主席将要经过的路上。有一个同志正在理发，刚理了一半，听说毛主席来了，便从理发室跑出来，挤在路边等候。炊事员也撂下正在做的饭菜来到院里等候毛主席。

千百双眼睛盯着司令部办公楼的大门，急切地想看一眼毛泽东。

毛泽东终于走了出来。

毛泽东一看门外院子里满是人，笑着说："啊哟，这么多人呀，你们召集来的？"

肖劲光说："不是，大家听说你来了，都想看看你呀！"

毛泽东把目光转向人群，流露出由衷的高兴，笑眯眯的，透露出亲切、随和。

毛泽东如此平常、随和，人们不由得从心底赞叹。

人群中突然发出欢呼："毛主席万岁！""中国共产党万岁！"

"毛主席万岁！毛主席万岁！"

群起响应，树枝上的积雪都震落了。

毛泽东频频点头，微笑着，向两面的人群致意。他没有挥手，似乎不愿意回应那"万岁"的呼声，仍然那样轻松、随意地走着。

凡是接触到毛泽东目光的人，都觉得毛泽东特意看了自己一眼，一辈子都记住那眼光，那是使人向上，使人不由得不纯净自己灵魂的眼光。

今天，尽管事隔多年，当时在场的参谋、干事，大多已是耄耋老人了，但都还记得那个雪后初晴的下午，兴奋地争着讲述当时的情景。毛泽东作为一个人，一个长者，给每一个见过他的人留下了永难磨灭的印象。

十 凌晨批阅海军来信

毛泽东从一堆文件中抬起头来，他感到疲劳了，有些文件，看起来特别累人，文字生拗，逻辑不清，只是因为所提出的问题重要，才叫人不得不硬着头皮看完。

毛泽东准备休息了，目光扫了一下桌面上，有一封总政治部副主任肖华转来的信，是海军副政委刘道生写给肖华的。他记起了这个在中央苏区出名的"小主任"，心中涌起一股柔情，想起当年在红二十二师吃的白水煮鱼。一大盆刚从水塘里捞来的鱼，放了很多红辣椒，汤汤水水，一大锅。难得的是刘道生买到了当时苏区奇缺的咸盐。果真是"一盐调百味"，盐一投放下去，鱼香汤鲜。毛泽东高兴地说："好久没有打'牙祭'了，你们请客，我就饱餐一顿！"吃得人直冒汗。

那是多么令人回忆的日月啊！

1932 年 10 月，中共苏区中央局在宁都会议上决定，解除毛泽东红军第一方面军兼总政治委员职务，将毛泽东排除在军队领导之外。

毛泽东到粤赣省委所在地会昌进行调查研究。会昌有高山，天不亮，毛泽东就去爬山。他登上会昌城外西北的岚山岭，写下了《清平乐·会昌》：

东方欲晓，莫道君行早。踏遍青山人未老，风景这边独好。 会昌城外高峰，颠连直接东溟。战士指看南粤，更加郁郁葱葱。

1958年12月，毛泽东在广州见文物出版社出版的《毛主席诗词十九首》刊本天头甚宽，在上面为自己的诗词写注，其中说：

> 一九三四年，形势危急，准备长征，心情又是郁闷的。这一首《清平乐》，如前面那首《菩萨蛮》一样，表露了同一的心境。

1934年4月28日，由于博古、李德的错误路线和指挥，第五次反“围剿”失败，苏区北大门广昌失守。守卫苏区南线大门会昌的红二十二师也不得不撤离筠门岭。在这危急时刻，毛泽东抱病来到会昌站塘李官山红二十二师。新任政治部主任刘道生才18岁，还是个娃娃。原来的师政委方强已经被错误地撤职并逮捕。师参谋长孙毅和刘道生带领部队不断出击，巩固防守战线。

守住会昌，对整个苏区关系重大。会昌本来有两个很有利的天然屏障，一是盘古隘，二是筠门岭，结果两个都丢失了。红二十二师退守站塘一线，再要有失，会昌难保，苏区就要受蒋介石和广东陈济棠部队的夹击。蒋介石要陈济棠从赣南打开苏区后门。陈济棠手下余汉谋的第一军有两个师，纠结广西军阀的一个师为第一纵队，另有李敬杨的第二纵队一起向前进攻。国民党军的飞机，天天从广东梅县飞来轰炸，而红二十二师只有7000人。

红二十二师师部设在站塘李官山一户农家屋里。师长周子昆、政委黄开湘、孙毅、刘道生见毛泽东来了连忙让座、倒茶。

毛泽东问道：“前边敌情怎么样？敌人有多少？有什么动向？”

毛泽东从容、安详，使大家恢复了镇静。

孙毅和刘道生详细报告了前线的情况。

毛泽东接着又问道：“筠门岭的战斗是怎么打的？部队伤亡多少？战士们情绪怎样？现在是怎样部署的？”

孙毅把筠门岭战斗经过，退出阵地后新的防御部署和部队整顿情况作了汇报，说：“国民党李敬杨的第二纵队第七师驻筠门岭，第八师驻盘古隘、寻乌一带，此外还有独一师严应鱼旅驻武平，第五师驻平原。当面敌人第七师很猖狂，以一个加强营经常出来‘扫荡’。”

刘道生补充说："群众'反水'造成了我们很大困难。会昌、平远、吉安、寻乌、武平、澄江一带，过去土地改革搞过火了，逼迫中农拿出多余的部分，侵犯了他们利益，还规定地主、富农不分田，使他们没有了生计。反动地主、保甲长趁机欺骗，裹胁一些人参加红枪会、反共自卫队、守望团。只要我们出发打仗，他们便在四围山头上摇旗呐喊，敲锣打鼓，困扰我们，甚至跟在中央军后面，用梭镖、大刀向我们进攻。我们又不好开枪，吃了好些亏。这个问题非解决不可，不然，没法打仗。"

毛泽东点点头，说道："你们师打得很好！你们是新部队，敌人那么多，打了那么久，敌人才前进了那么一点点，这就是胜利！"

毛泽东和惩办主义者完全相反，不但没有指责筠门岭战斗失利，而且肯定了部队的勇敢作战，一下子减轻了大家因为丢失筠门岭而产生的垂头丧气的失败情绪，心里得到宽慰。

毛泽东又说："现在应该把主力撤下来，进行整训，用小部队配合地方武装和赤卫队，在敌人侧后方打游击，钳制敌人。整训的时候，发动大家总结经验，问几个为什么，是什么原因没有挡住敌人，是什么原因没有打好仗，没有消灭敌人。你们可以在会昌和筠门岭之间布置战场，在敌人侧后集中优势兵力，造成有利条件，首先歼灭敌人一个营。要考虑几个作战方案，比如敌人做一路来，我们不打他的头，也不打他的身子，专打他的尾巴；敌人做几路来，就专打他侧面的一路，这叫'雷公打豆腐——光拣软的打'。"

毛泽东一说，大家心里松快了，豁亮了。

毛泽东又说："对'反水'的人决不要打枪，但是要放'纸枪'，散发传单，贴标语，帮助地方政府做群众工作，争取群众，孤立和打击反革命分子。你们先打几个小的胜仗，阵地就会巩固起来的。"毛泽东还分析说："蒋介石和陈济棠各有自己的算盘，蒋介石想借红军力量消灭广东势力；陈济棠要借红军的力量阻挡蒋介石势力。这一来，利用他们的矛盾，守住南线是可能的。你们还要派化装小分队潜入陈济棠的管区，宣传抗日，促进陈济棠反蒋抗日，缓和南线赤白对立，争取与陈济棠单独和谈。"

临别时，毛泽东又语重心长地对周子昆、黄开湘说："你们当师长、政委的，要亲自组织战斗，不要老是叫参谋长、小主任带人出去打仗。只有这样，你们才能心中有数。”

《毛泽东年谱》记载：

6月上旬，到会昌站塘的李官山视察，见到红军战士走出碉堡，在野外练刺杀、搞演习，感到特别高兴。在李官山住了十余天，得知二十二师用小部队近期打了五六个小仗，消灭敌人一支企图前进的部队；看了六份反映小战斗的《战斗详报》，并用三个晚上同师领导一起研究了《战斗详报》，深入总结小战斗的经验教训。还同红二十二师营以上干部进行座谈，了解部队从碉堡里走出来，实行红军的“三大任务”，形势发生了很大变化。有的干部提出，有这样大的变化，为什么方强政委反被撤职，调回瑞金？毛泽东说，我们是红军战士，对党的事业，对人民的事业，要忠心耿耿。要从总结成功的经验与失败教训中明辨是非，坚持真理。接着又分析南线与北线的敌情，指出红二十二师的行动方针。

1986年，笔者帮助刘道生整理他的回忆录，他对当年毛泽东到中央苏区南线指导工作的情景，记忆犹新，谈得情深意切：

正当我们困难重重，一筹莫展的时候，毛泽东同志来了。那天，只见一匹白马，上面骑着一个清瘦的人，后面跟着四五骑，向我们驻地驰来。我们迎出来时，马已来到跟前。马上的人离鞍下马，我们才认出是毛泽东同志。我在红军大学学习时，在中华全国苏维埃代表大会上，听过他作报告。现在，他比那时更瘦了，面带病容，但两眼仍然明亮有神。他的到来，叫人喜出望外。

毛泽东同志在红二十二师住了十多天，找干部、战士谈话，深入调查研究。听了孙毅和我们汇报后，毛泽东同志说，你们不要死守在战壕里，要组织小部队主动出击，到敌人周围的圩镇活动，袭扰敌人，巩固自己的防线，确保会昌。

那时，宁都会议上毛泽东同志被撤职，身体也有病，他那样为革命操心，我们很过意不去，总想给他做点好吃的。只有现到水塘里摸几条鱼，炖一盆汤，给他下饭。由于敌人封锁，盐比金贵，一块光洋只能够买到几两盐。我把仅有的一块银元换了几两盐，用来做鱼汤，让毛泽东同志改善一下伙食。

毛泽东同志看到总是孙毅和我带着部队出击，问我说："你今年多大了？"我回答说："十八岁。"毛泽东同志笑了，说道："你这个小主任，要多用心，多努力。"

我们按照毛泽东同志讲的办法做，以有力的小部队主动地有计划地打了五六个小仗，又在预选的一个阵地，伏击前来"扫荡"的中央军第七师的加强营，击毙其营长朱省亚。部队士气大振。

地方政府也改变了错误的土地政策，向群众承认了错误，使中农情绪稳定下来。红二十二师用各种形式宣传，告诉"反水"的人，他们是受了地主、反革命分子的欺骗，欢迎他们回到革命这边来。短短的时间里，情况发生了变化，部队再出动，再也没有人去向敌人报告了。

不久，天气转热了，陈济棠、余汉谋的代表来苏区谈判，上级指示我们负责护送。那个代表很胖，怕热，我们用轿子抬送，尽我们所能，可以说是倾其所有，办了酒肉款待他。过去，他们成天骂我们"土匪"，而我们以礼相待，让他们了解了红军。那次谈判是周恩来同志主持的。谈判以后，陈济棠的部队不那么和我们敌对了。毛主席教导我们看到对方的矛盾，利用对方的矛盾，对于稳定苏区南线，特别是对于后来红军长征经会昌转移都有重要作用。

毛泽东看着刘道生来信，心想当年的"小主任"有什么变化。

刘道生信的第一页上写道：

这次去华东海军舟山群岛所了解的几个问题，特向你作报告，并请给予指示：

一、文化学习与军事训练问题……

毛泽东“唔”了一声，这是他很感兴趣、很重视的一个问题。早在1950年8月1日毛泽东就以军委主席名义发布指示：全军除执行规定的作战任务和生产任务外，必须在今后一个相当时期内着重学习文化，以提高文化为首要任务，使军队形成一个巨大的学校，组织广大指挥员、战斗员，尤其是文化水平低的干部参加文化学习。

半年前，1952年6月1日，军委决定在全军开展大规模文化教育运动，总政治部副主任肖华拟写了一个指示，毛泽东亲自反复修改，添写了一些重要内容，动员全军指战员向文化大进军。第一步扫除文盲，下一步就可以使工农出身的同志粗通文字。

军营处处，书声琅琅。几百万人识字、读书，何等令人兴奋！

毛泽东对这件事情，倾注了像指挥大战役一般的热情。我们队伍里的许多指挥员、战士，都是工农出身，没有上过学，军队要现代化，现在要学大炮、雷达，要学开飞机、开军舰，十分为难。有个战士打了个比方，说是“老牛掉在井里，有劲使不上”，蛮形象，蛮中肯。

从6月1日动员全军学文化，到今天11月21日，5个月了，军队学文化取得进展了吗？

毛泽东看看刘道生写信的日期，是11月13日。

毛泽东睡意全消，索性坐下来仔细看信。

各地机关、岛屿与部队文化学习是正常地向前发展，形成了高潮。到年底可完全消灭文盲。

毛泽东用笔在这一句旁画了一条曲线，又继续往下看。

从高级干部到战士迫切希望解决文化问题，在军事训练中如快艇的干部指挥作战必须在一两分钟内计算出敌我速度，对空射击要提前计算角、投射鱼雷等必须懂得代数、三角、几何，目前学这些科目很困难。如学习罗经磁差，高中程度需4小时，而我们要学习一个月；如枪炮计算，初中程度一天可学会，现在要2周、3周，甚至还学不好。

毛泽东拿起笔在这些字句行旁重重地画了一道线。

刘道生在信中继续分析说：

先提高了文化再学技术是方便得多，进步快。一批文化水平低的同志均系从陆军调来的骨干，不提高他们就无法贯彻以工农为骨干，解放军为基础的建军路线，就不能真正成为一支名副其实的人民海军。

毛泽东在这些话旁，又重重地画了一道线。

毛泽东继续往下看信：

水兵俱乐部，下面要求很迫切。"淮河"号军舰今年在码头上打球，王荣华同志因为抢球过猛，掉在江里淹死了。

看到这里，毛泽东受到极大的震动，他停下来，沉重地叹息一声。他想象那是一个怎样的水兵：是一个新兵，还是一个从解放战争炮火中走来的老兵？没有在战场上牺牲，却牺牲在不幸的意外中！

毛泽东为这个素不相识的战士深深惋惜，不禁泪水浸出来了。

毛泽东抿紧嘴唇，忍住鼻酸，继续往下看。

一两年来，舰上人员体质普遍下降，与未能开展体育活动有很大关系。舰上水兵反映"出海在海上，靠岸在岸边"，没有活动的地方。因此，请求在1953年能批准给海军在上海虬江码头、舟山基地的定海、青岛的五码头、刘公岛、长山列岛和中南的西营等六地，先各建设一个完备的俱乐部，每个约需20亿至25亿元（旧人民币，1万元相当于新人民币1元）。

毛泽东在这几行字旁画了黑道，又重重地画了几个圈。刘道生信中那些叙述，越来越使毛泽东不安。

> 岛屿部队目前生活很苦，文化生活也很枯燥。有些岛上连一个老百姓也没有，买蔬菜困难，伙食费虽增加了半倍，仍不如陆上部队；报纸不及时，半个月甚至一个月才能看到。过去曾发过一批交流收音机，岛上无电不能使用。岛上有所谓三盼：一盼电影，二盼文工团，三盼看到女人。广东有一个瞭望哨在岛上两年没有看到电影，因此要求给岛屿部队和巡逻艇发给直流收音机，约需100部；另能增加放映机，设法不间断地供给影片。

毛泽东在肖华批注的“即由宣传部办理”的上面，重重地画了一个圈。

> 另外，部队战士很欢迎小的通俗连环画等刊物，我们已购买18万册小的连环画发下去。

毛泽东在这些字旁，都画了粗杠。

刘道生信中继续叙述部队指战员的要求，不断地冲击毛泽东。

> 舰上来的家属多，常常为无房子住而吵架，挟了被子到处找房子。各海岛守备部队及瞭望站到岛上已两年了，最早的有三年，他们没有上过陆，没有告假返家，加上生活枯燥艰苦，以致普遍的严重发生违反健康的行为。以往因朝鲜战争我们没有实行请假探家制度，现在，我们将拟定岛屿炮兵及瞭望哨人员每月按百分之五左右准假返家探亲。

毛泽东记得谁曾经讲过这样的话，“军舰上，岛屿上，连蚊子都是公的”。他为战士菲薄的物质生活，枯燥的文化生活，苦闷的精神负担，深深不安。他十分了解，许多战士都是翻身农民，为了保卫土改果实而参军打老蒋，离家前一天结婚，席不暇暖，第二天就挂着红花，由带羞的妻子送到村口，参加军队，入关，南下，戍边。全国解放了，又要防备帝国主义可能的入侵，要粉碎美帝国主义支持下的蒋介石军队的窜犯。他们离家五六年了，年纪也都近30岁了，一直不能回家，应当考虑到他们的需求。他同意海军采取的准假探亲的措施。

他在这些句子旁边又重重地画了粗杠。

毛泽东看完全信，又重新翻看了各部分标题，才提笔在第一页上批道：

阅后退肖华。关于经费一项，请彭德怀处理。

毛泽东看着用毛笔写得满满的几页信纸，他喜欢刘道生这样具体、生动、详尽地报告真实情况。他曾经要求各地、各部门的主要负责同志，下去了解情况，自己动手写报告，不要假手于秘书。看来，刘道生就是这样做的。

刘道生是由罗荣桓推荐，调到海军当肖劲光的助手的。在高级干部中，他算是年轻的，大约才37岁。在中央苏区的时候，他还是个青年，罗荣桓就叫他“小主任”，称赞他会打仗，会做工作。他和我们的许多干部一样，都是参加革命后，学文化，长知识，长才干的。

长征到达陕北，1936年10月22日，红军三大主力一、二、四方面军在会宁将台堡胜利会师，党中央决定派三个人去迎接他们，传达中央关于组成抗日统一战线的主张。决定新从莫斯科回国的中国共产党驻共产国际代表张浩和聂洪钧去，还需要一个熟悉二方面军的同志，于是想到了担任少共中央局组织部部长的刘道生。

在保安的窑洞里，张浩、聂洪钧已经来了，过了一会儿，刘道生也赶来了。

毛泽东笑呵呵地说：“好，你们三个人都到了，有任务要交给你们。”

三个人都等待毛泽东指示。

毛泽东说：“中央决定派你们三位同志到红二方面军去，协助二方面军做好东北军的工作，结成抗日统一战线。”

三个人欣然接受。

毛泽东又叮嘱说：“你们到二方面军去，最紧要的一条就是要多看人家的长处，多讲人家的好处。过去，我们对待四方面军有错误，错在有些人讲他们的缺点多了。你们去了，不要讲人家的坏话，一定要多看人家的长处。”

刘道生插话说：“我是从红六军团调到中央红大学习的，也算是二方面军的。”

毛泽东笑着说：“你对二方面军的同志熟悉，那就更好了。”

周恩来亲笔写了信，交给刘道生说：“你同任弼时同志熟悉，把信亲手交给他。”分管统战工作的李克农向他们介绍了西北军的主要情况。

张浩、聂洪钧、刘道生带着党中央的信件，从保安出发，走了半个月，到达环县毛居井二方面军指挥部驻地，刘道生把信交给任弼时。中央的信是写给贺龙、任弼时、关向应和夏曦的。这时，才知道夏曦同志已经在洪湖地区牺牲了。张浩传达了党中央指示。任弼时、贺龙、关向应留刘道生睡在一个炕上，向他详细问毛泽东、周恩来和党中央的情况。贺龙还一直没有见过毛泽东，他向刘道生详细问毛泽东的年岁、长相，一听说毛泽东和周恩来在长征途中都生了病，便昂起半个身子关切地问：“好了没有？要紧不？”尊敬之情，溢于言表。

谈到半夜，突然接到报告，蒋介石逼迫东北军向红军发动进攻。刘道生随贺龙、任弼时、关向应进入阵地。天明时，接到毛泽东、周恩来电报，命令不得向东北军开火，争取东北军和我们共同抗日。贺龙坚决执行命令，把部队撤了下来。

……

毛泽东又拿起刘道生的信来，觉得他强调文化学习，是从实际出发的。文化是接受新思想、新技术的必要前提。

毛泽东点燃香烟抽着，看着吐出的烟团沉思，他感觉到刘道生的信里，似乎还有言外之意，他特意又看了看其中的一段：

> 由于海军技术的复杂性，需要文化程度很高，就不能像陆军一样一年解决，必须在今后二三年中将提高文化水平放在重要的位置上。今年下半年以军事学习为主，在技术方面能提到一定程度，再提高必须先解决文化。明年1月到5月应以文化学习为主，到适合军训季节时再以军事训练为主，这样会减少军事训练中因文化低所引起的一些困难。

毛泽东提笔在这些句子旁画了黑杠，突然悟到，这段透着争论气味的话，反映着人们不同的认识。注重文化学习，海军不应例外，而且，应当更加重视啊！须知没有文化的军队是愚蠢的军队，而愚蠢的军队是不能战胜敌人的。

笔者当年遵照文化大进军的命令，曾在万山群岛的外伶岛、担杆岛、垃圾尾岛的守备部队教战士学文化，先后8个月时间。当地贫苦渔民也闻讯积极参加学习。当年的日记记载一个叫梁双的广东战士学会写信后，第一封信就是写给毛泽东的，信中写道："请毛主席来我们岛上吃我们种的菠萝！"一个叫郭仁华的战士曾经苦恼地说："我真蠢。毛主席1893年生的，到今年有多少岁，我就算不出来，不会列算式，我有什么用啊！"当他学会了算式，一下子算了出来，高兴得跳起来喊道："我算出来了，毛主席今年59岁。"一个内蒙古的老战士王兴业学了文化后说："毛主席号召学文化，这是我们第二次解放，南下作战、守海岛，学会了认字、写信，给老婆写信，有悄悄话也好说了。将来复员了，有文化也好工作呀。"

文化将改变千万战士的生活道路，改善整个民族的素质。毛泽东以关注民族命运，关注人民命运的赤忱，一以贯之。对码头俱乐部设置、建设的批示，更是绝无仅有。

今天，人们看当年向文化大进军，觉得很平常，但对于当时处于文盲、半文盲状态的广大指战员和工农大众，真如第二次解放，是帮助他们在解放的路上迅跑。此举对于改变千百万人的命运，改变民族命运的意义，不容低估。

十一　同水兵一起航行

1953年2月19日，武汉。

三天前，大年初三的午夜，毛泽东从北京乘火车来到武汉。今天将离开武汉，顺流东下，乘军舰沿长江考察。

毛泽东早早醒来了，他有一些兴奋，像所有第一次将要乘军舰航行的人一样。他觉得几天来像是一直在盼着这件事似的。在军舰上，他就处在人群中了，再也不会有那些保卫措施把他圈起来了。这一点使他格外兴奋。

春节前后，正是南方凌断树枝，最为寒冷的时候。连日大雪，现在窗外也还在飞雪。

江面上，海军的“长江”号、“洛阳”号军舰已在江汉四码头翘首等候。

2月14日，大年初一，早晨5时，华东军区海军司令部命令淞沪基地“长江”舰、“洛阳”舰组成编队，立即去武汉执行任务，大队长王德祥担任编队指挥。

6时50分，“长江”舰、“洛阳”舰起航，沿江上溯航行。18时驶抵江阴，临时抛锚。20时，华东军区海军马冠三参谋长和地方航运局的两名领航员乘汽艇登上“长江”舰，编队立即起锚，连夜继续航行。

春节正待放假，一大早却命令紧急起航，华东军区海军参谋长也来到军舰，水兵们觉得这次任务不同寻常。

江上风紧，雪花如扯絮一般落下，迷蒙一片，看不清航道。连老领航员都感到航行困难。要在平时，军舰早进港抛锚了，但有命令要限期赶到武汉。军舰冒着大风雪，日夜兼程。

经过三天三夜航行，2月17日下午4时，“长江”、“洛阳”舰驶抵汉口。

江汉西来，浩荡东去，两岸积雪，河中涌浪，好像从遥远处带来了岷山雪，从近处携来了洞庭水。

2月18日上午，公安部罗瑞卿部长和军委海军政治部保卫部杨怀珠副部长来到“长江”舰，召集马冠三、王德祥和“长江”舰、“洛阳”舰党支部委员们开会，罗瑞卿说道：“毛主席要到你们军舰上来，高兴吧？”

“长江”舰政委刘松等人简直不敢相信这是真的，激动得连声说：“太好了，太好了，这是真的吗？”

罗瑞卿说：“毛主席要到军舰来，而且要坐军舰视察，还不是短时间哩。党中央把护送毛主席的光荣任务，交给你们两艘军舰。一要绝对保证安全，二要把各方面工作做好，使毛主席感到舒服、方便。能做到吗？”

刘松代表大家说：“保证做到。”

罗瑞卿又说：“好。这个任务可以向全体同志作原则传达，但是，暂时不要讲毛主席来。”

全舰上下忙碌起来，除每日定时进行的“机械检拭”和“清洁保养”外，指战员们又一面加紧清扫甲板、舱室，一面兴奋地猜测是哪一位首长要到军舰来。

“长江”舰是一艘内河浅水军舰，不足400吨，江南造船厂制造的，至今还用燃煤作动力。“洛阳”舰是日本造的，柴油机作动力，也只有近1000吨，国民党海军从日、伪手里接收过来，然后“输送”给了新中国海军。

这两艘军舰如此，人民海军所有军舰大多如此，多数来自美国、英国、日本、加拿大、澳大利亚，少量中国建造。最老的军舰是1918年下水的“延安”号，是清朝末年建造的，用煤作动力，水兵在炽热的机舱里，光着膀子不停地往炉膛里添煤，有时不得不由另一个人在后面抱住，以免摔倒。

共和国海军还没有能力为自己的领袖提供一艘略好一些的座舰。

2月19日，早饭后，从岸上搬来两条长凳、一块木制床板、一把木架帆布躺椅和棉垫、棉被、毛毯等一般的卧具。刘松想不到毛主席竟睡硬板床，卧具也如此简陋。他叫把床铺支架在军舰右舷政委办公室。

"洛阳"舰解缆，离开码头，驶向江心漂泊、警戒。

"长江"舰下达了全体舰员列队站坡，迎接首长的部署。

毛泽东乘车来到江边，刚跨出车门，江汉关上的大钟，正好敲响11下。

请历史记下这一时刻：1953年2月19日11时整。

毛泽东的出现，立时被人们注意到了。如同昨天上午，他徒步经过蛇山，被一个小学生发现一样，人群中有人惊喜地喊了一声："毛主席！"

"毛主席！""毛主席！"随着喊声，更多的人看清了真的是毛泽东，人们便向江边跑了过来。

毛泽东转身面向大道，略站了一会儿，微笑着，向人群答礼。

毛泽东和前来送行的李先念、李雪峰、赵敬敏、王任重握手道别说："好了，你们不要送了，再见。"

人群越聚越多，突起一声欢呼："毛主席万岁！"

立时山呼海应："毛主席万岁！""毛主席万岁！""中国共产党万岁！"

毛泽东转过身来，罗瑞卿在前面引路，杨尚昆、杨奇清陪同着向码头走来。

军舰上站坡迎接的水兵，有人第一个认出了向军舰走来的是毛泽东，擦了一下眼睛，确认自己没有看错，不由得脱口而出道："毛主席！是毛主席！"

队列里低语传告，兴奋激动，原来因久久等候已有些松懈了，看迎来了毛泽东，无需命令，个个立即精神百倍，按照条令规定，背手叉腿而立，队伍格外整齐、威武。

毛泽东刚一踏上趸船，水手笛吹响一个长声："敬礼！"全体舰员立正。

副舰长王内修跑步来到毛泽东面前，敬礼，报告："华东军区海军淞沪基地'长江'军舰副长王内修报告：'长江'舰干部20名，战士93名，全舰准备完毕，请主席检阅！"

毛泽东微笑挥手答礼。

他举目看停靠江边的军舰，沿着右舷，从舰首至舷梯口，水兵们穿着黑色呢制服，面向码头站成一列，桅顶和舰尾飘扬着国旗、军旗。

按照海军特有的礼仪规定，军舰应当悬挂满旗，排列24人的仪仗队，应有军乐队奏响国歌。但是，今天一切从简了。

毛泽东从舷梯登上军舰，略停了停，抬头举目向桅顶的国旗注目致意。

大概事先有人告诉过他，登上军舰的人，都要首先向国旗敬礼——毛泽东不是失礼的人。

水兵们的目光一齐转向毛泽东，注目敬礼。

毛泽东点头微笑致答。

笔者当年采访过“长江”舰上一位水兵，他说：“如果不是条令约束，我们早就会拥上前去，围住毛主席，把毛主席抬起来的。”

毛泽东来到前甲板，一阵风来，撩起了他的大衣前襟。江风很劲，像刀子一样凛冽。毛泽东看看还在列队的水兵，没有穿大衣，披肩被风刮起，脑后的飘带在飞卷。他心痛水兵们穿得太少，一定很冷，向罗瑞卿说：“他们什么时候解散？他们冷吧！”

按照海军礼节，必须等待首长进入舱内，才可以解散站坡。

罗瑞卿向马冠三示意：“马上解散！”命令传下，更位长的水手笛吹响两个短声：站坡解散。

水兵们慢慢离开队伍。毛泽东这才放心，向后甲板走去。

11时30分，“长江”舰解开缆绳，驶离码头。

汉口沿江大道上，江岸斜坡上，已是人山人海，消息不胫而走，万人空巷，赶来看毛主席。

“毛主席万岁！”此伏彼起，山呼海应。

为了安全，保卫部门总是对毛泽东的行踪讳莫如深，严格保密。而人民群众却极想见见毛泽东，亲近毛泽东。人们难得一见，今天见到了，就难以抑制感情的迸发，自发地表达出对毛泽东的衷心爱戴。

毛泽东听到了岸上传来的欢呼声，没有立即走进住舱，他站在后甲板望着岸上的人群感动不已。

“长江”舰前行，“洛阳”舰驶至护航位置，编队向下游行驶。

江上过往的木船、划子上的人们也发现了站在军舰后部的毛泽东。

江上、江岸，一片欢呼声：“毛主席万岁！”

一只木划子从军舰旁边经过，一个手荡双桨的老人，认出了毛泽东，松开双桨，连连振臂高呼：“毛主席万岁！”

划子失去控制，几乎横了过来。老艄公一生中第一次失态，他也顾不得浪起船颠，不断纵情高呼："毛主席万岁！""毛主席万岁！"

毛泽东看着江风吹起老人的白发，格外感动，他摘下帽子，向江上、江岸的人群挥动，大声回答："人民万岁！"

老艄公自信毛泽东已经看见他了，回答他了，这才捡起双桨。

毛泽东不肯进舱休息。第一次乘坐军舰，他急于了解水兵，了解军舰，于是，他向前甲板走去。

江上风紧，加上军舰前进时的航行风，风势更显凌厉。卫士拿来一条深咖啡色带白格的围巾，毛泽东接过来，随手围在颈上。人们这才注意到，毛泽东穿着一件旧的草绿色呢大衣，戴一顶旧的草绿色呢解放帽，脚上也是一双旧的黄色皮鞋。水兵们看自己身上，是呢水兵制服，呢水兵大衣，黑色皮鞋，一色全是新的，不由得连声"啧啧"感叹。

毛泽东来到舰首主炮旁，前甲板的同志们立刻围了过来。

毛泽东仔细察看火炮。马冠三向旁边一个水兵说："快去把你们枪炮长找来。"

不一会儿，枪炮长跑了过来，一直来到毛泽东面前立正站住。毛泽东先伸出手来同他握手，枪炮长一把握住，又连忙松开，举手敬礼。毛泽东点头，问道："你是做什么工作的？"

"我是'长江'舰枪炮长，叫贾荣轩。"

"你负责指挥这门炮吗？"

"是的。"

毛泽东问道："这是什么炮？"

"日本造的八八式高射炮，原是陆军用的，后安到军舰上来的。"

毛泽东身子微微前倾，倒背着双手，仔细听贾荣轩讲解炮的构造、部件。

贾荣轩最后说："这门炮的平衡钢丝断了，已不能用。"

毛泽东说："不能用，还放在这里干什么？"

贾荣轩说："我们没有零件，修不好，放在这里摆样子的。"

"噢，是摆样子的。"毛泽东喜欢战士的坦率，不作假。他没有责怪，他知道这个百废待举的国家，又遭到帝国主义严密封锁，缺东少西，捉襟见肘，可以想见。他学着贾荣轩的口气，自我嘲讽地重复一句："是摆样子的！"引得周围的水兵们不由得都笑了。

毛泽东转向马冠三说："这门炮不能用，发生情况怎么办？要想办法换一换啊。"

马冠三很感愧疚、尴尬。

毛泽东又转向大家说："五年，再过五年，我们就可以用上自己制造的大炮了。"

水兵们热烈地拍响巴掌。

毛泽东四处随意张望，抬起头，看到了指挥台，问马冠三说："那上面是干什么的？"

"指挥台。平时，舰长的位置就在那里。现在，舰长不在，舰政委和副舰长在上面。"

舰政委刘松从梯子上下来，向毛泽东举手敬礼。毛泽东回礼，同他握手。

毛泽东问："你叫什么名字？干什么工作？"

"我叫刘松，是舰政委。"

"卯金刀刘，松树的松，是么？"

刘松高兴地说："是的。"

毛泽东重复了一下，加深印象，好记住他的名字，随着又问道；"你是从哪里调来的？"

"我原来是三野的。"

"读过书吗？"

"参军前上过两年半小学。"

"什么时候到海军来的？"

"1950 年。"

"技术学得怎么样？"

刘松老老实实回答说："仅仅初步学到一些舰艇知识，真正的技术还不行，我主要是做政治工作。"

毛泽东指着周围水兵说："他们学得怎么样？"

刘松说："他们的技术学得很好。"

毛泽东高兴地说："那你应该好好向他们学习。"

"是，我一定好好向他们学习。"

毛泽东接着问："舰上同志们都是从哪里来的？"

"有从野战军来的，有些是青年知识分子参军的，还有一部分是原海军起义的。

“他们各有多少？”

刘松报告了具体人数。

毛泽东点点头，说：“哦，差不多各占三分之一了。”

“是的。”

毛泽东又问道：“同志们听你的话吗？”

“同志们都很听话。”

“吵不吵嘴？”

“不吵嘴，很团结。”

毛泽东笑了笑，说：“团结就好。”

毛泽东抬头望了望驾驶台，看到上面有人，问道：“他们在那里干什么？”

“做航海工作，负责舰艇航行。那就是驾驶台。”

“我们能去看看吗？”

刘松连忙说：“请主席上去。”

刘松在前面引路，毛泽东从右舷握着舷梯扶手，登上舰桥。

毛泽东站在驾驶台右舷门口张望了一下，看见一个水兵正在操舵，他赞许地说了一声：“舵工，掌舵的。”

航海战士陈万水，手不能离开舵轮，只是把双腿并拢立正，笑一笑，向毛泽东致意。

毛泽东笑着说：“你工作吧，不打扰你。”

这里是全舰最高处，毛泽东四处眺望，心旷神怡。

正在观察江上航标的刘兴文，转身向毛泽东敬礼。毛泽东微笑答礼，询问地转脸向着刘松。

刘松介绍说：“这是我们的航海长。”

“航海长是干什么的？”

刘松说：“负责拟订航海计划，制订航线，进出港，离靠码头。航行中，发生战斗时，都要及时向舰长报告航海资料、运动要素，保证军舰正常航行。”

毛泽东说：“这是个很重要的工作啊。”他转向刘兴文问道：“你叫什么名字？”

“我叫刘兴文。”

“你是从哪里来的？”

“我从第四野战军调来的。”

“你是哪个军的？”

“四十军。”

毛泽东说：“四十军不是去朝鲜抗美援朝了吗？”

刘兴文说：“我是在我们军入朝以前就调到海军了。”

“你在海军学校学习过吗？”

刘兴文说：“我刚从大连海军学校毕业，来舰上不久。”

“哦，经过学校学习，是科班出身啰。”

毛泽东又问道：“听说你们有些同志不愿干海军，是吗？”

刘兴文说：“我们都愿干海军。”

毛泽东笑了笑，没有深究，他知道这话不大靠得住，他记起刘道生的那封信里讲到军舰上文化生活枯燥，便问道：“你们可以上岸吗？”

刘兴文回答说；“靠码头时，星期天可以轮流放假，一次有三分之一的人可以上岸。”

“为什么是三分之一？”

“军舰任何时候都要保证有三分之二的舰员，一旦发生情况便可立即起航。”

“哦。”毛泽东点了点头。

毛泽东又问道：“你们放假都做什么？”

“洗衣服，写信，学习，看报，看书，下棋，打球，有时还唱歌。轮到上街的，可以去看看电影。”

毛泽东一边听着，一边想起刘道生的信上讲，战士星期天上一趟街，来回要花路费一万多元（旧币），每星期去一次的话，一个月发的津贴就全部花光。回来仍没有活动的地方。当时的印象是，军舰不同陆军连队的营房，人们局限在狭窄的空间里，生活紧张、艰苦，更加需要文化生活。刘兴文虽没有说这些，但是，却更加深了毛泽东这种印象。

毛泽东体贴地说道：“同志们很辛苦！”

刘兴文说：“为人民服务。”

毛泽东笑笑，转向王德祥，当知道他是大队长时，指指在“长江”舰后面航行的“洛阳”舰问：“你们一个大队就两条舰吗？”

王德祥回答说：“不止两条。我们大队其他军舰在上海吴淞。‘洛阳’舰不属于我们大队，临时来执行任务组成一个编队。”

毛泽东点点头。

王内修从驾驶台左侧来到毛泽东身边，刘松向毛泽东介绍说：“他是我们的副长。”

毛泽东不明白，问道：“副长？”

刘松说：“这是军舰上的习惯叫法，就是副舰长。”

毛泽东点头：“哦。”

刘松接着说：“王内修同志是原海军起义的，现在担任副舰长。”

“噢，你是老海军！好哇。”毛泽东显得很高兴，问道，“下面的徒弟都听话吗？”

王内修一时没有听懂毛泽东的湖南话，刘松向他重复毛泽东的问话。

王内修连忙说：“都很听话。”

毛泽东说：“听话就好。他们都肯学习吗？”

“都学习得很好。”

毛泽东殷切嘱咐说：“你要好好带徒弟呀，你好好教他们，他们要好好向你学习。新海军，老海军，团结起来，建设人民海军。”

王内修激动地回答说：“是。”

毛泽东讨教道：“一条军舰，都分几个部门呀？”

王内修说：“有舰长、政委、副舰长；下面有舰务、航海、枪炮、观通、机电，共五个部门。战斗舰上还应该有雷达声纳部门。”

毛泽东说：“请你带我们到这些部门去看看好吗？”

王内修说：“请主席视察。”

毛泽东说：“不是么子视察，是学习，看一看。”

马冠三、王内修陪着毛泽东顺着扶梯下了驾驶台，来到上甲板，看见人力舵，毛泽东便走了过去。

王内修说：“这是人力舵，备用的。军舰上主要用自动舵或者电舵。特殊情况下，自动舵损坏了，才使用人力舵。”

毛泽东很感兴趣地用手转了转舵轮。

毛泽东从上甲板下来，走到伙房门口。正是开饭的时候，各部门值日在排队领取午餐。见到毛泽东，大家高兴地让开道。

毛泽东看见穿着白工作服的蔡洪周，问道："你是大师傅？"

蔡洪周高兴得"嘿嘿"笑着，忘了回答毛泽东的问话。停了一会儿，直到悟过来，才说道："我是炊事员。"

大家伙哄地笑开了。人们对毛泽东来到舰上已不那么感到拘谨了。

毛泽东看面前放着一桶汤，拿起汤勺舀了一勺看看，问道："这汤好吃吗？"

站在前面的枪炮兵毛月臣说："我们舰上的伙食不错，菜好吃，汤也好喝。"

"你们吃一个菜吗？"

王内修回答道："平时三菜一汤。现在舰上人多，临时改成两菜一汤。"

"你们都吃一样的吗？"

"干部、战士都一样。"

"经常是这样吗？"

"天天是这样。"

毛泽东把脸转向水兵，水兵们欣然证实说："天天都是这样。"

毛泽东高兴了，说道："好，你们开饭吧。等一会儿我再来看你们。"

毛泽东离开炊事房，来到轮机舱口。副机电长徐天佑刚好从轮机舱上来，满头大汗，一身油气。王内修向毛泽东介绍说："这是副机电长徐天佑。"

毛泽东要同他握手，徐天佑一手油污，有些犹豫。毛泽东却一把抓起了他的手，使劲地握了握，问道："我下去看看，行么？"说着，探头向轮机舱看去，一股气浪从舱底冲了出来，热气熏人。

徐天佑劝道："毛主席，您不要下去了。"

毛泽东说："走，下去看看。"

舱门十分狭窄，扶梯笔陡，机器声嘈杂刺耳。毛泽东要往下走，徐天佑又劝道："下面太热，也不好走，您就不要下去了吧。"

毛泽东看了他一眼，说："不要紧，我下去看看同志们。"

徐天佑只好在前面领路。

轮机舱里，水兵们都在紧张操作，正在值班的机电长丁永才迎了过来。

毛泽东说；"同志们辛苦了！同志们好！"

丁永才说："谢谢主席！同志们都很好。"

毛泽东指着机器一一提问。机舱里响声嘈杂，面对面也听不清说话，水兵们都是打着手势互通声气的。丁永才用手拢着大声解说，毛泽东也用手遮在耳边仔细听他介绍。

丁永才说："这条舰下水几十年了，机器又老又旧，不过，现在还只能用它，大家精心些，凑合着还能用。"

毛泽东说："是呀，目前我们只能用这个了。几年以后，五年，五年以后，我们会有新机器的。"

丁永才和轮机兵们都笑了。

毛泽东又问丁永才："你是哪里人，家里都有什么人？生活有困难吗？"

丁永才高兴地说："我有个孩子，已经两岁了。"

毛泽东也高兴地说："好，要好好培养革命的后代嘛！"

丁永才觉得心里暖烘烘的。

毛泽东又说："机电部门都归你管，你要好好带徒弟！谢谢你的介绍。"说着，向丁永才伸出右手。

丁永才连忙往衣服上擦手上的油污，不好意思地说："我手脏得很。"

毛泽东把自己的手伸得更近了，丁永才用双手一把握住，两眼湿润了。

下午，毛泽东又来到前甲板，站在右舷25毫米炮旁，马冠三向"长江"舰的书记姚思煜说："把这门炮的炮手叫来，给主席讲一讲。"

枪炮部门住舱里，水兵们一面下着军棋，一面激动地讲述见到毛泽东的彼此感受，兴奋不已。

姚思煜下到舱里，叫着王恩全、杭长富、史文忠说："25炮的，马上到甲板上去，毛主席叫你们哩。"

他们推开军棋，转身就跑。一出梯口，就看见毛泽东在右舷炮的左侧等候，连忙跑过去敬礼报告。

毛泽东问王恩全说："这炮是你管的？"

"是我管的。"

"这炮是哪里造的？"

"日本造的。"

“请你给我们讲一讲。”

王恩全一边讲，一边进行操作表演，动作熟练，讲解清晰。

毛泽东不断点头，最后问道：“打得准吗？”

王恩全不假思索，回答说：“打得准。”

毛泽东风趣地问道：“打过吗？”

王恩全脸红了，说道：“只打过几次靶。”

大家哄地笑了。

毛泽东说：“要打一打啊，要多打一打。”

江风吹来，毛泽东摸了摸杭长富的衣服，问道：“你们冷不冷呀？”

水兵们回答说：“不冷，外面是呢制服，里面有绒衣，我们还有呢大衣。”

毛泽东拍了拍自己身上的大衣，笑着说：“你们年纪轻，身体好，穿得少不怕冷。你们看我穿这么多！”

毛泽东把大家都说笑了。

毛泽东见王恩全身体瘦小，故意逗他说：“你这么瘦，是不是饭没吃饱？”

毛泽东亲切、诙谐，引得水兵们都笑了。

王恩全急着解释说：“不，我每餐都吃得很饱。生来就这么瘦，吃不胖！”

毛泽东和水兵们一起开心地大笑起来。

毛泽东喜欢和青年人聊天，他有一个特殊本事，每到一处，同群众搭上几句话，能很快沟通、交流，弹到一根弦上。他更以对人们真心实意的关心，一下子赢得了群众的心。

毛泽东又问杭长富：“你是什么地方的人？”

“我是苏北人。”

“哦，苏北。”毛泽东继续问道，“那你从哪里调来的？”

“我从野战军来的。”

毛泽东转过脸去问王恩全说：“你呢，你从哪里来的？”

王恩全说：“我原是旧海军。”

“哦，”毛泽东笑着说，“你是老海军啰。”说着，又指着史文忠问道：“你呢？”

“我是从军干校来的，新兵。”

毛泽东环视三个人问道：“你们团结吗？”

“团结！”三人异口同声回答。

“那很好。野战军来的，参干的，老海军，大家要团结。”

毛泽东又问杭长富说：“你能写信吗？”

“一般的信能写。”

“你能看报纸吗？”

“能看报纸。”

毛泽东语重心长地说：“你们都要好好学文化，有了文化，就好学其他的。”

毛泽东又问身旁的姚思煜说：“你是做什么工作的？”

姚思煜说：“我是书记。协助舰首长承办文件。”

毛泽东听了，做了个拿笔写字的姿势，笑着说：“拿笔杆子的，我们两个是同行。”

说得大家又是一阵大笑。水兵们没有想到毛泽东竟是这样随和。

毛泽东问身边的黄厚生说：“你是做什么工作的？”

黄厚生上午 11 时 30 分交更后，从轮机舱出来，特地洗了一把脸，脱下工作服，换上新的水兵呢制服，把皮鞋擦亮了，跑到前甲板，等着看毛主席，但是，一直没有看着，便索性坐在舱口附近等候。当毛泽东出现在前主炮，听枪炮兵讲解的时候，他远远地看着，没好意思挤靠前去。下午，他又来到甲板上，看见毛泽东在右舷副炮旁谈笑风生，他克服了腼腆，跑上前去，一直挤到毛泽东身边。这会儿，毛泽东看着他，向他问话，他才连忙答道：“我是轮机兵，开机器的。”

毛泽东又问：“你是哪里人呀？”

“我是保定人。”

“嗯，离北京不远。你今年多大了？”

“20 岁。”

毛泽东高兴地笑了，他又一个一个点着问水兵的年龄。

回答是：“20！”“21！”“20！”“19！”

毛泽东点点头，赞叹说道：“你们都很年轻！”他兴奋地扳着手指头计算说：“第一个五年计划，第二个五年计划，再来一个五年计划，那时候，我们就会有自己制造的军舰。你们也才 30 多岁，也还年轻！”

锅炉兵徐甫大声说："我们都希望早日实现共产主义！"

毛泽东笑了，说道："很好。我们大家一齐努力！"

水兵们都笑了。

毛泽东继续说："过去，我们只有陆军，有炮兵，现在有坦克了，有空军了，有海军了，我们的国防力量一天比一天强大起来。"他停了停，说道："现在，我们海军还不强大。我们一起努力，让我们的海军强大起来！"

徐甫说："靠毛主席领导。"

毛泽东说："靠我们大家一齐努力！"

半下午了，江风一阵紧似一阵，航行风吹过来，吹透衣裳，吹得身上冰凉。水兵们向毛泽东说："风大了，请主席回住舱去吧。"

毛泽东感激地看了水兵一眼，又转眼看看江面，说道："这风吹在身上很舒服哩！"

19 日 18 时，编队到达湖北黄石。"长江"舰停靠黄石码头，"洛阳"舰在江中抛锚。

黄石，连着大冶。唐宋时，大冶就已经开设铁矿场。解放前，汉冶萍公司把大冶的铁矿、萍乡的煤、汉阳的炼钢联在一起经营。清朝末年，湖广总督张之洞创办的汉阳钢铁厂，是我国近代最早的钢铁厂，1894 年出铁，比著名的日本八幡制铁所还早。

毛泽东此行考察长江沿岸，他或许希望在武汉、黄石，能够兴建现代钢铁工业。

毛泽东离舰登岸去考察大冶。

毛泽东回到"长江"舰时，已是夜晚了。军舰起航，继续向下游驶去。

水兵们紧紧关闭轮机舱门，轻轻挥动煤铲，不顾舱内高温，不顾空气浑浊，尽量不让机器转动噪声外泄。

甲板上值更的水兵，蹑手蹑脚，不顾天气寒冷，换上薄薄的布鞋，不使脚步发出一点声响。

水兵们希望毛泽东在舰上如同在家里一样睡个好觉。

毛泽东，人民的领袖乘坐在军舰上。水兵们目睹他吃的是糙米饭、冬瓜汤、小菜。水兵们曾建议为毛泽东加菜，但是，为毛泽东管理生活的同志说，不敢，怕毛主席批评。他告诉水兵：毛泽东虽然忙，还要经常查问伙食账的。规定每日伙食费 7000 元（旧币），不准超过。水兵们找舰领导提意见了："怎么可以比水兵吃的舰灶标准还低！"

2 月 20 日凌晨 3 时，编队驶抵九江。

军舰悄悄向岸边靠去。

没有鸣笛，没有高声命令，只有轻声叮嘱，只有挥手示意。最精细的计算，最稳健的操船，军舰稳稳地靠上码头，系缆停泊。

九江城市的灯火，在朦胧的晨雾中闪烁，江水在军舰舷旁汩汩流过，分外静谧。

尽管军舰航行时，机声隆隆，轻轻震颤，毛泽东却睡得很好。

毛泽东醒来时，卫士报告说："军舰已停泊九江。"

"源二分于崌崃，流九派乎浔阳。鼓洪涛于赤岸，沦余波乎柴桑。"长江到了这里，已是"极泓量而海运，状滔天以淼茫"了。

上午 11 时，毛泽东在军舰上邀见了两位当地负责人。

傍"长江"舰外舷停靠的"洛阳"舰的水兵，早已按捺不住激动心情，他们认定自己有理由请毛泽东主席也乘坐他们的军舰。

"洛阳"舰副政委胡玉成带着全舰官兵的请求来见毛泽东。

毛泽东说："好，一视同仁。今天就到你们军舰上去。"

毛泽东想利用这难得的机会，多接触水兵。在军舰上，他可以无拘无束自由行动。罗瑞卿他们是没有什么话好说的了。

毛泽东来到了舷号为"169"的"洛阳"舰。

笔者很难生动记述当年情景，请读一读水兵们自己当时的记述吧。它们登载在 1953 年《海军战士》第 16 期。

"洛阳"舰轮机长方新承写道：

> 舰上每一个地方，每一个角落都刷洗得很干净，会议室布置得既漂亮又宽敞，像办喜事一样。同志们看到会议室里挂着的毛主席像，心中有说不出的高兴，脸上挂满了笑容。我比任何一个同志都更加兴奋，因为我这个 53 岁的老头，将要在今天下午看到我们的毛主席。

时间一秒一秒地过去了，同志希望很快就和毛主席见面。可是今天的时间似乎和往常不一样，走得和蜗牛一样慢。四五个钟头怎么熬过呢？看书吧，没有那样的心情。偶尔在凳子上坐一会，竟然连坐也坐不稳。我从舱面到舱内，从住舱到会议室来回地踱。已经过了很久了吧？我这样想。但是看一看表，才过去五分钟！

下午2点30分，“站坡”哨声响起了，同志们都以最快的速度跑到自己的位置上。

毛主席来了，毛主席登上我们的军舰了。这时我把眼睛睁得大大的，眨都不眨一下。毛主席走过来了，主席光亮的眼睛看着水兵们说：“都很年轻。”我的年纪是比较大的，毛主席看到了我，就很注意地说：“你的年龄是比较大些。”陪伴在毛主席旁边的丛树生舰长马上说：“他是我们舰上的轮机长。”毛主席走近一步跟我握手，并问我：“你是老海军？”我回答：“是的，我是老海军。”毛主席又问我的籍贯、年龄，最后对我说：“好好干，和同志们团结一致好好干。”连我这老头，毛主席都这样关怀，我高兴得不知道该用什么话来回答。

我一辈子也不会忘记毛主席对我的关怀和指示，我一定要“好好干，和同志们团结一致，用更大的工作成绩来回答毛主席”。

轮机战士程忠写道：

士兵舱里的同志们，有的在看书，有的在作笔记，有的在下棋、玩扑克。每个动作都很轻、很静，要按他们心里那沸腾的感情呵，舞起来唱起来才痛快呢！可是，这时候，毛主席正在会议室跟舰上的胡玉成副政委谈话哩。

毛主席问胡玉成副政委：“听说有些同志不愿干海军，是这样吗？”“是的，这是刚上舰的时候，同志们过不习惯海上生活。经过实际锻炼和教育后，这种思想都克服了。现在每个同志都有保卫祖国海防的坚强意志。”毛主席脸上露出好像严慈的父亲爱他听话的儿子那样的感情，点了点头，说：“过去在陆上，我们要爱山、爱土；现在是海军，我们就应该爱军舰、爱岛、爱海洋。”胡副政委把毛主席这句话记下了，好像刻在心里一样。

毛主席喝了一口茶，又把目光集中在胡玉成副政委脸上，问道：“你们舰上学习得不错吧?”

胡玉成副政委回答说：“我们舰上的军事、政治、文化学习，都进行得很好……”毛主席说：“请你把随便哪一个战士所看的全部书籍都拿来，给我看一看。”

胡玉成照指示去做了。他第一个碰到的是报务员肖和清，就把他的书全拿给了毛主席。

毛主席把书一本本看过。这些书是《论共产党员修养》《怎样做一个共产党员》《社会发展简史》《中国革命与中国共产党》《实践论》《毛泽东选集》《钢铁是怎样炼成的》《俄罗斯水兵》《朝鲜通讯》以及技术知识书籍。最后，毛主席把一本《头门山海战英雄艇》的连环画仔细地看完了，向胡玉成说：“你看过这本书吗?”胡玉成说：“看过。”毛主席接着指示说：“这本书虽然很小，但是，它的意义很大，它又适合战士的水平。你要好好地多看几遍才行哩。”最后，毛主席强调说：“这些书都很重要，很好。这说明同志们学习得还不错哩!”

信号兵赵莱静写道：

同志，你一定很心急，想知道毛主席对我们水兵说了些什么！可是，我怎么向你说好呢！我说又说不像，写又写不好。不过，说不像也要说，写不好也要写。总要让大家知道毛主席多么关心我们，体贴我们!

2月20日那天，毛主席一登上军舰我们就开航了。同志们都在心里哼唱着《东方红》。同志们一碰面，谁也不开口，两眼却笑成了一条线。下午，毛主席在会议室休息，我们没有值更的同志都聚到后甲板来。起初，同志们在谈毛主席那套穿了好几年的黄呢制服和黄色皮鞋，不知谁说了一句：“咱们跳舞吧!”同志们马上就跳起来了。手风琴手摇着脑袋拉着手风琴，同志们拍着手，叫着，笑着。毛主席在我们舰上，我们怎能不跳、不笑呢！

大家正跳得起劲的时候，毛主席往后甲板的过道里走过来了。舰长陪着他，他慢慢地走着，魁梧的身体微微向前倾，带着父亲一样慈祥的笑容，亲切地望着同志们。同志们惊喜交加，停止了跳舞，每个人的脸上，都是红喷喷的，眼里噙着泪花，望着自己敬爱的毛主席。

毛主席走过来亲切地问道："都会跳舞吗？"

本来我们有点拘束，一听领袖这样和蔼温暖的声音，就都自然得多了。大家都说："都会！"

毛主席笑了，同时称赞说："好，大家都很活泼！"毛主席又问："你们有些什么乐器？"大家都高兴地抢着回答说："有胡琴、小提琴、笛子……"马代义从背后挤上前来说："还有锣鼓！"

毛主席望着马代义说："是啊！扭秧歌可少不了锣鼓。"毛主席顿了一下又说："没听你们说有钢琴。要是没有，这只是暂时，以后可得有，开展文娱活动可少不了这东西！"

同志，我们是多么幸福啊！我们就是这样站在领袖的面前，回答着他对我们水兵关切的问话。

毛主席习惯地背起两手，又把身子移近我们问道："同志们都到北京参加过检阅吧？"几个参加过检阅的同志回答："参加过。"毛主席轻声地笑了起来，并富有风趣地说："那我们早就见过面了！"这时，马代义一点也不感到拘束，口快地说："就是天安门太高，看不太清楚。"毛主席向马代义探了下身子，瞅着他的脸笑着说："这回可看清了吧。"马代义的脸就红到了脖根，回答说："看清啦。"同志们都哈哈大笑起来，毛主席也笑着转身望了望其他几位首长，首长们的脸上也都泛起了笑容。毛主席转过身来又望着大家黑黝黝的健壮的身子，关切地问道："舰上工农同志多少？青年学生多少？大家举手看看。"同志们都分别举手，毛主席点头说："一半，一半！"又问道："同志们没有隔阂吧？"同志们互相看了一下，笑着回答说："毛主席，我们团结得可好呢！"毛主席满意地说："是呀，应当好好团结。今后就更好了，工农分子知识化，知识分子工农化，知识分子和工农分子的界限，慢慢就消灭了。”

军舰稳稳地前进，轮机舱的轰隆声传到后甲板来。毛主席要到机舱去看同志们，临离开我们前，他再次关切地问道：“同志们都习惯海上生活了吗?”我们齐声回答：“习惯了。”

他点了点头，并伸出他的右手，再次说：“同志们，过去我们在陆地上，那时要求同志们爱山、爱土；今天你们在水上了，大家要爱军舰、爱岛、爱海洋！”

大家听完了毛主席这些亲切的教导，都热烈地鼓起掌来。毛主席频频地挥着手，走向机舱那里去了。

军舰前方将经过长江险要的小孤山航道。

毛泽东听说后关照胡玉成说：“我要看看小孤山，到时候请告诉我一声。”

为了赶在天黑前通过小孤山，“洛阳”舰加速航行。

毛泽东像等待一个老朋友，等待小孤山的出现。

下午，4 时 30 分，军舰驶近彭泽县，这里是江西和安徽交界处。遥见十多里外，一座孤山，屹立江中。

胡玉成请毛泽东来到前甲板。

毛泽东接过望远镜，把小孤山拉近到跟前。

碧峰俊秀，石壁嶙峋，中流砥柱，江水分流。

变了，30 年前经过这里，小孤山矗立在江中心；现在，一面的水道窄了，另一面的却宽多了。

1921 年 6 月，毛泽东接到通知去上海参加中国共产党成立大会，他和何叔衡一起去上海。

1952 年，谢觉哉在《新观察》上发表文章，颇为详细地说了当时情景：

一个夜晚，黑云蔽天作欲雨状，忽闻毛泽东同志和何叔衡同志即要动身赴上海。我颇感他俩的行动‘突然’，他们又拒绝我们送上轮船，后来知道，这就是他俩去参加中国共产党第一次代表大会——伟大的中国共产党诞生的大会。

已经过去32年了，那次放舟而下，给人留下了极深刻的印象。

案头上安徽《宿松县志》是如此记述小孤山的：

宿松县东有山，在水中央，为小孤山，邻彭泽间……一柱直插天半，山以特立不倚，故得名。

小孤山，区别于鄱阳湖的大孤山，曾经被讹传为小姑，并把对面的澎浪矶也讹传为彭郎。连苏东坡也不免从俗，写下了游戏文字："舟中贾客莫漫狂，小姑前年嫁彭郎。"

军舰减速从小孤山旁通过。毛泽东感谢水兵们的细心。他仔细观察小孤山陡峭曲折的石阶，隐于云雾中的庙宇危楼。孤山，苍翠欲滴，江涛，撞击山石，浪沫如烟，澎湃声洪。

毛泽东禁不住把自己的感受告诉周围的同志，说道："32年前，我经过这里，小孤山在这一面，现在到那一面去了。那时，这边的水道很窄，现在变宽了。"

人们随着毛泽东，仔细看那秀丽的小孤山。

毛泽东更深深感慨道："老百姓说，'三十年河东，三十年河西'，世道改变了！这是必然。"

编队于20日22时航抵安庆。

安庆，已是万家灯火。人们还沉浸在年节的休憩喜庆中，毛泽东却在万里长江上思绪万千。全国解放战争之后的恢复时期已经结束，他在集中思考过渡时期总路线的问题，在思考中国有史以来社会主义建设第一个五年计划的问题，筹划推进国家经济建设的高潮。

2月21日，雪后初霁，出太阳了。

毛泽东起床后，要前来见他的安庆地委书记傅大章、市委书记赵瑾山随他一起在江岸散步。在江边的菜地里，他指点各种雪中生长的蔬菜，询问当地群众的生活。

长江岸边，迎江寺的九层高塔，映着霞光，金光灿灿。这座号称"塔王"

的宝塔，今天格外透着喜庆。江中塔影浮动，传说是纷纷前来礼拜“塔王”。今天高塔俯首迎来毛泽东的座舰。

古中国水师在安庆留下了自己的航迹。这里曾是长江江防要地。

临江一座大观亭，明代建筑，雄浑宏伟。

清代长江水师提督李成栋在亭上留下了一副楹联：

> 秋色满东南，自赤壁以来，与客泛舟无此乐；
> 大江流日夜，问青莲而后，举杯邀月更何人！

日本帝国主义侵入中国的时候，中国海军曾在这一带布雷阻敌，邓兆祥、林遵都是当事人。

人民解放军大举渡江之际，国民党海军海防第二舰队在这一线酝酿筹划起义。

今天，毛泽东将在这里为中国海军的历史留下浓墨重彩的一笔。

早饭后，“长江”舰助理员于学斌高兴地宣布说：“大家要求同毛主席照相，毛主席答应了！”

水兵们奔走相告，整服装，擦皮鞋，还把海军皮带上的铜扣用牙膏擦得锃亮。

上午9点多钟，毛泽东先来到“洛阳”舰甲板上。

雪后晴天，阳光耀眼。化雪了，天格外冷，江风竦竦，寒气倍增。

水兵们怕毛泽东受寒，说道：“天太冷了。毛主席就跟我们合照一张吧！”

毛泽东连声说：“不要紧。”吩咐道：“舰上人多，多分几次，分批多照几张，不要有漏掉的。‘一人向隅，满座不欢’啊！”

人们心里暖烘烘。

开始照相了，毛泽东兴致勃勃地担任“指挥”，他左右看了看，又向前跨出几步，转过身来，看看上下左右，指挥说：“大家靠拢一点，好都照上。”

毛泽东又问摄影记者：“都能照上吗？”

“能。分几批照，保证每个人都可以照上。”

毛泽东又细心关照说：“不要漏了值班的同志啊。”

毛泽东和水兵们兴高采烈，在寒风凛冽的江上合影了又合影。

11时，“洛阳”舰的水兵簇拥着毛泽东，送他来到“长江”舰的前甲板。

“长江”舰的干部、水兵，从甲板到上层建筑，上上下下站成了一个人字形，在队伍中间给毛泽东留了一个位置。

毛泽东又上下左右看了看照相的队伍，连声说：“人多，还是分批照，多照几张。”

人们欢声雷动，重新分部门排好队伍。

毛泽东跨出队伍，仔细察看，指着驾驶台高处的水兵问道：“上面都能照上吗?”

摄影记者说：“都能照上。

毛泽东又看看两边说：“边上的也都能照清楚吗?”

“能照清楚。”

毛泽东这才放心地和同志们一起照相。

毛泽东同轮机部门的同志合影以后，关照记者说：“每人都要给一张。”

摄影记者说：“每一个人都有，每一个人都有。”

毛泽东笑着向水兵说：“记者要是不给，你们找我!”

同志们轰地笑了。

记者连声说：“一定给，一定给。”

毛泽东兴致勃勃地和水兵们前后分 8 批合影。

当年有幸参加合影的人，把照片作为传家宝珍藏着，只要有客人新来，必定拿出来，让人们分享当年的幸福、欢乐。

回到住舱，毛泽东意犹未尽，他为青年人的朝气所感染，见桌上已准备好宣纸、笔墨，笑着说：“哦，他们还交给我一个任务没完成，为他们题词。”他向秘书、卫士征求意见：“你们说，该写几句什么话呢?”

“写人民海军的任务呗!”

“鼓励大家好好干。”

毛泽东点头，顺着自己的思路，讲了一大篇话。

近代中国有海无防，帝国主义从海上破门而入，侵略我们国家。从 1840 年鸦片战争起一百多年里，帝国主义列强 80 多次入侵，每次都从海上来。他们从旅顺、辽东湾，从塘沽、渤海湾，从烟台、青岛、胶州湾，从吴淞，从舟山，从马尾，从基隆，从广州，从香港，从海口，从雷州半岛，从钦州湾，由北到南的所有海口闯进中国来。一部中国近代史，几乎就是列强海上入侵史。

晚清封建统治阶级，重陆轻海，畏敌如虎。先是禁海，等帝国主义打进来了，就投降。“量中华之物力，结与国之欢心”，在炮口威逼下，被迫订了几百个不平等条约，割地赔款，丧权辱国。

毛泽东最后说：“所有这一切惨痛的历史教训，都告诉我们，今后帝国主义侵略我国，也会从海上来。现在，太平洋还不太平，中国人民一定要建设一支强大的海军！”

这是毛泽东对近代中国历史的沉痛思索。

毛泽东继续自己的思考。

中国是一个大陆国家，也是一个海洋国家，在古代，曾经是一个海洋强国，有过辉煌的历史。纵观全球，有多少国家、民族正是依靠濒临海洋这一得天独厚的条件，使国家变得富庶繁华。中国人应当充分利用海洋给我们交通世界各国、各民族的便利，发展自己。但首先必须保卫海洋不受侵犯，才能够和平发展。

毛泽东在激愤中，满怀期望，提笔挥毫写道：

为了反对帝国主义的侵略，我们一定要建立强大的海军！

毛泽东

一九五三年二月二十一日

写完一张，毛泽东又同样写了一张，又再写了一张。

毛泽东端详着三张题词，觉得有一张不太中意，随手团起扔进了纸篓。后来，秘书又从字纸篓里捡了起来。回到北京后，周恩来的秘书要去收藏了。

历史将永远记得毛泽东在长江之上，为人民海军所指引的航向。

编队继续夜航，深夜到达芜湖。按毛泽东要求，军舰在江中抛锚。用汽艇把当地领导同志接上军舰。毛泽东在舰上与他们交谈后，又送他们上岸。

军舰继续向南京驶去。

芜湖至南京50海里，军舰顺水顺流，行驶很快。知道毛泽东将要离舰的干部、水兵，却希望这段航程永远也不要走完。

22日凌晨3时，军舰驶抵南京，停靠下关码头。

华东军区陈毅司令员、张爱萍副参谋长、军委海军王宏坤副司令员等已在码头迎候。

毛泽东将要离舰上岸，他叮嘱免去一切礼仪，不要惊扰水兵休息。

毛泽东踏上舷梯时，转身向罗瑞卿说："你代我向军舰刘松政委说，请他转告两艘军舰的全体同志，同志们辛苦了，谢谢大家！我们上去了，以后有时间再来看望同志们。"

罗瑞卿向刘松作了转达，再三强调说："要把毛主席的话，传达到舰上每一个同志。"

刘松、胡玉成原原本本向舰员传达时，同志们都流泪了。

2月24日，南京下关长江边上。

细雨霏霏，江水滔滔。

"黄河"号登陆舰、"广州"号护卫舰、"南昌"号护卫舰、101鱼雷快艇、104鱼雷快艇正等待检阅。

下午1时30分，毛泽东来了。真的又回来看望水兵们了。

码头上，陆军干部们整齐列队，毛泽东看望过他们之后，向码头走来，他旁边走着陈毅、张爱萍、王宏坤等许多人。

毛泽东看见军舰了，加快步子走来。他已经熟悉军舰，熟悉水兵了。他一往情深地说："我答应了还要回来看他们的！"

罗瑞卿说："我已转告他们了。"

毛泽东笑着踏上码头。

"黄河"号更位长吹响了水手笛，军舰上列队站坡的水兵们立正敬礼。

"广州"号军舰同时吹响了敬礼的哨声。

"南昌"号舰上，一面鲜红的国旗立即升上主桅顶端：向毛主席敬礼！

毛泽东经过"黄河"号舷边，走向"广州"号军舰。

毛泽东踏上了"广州"舰，从左舷走到前甲板，看了看前主炮，转身向"南昌"舰走去。

卫士先毛泽东一步踏上搭在两舰舰舷的跳板，伸手要搀扶毛泽东。

毛泽东摇摇手，径自走上跳板，轻松自如地登上了"南昌"号军舰。

经过在“长江”、“洛阳”舰上和水兵一起航行了三天三夜，毛泽东已熟悉军舰的一般情形了，他来到战位，来到舱室问候水兵。他从左舷转到右舷，来到舰尾，看到紧靠舰尾外舷有两艘鱼雷快艇。艇的前甲板上，指战员成两列横队站坡敬礼。

毛泽东挥手答礼，转身问陪同的海军同志：“鱼雷快艇？”

“是鱼雷快艇。”

毛泽东俯身向鱼雷艇上的水兵招呼：“同志们，艇上生活苦吧？”

鱼雷快艇分队长高东亚回答说：“我们已经习惯了。”

啊，习惯了，水兵们就是这样对待困难的啊！

毛泽东鼓励说：“好，要多多锻炼！”

陈毅命令快艇开始接受检阅。

快艇离开舰舷。

毛泽东刚举手回答鱼雷快艇的敬礼，快艇两舷已激起白色浪花，像小鸟张开翅膀向远方飞驶而去。

毛泽东走向后甲板上的后主炮，仔细看了各个部件，向张爱萍说：“你原来当过华东海军司令员啊，这炮的性能怎么样？”

张爱萍和水兵向毛泽东介绍了炮的性能。

水兵们操作后炮俯仰、旋回。

毛泽东看炮手们果然健壮，动作熟练，赞赏说：“很好！”

毛泽东向驾驶台走去。中途，他特地走进军舰后部的炊事房。他细心地看了看炉灶、锅、碗、瓢、盆，又用手翻看了案板上堆着的蔬菜。

炊事房的舱门外面，已经围满了一群水兵。毛泽东望着他们关切地问道：“舰上伙食好不好？”

水兵们抢着回答说：“我们伙食很好。”

毛泽东又问：“你们每个月发多少津贴费？够不够用？”

水兵们笑着，议论着，回答说：“我们的津贴费够用的。”

毛泽东来到军舰会议舱室，坐下后，听王宏坤和华东军区海军领导人汇报。

毛泽东问道：“多数同志是从野战军调来的，‘长江’舰、‘洛阳’舰也是这个情况，他们还安心吗？”

“现在习惯了，愿意干海军，希望能参加解放台湾。”

毛泽东说：“要鼓励大家努力建设海军，一百多年来，帝国主义都从海上打进中国，就是欺负中国没有海军。帝国主义如此欺负我们，要认真对付。我们有了一个强大的陆军，再有一个强大的空军和一个强大的海军，帝国主义就不敢欺负我们了。我国海岸线很长，应该有一支强大的海军。目前，我们国家还很穷，钢铁很少。经过两个、三个五年计划建设，我们的情况就会有所改观。那时候，我们就可以自己造军舰了。我们现在有哪些造船厂？能不能造军舰？”

“有些军舰的技术装备还不能自给，要靠进口。”

毛泽东说：“要进口买一些，主要的还是靠自己建造。海军建设要靠国家经济建设发展，靠国家工业化，靠国家科学技术进步。海军建设要放在自力更生的基础上。”

毛泽东又问在座的海军干部说：“你们都出过海没有？”

有人回答说：“出过海。”

毛泽东问：“技术学得如何？”

王宏坤回答说：“下面同志学得好些，基本上掌握了技术。我们主要学苏联，全面学习苏联海军经验。”

毛泽东皱起了眉头，缓缓地、重重地说：“我们是要把苏联的先进经验学到手。是学习先进的东西，要结合实际，为我所用。我们军队打了几十年仗，有许多宝贵经验，还是有用的。我们有我们的传统，要继续发扬，不能丢。”

毛泽东这一番语重心长的话，当时并没有为一些人所完全理解。《人民海军》杂志曾发表了题为《全面学习苏联海军经验》的文章，还有类似的文章。有的文章甚至说：“具体说来就是照苏联海军条令办事。”后来，经过实践，对这个问题才有了统一的正确认识。

毛泽东还在记挂水兵们的生活，问道：“水兵每天伙食费是多少？”

“7000多元（旧币）。”

毛泽东说：“军舰上很辛苦，体力消耗大，一定要保证指战员有足够的营养，保证同志们的健康。要认真调查，计算一下现在的伙食费够不够用，如果不够，要考虑增加。”

谈话结束，毛泽东起身去驾驶台。

外面仍然细雨淅沥，毛泽东走出来，水兵也跟着来到上甲板。毛泽东看着战士们企盼的目光，招呼记者说："记者同志，麻烦你给我们一起照张相吧。"

水兵们顿时雀跃起来。毛泽东招呼水兵们站到他前面来。

水兵们兴高采烈地挤到毛泽东身边。

江面，水汽氤氲，雨滴越来越大。毛泽东身上的大衣和头上的八角呢帽都湿了，脸上也洒了雨点。毛泽东从从容容、高高兴兴地和战士们站在一起，让记者照了一张又一张合影。他知道战士们的心，他想尽可能多的满足他们的愿望。

军舰向燕子矶方向驶去。毛泽东顺着扶梯，攀登上了驾驶台。

舰长曾泉生告诉毛泽东说："这艘军舰，原来是日本侵华海军扬子江舰队的旗舰，原名叫'宇民治'号，日本大阪铁工厂建造的炮舰。1940 年下水，1350 吨，航速 20 节，就是每小时跑 20 海里。在国民党手里，是海防第一舰队的旗舰，叫做'长治'号。"

听到这里，毛泽东点点头，他记得这艘军舰起义后，他和朱德联名打过电报，回答他们发来的致敬电。

曾泉生继续说："上海解放后，蒋介石派'长治'号到长江口封锁我们。舰上的士兵们都不愿打内战，加上派系斗争，当官的欺压福建籍、马尾系的人，更引起不满。下士陈仁珊早就同上海地下党有过联系，他又联络了林寿安、李春官，在 1949 年 9 月 10 日凌晨 2 点 5 分，以敲响舰钟为号，发动了武装起义，把军舰开到了上海。"

毛泽东问："陈仁珊还在舰上吗？"

曾泉生回答说："在。"

陈仁珊已经来到毛泽东面前。

曾泉生介绍说："这就是陈仁姗。他现在是我们舰的航海长。"

毛泽东握着陈仁姗的手说："祝贺你！请你说说当时起义的情况，好吗？"

陈仁珊讲了起义的前前后后，毛泽东仔细地听着，不时点头。

陈仁珊说："起义以后，因为怕国民党飞机炸毁军舰，不得不让军舰自沉在前面的燕子矶附近，大家都很难过。就在这时候，接到您和朱总司令的慰勉电，我们心情才好起来，发誓要尽快把军舰打捞起来。现在，它又能航行了，比以前跑得还好。"

毛泽东笑了。

曾泉生说:“现在这条舰是我们华东海军第六舰队旗舰,叫‘南昌’号。”

毛泽东点点头,向陈仁珊说:“你和你的同志们,走的是一条光明的路。你们是老海军,要同野战军来的、从学校参干的同志,团结起来。他们是新海军,你们要帮助他们学技术,学会驾驭军舰,共同努力,建设人民海军。”

陈仁姗回答道:“是,我们一定尽自己的力量。”

曾泉生介绍说:“陈仁珊同志要求入党,我们党支部已经吸收他入党了。”

毛泽东更高兴了,向陈仁珊说:“很好,那担子就更重了。共产党员就是挑担子的,要比别人多做工作,多吃苦。你要带头学习人民军队的传统,要改造头脑里的旧思想,要学会人民军队的一套。”

陈仁珊连声说:“是,我一定努力学习。”

军舰继续向燕子矶江面驶去。

燕子矶,江横水阔。天上云烟压水,水色天容不分。江流直下,气势磅礴。

“101”“104”两艘鱼雷快艇从迷濛水汽中疾驰而来。

艇艏剖开白浪,两舷排气孔排出蓝色烟雾。鱼雷艇如同张开白翼,要从水面上飞腾起来,疾如箭矢,奔若闪电。

毛泽东举起手来,频频向鱼雷艇挥动。

鱼雷艇编队从军舰左舷飞速通过。

毛泽东想看得更真切,更清楚些,便走出驾驶台,站到左舷信号台上,看鱼雷快艇操演。

毛泽东兴奋地连声说:“好!好!”十分开心。

检阅结束,曾泉生向毛泽东说:“报告主席,全舰同志想请您题词。”

毛泽东欣然应诺,随曾泉生来到雷达海图室。

海图桌上已经铺好白纸,摆好笔墨。毛泽东成竹在胸,笔走龙蛇地写道:

为了反对帝国主义的侵略,我们一定要建立强大的海军。

毛泽东

一九五三年二月二十四日

挤在海图室外的水兵，热烈鼓掌。

曾泉生又说："'广州'舰、'黄河'舰的同志们，也请毛主席给他们题词。"

毛泽东说："好。"

毛泽东重又提起笔来，一连写了两张同样的题词。

三天中，毛泽东为5艘舰艇写了5张同样内容的题词。如此强烈，如此急迫，集中了全民族的愿望和意志，成为照亮新中国海军航程的灯塔！

下午4时多，军舰停靠长江北岸浦口码头。

水兵站坡列队欢送毛泽东。

毛泽东和陈毅等同志握手道别。

水手笛吹响"敬礼"的哨音，战士们向毛泽东注目敬礼，心中万分留恋。

毛泽东跨上活动码头，刚走几步，便转过身来，向水兵们挥手。

水兵们激动不已，高呼："毛主席万岁！"

毛泽东走上引桥，又转过身来，再次向水兵们挥手。

毛泽东留恋这些年轻的水兵。

毛泽东走过引桥，走到岸上高处了，毛泽东又第三次转过身来，高举起胳膊，再向水兵挥手。

毛泽东觉得难以分手啊！

水兵们禁不住热泪簌簌滚落，千言万语，集中为一声声的高呼："毛主席万岁！"

毛泽东转过身去，慢慢地一步步地走去。

水兵们久久注视毛泽东在细雨飘洒中慢慢走去的背影，直到看不见了，仍然肃立不动，举目眺望。

雨下大了，不知是雨水还是泪水，打湿了水兵的衣襟。

送过毛泽东后，陈毅又回身来到"南昌"舰，向军区和海军的领导同志说："毛主席叫我转告，视察了海军部队，很高兴。看到海军掌握在可靠的年轻的干部手中，放心了。"

毛泽东十分关心舰艇部队的巩固。1952年8月，有消息说，国民党将策反人民海军两艘舰艇，毛泽东当即批示海军进行清查、防范。海军认真清查，我军舰艇中没有所指的或类似名字的舰艇，审慎地采取了措施，并报告毛泽东。

毛泽东当天批示说：这个部署是正确的，望坚决执行之。

毛泽东还对所拟一项措施批注说：在这次政治审查中，要做到能彻底了解与掌握舰艇，完成舰艇档案及原海军人员档案登记工作，使我们做到真正心中有数有底。

从海军建设的路线、方针，到舰员文化、技术学习，舰员伙食标准，以及码头俱乐部设置，具体舰艇的巩固，毛泽东都倾注了心血和关切深情。

毛泽东对战士生活的关心，尤其令人感动。

1954 年 4 月 15 日，海军一个老战士直接寄信给毛泽东，反映他所在的部队“还有约百分之三十参军七年以上的老战士”存在着三大问题：“一、待遇；二、婚姻；三、离家近想回家看看。”他在信中还说：“我再告诉你几点情况，厕所门上画了低级下流的图画和质问；班以下牢骚怪话多；几百人的一个分校，有两个人被开除团籍。”“为巩固战斗意志”，这个战士提了几条建议，其中一条写道：“战士家属来队要好好接待，她们不只是来看人，还是来向丈夫要孩子的。战士们多是参军时刚结婚，八九年了，现在双方都近三十岁了，应当考虑这种状况。”

毛泽东立即批转海军调查办理。

毛泽东乘军舰航行，成了海军文艺创作写不尽的题材。先是海军作家李养正写了特写《幸福的航行》，他要求《人民文学》发表时，一个字、一个标点也不要改动，因为他认真核实过毛泽东的讲话，他为文章负责。鱼雷艇队的水兵编演了诗朗诵《难忘的航行》，在北京演出，催人泪下。海军政治部歌舞团曾先后两次编演大型歌舞《毛主席来到我们军舰上》，一曲《太阳最红，毛主席最亲》，久久地广泛流传，唱出了人们的心声。

十二　居安思危，慎之又慎

毛泽东乘军舰航行，检阅海军，看了 5 艘军舰，看了鱼雷快艇操演，同那么多海军干部、水兵谈了话，还登上了驾驶台——从军舰角度说，那可是“九天之上”了；也钻到了轮机舱里看了看，那可是在军舰的底层，在水线以下，自信对海军有一点感性认识了。一艘军舰好像一个工厂，是钢铁，是机器，是科学技术。尤其是它要打仗，要装备大炮、鱼雷，将来还要装备导弹。可见，没有相当的工业化，要想有很多的军舰，不现实。而当前主要战斗将集中在东南沿海，又迫切需要有海上力量。

全国解放之日，乘蒋介石撤退，胜利追歼，一鼓作气解放了沿海大小 200 多个岛屿。以后的战斗进展却不容易了。

华东军区从 1949 年 8 月，开始解放舟山群岛作战，解放了外围的金塘岛、桃花岛。国民党增兵 12 万人到舟山，似乎要有一场大战。为了确保胜利，三野重新做准备。不料国民党军在 1950 年 5 月 13 日从舟山秘密撤逃。但是，留下了国民党江苏省主席丁治磐，搜罗了张阿六、袁国祥、黄八妹一帮海匪，盘踞在嵊泗列岛的泗礁、崎岖列岛的大小洋山以及杭州湾的滩浒山岛，威胁航运，抢劫渔民，派遣特务袭扰大陆。

新建立的华东军区海军决定攻打滩浒山。滩浒山是女匪黄八妹的巢穴。黄八妹曾经当过国民党的副县长，既反动，又凶残。

1950 年 6 月 15 日，炮艇大队大队长陈雪江指挥“古田”“陈集”“卫岗”“车桥”4艘步兵登陆舰和12艘只有25吨的江防小炮艇，从吴淞起航。

小炮艇吃水只有0.6米，一出长江口，一个大浪打来，小艇沉入浪谷，又被举上浪尖，再被摔下浪谷。幸好没有翻船，没有沉没。但是，顶不住风浪的推搡，12艘小艇有11艘在航行中搁浅了。

战斗不容许“船搁沙滩等潮来”，陈雪江只得率领4艘登陆舰和1艘炮艇，向滩浒山进发。

海匪做梦也没想到人民解放军会在大风天里来到，唿哨一声，四散逃窜、藏匿。海匪曾经在海上抓获人民解放军军两名新战士，强迫他们当伙夫。这时他们俩站了出来，一一指认海匪，一共抓了46名，缴获4条机帆船。匪首黄八妹前一天已去海上打劫，侥幸逃脱了。

首次出海作战，小艇闯出长江，来到海上。原来只能在内河湖泊巡逻的小艇，在人民海军手里服从革命需要，充分发挥了它的作用。在以后一段时间里，小炮艇成为依托岛屿作战的主要舰艇。

7月，华东军区海军用商船改装的“瑞金”“兴国”炮舰、“卫岗”“车桥”登陆舰和2艘炮艇，配合第三野战军攻占长江口外的嵊泗列岛。

炮艇大队沿海岸继续南下，进驻浙江椒江口的海门，准备配合浙江军区第二十一军第六十二师解放台州列岛的上、下大陈岛。

7月9日，炮艇、机帆船因海上大风，撤至琅矶山避风。103号和3号艇在港外锚泊警戒。第二天早晨，薄雾中出现了一艘300多吨的国民党军大型炮艇。3号艇求战心切，擅自出击。国民党军炮艇吨位大，火力强，首先开炮。而3号艇虽只有25吨，但仍冒着炮火前进，迫近至200米射击。终因吨位悬殊、火力悬殊而被击沉，分队长邵剑鸣和其他11名艇员壮烈牺牲。

琅矶山战斗失利的第二天，7月11日，华东军区海军炮艇分队和一批机帆船向大陈岛佯动，两个炮艇分队和30多艘载着两个步兵连的机帆船，奔袭披山岛。12日拂晓，战斗打响，击沉国民党军“新宝顺”号船，俘获“精忠1号”炮艇和1艘机帆船。掩护步兵连登岛作战，俘国民党军近500人。

国民党军开始从一些岛屿上收缩、撤逃。

朝鲜战争爆发了，美国第七舰队开进台湾海峡，事情变得复杂了，麻烦多了。国民党军改退为进，重新进占福建、浙江沿海一些岛屿，以金门、马祖、大陈等 36 个岛屿为据点，搜罗大陆逃亡的地主武装、惯匪，袭扰沿海。只在 1950 年一年里，在浙江、福建登陆袭扰达 109 次，煽动反革命暴乱 770 多起，放毒、抢劫、杀害干部、群众 1000 多人。

新组建的人民海军用陈旧的炮艇以及机帆船，在东海、南海上反复进行“岛屿清剿与海上游剿”。

1951 年 6 月 24 日，华东军区海军温台巡防大队 411、413、414、416 四艘炮艇，为 900 多条渔船护渔护航。拂晓前在南、北泽海面锚泊待机。上午 8 时，头门山海面传来枪声。枪声便是命令。分队长张家麟、指导员陈立富指挥艇队赶去。中途命令 416 艇出列检查一艘可疑帆船。航行中，411、413 两艇主机发生故障，逐渐掉队了，414 艇单独驶向枪声密集的方向。

国民党军一艘三桅“绿眉毛”大船和 3 艘机帆船正截击大陆 3 艘运粮船。陈立富指挥 414 艇冲上前去，匪船逃向大陈方向。陈立富智勇双全，在一次剿匪中，曾第一个跳帮，跃上匪船，迫使海匪投降。这时，他指挥 414 艇插向头门山，堵住匪船逃路。匪船当即转过头来，仗着火力优势，向 414 艇猛烈射击。414 艇勇猛冲击，奋力作战，击伤匪船。枪炮兵王维福负伤也不停止战斗，用冲锋枪猛扫逼近的匪船，匪船逃窜。

战斗激烈进行，416、413 艇赶到，陈立富指挥各艇集中火力，打击负伤最重的一艘匪船，把它打沉。

1951 年 9 月，蒋介石派胡宗南化名秦东昌进驻大陈，任国民党大陈防卫司令兼浙江省主席，统一指挥沿海岛屿国民党军和海匪，袭扰大陆。

人民海军护渔、护航，连年战斗，不敢懈怠。

在南海，珠江口外的六门和万山群岛，历来海匪为患。早在清朝末年，在殖民主义者怂恿下，香港、澳门一直是海匪渊薮和庇护所。著名的海匪“大天二”，为霸一方。渔民受到海匪和渔霸、渔栏主、国民党政府的盘剥和掠夺。流行在万山群岛的咸水歌，倾诉了渔民的苦楚和愤怒：

“牙带”出水擦白粉，
“黄花”出水晒金银，
　抲金捞银一场空。

头条送渔霸，
二条送渔行，
三条送捐税，
四条进奉“大天二”。
留下一条小尾巴，
一家都饿煞。

全国解放后，海匪同国民党残余武装特务结合，为害更烈。

中南军区海军的炮艇“先锋”号、“解放”号、“劳动”号和守卫内伶仃、垃圾尾、外伶仃、担杆、大万山岛的战士，日夜出击，清剿追捕，终于剿灭了“大天二”土匪和零星海匪。

1952年9月20日凌晨，在汕头港外南澎岛，海军战士邱安孤身一人，组织岛上民兵抗击突然来袭的国民党“反共救国军”111纵队100多人。为了掩护群众，他跳到礁石上吸引海匪火力，打到最后一颗子弹，拉响手榴弹与匪徒同归于尽。

全国解放后，清匪反霸，巩固海防，又有多少人牺牲了！

毛泽东感念不已。

1950年，国民党军更在长江口布下水雷，封锁航道。派空军对上海进行大轰炸，力图困死上海，困死大陆。

6月19日，英国商船“伏虎”号在长江口触雷沉没；

6月20日，“香山”轮触雷沉没；

7月20日，“新宁海”轮触雷沉没；

7月24日，菲律宾一艘商轮触雷沉没；

8月16日，英国商船“济南”号触雷，险遭沉没；

8月21日，“捷喜”号轮船触雷沉没。

上海港被封锁，市面萧条，生产停滞，物价上涨，形势危急。

华东军区海军没有扫雷舰，便把“古田”“周村”“枣庄”“张店”登陆舰改装成扫雷舰试验扫雷，获得成功。同时，扫荡了盘踞长江口金山岛的海匪袁国祥等400多人。长江航道畅通了，上海渐渐恢复生机。

人民海军是在极其困难的条件下作战啊！

毛泽东拿起由彭德怀转来的海军报告，仔细看了起来。

> 美国解除台湾中立化后，蒋军积极扩充，抽调三军部队，由参加过诺曼底登陆作战的美军顾问团施行两栖登陆训练。美国并开始为蒋军训练喷气式飞机飞行员，而且援助蒋军舰4艘，炮艇12艘（各为350吨、180吨，航速达25、35节），连同原有舰艇，共有出海作战舰60艘，辅助船150艘。而我们能出海作战的舰艇仅14艘，能担任近海巡逻的炮艇每艘仅为50吨，航速8到12节。我们处于劣势，力量对比为一比三。

毛泽东沉重地叹息了一声，继续往下看。

> 蒋军在上、下大陈统一各杂牌武装，已组成1.5万人的部队。
>
> 蒋军巩固已占岛屿，寻找空隙向大陆推进。从1952年10月起，又进占了上海至福州航线上的鸟丘屿、白犬、东引、北霜、台山列岛、南北箕山、太小鹿岛、鱼山列岛、田岙、积谷山等岛。企图进占洞头、南韭山、浪岗山。
>
> 蒋军封锁了台州湾、瓯江口，企图进一步封锁长江口。
>
> ………

形势相当严峻，估计在朝鲜停战以后，东南沿海的斗争将更加紧张。美国在朝鲜的战争失败了，印度支那的战争停下来了，美国人唯一能做文章的，将是台湾。他们必将继续积极扶植蒋介石。同时积极拼凑东南亚防御联盟，形成对中国的半圆形包围圈。

毛泽东重重地吁了一口气，转而一想，心里又笑了。“多难兴邦”，美国还是以大规模地出钱、出枪、出顾问，帮助蒋介石打内战来进行侵略，这就继续帮助我们教育中国人，激励中国人。

1953年12月4日，晚上9时，毛泽东主持召开中共中央政治局扩大会议，讨论几个重要的政策文件，毛泽东在讲话中，特别对海军面临的任务和发展，作了高度概括：

> 为了肃清海匪的骚扰，保障海道运输的安全，为了准备力量于适当时机收复台湾，最后统一全部国土；为了准备力量，反对帝国主义从海上来的侵略，我们必须在一个较长时期内，根据工业发展的情况和财政的情况，有计划、逐步地建设一支强大的海军。

毛泽东为海军明确了近期和长期的任务，指明了建设强大海军的大体步骤和基本条件。

当时的中国，时刻面临实实在在的威胁。

1954年7月23日早晨，海南岛南端，榆林港上空，响起了警报。海军部队向空军通报，有国民党飞机来袭，我空军飞机出动，击落一架大型飞机。事后查明，误击一架英国运输机。

这是一个意外，一次不幸。

毛泽东就此写信给彭德怀、黄克诚，提出严厉批评："这是犯罪行为。有关人员宜加以处理……令有关领导机关加以深刻检讨，吸取教训。"

当天，经毛泽东修改，发布了《军委关于保卫领海主权及护航注意事项的指示》，对人民解放军的行动作了严格的规定，几可说是临战也要"退避三舍"。

发生在海南岛的偶然事件，引起了轩然大波。

7月24日，美国国防部长下令，由美国海军部长卡涅亲自指挥，"黄蜂"号、"菲律宾海"号2艘航空母舰和8艘驱逐舰等，共30多艘军舰，气势汹汹地向海南岛靠近，借口救援英国失事飞机，出动舰载机侵入中国海南岛领空，企图扩大事态。

7月25日，美军飞机公然击落中国空军巡逻飞机2架。

英国运输机意外不幸，是一个偶然事件，而美国帝国主义寻机对中国进行武力威胁和侵略，则是必然的。

中国南海形势顿显紧张，海南岛面临一场危机。

毛泽东亲自修改给英国代办杜维廉的照会，笔如山重：

> 据我军事机关收到来自海南岛方面的报告：七月二十三日晨，中华人民共和国的巡逻飞机在海南岛榆林港上空执行巡逻任务之际，曾经与一架蒋匪帮的飞机在该地区上空遭遇，发生战斗。中华人民共和国政府得此消息后，即行多方面调查，始知该项飞机，实系英国所有的运输机，被我巡逻飞机误认为国民党匪帮飞机侵袭我榆林港军事基地者。发生此项不幸事件，实完全出于意外。

毛泽东同时告刘少奇："请你们再加斟酌。""复英照会，以二十六日交出并广播二十七日登报为适宜。"

中华人民共和国中央人民政府正式表示遗憾，对于在此次事件中伤亡者及其亲属表示同情、关怀与慰问。对于有关生命及财产损失愿意给予适当的抚恤与赔偿。

中国政府合情合理的态度，妥善地处理了误击英国飞机的偶然事件，美国人在海南岛方面的挑衅只得偃旗息鼓。

几天后，7 月 29 日，又一意外事件发生了。

珠江口外，万山群岛中的担杆岛，像一根扁担横在海上，距离英国侵占的香港咫尺之遥。这天早晨 5 点钟的时候，朦胧中，发现在担杆南面马背凼有一艘小艇，向担杆岛北面沙湾驶来。守备海岛的战士向来艇发出警告，小艇立即抛锚，接着挂出了白旗，意图不明。

笔者在 1952 年曾经驻守这个小岛。这里美丽、宁静，绿荫全岛，鸟语花香，连树也发出一种沁人的香气。你从担杆头走到担杆尾，约摸十多华里的路程，常会有三五猴子伴你同行，或跟在你的后面，或跳跃前行引路。若你肯投一点食物，猴子甚至会模仿战士举手敬礼。到了这里，恍如真的发现了世外桃源。

就是这样静谧的小岛，在当时却不能不严加设防。

守岛部队要小艇派两人上岛。

上岛来的人自称是港英水上警察 F–28 号巡逻艇水手，名叫姚德。他诉说不满英国人统治，趁英籍艇长和华籍伍长不在艇上的机会，驾艇前来投降。同艇前来的共有 12 人。经过了解，除姚德等人外，多数并非自愿。

事出意外，有些蹊跷，联系英国运输机被击落，联系人民海军军舰还曾在珠江口两次误击英军巡逻飞机，不能完全排除别有原因。海军副政委苏振华签署报告，向中央军委建议，除自愿留下者外，人和艇都交还港英当局。同时建议外交部对姚德等自愿留下的人不要使用“扣留”等字眼。毛泽东了解了事情经过，认为海军处理妥当。中央军委给苏振华写信，同意海军的分析和处理意见。

海军遵照毛泽东指示，教育部队加强危机意识，这种危机感不是个人的，而是整个国家、整个民族的。人民海军一举一动，都关系着国家的安危，关系着对外政策，关系着维护世界和平，必须不折不扣地严格执行经毛泽东修改的7月23日的指示。

中国人民解放军在保卫国家领海、领空时，采取“不惹事，不示弱”的方针。今天看来，一方面是毛泽东和中国政府致力于维护和创造国际和平环境，采取了极端负责任的态度；另一方面，也看到面对强大的帝国主义侵略势力，不得不倍加谨慎的苦涩。

十三　忆及“翻山坳”的岁月

1955年9月27日下午，中南海怀仁堂。

人民解放军的高级干部济济一堂。他们从南昌城头走来，从平浏秋收暴动中走来，从九曲长江的洪湖走来，从宝岛琼崖母瑞山走来，从海陆丰滨海走来，从黄麻山地走来，从弋横起义中走来，从广州公社走来，从桑植暴动中走来，从百色起义中走来，从闽西汀江走来，从河南确山走来，从渭水之畔走来，从嘉陵江边走来，从长城抗战走来，从义勇军走来，从决死队走来，还有的从宁都暴动中走来，从邯郸起义中走来，从长江口“重庆”号走来，从南京江面壮举中走来，从长沙城和平解放中走来，从新疆戈壁起义中走来，从云贵川起义走来，从拉萨河谷的旧营垒走来……

他们构成人民革命战争灿烂辉煌的史诗。

毛泽东作为中华人民共和国国防委员会主席、中共中央军事委员会主席，给10名元帅、10名大将、57名上将和177名中将、1359名少将中在北京的同志授衔。

当顿星云来到毛泽东面前的时候，毛泽东上下打量了他好一阵子，说道：“哦，你是顿星云，瘦了嘛。”

毛泽东看了看将授予他的肩章，不同于其他海军将军的黑底肩章，而是与空军相同的蓝底金板，说道：“哦，你当了海军航空兵司令员。”

顿星云立正答道：“是。”接着问候道：“主席，您好！”虽然他知道在这种场合，不宜多话，但他忍不住要向毛泽东问候。

毛泽东高兴地连声答道："好，好。"

一刹那间，两人都忆起了转战陕北的岁月。

毛泽东很高兴看到顿星云，他喜欢打胜仗的将军。他记起当年写的《五律·喜闻捷报》：

中秋步运河上，闻西北野战军收复蟠龙作。

秋风度河上，
大野入苍穹。
佳令随人至，
明月傍云生。
故里鸿音绝，
妻儿信未通。
满宇频翘望，
凯歌奏边城。

这是1947年9月29日中秋节前后写的。当3月19日中共中央撤出延安后，先是在青化砭、羊马河、蟠龙取得"三战三捷"，8月间，沙家店战役歼灭钟松整编第三十六师。"打了这一仗，就过坳了。"西北战局最困难的时期过去了，开始转入内线反攻。9月间，收复蟠龙，随后，将把战争引向蒋管区。顿星云和独立第四旅在各次战斗中打得很勇敢，很聪明，大有斩获。毛泽东为指战员歌唱。

近年，有人在编写毛泽东诗词讲解时，提出质疑："陕北没有运河，系抄件有误。"经查，陕北榆林、米脂、绥德、佳县间的榆林河与无定河之间，相连接的有织女渠，是一条人工运河。当时，中共中央、毛泽东住佳县神泉堡，邻近织女渠。毛泽东诗前小序"步运河上"，应是准确无误。

毛泽东问："从陕北出来，你到哪里去了？"

顿星云回答说："新疆。"毛泽东点点头，称赞说："这几年海军航空兵打了不少胜仗，很好。”

顿星云感激地笑了一下，从毛泽东手中郑重接过授衔命令，回到座位上。他感到惭愧，心中一直说：“我怎么能授中将呢？我怎么够呢？”

顿星云细细回想起了那翻山坳的日日夜夜。

1947年3月，顿星云带领独立第四旅从山西中部汾阳三泉镇出发，昼夜兼程，急急赶到黄河边上的永和关，编入第二纵队，投入保卫毛主席、保卫党中央的战斗。

此时，胡宗南以14万多人马，向中共中央所在地延安进攻。这是蒋介石发动重点进攻之一，气势汹汹。而西北人民解放军不足3万人，形势严峻。3月19日，胡宗南进占延安，在南京的蒋介石自以为得计，发电报给胡宗南：

宗南老弟：

将士用命，一举而攻克延安，功在党国，雪我十余年来积愤，殊堪嘉尚，希即传谕嘉奖……戡乱救国大业仍极艰巨，望弟勉旃。中正。

此时，同志们都劝毛泽东立刻东渡黄河，而毛泽东决定留在陕北和这里的人民一起熬过这最艰难的日子。毛泽东和一支小部队，辗转行进在延川、清涧、子长、子洲、靖边的山峁间。毛泽东当时留下了《五律·张冠道中》：

朝雾弥琼宇，
征马嘶北风。
露湿尘难染，
霜笼鸦不惊。
戎衣犹铁甲，
须眉等银冰。
踟蹰张冠道，
恍若塞上行。

显露出一片苍凉肃杀，一反毛泽东诗词一贯明快、豪放的特色，从中可以想见其处境和行军的艰难。

顿星云和独立第四旅投入保卫党中央的第一仗——青化砭伏击。

青化砭，是延安北去蟠龙的必经之地。一条大川，公路从中穿过，两面都是高山，地形险要。西北野战军司令员彭德怀、政治委员习仲勋指挥部队布置了口袋阵，单等胡宗南的部队前来就范。毛泽东从延安撤出时经过这里，也看中了这是一个打伏击的好地方，他和周恩来商量，设想在这里打敌人一个伏击。

3 月 25 日，国民党军第三十一旅旅长李纪云率领第九十二团进入了石绵羊沟，后卫也通过了房家桥，完全落入西北野战军设伏圈。西北野战军经过约一个半小时激烈战斗，全部歼灭国民党军第三十一旅旅部和第九十二团共 2900 人，俘虏了旅长李纪云、副旅长周贵昌、参谋长熊宗继等人。特别是缴获各种枪弹甚多，而战斗发起前，西北野战军弹药奇缺，每个人连 10 发子弹都没有，这一下子得到了补充，同志们特别高兴。

人民解放军撤出延安仅 6 天，就打了一个歼灭仗。青化砭战斗胜利的第二天，毛泽东给彭德怀、习仲勋发来电报：

> （一）庆祝你们歼灭三十一旅主力之胜利，此战意义甚大，望对全体指战员传令嘉奖。（二）一三五旅可能向青化砭方向寻找三十一旅，望准备打第二仗。（三）毛于昨日已与中央各同志会合。

青化砭战斗胜利后，3 月 26 日午夜，毛泽东转移至清涧北面枣林沟，主持中央紧急会议，决定化名李德胜，周恩来化名胡必成，任弼时化名史林，率领党中央和人民解放军总部留在陕北指挥全国解放战争，由刘少奇、朱德、董必武组成中央工作委员会去华北，进行中央委托的工作。实际上，这反映出当时严峻的形势，是一种以防万一的应变措施。

3 月 27 日，毛泽东来电报说：

> 中央率数百人在陕北不动，这里人民、地势均好，甚为安全。目前主要敌人是胡宗南，只要打破此敌，即可改变局面，而打破此敌是可能的。

这是何等气魄！顿星云听到传达后，十分感动，大大坚定了他和部队坚持陕北的信心。

青化砭一仗，胡宗南判断西北野战军主力仍在延安东北地区，3 月 27 日，便命令刘戡、董钊两个兵团以 9 旅之众向延川、清涧“大扫荡”。为了避免第三十一旅因为分兵遭歼的命运，采取所谓“方形战术”，两个兵团集结一处，排成数十里宽的方阵在山梁上向前滚动。

毛泽东和中共中央连续行军转移，从 3 月 28 日起到 4 月 13 日，一直在清涧、子洲、子长、靖边、安塞的塬上，忽东忽西，忽北忽南，迂回曲折，昼宿夜行，每天只距国民党军三五十里，迷惑他们，吸引他们，背着他们北进。胡宗南始终搞不清中国共产党中央和西北野战军主力究竟在哪个方向。

陕北人民坚壁清野，不给国民党军一粒粮食，不给国民党军一点消息。胡宗南的部队在永坪筹不到粮食，又极度疲劳，而且找不到西北野战军主力究竟在哪里，董钊、刘戡两个兵团只得推迟会师绥德的打算，先返回蟠龙就食。据当时董钊兵团的整编第一军第九十师副师长任子勋后来在回忆录中写道：

> 部队拖得精疲力竭，干部怨言纷纷，士兵开小差和掉队的增多。特别是胡军所过之处，翻箱倒柜，搜粮抢物，任意宰杀牛羊耕畜，不论大村小户，无一幸免，甚至连群众的锅碗瓢勺都被打碎，其纪律之坏，真是不堪言状。

胡宗南部队被西北野战军牵着鼻子“武装大游行”的时候，西北野战军各部队已经隐蔽休息了半个月，摩拳擦掌准备打第二仗。

胡宗南判断西北野战军主力仍在瓦窑堡西南，命令董钊、刘戡率 9 个旅由蟠龙再向北“扫荡”，命令第一三五旅从瓦窑堡南下，策应刘戡兵团南北夹击西北野战军。

胡宗南部队在瓦窑堡搜得新华社电台的广播机，得意忘形，叫嚷“拔除了共产党的喉舌”。第一三五旅押着电台设备迤逦向羊马河走来。

西北野战军正愁国民党军不肯前来就歼，难得胡宗南如此“合作”，决定以第一纵队节节抗击董钊、刘戡兵团，迟滞其北进，集中第二纵队的独四旅、三五九旅和教导旅、新四旅，伏击单独南下的国民党军第一三五旅，来个“虎口夺食”。

4月14日清晨，第一三五旅代旅长麦宗禹率领全旅取战备行军方式，沿着瓦窑堡至蟠龙的大道前进。逐山跃进，来到三郎岔、李家嘀哨一带，进入西北野战军伏击圈。国民党军抢占高地，顽强抗击。西北野战军如下山猛虎，抢占要点，逐个歼敌。最后全歼第四〇四团和第一三五旅旅部，共歼灭4700多人，俘虏了第一三五旅代旅长麦宗禹、第四〇四团团长成耀煌、第四〇五团团长陈简钧，缴获了大量武器弹药。

独立四旅和所有参战部队几乎都换了新枪，特别是每个连队都补充了机关枪，部队一片欢声。

毛泽东在安塞王家湾，住在老乡薛如宪家窑洞里，指挥了这次战斗，并在这里安顿下来，一共住了56天。他十分高兴，在4月15日给彭德怀、习仲勋等人发出电报说：

> 在青化砭歼灭三十一旅主力之后，又在瓦窑堡附近将敌一三五旅（属十五师建制）全部歼灭。这一胜利给胡宗南进犯军以重大打击，奠定了彻底粉碎胡军的基础。这一胜利证明仅用边区现有兵力（6个野战旅及地方部队），不借任何外援即可逐步解决胡军。这一胜利证明忍耐等候，不骄不躁，可以寻得歼敌机会，望对全军将士传令嘉奖，并望通令全边区军民开会庆祝，鼓励民心士气，继续歼敌。

毛泽东更给彭德怀、贺龙、习仲勋发出《关于西北战场的作战方针》电报指示：

> 目前敌之方针是不顾疲劳粮缺，将我军赶出黄河以东……我之方针是继续过去办法，同敌在现地区再周旋一个时期（一个月左右），目的在使敌达到十分疲劳和十分缺粮之程度，然后寻机歼灭之。我军主力不急于北上打榆林，也不急于南下打敌后……如不使敌十分疲劳

和完全饿饭，是不能最后获胜的。这种办法叫“蘑菇”战术，将敌磨得精疲力竭，然后消灭之。

胡军主力陷在陕北，脱不开身。山东方面，重点进攻的部队也被拖住了。蒋介石“重点进攻”的如意算盘落空了，更显“捉襟见肘”，南线暴露出中间虚弱，给人民解放军以可趁之机。毛泽东、中央军委指示晋冀鲁豫野战军主力和第四纵队，分别在豫北、晋西南发动攻势，策应人民解放军西北、华东作战。4月4日起，陈赓率领第四纵队和太岳军区部队5万多人，在晋西南发动攻势，席卷汾河两岸，乘胜向南发展。蒋介石再次错误判断西北人民解放军主力正向绥德方向集结，将要东渡黄河。妄图在葭县、吴堡地区，南北夹击人民解放军，或逼迫人民解放军东渡黄河。

毛泽东幽默地说道：“好得很，怕他们不认识路，派一个部队去给他们当向导，给他们带路吧。”

4月里，陕北塬上，春雨连绵，道路泥泞，国民党军集结成一团，在山梁上向前滚动，向北寻找西北野战军主力。4月27日，彭德怀决定乘机攻打孤立的蟠龙。毛泽东复电说：“二十七日酉时计划甚好，让敌北进绥德或东进清涧时，然后再打蟠龙等地之敌。”

彭德怀指挥第三五九旅一部和由每个旅抽出的一个排，装扮成人民解放军主力，在国民党军北进路上，节节抗击，故意向黄河岸边撤走，并在葭县一带黄河沿岸，集结了大批船只，好像真要渡过河去，以诱敌北进。一直把国民党军引至无定河边，引向绥德。独四旅、新四旅和三五八旅、独一旅则乘夜转移，隐蔽集结在蟠龙附近休息，待机攻打蟠龙。

董钊、刘戡大军沿着咸榆公路两旁的大山，用所谓“碾米”战术，漫川漫野向前滚动，西北野战军却转来转去，“神龙不见首尾”，悄悄地团团围住了蟠龙镇。

蟠龙镇，是延安东北一个大镇。胡宗南进占延安后，在这里设立了补给基地，储备了大量粮食、被装、弹药。由胡宗南的爱将，被他誉为精明强干，腹有雄才大略的旅长李昆岗，率领他的“天下第一军”的精锐第一六七旅和一千多人的地方反动武装严密防守。

雾气迷濛，大雨涟涟，到处都是泥泞。顿星云和各旅干部随彭德怀抵近侦察国民党军阵地。攻击开始，由兄弟部队主攻积玉峁，久攻不下。王震向彭德怀建议说：“让顿星云带独四旅上去试试！他们有些攻坚的经验。”

彭德怀对顿星云说：“积玉峁是蟠龙的制高点，拿下了它，仗就好打了。董钊、刘戡已经陷在绥德了，从绥德到蟠龙是 250 里，他们去的时候走了 7 天，回来救蟠龙，最快也得 4 天，我们有 4 天攻击的时间。你要同各团的干部好好研究怎么打，让他们也了解你的设想，打起来就有把握了。”

独四旅经过大半夜攻击，也没有能够打下积玉峁。天明了，有 5 个战士没有能够撤回来。顿星云亲自和团、营干部匍匐前进来到前沿，隔沟看见 5 个战士紧贴在积玉峁东山头的陡崖下，头顶便是国民党军的碉堡。5 个战士挖了掩蔽坑，碉堡里的人看不见他们，即使发现了，因为他们紧贴崖壁，也奈何不了他们。5 个战士还在不断向上挖一条壕沟，直指陡崖上的碉堡。看得出战士们是想把壕沟一直挖到敌人脚下，等待下次攻击时，一跃而上，出其不意地攻进敌人阵地。顿星云叹服战士的勇敢和智慧，创造了近迫作业、克敌制胜的战法。他兴奋地叮嘱苏宏道团长说：“派个干部，带上水和干粮，一定要想办法送上去。告诉这几个同志，要他们坚持挖壕沟，一直挖到敌人碉堡下面，要注意隐蔽，等我们攻击时再冲上去。”说罢，他又说：“你们全团都可以推广这几个战士的创造，迫近敌人阵地对沟作业，一直挖到敌人脚下。下次攻击时，一跃而上，突然出现在敌人面前，有效地歼灭敌人。”

彭德怀特别给独立第四旅配发了极为难得的 8 发炮弹，顿星云命令炮营两门炮，精确直接瞄准，摧毁了国民党军的碉堡。突击部队趁势从直抵前沿阵地的壕沟里跳出来，攻占积玉峁。

西北野战军的部队依托制高点直扑蟠龙镇，全歼守军 6700 多人，俘虏了号称胡宗南“四大金刚”的第一六七旅旅长李昆岗和副旅长涂健。胡宗南囤积在这里的 12000 多袋面粉，40000 多套军衣，1000 多匹骡马，堆积如山的弹药，完全为西北野战军接收。当然，照例不打收条！

5 月 11 日，毛泽东发电指出：

……我克蟠龙，彼始惊悉我在延安附近，令董钊迅速南撤，绥德不留一兵，仍然开放着。由此证明胡军目的完全不是所谓打通咸榆公路，而是驱我过河。（五）待陈粟击破顾祝同第一线，刘邓渡河向南，彭习向陇东关中进军，蒋将发现他的迷梦归于破产。

5月14日晚，在距延安不到100华里的安塞真武洞马王庙滩召开了祝捷大会。当天黑下来的时候，部队和群众来到大会会场，周恩来、彭德怀、杨尚昆、习仲勋、陆定一等出席大会，周恩来在大会上宣布说：“乡亲们，同志们，我们的党中央，我们的毛主席还在陕北，同大家在一起，亲自领导和指挥我们战斗！”

顿时，欢呼声、口号声暴起，排山倒海般响彻夜空。

顿星云想到自从渡河来到陕北，环境比过去任何时候都艰苦，敌情比过去任何时候都严重，但是，不到两个月，一连打了三个前所未有的胜仗，部队得到了前所未有的锻炼，得到了前所未有的充足的补充，这都是在毛泽东直接组织和指挥下取得的。连连战斗，而且，每仗之前，部队都能有时间休整，以充沛的精力和必胜的信念投入战斗，他深深感到毛泽东用兵真如神！祝捷大会也是根据毛泽东指示召开的，而且，连续开了两天。面对十倍于我的国民党军，距敌仅百里之遥，可以毫不夸张地说，就是在国民党军鼻子底下开的大会，没有对人民的充分信任，没有胜利的把握，没有大无畏的气概，是不可想象的！独立第四旅刚从地方部队上升为主力，经受了考验，在没有很多大炮的条件下，采取近迫敌人阵地的对壕作业，积累了攻坚的经验，提高了攻坚作战能力。6月6日，毛泽东在给陈赓等并告彭德怀、习仲勋的电报中，肯定了战士们的创造：

要有消灭胡宗南，夺取大西北的雄心，并要准备打阵地战（以后运动战将大大减少），学会近迫作业，善于攻坚。

1947年7月21日，毛泽东在靖边小河村，主持召开中共中央扩大会议，会议决定：刘伯承、邓小平率领4个纵队跃进大别山，把尖刀插向国民党统治的胸膛；陈毅、粟裕率领7个纵队南进豫皖苏，建立根据地；陈赓、谢富治率领2个纵队挺进豫西，三路大军协力配合，逐鹿中原。许世友率领部队在胶东展开攻势，把东线之敌引向海边；彭德怀率领部队攻打榆林，把胡宗南主力引向沙漠，以策应刘邓、陈粟、陈谢三军实施中央突破。毛泽东说："蒋介石搞了个黄河战略，一个拳头打山东，一个拳头打陕北，可是两个拳头一伸，胸脯就暴露出来了。我们针锋相对，也还他一个'黄河战略'，紧紧拖住他两个拳头，再对准他胸膛插上一刀。这叫做'三军配合，两翼牵制'。"

为了调动胡宗南主力北上，配合陈赓、谢富治部队南渡黄河，挺进豫西，7月31日，西北野战军6个旅，加上新近西渡黄河划归西北野战军的第三纵队两个旅，共8旅之众北渡无定河，向榆林逼近。

榆林，地处长城线上，是宁夏、陕北通往山西、绥远的必经之地，战略位置重要，是胡宗南必保之地。如若此地有失，陕西的胡宗南，宁夏的马鸿逵，绥远的傅作义将不能互相呼应，而陷于各自孤立。

8月6日，西北野战军在榆林外围打响。8月7日，蒋介石匆匆飞到延安，召集胡宗南、裴昌会、董钊、刘戡等人面授机宜，认为人民解放军攻打榆林，目的在伏兵米脂以北地区，诱歼前去解榆林之围的胡军。多时寻找不得的西北野战军主力终于暴露出来了，正是捕捉中共首脑机关，消灭陕北共军的好时机。他强调这是关键性决战，成败在此一举，要急进猛打，务必取胜。

按照毛泽东的部署，为了迷惑国民党军，人民解放军后方机关开始东渡黄河。西北野战军主力部队集结在榆林东南沙家店一带。

沙家店地区的西面、北面都是沙漠，东面则是黄河，南北只有三四十里，东西五六十里，地区狭小，没有回旋余地，粮食更是十分困难。这是险境，甚至是绝境，是兵家大忌。胡宗南也由此错误地判断西北野战军主力"仓皇逃窜"，被迫要东渡黄河了。他严令各军"迅速追击勿失此千载良机"，扬言要"一战结束陕北问题"。

在此期间，从8月1日起，毛泽东和党中央便从靖边小河村出发，一直在横山、子洲、绥德、米脂、葭县间回旋转移，近20天里，几乎一天换一个地方，不停地走，有时距离国民党军只有一二十里路程，吸引、迷惑胡宗南。

胡军大将钟松利令智昏，率领整编第三十六师孤军冒进。彭德怀决定集中西北野战军主力，在沙家店伏击这股运动中的孤立的国民党军。

这时，部队严重缺粮，连粗糠和黑豆都很难得到。毛泽东在梁家岔，找来当地区委书记，请他上座，客气地说道：“你知道我请你来为什么吗?”那位书记说：“粮食，是为了粮食。”毛泽东点点头，但是说：“确切地说是为吃食！部队要打仗，总攻前，要想法子让大家填饱肚子，吃一餐饱的。不限定粮食，黑豆、南瓜、野菜、糠麸子，只要是能吃的都可以。请你无论如何要想想办法！”

消息传来，指战员奔走相告，士气大振。顿星云要求全旅同志一定要打好这一仗，不辜负毛主席、党中央的期望和信任。

19日夜，大雨滂沱，一夜不停。西北野战军把整编第三十六师腰斩为三，分割包围。20日拂晓，彭德怀打电话给毛泽东报告即将发起攻击，他在电话里问道：“你是李德胜同志吗?”

“是呀，我是毛泽东！”

“我是毛泽东！”如一声惊雷，在太空中传播。

好久以来，因为敌情严重，毛泽东和中央领导同志都用化名，“李德胜”就是毛泽东的化名。如今，毛泽东已经不再使用化名，这预示着转机已经来到，伟大的战略转折开始了！

毛泽东特别嘱咐说：部队要挖壕，修好工事，侧水侧敌，大意不得。

毛泽东指示传来，顿星云明白，西北野战军前临黄河，背靠无定河，没有回旋余地，国民党军又骄横气盛，这一仗只允许打好，不允许打不好。“狭路相逢勇者胜”，他冒着瓢泼大雨到阵地上再三再四检查部队的进攻准备。

彭德怀、习仲勋发出歼敌动员令：“彻底消灭敌三十六师，是我西北战场由战略防御转入战略进攻的开始……号召你们本日黄昏以前胜利地完成战斗任务！”

战斗到黄昏，西北野战军歼灭整编第三十六师师部和第一六五旅、第一二三旅共6千多人，俘虏了第一二三旅少将旅长刘子奇和少将参谋长罗秋佩等。只是狡猾的钟松，趁着天黑大雨，只身跳坎逃命了。西北野战军伤亡1800多同志。

8月23日，彭德怀在佳县前东原村主持旅以上干部会议，总结战斗经验。毛泽东、周恩来、任弼时从梁家岔骑马来到西北野战军指挥部，顿星云和同志们高兴得不得了。毛泽东、周恩来、任弼时和大家一一握手，祝贺战斗胜利。毛泽东兴奋地对大家说：“沙家店这一仗确实打得好，对西北战局有决定意义，最困难的时期已经过去了。用我们湖南话来说，打了这一仗，就过坳了。侧水侧敌，本是兵家大忌，但是，彭老总指挥好，同志们英勇善战，打得好！这是西北战场我军由内线防御到内线反攻的转折点，将使西北形势很快发生变化。我们翻过山坳了，前面的路就好走了！”毛泽东接着说：“经过青化砭、羊马河、蟠龙，加上沙家店，我们吃掉了胡宗南六七个旅。胡宗南是志大才疏，只会听我们的调摆、指挥。这也是没有办法的事呵！”毛泽东的幽默，把大家说笑了。毛泽东继续说：“胡宗南打到我们这里来，打烂我们的‘坛坛罐罐’，我们也要打到他们那里打烂他的‘坛坛罐罐’，还要吃他的粮食！”

毛泽东这一说，同志们的胜利信心更强了。

毛泽东忽然问道：“哪位是独四旅的旅长呀？”

这时，顿星云站在许多旅长的后面，每逢这种场合，他总是向后靠。王震把顿星云推到前面，回答毛泽东的问话，简要地报告了战斗经过。最后，顿星云向毛泽东说：“真可惜，让钟松跑掉了，而我们一个最好的团参谋长李侃牺牲了，真叫人难过。”

顿星云不由得把自己的心情和胜利中的遗憾，向毛泽东倾吐。

毛泽东理解这种战友深情，点点头，眼里也流露出惋惜、同情。

毛泽东、周恩来、任弼时由彭德怀、习仲勋等陪同，巡视战场，向指战员祝贺。

千里之外，8 月 7 日起，刘邓野战军 13 万人分三路南进，经 20 多天，跃进到大别山；8 月 22、23 日，陈谢兵团 8 万多人先后渡过黄河，跨过陇海路，挺进豫西；9 月上旬，陈粟野战军 18 万人越过陇海路南下。我三路大军纵横驰骋于江淮河汉之间，人民革命战争的伟大转折来到了。

从那以后，顿星云再也没见过毛泽东。

选调顿星云来海军航空兵，是经毛泽东批准的。顿星云原在伊犁河畔，担任第五军、原新疆民族军政委兼伊犁地区党委书记，经营边疆，致力于民族团结工作。这回，调到海军航空兵又是一个全新的领域。

1952 年 1 月 8 日，海军上送了《一九五二年海军空军建设问题》的报告，提出尽快组建海军航空兵领导机构和部队。请从空军抽调几个歼击机师，把沿海一些机场拨给海军，并向苏联购买飞机。

然而，同海军航空兵诞生一起而来的便是海军有无必要单独建立航空兵的争论。似乎有些元帅也倾向于有了空军、海军，便无需航空兵了。周恩来经过反复考虑，直到 8 月 24 日，才在海军报告上批示：拟同意海军所提出的海军的空军建设方针，并请苏联顾问牟兴同志回国后，先与其海军当面试谈一下，看他们在原来帮我们的海军三年计划外，可否再送一批空军器材。毛泽东反复斟酌各方面的意见，他是支持海军单独建立航空兵的，当天批示：照周批办。

顿星云认定，由于海军航兵部队目前还未成军，没有形成拳头，没有表现出战斗力和它的实际作用，所以才有了要不要建立海军航空兵的争论。由于对世界各国海军了解太少，人们还没认识到海军航空兵对于海上作战是必不可少的。

顿星云记起在被选为中共第七次代表大会代表后，去延安学习，听毛泽东和其他中央领导同志讲课。那是他生平第一次上学，他从学习中获得一次飞跃。他始终记得毛泽东的耳提面命：要学习马列主义，学习党的政策和深入实际。在新疆做民族地区工作，碰到了许多难题，照毛泽东讲的去做，终于打开了局面。现在，又碰到了全新的问题，他还照这三条去做，去学习。

海军航空兵，古老海军中的新兵种。

20 世纪初，飞机和潜艇的出现，使海军经历了一次革命。1911 年，英国皇家三军学会的报告中，首次提出用飞机反潜艇的主张。英国 B–3 潜艇艇长休 · 威廉海军上尉提出了使用飞机反潜作战的具体方法。英国、德国先后组建了为舰队执行侦察任务的飞行大队。第二次世界大战爆发，德国人大量发展潜艇，严重威胁大西洋航道。英国运用飞机反潜作战，1940 年 1 月 30 日，英国飞机协同军舰迫使德国 U–55 潜艇长时间不能上浮，失去战斗力。两个月后，3 月 11 日，英军迈尔斯 · 德拉普中校驾驶轰炸机炸沉德国 U–31 潜艇，首开飞机炸沉潜艇记录。海军航空兵真正在战争中显示神威，是在 1943 年大西洋海战中，仅 1 月到 4 月，就单独击沉德、意法西斯潜艇 28 艘，协同军舰击沉潜艇 4 艘。随后的 5 月到 8 月，在法国海岸和西班牙海岸之间的比斯开湾，同盟国海军航空兵紧紧控制着德国潜艇作战的必经海域，先后单独击沉德国潜艇 78 艘，协同军舰击沉 6 艘，而军舰单独击沉的潜艇只有 34 艘。

1941 年 12 月 7 日，星期日早晨，从日本海军 6 艘航空母舰上起飞了 183 架飞机，突袭夏威夷珍珠港内美国太平洋舰队，“亚利桑那”号等 4 艘战列舰被炸沉。第一攻击波机群突袭成功一小时后，日本航空兵第二攻击波 170 架飞机再次猛烈轰炸珍珠港，摧毁了停泊在港内的美国太平洋舰队主力。

几天之后，12 月 10 日，日本航空队又对马来西亚海面的英国舰队实施突击，飞机投下鱼雷，击沉英国新建造的“威尔斯亲王”号战列舰和“反击”号巡洋舰。英国远东舰队主力被毁。

日本海军航空兵的这两次突击，对太平洋战争发生了深远影响。

美国人从失败中惊醒过来，新任太平洋舰队总司令尼米兹，是一个从穷乡僻壤走向海洋的将军，一上任，便十分重视海军航空兵的运用，他使用海军航空兵空袭日军占领的马绍尔群岛。在中途岛海战中正确运用海军航空兵，用劣势兵力，打败日本海军将领山本五十六指挥的日本联合舰队。以后实施逐岛争夺，直到轰炸日本本土的作战，都发挥了海军航空兵的作用。

现代海战，不掌握海上制空权，头顶上没有飞机掩护、侦察，舰队寸步难行。

1953 年 4 月，按照毛泽东批准的计划，空军第十七师第五十一团调拨海军，编成海军航空兵第二师第六团。这是海军航空兵第一个歼击机团，主要装备米格-15 比斯喷气式飞机。海军航空兵党委决定：积极主动同国民党空军作战，在战斗中建设航空兵。

1954 年 3 月，桃花鱼汛旺发，舟山渔场上 5000 多艘渔船在广阔海面捕捞作业。人民海军“延安”“兴国”军舰和 6 艘炮艇日夜巡航护渔。

3 月 18 日上午，国民党军 3 艘“太”字号护航舰，1 艘“永”字号扫雷舰和“江”字号炮舰袭扰渔场，被“延安”“兴国”舰击伤，向大陈逃逸。国民党空军出动 F-47 型战斗轰炸机 6 架，轰炸、扫射人民海军舰艇。

以舰艇部队的安全为安全，以舰艇部队的胜利为胜利，海军航空兵坚决出击。第六团副大队长崔巍、中队长姜凯双机从宁波机场起飞升空，赶往战区，在南田岛上空，一举击落国民党军 F-47 战斗轰炸机 2 架，首开中国海军航空兵作战胜利记录。

人民解放军将进行解放东矶列岛登陆作战，必须保障海门、一江山、南北鱼山岛一线 150 公里半径内的制空权，保证集结在海门的部队隐蔽地突然发起攻击。

5 月 11 日，国民党军 F-47 战斗轰炸机 2 架在松门以南活动，威胁集结在海门的部队。而松门距宁波机场200公里，已超出原定作战区域，但必须阻止敌人。第六团中队长保锡明、飞行员董世荣双机起飞，远出奔袭。他们在海上捕捉到了国民党飞机，保锡明逼近开炮，打落F-47战斗轰炸机1架。突然，他座舱中弹，浓烟滚滚，火星直爆。保锡明抛掉座舱盖，准备跳伞。浓烟散去，他冷静下来，试试操纵杆，看看仪表，飞机基本正常，他决定飞回去。他用手套扑灭了火星，一看油量表，油量不多了，他必须爬上高空，减少油耗。飞机没有座舱盖，迎面冲来的高空疾风，能把人撕成碎片。他把身体缩在飞机风档后面，躲避强风直接冲击，成功地把飞机驾回机场，安全着陆。

5月15日，解放东矶列岛总攻开始前，北麂山以东出现国民党军P-51战斗轰炸机2架。第六团大队长宋国卿双机立即起飞拦截。海上小雨，云雾弥漫。宋国卿双机在象山湾上空截住国民党飞机，把其中一架打了个空中开花。

傍晚，登陆船队出发，海军航空兵第一师第四团的拉-11螺旋桨驱逐机大队起飞掩护航渡，保证舰艇和登陆部队头顶不受威胁。

东矶列岛解放，人民解放军同国民党的军舰、飞机，反复争夺制海权和制空权。

5月17日，“瑞金”“兴国”号军舰和炮艇同国民党军军舰展开海战。海军航空兵飞机在空中引导炮击，协同作战。

5月18日清晨，“瑞金”“兴国”军舰在海上突然遭到国民党F-47战斗轰炸机4架轰炸，指战员英勇战斗，击落其中2架，击伤1架。国民党飞机轮番轰炸，“瑞金”号由于没有空中掩护，被炸沉没。

当时，宁波地区大雨，低云笼罩机场，海军航空兵飞机无法起飞。血的教训，使人们认识到，海上作战，海军航空兵必不可少。海军航空兵必须时刻护卫舰队上空，以舰队的胜利为自己的胜利。“瑞金”号被炸沉，激起海军航空兵战士的仇恨，更激发了他们的使命感。这天上午，雷达发现国民党F-47飞机2批6架，企图对南韭山、六横岛海域的人民海军舰艇袭击。第六团大队长宗德峰、中队长尹宗茂克服困难，起飞迎战，同时起飞4架飞机掩护、配合。海军航空兵派驻军舰的引导组，在海上直接引导宗德峰、尹宗茂击落国民党飞机1架，保障了舰艇安全。

5月19日中午，国民党军F-47战斗轰炸机8架，分两批袭来，一批4

架直奔东矶列岛，企图轰炸人民海军舰艇和岛上部队。

宁波至海上航路上，乌云覆盖，小雨淅沥。

第六团王万林、宋国卿、宗德峰、尹宗茂相继冒雨起飞拦截。他们贴着云底，低空飞行，及时赶到战区投入攻击。宋国卿首先击落 F-47 飞机 1 架，其他的国民党飞机纷纷投掉炸弹逃跑，3 艘国民党军舰，疯狂对空射击。王万林指挥同志们避开舰炮火力，低空作战。宋国卿再击伤 F-47 飞机 1 架，王万林也击落 1 架，尹宗茂把 1 架打得直线坠落。几分钟内，打了一个漂亮的歼灭仗。

从 3 月 18 日到 5 月 19 日，海军航空兵共击落国民党军飞机 8 架，击伤 2 架，引起了美国不安。5 月 20 日，一架美国空军 P2V-7 型电子侦察机，自日本冲绳基地起飞，侵入中国领海，经浙江玉环岛北窜至海门侦察。为保卫中国神圣主权，第六团副大队长胡德堂、飞行员陈寿清双机起飞拦截，在海门上空，绕到美机尾后，连续 4 次开炮，将美机驱逐出境。

6 月 3 日，国民党空军又出动两架 F-47 战斗轰炸机，企图轰炸东矶列岛。海军航空兵第一师第四团周克林、杜九安、刘良扬、任旭利驾 4 架拉 -11 螺旋桨飞机迎战。第二师第六团宗德峰和战友驾驶米格 -15 喷气式飞机高空掩护。周克林中队在海上同国民党飞机格斗，击落其中 1 架，击伤 1 架。

国民党空军暂时销声匿迹了。

7 月 6 日，4 架国民党空军 F-47 战斗轰炸机北窜舟山群岛，被人民空军部队击落 1 架，其余 3 架飞机南逃。海军航空兵第二师第六团张国禄、李润生双机早在南韭山上空等候，打得一架 F-47 飞机当空爆炸。尹宗茂双机也主动出击，击伤 F-47 飞机 1 架。

不断击落国民党飞机，不断扩大浙东沿海制空权，为解放一江山岛、上下大陈岛创造了有利条件。

毛泽东、中央军委组织海军和海军航空兵战斗，着眼大局。1954 年 7 月 21 日，经中国、苏联等国努力，日内瓦会议签订《印度支那停战协定》。美国千方百计破坏达成协议，但以失败告终。然而，美国总统艾森豪威尔当天就向记者宣布，将尽快组建东南亚集体防务。由美国、英国、法国、澳大利亚、新西兰这几个不是东南亚的国家举行了预备会议。早在 1949 年中国人民革命取得胜利的时候，美国就企图拼凑“太平洋军事同盟”，当时没有实现。

9月6日，由美国一手策划，在菲律宾的马尼拉签订《东南亚集体防务条约》。根据这个条约所建立的组织，只是殖民国家的军事同盟，不但妄图侵略中国，而且便利美国从各方面侵略亚洲国家。

与此同时，1954年4月到7月，艾森豪威尔派范佛里特为特使，数次去台湾活动。密谋与国民党搞“共同防御”，非法签订条约使侵占台湾“合法化”。7月底，范佛里特在台湾公然宣称，美蒋之间应有一项“共同安全双边条约”。远在朝鲜战争刚一爆发时，美国国务卿杜勒斯、国防部长约翰、参谋长联席会议主席布莱德雷、麦克阿瑟就在东京策划，布置侵占我国台湾的具体步骤。麦克阿瑟公开宣称，美国认为台湾是“不沉的航空母舰”，是美国太平洋前线的“总枢纽”，拥有台湾可以形成一个“岛屿锁链”，“控制自海参崴到新加坡的每一个亚洲海港”。用美国人自己的话来说，他们梦寐以求的是：“如果美国拥有台湾的话，台湾就能在紧急情况发生时成为一个重要的有利因素。”

为了应对美国帝国主义，1954年7月，中央军委决定海军舰艇和航空兵轰击一江山岛、大陈岛，并准备首先攻占一江山岛。

11月4日，海军航空兵第一师杜-2水鱼雷轰炸机在歼击机掩护下，第一次出击，轰炸北一江山岛，拉开了解放一江山岛战斗序幕。

11月18日，海军航空兵第一师又派出杜-2飞机轰炸北鱼山岛。

这时，美国同国民党当局加紧签订所谓“中美共同防御条约”的步伐，进一步侵占台湾。

11月30日，为限制美国与国民党“共同防御条约”的范围，毛泽东、中央军委批准攻占一江山岛。

1955年1月18日，最后攻占一江山岛的战斗开始。

海军航空兵杜-2水鱼雷轰炸机，对上大陈岛国民党军指挥所和炮兵阵地实施轰炸突击。同时，空军大批飞机猛烈轰炸一江山岛，实施航空火力准备。紧接着海岸炮兵开始火力准备。

人民海军护卫舰、炮艇、船载火箭炮群和登陆部队分四路向一江山岛进发。

海军航空兵歼击机群协同空军机群在一江山岛以南、大陈岛以北地区上空巡逻、掩护，保障登陆作战。

1月18日下午17时30分，登陆部队彻底粉碎国民党军的抵抗，解放一江山岛。

1月19日、20日，海军航空兵轰炸机群、快艇部队连续轰炸、打击上下大陈岛，进一步动摇国民党守军。

中国人民解放军陆、海、空军第一次协同作战，取得完全胜利。

美国第七舰队几艘军舰驶到大陈岛外海，企图阻止人民解放军解放上下大陈岛。

人民解放军不顾威胁，攻势凌厉，势在必得。

2月5日，美国总统艾森豪威尔命令第七舰队、空军第五航空队，掩护国民党军撤出大陈、渔山、披山、南麂山岛。

至此，除台湾、金门、马祖、澎湖列岛外，东南沿海岛屿全部解放。

海军航空兵力量继续南伸。3月底，新由空军第十七师第四十九团改编的海军航空兵第四师第十团，为保障上海至福州航运安全，立即由宁波转进浙南路桥机场。

早在1952年6月，国民党空军飞行员就开始在美国亚利桑那州空军基地接受喷气式歼击机飞行训练。1953年4月，他们驾驶第一批F-84喷气式歼击机回到台湾，美国人便把在朝鲜战场上同米格歼击机较量过的飞行员，派到台南基地“雷霆”大队、嘉义基地“志航”大队，强化训练国民党空军飞行员。

国民党空军总司令王叔铭多次反复要求美国“援助”最新的F-86佩刀式歼击机，他说：“只要军刀机一到，就可以解决许许多多问题；只要军刀机一到，我们马上可以表演给大家看……我们有了足够的军刀机，在航程所及的天空将大有可为。”“除了亟需大量军刀机之外，还需要一部分全天候使用的快速喷射拦截机。”那样急切，那样乞求，那把赌注全压在更新飞机上的心情，溢于言表。

1954年11月29日，美国人按照“中美互助安全协定”把第一批F-86喷气歼击机交给国民党空军，更在台北成立了“驻台湾美军协防司令部”。美国海军第四十六侦察中队9架PBY侦察机和美国空军第十八联队75架F-86歼击机相继进驻台湾。

海军航空兵面对风云变幻的复杂形势，面对迅速改进和加强了的国民党空军力量，展开新的战斗。

1955 年 5 月，由上海向福建运送物资的船队顺利航行，浙南、闽北的渔汛也顺利展开。

国民党空军改装 F-84 飞机完毕，立即将一个 F-84 喷气机战斗大队由台湾中部的嘉义调到更靠近大陆的新竹机场，频频出动，一步步向北伸头探脑。

5 月 4 日下午，国民党军 4 架 F-47 战斗轰炸机直奔沙埕港，威胁大陆运输船队和港外台山渔场的渔船。海军航空兵第四师第十团肖广双机从路桥机场起飞，疾驰至福瑶岛上空，抓住战机，立即开炮，击伤 F-47 飞机 1 架。

5 月 15 口、5 月 16 日，海军航空兵第十团的飞行员，又两次在海上超低空迎战国民党军 F-47 飞机的挑衅，打得他们无从还手，从此退出空中，改由 F-84 喷气式战斗机出场了。

为了迷惑国民党军，诱其北进，制造战机，精心组织一场歼灭战，第四师第十团在一段时间只训练，不作战斗出击。

6 月 27 日上午，国民党军一批 4 架 F-84 雷电式战斗轰炸机出现在高空，另一批 2 架 F-84 飞机由低空向沙埕港窜犯。

时机已经成熟，第十团张文清团长率领刘华春、王鸿喜、葛长泰起飞到台山列岛上空拦击。战斗中，王鸿喜击落 F-84 飞机 1 架，张文清也击伤 F-84 飞机 1 架。国民党军飞行员跳伞，飞机着火坠海。随后，王昆也击落国民党空军飞 PBY 飞机机 1 架。

这一天里，张文清、王鸿喜、王昆各击落国民党军飞机 1 架，打了个低空歼灭战。从此以后，海军航空兵成了东南沿海天空的主人。

毛泽东称赞海军航空兵的胜利，建立海军航空兵的必要性也为人们所承认了。

毛泽东为元帅、将军们授衔的第二天，9 月 28 日下午 3 时，毛泽东、刘少奇、周恩来、朱德、陈云、邓小平和宋庆龄走进中南海怀仁堂，全国青年社会主义积极分子大会在这里举行。毛泽东看到这么多青年人，格外开心。邓小平代表党中央致祝辞。毛泽东坐在台上，安详地看着台下，着五颜六色民族服装的青年，一身黄绿色或白色军装的青年，穿蓝色、黑色服装的青年，满堂生气勃勃，实在令人高兴。

当年，毛泽东曾兴奋地写过一段话：

青年是整个社会力量中的一部分最积极最有生气的力量。他们最肯学习，最少保守思想，在社会主义时代尤其是这样。

济济一堂，聚集在这里的全都是各条战线的青年社会主义积极分子，毛泽东觉得自己和台下青年的心是相通的。

人们来到门外草坪里集合照相。站在前排的是穿着白制服的海军和穿黄军装的空军青年。

毛泽东向队伍中央走来，团中央书记胡耀邦指着王昆向毛泽东介绍说："这是海军航空兵的同志，他们在浙江前线打掉了国民党飞机，打了胜仗！"

毛泽东把手伸到王昆面前，握着他的手问道："你叫什么名字？"

"王昆。"

"三横王，对吧？哪个昆？"

"昆仑山的昆。"

"好气派的名字。你做什么工作的？"

"海军航空兵飞行员。"

"哦，飞将军！"

小伙子脸红了，哪里敢当呀！

毛泽东又问："海军航空兵在浙江打了胜仗，你打下过敌机吗？"

"打下过。"

胡耀邦介绍说："他抗美援朝时，就打落和打伤美国和英国飞机 3 架，获得朝鲜政府颁发的战士荣誉勋章。现在是海军航空兵大队长。他同他们机组的机械师石邦染一同被推选出来参加全国这个大会。海军航空兵共有 3 个人出席了大会。还有一个保锡明，也是飞行员，也立有战功。"

毛泽东继续问道："在浙江你们主要打什么飞机？"

王昆答道："先是打国民党的 F-47 战斗轰炸机，这是螺旋桨的，现在主要打喷气式的 F-84，都是美国造的飞机，将来还会要同 F-86 打。今年 6 月 27 日，我们海军航空兵第十团一天里就打掉国民党 3 架飞机。"王昆又补充说："我们是空地协同打胜仗。部队流传一句话：胜利在空中开花，胜利从地面开始。"

毛泽东十分高兴，说道：“很好。我记住你们海军航空兵第十团了，祝你们多打胜仗！”

1958 年 9 月，中央军委决定派遣飞行部队进驻福州机场。彭德怀建议首先派海军航空兵第十团进驻，毛泽东欣然同意。显然，他记得这个飞行员和这个团队。这是后话。

顿星云、王昆，许许多多战士正是在毛泽东的感召、指引下，成为中国第一代海军航空兵。

十四　对海军党代会的殷殷嘱咐

潮流总是挡不住的，社会主义到处都在胜利前进。

毛泽东欣喜万分。现在，可以说是“政通人和”。一个多月前，1956 年 4 月 5 日，毛泽东在中央政治局扩大会议上讲了十大关系的问题，是对七年来社会主义改造和建设的思考。但不知海军第一次党代表大会对这十条方针有什么讨论，有什么意见。军队的建设，要放在整个国民经济的发展中去考虑，海军尤其需要这样。我们真的想要许多军舰、导弹么？那就必须如此。岂有他哉！

毛泽东带着喜悦，带着兴奋，同参加海军第一次党代表大会的同志们见面。

时间是 1956 年 6 月 11 日下午。

初夏时节，端午节刚过，北京气候宜人。中南海，闹中取静，一道宫墙，阻挡了市声，一泓碧水，更显出清新。应该感谢明、清两代留下了这一座御园，使得我们在百废待举、创业维艰的时候，无需大兴土木另去营造办公场所。

毛泽东同大会主席团的同志们握手。有许多是熟面孔，更有许多新面孔。有些人打过几十年交道了，有些人才结识不久。那个大嘴岔子的海军航空兵大尉王昆，就是去年 9 月在全国青年社会主义积极分子大会上认识的。

毛泽东还没来得及多找到一些熟人，肖劲光就领着一个高个子来到跟前。

“张学思，”肖劲光向毛泽东介绍说，“海军副参谋长。”

毛泽东握着张学思的手说：“我们是老熟人。在延安第一次见面，就谈得蛮投机哩。”

张学思尊敬地说：“那是1938年12月，在杨家岭您住的窑洞里。”

毛泽东记得那次初会，说道：“那时候，你跟我说，你改名字了，叫张昉。但是，你改变不了张大帅的四公子哟。不过，你是早就‘脱胎换骨’了！”

毛泽东的话，引得站在一旁的肖劲光、苏振华和许多同志都笑了。

张学思虽是张作霖的儿子、少帅张学良的同父异母兄弟，却早在1933年4月，就已经是中国共产党的地下党员了。中国的事情就是这样怪，一个家庭成员会截然分属相反的营垒，而且不止一例。张作霖与张学思如此，陈布雷与他的女儿如此，傅作义与他的千金又是一例。

毛泽东继续向张学思说：“你到延安的时候，也就是20来岁吧，今年你有多大了？”

张学思说：“我是1916年生的，今年整40岁。”

毛泽东看着他的肩章，说道：“哦，你是海军少将。”

肖劲光说：“他参加了解放一江山战斗的指挥，击沉国民党海军‘太平’号军舰，他也在前线具体组织、指挥。”

1954年5月，海军力量向前伸，鱼雷快艇第三十一大队由青岛转进舟山。张学思在前线直接组织敌前练兵，预定要打的目标是国民党军的“太”字号、“永”字号军舰。它们活动在大陈岛到鱼山列岛一带。张学思亲自到东矶列岛勘察，选定高岛作为鱼雷快艇隐蔽出击的待机锚地。

11月1日，农历十月初七。立冬后几天了，上弦月，月如钩。趁着海上暗夜，护卫艇拖带6艘鱼雷快艇，悄悄地进到高岛隐蔽待机。

等待，耐心地等待，坚持耐心地等待，一共等了13天。11月14日，细雨霏霏，夜海茫茫，终于等来了猎物。

雷达站报告：“方位147度，距离15海里，发现目标！”

雷达站继续报告目标运动要素。

“航向62°，航速12节。一个大的。”

经过仔细辨认，雷达兵惊喜地报告：“‘太’字号，一艘‘太’字号军舰。”

以往，国民党军舰多半在18时到19时从大陈岛出航，驶向鱼山列岛，赶在天亮前再返回大陈岛，以避免白天遭到海军航空兵打击。原定作战计划是趁国民党军舰返航时，鱼雷快艇出击。今天，“太”字号军舰却迟至半夜才从大陈岛溜出来，或许不会像往常那样再返回大陈岛。指挥所决定不等它返航，就在它去鱼山的途中，把它消灭。

海上气象如何？适合快艇出击么？

海上4级风，中浪。天公不作美。

机会难得，岂可因风大浪高，坐失战机？

派艇去战区实地观察，发回报告说：预定战区风力3级，轻浪，视距3海里。正适宜鱼雷快艇出击。

中队指导员朱洪禧、副中队长铁江海率领4艘鱼雷快艇成单纵队，离开隐蔽锚地，根据岸上引导，驶向作战海区。

115艇枪炮手王日春首先报告："左舷5°，发现灯光。"

"加强瞭望！"

"战斗警报！"

水兵们进入战位。

国民党海军"太平"号护卫舰，有恃无恐地向鱼山列岛航行。这艘原名"戴克尔"号的美国海军军舰，1520吨，航速21节，76毫米主炮4门，40毫米炮4门，20毫米机关炮10门，火箭炮两组48发。航速快，火力强，是1946年林遵从美国接回的8艘军舰之一，是国民党海军的主力舰。迄今为止，国民党大型军舰在东海上从来没有受到过严重打击。它大摇大摆地在暗夜里向东航行。

岸上指挥所命令："按第一作战方案，开始攻击！"

4艘鱼雷快艇成左梯队接近目标。

距离4海里，从望远镜里清楚地看见目标的上部建构。

铁江海命令攻击。

"预备——放！"

155艇的鱼雷，从两舷发射，奔向目标。后续三艇也相继发射鱼雷。

鱼雷命中目标。

"太平"号受到突然打击，驾驶台前冒烟起火，舰首栽入水里，舰尾向后翘起。

国民党3艘扫雷舰、护卫舰赶往救援，想把"太平"号拖回大陈岛。行至田岙岛东南、大陈岛东北，"太平"号急剧下沉。拖带的护卫舰怕作了"太平"

号的陪葬，慌忙斫断缆绳。这时是 7 点 15 分。10 分钟后，“太平”号便完全从海面上消失了。

这是人民海军鱼雷快艇首次出击。10 次研讨，3 次图上战术导演，4 次夜间实兵演习，13 个昼夜的隐蔽待机，赢来了人民海军的一次重大胜利。

“不打无准备之仗”，“慎重初战”，人们在海上作战实践中，再次认识毛泽东指挥战争的艺术。

毛泽东向张学思说：“祝贺你，祝贺你们海军打了胜仗！”

毛泽东接着问道：“有张学良先生的消息吗？我们很关心这位老朋友！”

张学思感谢毛泽东的关心。

毛泽东转向苏振华问道：“你们党代表大会开了几天？主要解决了什么问题？”

苏振华做了回答。

从 1949 年到 1955 年，海军边打边建，保障海上生产和运输。五年间，中国海道运输量由 450 万吨增加到 7600 万吨，进出口贸易由 540 万吨增加到 2100 万吨。从上海到大连，从上海到福州的航运线已经打通。1955 年捕鱼量达到 1800 万吨。

但是，中国仍受到严重威胁。美国第七舰队侵入台湾海峡，美国军舰 169 艘先后侵入中国领海 75 次；美国飞机侵入中国领空 8560 批，33894 架次；美国在中国周边国家和地区修建和扩大了海军基地 75 处。由美国直接支持的国民党海军舰船先后在大陆沿海袭扰 5031 艘 4666 次，飞机窜扰大陆上空 5719 批次。

五年中，人民海军作战 248 次，击沉美国援助的“太平”号护卫舰等 70 艘舰船，击落飞机 75 架，击伤 41 架。

美国人和国民党为人民海军提供了战斗锻炼的机会和条件。边打边建，人民海军已经锻炼成“军”。

苏振华向毛泽东报告说：“在正确的海军建设方针的指导下，我们已经建立了一支以空、潜、快为主的海上战斗力量。”

毛泽东高兴地点头。

苏振华继续说：“大会经过讨论，认为今后海军建设的基本问题，是在现有基础上提高一步，要求我们集中力量培养各种专业干部，加强部队的战斗训练和有计划地进行基地工程以及各方面的建设，这次大会标志着海军由初创时期向成长发展时期的转变。”

毛泽东点头，然后问道：“你们学了十条方针没有？”

苏振华回答说：“学习了，这次党代表大会就是以十条方针为中心指导思想召开的。”

毛泽东说：“很好，你们对‘十条’有没有意见？”

“没有意见。”

“你们赞成吗？”

“赞成。”

毛泽东转问在场的人说：“你们都赞成吗？”

许多人齐声说：“我们都赞成。”

毛泽东笑笑，说：“不一定。你们军队有些同志对十条中的九条都赞成，其中一条不赞成。你们说是哪一条？”

苏振华说：“假如有的话，就是第三条，关于国防建设服从国家经济建设的问题。”

毛泽东说：“就是这一条，军队的同志恐怕不容易通。”

许多人又一齐说：“会通的。”

毛泽东说：“能通就好。陆海空三军中，你们海军能通就很好。”

毛泽东继续说：“为什么要提这十条方针呢？这是几十年经验总结。只讲一条是不容易通的，提了十条，对国内和国外，党内和党外，领导和群众，工业和农业作了全面分析之后，十条有九条通了，剩下的那一条就容易通了。”

参加党代表大会的同志，听到毛泽东亲自对十大关系作说明，都聚精会神地细心领会。

毛泽东说：“为什么要强调社会主义经济建设，强调发展工农业生产？目前，国际形势有利于和平，有利于我们争取时间进行经济建设。现在我们要注意一点，就是不要被杜勒斯那样的人所作的战争叫嚣吓住。帝国主义想要我们把钱都花在国防上，让我们的国家工业化搞不成，人民生活得不到改善，把宝贵的时间都耽搁了。一旦帝国主义真的动手了，我们却处在没有准备的情况下。我们要下决心精简，集中人力、物力来搞经济建设。”

毛泽东顿了顿，继续说：“军队的同志要从根本上看问题。不要看现在军队的钱少了一些就悲观。不要悲观，工业建设起来了，人民物质生活不断得到改善，社会主义积极性高了，有了这样物质的、政治的基础，国防建设将会是很快的。我们在江西苏维埃时代犯了错误，35 万军队只剩下 3 万人，后来，路线对了，很快由 3 万人发展到 90 万人。现在我们有几百万军队作基础，有这样的工业条件，等到工业建设完全搞起来了，要搞多少军队都是容易的。另一方面，我们要搞现代化的国防，要有充足的常规武器，但常规武器又是日新月异的，有的刚刚试制成功，新的又出现了，所以，如果现在拿很多钱去搞常规武器，在未来战争中又不能使用，那是很不上算的。更重要的，我们还要有新式武器。现在，我们虽然还没有新式武器，但我们一定要搞。现在是原子时代，要搞原子弹、氢弹、火箭、导弹。真要想搞，那在一个相当的时期内就要苦一点，挤出钱来搞原子弹。”

听了毛泽东的话，同志们都连连点头。

毛泽东轻松了，诙谐地说：“我想，我们海军恐怕没有人不同意搞先进的鱼雷，没有人不同意用导弹来代替过时的海岸炮吧？如果真想要这些东西，不是假想，而且是想得很，那现在就减少一些军费。这样办，到第二个五年计划之后，我们军队就能用现代化的武器装备起来了。”

海军的同志表示拥护。

毛泽东又特别叮嘱肖劲光、苏振华说：“世界各国海军装备和技术都在日新月异地发展，你们要早抓，抓紧。我们这些人，懂得科学技术太少，又缺乏经验，容易犯错误。这需要我们兢兢业业地学习和工作，不要骄傲，不要停步，以免犯错误。”

毛泽东向苏振华说：“把你从贵州调到海军，没有不通的吧？”

毛泽东说这话不是没有来由的。

1938 年 3 月 30 日，天气晴好，陕北塬上阳光灿烂。抗日军政大学副校长罗瑞卿带领“抗大”30 多名干部，来到毛泽东住的窑洞前。毛泽东从窑洞里迎出来，轻松地提起话题说：“听说你们中有些人不安心，要求上前线？”

1937 年 11 月上旬，太原、上海相继失陷，国民党军队弃守败退。为挽救民族危亡，毛泽东从延安派出大量干部奔赴敌后，开展游击战争，建立敌后根据地。许多同志都想上前线杀敌，苏振华也十分迫切要求去前线。

毛泽东问起时，苏振华和其他一些同志纷纷趁机说了自己的愿望。听罢发言，毛泽东说："你们讲的道理，说服不了我。前方需要人，后方也需要人嘛！办学校是组织和壮大抗日力量的有效办法，我们需要继续办学，培养大批干部。"毛泽东笑着说："谁不愿意在后方，我就偏要把他留下来，愿意留的倒可以走。"毛泽东看了苏振华一眼，宣布说："苏振华留下。"说着又点名留下一些同志。

毛泽东最后说："我们目前有两大任务，第一是办报，向全国人民宣传我们党的抗日救国的主张；第二是办学校，培养成千上万干部，好组织和率领广大人民群众打倒日本帝国主义。同志们肩上的担子很重，要安心在抗大培养干部。"毛泽东更语重心长地说："只有了解大局的人，才能合理而恰当地处置小问题。即使当个排长也应该有全局的图画，这样才有大的发展。"毛泽东风趣地笑着说："让我们一起来下个决心：死了就埋在延安宝塔山！"

毛泽东的话把大家说笑了，说得大家心情开朗了，安下心来办"抗大"。

苏振华调任第一大队大队长，政委是胡耀邦。

延安集中了来自全国的许多青年，校舍不够，供应困难。党中央决定分散办学，第四期第一大队迁往瓦窑堡，离开校部，单独组织教学。4月1日，毛泽东把苏振华、胡耀邦和其他干部召集到他的住处，作临行讲话，他要求说："你们单独出去办学，要独当一面，凡事要从大局着眼，知难而上。我们抗日军人必须具备三个条件：一要开展知大局，顾大体；二要积极，只有这样才能战胜工作中的困难；三要有朝气，要蓬蓬勃勃向上发展。"

5月4日，第四期第一大队举行成立大会，苏振华、胡耀邦带领学员席地而坐，等待毛泽东的到来。

毛泽东来了，穿一身黑色粗布制服，身材高大，面庞瘦削，两眼奕奕有神。他没有客套，来了就讲话。他挥动双手，讲得从容，讲得激情。毛泽东特别强调说："统一战线，抗日第一。要团结抗日，打倒日本帝国主义，为建立独立、自由、幸福的新中国奋斗。"针对国民党不断搞摩擦，毛泽东说："我们要维护统一战线。历史证明了国共两党合则两利，分则两伤！"

苏振华、胡耀邦带领"抗大"第一大队来到瓦窑堡。瓦窑堡国民党县党部、县长百般刁难，中止供应。第一大队办学条件很差，生活困难，学员每隔几天，就要到十几里，甚至几十里外去背粮食，背煤炭。粮食多是带皮的高粱、黑豆。苏振华和胡耀邦一方面同国民党县党部、县政府进行有理、有利、有节的斗争，保证教学顺利进行；另一方面针对青年们各种思想倾向，引导他们由爱国热血的青年，向无产阶级战士转变。第一大队成为“抗大”先进大队。苏振华和胡耀邦受到奖励，毛泽东称誉他们好学上进，是“工农分子知识化的典型”。

毛泽东一直关注“抗大”的学习。

1939 年 7 月 9 日，延安天主教堂。

“第五纵队”的干部和学员代表齐聚一堂，即将出发去晋察冀，到敌后办学。

抗战以来，中国共产党在陕甘宁边区办了 17 所学校，集合了数万青年。这时，日寇加紧对边区进攻，加紧对国民党诱降。国民党颁布《限制异党活动办法》，加紧搞摩擦。数万师生是后退到甘肃，还是向前挺进华北敌后前线办学？党中央决定由抗日军政大学、陕北公学、鲁迅艺术学院、战时青年训练班、延安工人学校组成华北联合大学，合编为“第五纵队”，挺进华北敌后，开展国防教育。一共 8000 人，编成 5 个团，由罗瑞卿任司令员兼政委，成仿吾任副司令员，开赴前线。苏振华任第一团团长。

毛泽东来为他们送行。毛泽东号召说：“深入敌后，动员群众，坚持抗战到底！”毛泽东叮嘱说：“你们到敌后去的任务，其一是坚持独立自主的山地游击战争，其二要坚持广泛的抗日民族统一战线，其三要坚持‘三三制’政权。”他风趣地打着比方说：“当年姜太公下昆仑山，元始天尊赠了他杏黄旗、四不像、打神鞭等三样法宝。现在，同志们出发上前线，我也送给你们三件法宝，第一个法宝是统一战线，抗日民族统一战线是战略的，又是策略的；第二个法宝是游击战争，这是我们十八年来艰苦奋斗得来的法宝，要把日本打出去，没有武装斗争，其他就没有办法；第三个法宝是革命中心的团结。”

事隔多年，1949 年 11 月，苏振华和杨勇带领第五兵团解放贵州后，兼任贵州省委书记，1954 年 5 月调来担任海军副政委兼政治部主任。毛泽东问起往事，苏振华感到温暖，更觉得话里寓有深意。

两个月后，1956 年 8 月，在中国共产党第八次全国代表大会主席团会议上，毛泽东在讲话中也反复强调要发展工业生产，重视科学技术，甚至说，现在的中央委员会是一个政治委员会，将来应该是一个科学的中央委员会。

毛泽东的这些话，给了海军领导人极其深刻的启示。后来，海军相继建立了6个专门研究所，成立了海军科学技术研究部、舰艇研究院。强调军事科学研究、工业生产和作战、训练三者结合构成有机整体，互相促进。

20世纪70年代初期，中国建造了核潜艇、导弹驱逐舰，人们可以从海军第一次党代表大会和毛泽东的讲话中，看到解缆起航的契机。

十五　主席造访“讨饭吃”

青岛、黄海之滨的海军城，正准备着一次盛大庆典。

胶州湾里，集结着苏联制造的驱逐舰4艘，潜水艇4艘，猎潜艇6艘，鱼雷快艇12艘，登陆舰2艘，高速护卫艇4艘。海军航空兵2架青–6水上飞机，19架歼击机，27架齐尔–28水鱼雷轰炸机和1架侦察机，也都分别在团岛、流亭、胶县机场待命。

海军将举行海上阅兵。

东海舰队司令员陶勇还特地带领由中国自行装配的“昆明”号护卫舰，自上海赶来参加。

刘道生在回忆录中写道：

> 1957年8月1日，是中国人民解放军建军30周年纪念日，中央军委决定海军在青岛举行海上阅兵，接受中央领导同志检阅。一天，肖劲光给我打电话，让我陪一位中央首长去青岛，我问是哪一位，他告诉说是毛主席，我心中有说不出的喜悦。
>
> 当时，毛主席和周总理去青岛主持省市委书记会议……我和肖劲光去毛主席住处汇报，说到海军经过近8年的建设和训练，装备方面有很大进步，技术训练水平也有很大提高，这次在青岛举行海上阅兵，海军的主要兵种空、潜、快都要参加检阅的。毛主席很高兴，当

即表示要看看海军。

青岛，一座美丽的海港。八月的青岛，尤其迷人。在这个季节，中国许多沿海城市，都十分燠热，唯有青岛，却凉爽宜人。

海湾，晶莹发亮。海岸，沙滩平展。近处小岛上，白色的灯塔，宛若一颗明珠。依山而建的别墅，红色瓦顶，在绿树丛中，显得格外鲜亮。满城的树，满城的花，满城的香气，分辨不清是哪一树花香，找不到这清香来自何处。

这里的一切，都曾为德国人、日本人、美国人占有。只是在今天，才属于人民，属于真正的主人。

毛泽东来这里分批召集省市委书记会议。

周恩来也在这里主持民族工作座谈会。

毛泽东住在从前德国人修建的提督楼。绿树掩映，傍山望海，推窗便可望见明亮的大海，入夜，可以听到沙沙的涛声。

海军初建时，肖劲光在实地调查后，于1950年5月16日向毛泽东报告说：青岛港口优良，但是海防可说没有，海上全无保障，对于将来国际贸易的开展，不能显示民族自卫的严肃性。建议在青岛建立基地，统筹山东半岛的海防。鉴于战略地位重要，应属军委海军直接建制领导。

毛泽东亲自予以批准。

几年来，青岛基地成为向苏联购置舰艇，向苏联海军学习的重要基地，建起了人民海军第一支驱逐舰部队、第一支潜艇部队、第一支快艇部队。后来发展为北海舰队。

肖劲光同青岛基地政委卢仁灿商量说："毛主席正在这里主持省市委书记会议，我们争取请毛主席视察海军，检阅青岛基地部队。"

报经中央军委批准后，卢仁灿立即部署组织海上阅兵。

肖劲光和刘道生来到毛泽东住处，肖劲光说："主席，8月4日，在胶州湾海面举行海上阅兵，海军目前的主要力量：航空兵、潜艇、快艇都要出动，请您检阅。海军几年来，主要依靠炮艇和一些老的、各种各样的杂牌子的护卫舰护渔、护航、剿匪，解放沿海岛屿，显示了力量。突出的有'414'头门山海战英雄艇和'先锋'艇。从1954年开始，鱼雷快艇显示了威力，打沉了国民党的‘太平’号护航舰。航空兵的战绩突出，配合海上作战，夺取了沿海制空权，轰炸国民党军舰和一江山岛、大陈岛的阵地。潜艇虽还没有参加过战斗，但在训练中显示出是有威力的。今后，我们还要重点发展空、潜、快，建设海上战斗力量。”

毛泽东说：“很好。我要看看海军。”

8月4日，晴空万里无云，海波不兴。

停泊在青岛3码头和胶州湾中的舰艇，悬挂满旗，等待检阅。

9时30分，周恩来来了，他受毛泽东之托检阅海军。

周恩来走过在码头上列队的陆上部队。

周恩来向队列发出问候：“同志们好！”

“总理好！”队伍齐声答礼。

“同志们辛苦了！”周恩来再致问候。

水兵们昂奋地回答：“为人民服务！”

9时40分，周恩来登上检阅艇，驶向胶州湾。

检阅艇驶过湾中9号浮标，第一声礼炮响了。

舰艇开始接受检阅。

周恩来乘检阅艇驶过舰艇队列。

每通过一艘军舰，周恩来通过扩音器向水兵问候。水兵高声回答。

“总理好！”

“为人民服务！”

呼声如奔腾海浪，回荡在胶州湾海面。

10点40分，检阅艇驶抵101驱逐舰，周恩来登上这检阅旗舰。

旗舰上的水兵，列队欢迎周恩来。

肖劲光向周恩来敬礼，致欢迎词。

周恩来发表讲话：

海军司令员肖劲光大将同志、全体同志们：

中国人民解放军建军三十多年了。三十年来，人民解放军在党的领导下经历了英勇艰苦的斗争，保证了我国民主革命和社会主义革命的胜利，并且正在保卫着我国社会主义建设事业的胜利进行。

目前，我们国家正处在新的历史时期，在过去各个革命战争时期，我国依靠这支军队打败了国内外敌人。

在现在社会主义革命和建设时期，我国人民还必须依靠这支军队保卫祖国安全。

中国人民解放军海军同志们，你们在建设海上武装力量上，在保卫海防和保卫社会主义建设上，已经取得了一定的成绩。我祝贺你们！但是，你们都知道，我国的海岸线很长，美帝国主义还霸占着我国的领土台湾，你们必须继续努力，为建设一支坚强的足以自卫的海军力量，保卫祖国，保卫亚洲和世界和平而奋斗！

所有受检阅的海军将军、舰员，都肃立聆听这代表党中央、毛主席的训词。

两架水上飞机，从旗舰右舷海面，隆隆地疾速奔驰，忽地从波浪中跃起，腾入空中，左右摇摆机翼，向周恩来致敬。

海上分列式开始。

4 艘潜艇，各相距 1 链，依次通过检阅旗舰。

驱逐舰以庄重、威严的阵容，依次通过。周恩来微微踮起脚跟，招手致意。

猎潜艇显得轻快、俊俏，快速通过。

护卫艇编队高速驰来，一一通过。周恩来连声称赞这在近岸作战中立下功绩的炮艇。

鱼雷快艇编队，轻如飞燕，快若箭矢，闪亮着白色舷浪的翅膀，飞掠而逝，疾如白驹过隙，引人赞叹。

头上响起了隆隆机声，航空兵歼击机和水鱼雷轰炸机群，整齐列队飞过旗舰上空。周恩来仰头挥手答礼。

随后，开始海上表演。

前方，“423”潜艇开始下潜，转眼间，隐没水下，不见踪影，不一会儿，它又从另一处水下突然浮起。

海军航空兵飞机又飞到头顶，从高处吐出朵朵彩云。刹那间，降落伞张开，在空中轻盈飘飞。接近海面时，充气橡皮艇展开，飞行员降落海面，爬上橡皮艇，抽出双桨划动。

周恩来和同志们欣喜地笑了。

毛泽东既没有参加北京庆祝“八一”建军节30周年的盛大活动，也没有按原定计划亲自到海上参加阅兵，他突然感冒了。但是，人们想得更多。

1927年8月1日，周恩来作为中共前敌委员会书记，胜利地领导了南昌起义。这个日子便成为中国人民解放军建军节。毛泽东尊重周恩来。

1961年8月1日。毛泽东在庐山人民剧院曾参加建军节34周年晚会。当时在场的一位同志写道：

> 华灯初上时分，毛主席驱车来到了剧院门口，一下车就问门卫同志：“总理来了没有？”当有人告诉毛主席，周总理正在路上散步，等一会就到时，毛主席笑着点了点头，随手端过一只板凳，坐在剧院门口，对身边的警卫同志说：“等一等总理，我们一起进去。”

林彪一伙作乱的年代，一些号称“无产阶级革命派”的人，鼓噪要废除“八一”建军节，代之以秋收暴动的9月9日，遭到毛泽东严厉申斥。

毛泽东尊重历史！

毛泽东感冒未愈，但还是拗不过肖劲光、刘道生以及海军青岛基地同志的要求，在青岛汇泉体育场，接见海军青岛基地大尉以上军官。

青岛基地政治委员卢仁灿，站在毛泽东身旁，不由得想起1935年5月一天的早晨，红军长征渡过大渡河后，从化林坪出发，他带着一个班，翻过一个山坳，停在一个山嘴子等候收容掉队的同志。

这时，毛泽东走来了，问道：“你们是哪个部队的，怎么停在这里还不往前走？”

卢仁灿回答说：“我们是上级干部队的，担负收容任务，等队伍过后我们就走。”

毛泽东说：“太阳快出来了，敌人的飞机会来，这个地方太暴露，你们转到前面那个山坳里等掉队的同志。”

大家跟着毛泽东往前走，刚走出三四百米，前头响起了防空号音，大家立刻隐蔽起来。不一会儿，敌人飞机果然来了，向着山路猛烈扫射、轰炸，一个炸弹就在他们刚才停留的山嘴子爆炸了。

飞机过后，卢仁灿和同志们拍着胸脯说："好险啊，要不是毛主席，我们还待在山嘴子上，早就'报销'了。"

他们再看毛泽东，毛泽东已经向前走了。

卢仁灿还记起一、四方面军会师以后，张国焘坚持南下，反对毛主席和党中央的北上抗日方针，策动原四方面军的同志离开党中央。当时，彭德怀痛斥张国焘的亲信李特，气氛很紧张。

那时，卢仁灿在特科团参谋处工作，正好在场。这时毛泽东从房子里出来，平静地说："党中央决定北进的方针是正确的，南下是不利的，行不通的。他们一定要南下，就让他们试一试，将来他们自然会回来的。"

事实正如毛泽东预料，到 1936 年，红四方面军从南下失败中走出来，同二方面军一起到了陕北。

在海军军官队伍中，有多少人如同卢仁灿一样，从亲身经历中认识到毛泽东不只是救了个人，而且是救了全军，救了革命。毛泽东同个人命运，同全军命运，同全民族命运紧密相连。

8 月 5 日，毛泽东在青岛汇泉体育场和海军同志，合影留念。

毛泽东勉励说："海军建设有成绩。"他更语重心长地向肖劲光、刘道生说："海军要在海上作战，要到海上去锻炼。到海上训练，主要是训练干部。帝国主义都不怕，不要怕惊涛骇浪，要多组织海上训练。"

后来，卢仁灿担任了海军副政委，他在 1993 年向笔者说："毛主席接见，周总理代表他海上阅兵，这是全海军的光荣。接见后，全海军遵照毛主席指示，掀起了海上练兵高潮，改变了早出晚归的状况。青岛基地马忠全副司令员带领 20 艘舰艇进行海上编队训练；潜艇部队傅继泽司令员带领 4 艘潜艇连续在海上训练，最长的时间达 73 天；东海舰队陶勇司令员带领 62 艘舰艇在海上进行大编队的训练；南海舰队赵启民司令员带领 20 艘舰艇进行海上远航训练。大家一心想着不要辜负毛主席、党中央的期望，要建设海上战斗力量。"

1993 年时，刘道生已经重病在身，他在病榻上，挥动双手，两眼兴奋得放光，深情地对笔者说："毛主席亲自视察海军机关，乘坐海军军舰，又亲自到海军部队视察，建国以后，在全军是少有的。当时消息传到四海，人人奔走相告，意气风发。毛主席指示我们到海上大风大浪里去训练部队，使人民海军养成了好的作风和传统。如1980年我们第一次去南太平洋，便事先在沿海组织了高强度的模拟训练，保证了任务的顺利进行。对中国海军来说，毛泽东是指引航路的灯塔！”

人们告诉毛泽东，青岛“八大关”最美，绿草如茵，花开似锦，到了那里，就离开了喧嚣的城市。这引起了毛泽东的兴趣。

从毛泽东住处出来，沿着海滨，顺着山势，绕过海岬，只见一条林荫覆盖的路，又一条林荫覆盖的路。不同的路，各种不同的树，开着不同的花，丁香、紫荆、芙蓉、洋槐，赏心悦目。

这里曾是外国人避暑度假的别墅区，所有的路，各用一个关名命名：山海关、紫荆关等等。八条路，八个关名。青岛人简略地称这里为“八大关”。

绿树掩映中，一个个庭院，一座座别墅，德国式的、日本式的、英国式的、美国式的、法国式的、俄国式的，各色各样，像是万国建筑博览会。

前方临海一处悬崖，崖上一座圆形的城堡，全用花岗石砌成。有人指点说：“蒋介石曾经在那里住过。”

毛泽东掀起眼皮，看了看，说道：“是个好地方。”

邻近八大关路，有一条同样清幽的荣城路。毛泽东的汽车开进了一个庭院。

在这里度假休息的肖劲光，万万没有想到毛泽东会来。而且时近傍晚，毛泽东竟不声不响地来了。

毛泽东一边走进屋门，一边说道：“肖司令，我是来讨饭吃的。”

原来，肖劲光曾讲过要请毛泽东吃饭的，肖劲光说：“那天准备了饭菜，请你，你又说有事不能来嘛。”

毛泽东笑着说：“我今天来了，就是来‘讨饭’的！”

湖南人把乞丐称作讨饭的，肖劲光还以为毛泽东在揶揄他。

卫士悄悄说：“主席真的没吃饭。”

肖劲光埋怨说:“哎呀，你怎么不早说!”

毛泽东用家乡话说:“我不是一进门，就哦嗬喧天地喊来和你要饭吃吗?”

肖劲光连忙吩咐说:“快，赶快准备饭菜。”

毛泽东落座，开心地说道:“这才是待客之礼嘛。”

肖劲光也用家乡话抱歉说:“真对不住你老人家了，我们都吃过晚饭了，没什么好吃的，现买也来不及呀!”

毛泽东随便说:“有剩饭剩菜就可以了，能填饱肚子就行。”

肖劲光说:“那怎么行?”

毛泽东认真说:“真的，莫费事。我是走到你这里，忽然肚子饿了，就喊要吃饭。”

很快准备好简单的饭菜，毛泽东也不客套，坐下屁股就吃。

肖劲光很过意不去，过了几天，正式请毛泽东到家里吃饭，还邀刘道生作陪。

毛泽东来了，特意带来了一个用海参做的菜。

肖劲光埋怨说:“你肯赏脸来吃顿便饭，还带么子菜哟!”

毛泽东天真地笑笑说:“有道是礼多人不怪嘛。我也不好意思当白吃饱呀!”

吃饭时，毛泽东笑着向刘道生说:“‘小主任’，还记得在会昌红二十二师的辣椒煮鱼，肉嫩汤鲜。有道是‘猪吃叫，鱼吃跳’，讲究的就是个新鲜，难得难得!以后，再也没有吃过那么好吃的鱼了。”

刘道生哈哈笑了，也用家乡话说:“那时候，有么子吃的，现到塘里抓几条鲫瓜子，就算得是好菜了。”

毛泽东说:“还要多放辣椒!嗯，特别是要有盐!”

刘道生感慨说:“那时候，盐都金贵哟!”

毛泽东看重友谊，生活上随和，但对海军工作批评和要求却是十分严肃、严格的。党中央曾要求定期综合报告，而海军执行得很不经常。1952年10月15日，肖劲光写报告说:将当前一些真实情况及严重问题向主席作报告，整理材料耽误了一些时间。

毛泽东第二天就作了批示:10月15日综合报告收到阅悉。希望下一次综合报告中看到各项缺点的改进情形。

毛泽东还在“耽搁了一些时间”下面画了黑杠，显然是一个批评。

1958 年，军委扩大会议期间，毛泽东又支持刘道生强调建立强大海军的发言。此是后话。

不怕惊涛骇浪，到海上去锻炼；实行边打边建，在战斗中成长。毛泽东指引海军指战员，在海上筑起了新的长城。

十六　要保护海军的积极性

1958年5月27日到7月22日，中共中央军委召开扩大会议，全军1000多高级干部参加，会议总结建国8年多来的工作，针对当时形势，讨论国防建设问题。肖劲光在会上发言讲了加强海军建设的意见。刘道生在会上发言，主张经过10到15年时间，海军逐步发展舰船××万吨，在反对外来侵略时，用海上力量在海上阻止敌人，把敌人消灭在海岸、岛屿附近；平时用海军保障和支持国家和平利用海洋，以至将来到南极去。

不久前，刘道生刚从苏联伏罗希罗夫海军学院毕业回国。他的发言，既从实际可能出发，又考虑到未来发展的需要，反映了海军广大指战员的心声，令人鼓舞。但是，有些同志持不同意见，有的甚至说这是“大海军主义”。

6月21日，毛泽东在大会上讲话说：“我还是希望搞一点海军，空军搞得强一点。还有那个原子弹，听说就这么大一个东西，没有那个东西，人家就说你不算数。那么好，我们就搞一点。搞一点原子弹、氢弹、洲际导弹，我看有十年工夫是完全可能的。”

毛泽东在会议上就海军问题说：“我是始终主张建立一支强大海军的，但要随着国民经济的发展而发展。刘道生的发言，可能急了点，但要保护他的积极性，他主张的数字并不大嘛。打个比方，蒋介石的海军像个蚊子，风一吹就吹跑了。我们要建设强大海军。”

毛泽东还曾指示说：“我们除了继续加强陆军和空军的建设外，必须大搞造船工业，大力造船，建立‘海上铁路’，以便在今后若干年内建立强大的海上战斗力量。”

6月22日下午，苏振华参加了毛泽东主持召集的军委扩大会小组组长会议。毛泽东和大家一起讨论，在同志们汇报时频频插话，十分活泼而生动。苏振华联想到战争年代同毛泽东的接触，知道毛泽东的畅谈，无不经过深思熟虑，有感而发，有着极强的针对性。毛泽东谈及海军建设时，苏振华更加聚精会神，一字一句地仔细记录。

毛泽东面带笑容说：“海军提出保卫海防，不让敌人上岸。中国海岸线一万几千公里，都不让上岸，是不是能够办到？可不可以考虑一下，一万公里不让上，有几千公里让他上；上来后好捉活的，不让跑掉。完全不让上，我看靠不住。就是有些地方准备好了让他上来，把他困住，消灭掉。这是不是也是一种打法呢？”

苏振华感到毛泽东讲的是一个重大的方针问题，就是从实际出发，积极防御，而不要分兵把口。晚清末年，西方帝国主义从海上入侵，中国海防一触即溃，政治腐败是根本原因；而分兵把口的防御方法，也是一个重要原因。

只听毛泽东又接着说：“几年以后，形势会有改变，将来钢生产出来了，工厂搞起来了，要造什么样的飞机，什么样的军舰呀？”毛泽东举目问道：“海军需要多少钢？”

苏振华慎重答道：“造150条潜艇，大约要30多万吨钢。”

毛泽东摇头说：“太少了。还可以多搞些。”

彭德怀插话说：“可以再多造些潜艇。”

黄克诚也兴奋地说：“还可以造航空母舰。”

苏振华也接着说：“我们现在如果要出国访问，连一条像样的军舰也没有。将来自己可以造军舰了，太平洋的局势就要改观。”

许多元帅和将军们都兴致勃勃地表示，支持建设强大的海军。

毛泽东等大家议论了一阵后，说道：“军队，特别是海军、空军，现在要赶快抓技术、抓设计、抓科学研究。现在不搞，将来就来不及，赶不上了。五年，十年以后，还可设想一些新问题。”

苏振华趁势说道：“海军刘道生副司令员写了个关于海军建设的材料，其中有一些新的提法。”

毛泽东很感兴趣，说道:“材料在哪里？我要看一看。”

苏振华回答说:“我这里有一份。”

毛泽东伸出手来，苏振华便把刘道生写的关于海军发展设想的材料递了过去。

毛泽东三番五次地强调海军要赶快抓技术、抓科研、抓设计，苏振华和海军的同志们都坐不住了，感到重任在肩，刻不容缓。

美国早在 1951 年 8 月，就开工建造第一艘核动力试验潜艇“魟鱼”号，1954 年 1 月下水，1955 年 5 月，开始从新伦敦到圣胡安水下航行试验。另一艘核动力试验潜艇“海狼”号也已在 1957 年编入大西洋舰队，而且，又在建造新的“鲣鱼”级核动力反潜鱼雷潜艇。

1957 年 10 月 4 日，苏联发射了世界上第一颗地球人造卫星。美国人认为只有迅速发展核潜艇，才能对付苏联强大的潜艇舰队，因而加快了导弹核潜艇的研制。

1958 年，苏联已经在“列宁”号破冰船上使用了核动力装置，并开始建造核潜艇。

英国、法国也都在致力于核潜艇的研制。

潜艇核动力装置，使潜艇成为真正能够长时间潜伏海底的战斗力。核反应堆里的铀原子通过裂变产生巨大能量，应用于推动舰艇航行。它没有内燃过程，无需像常规潜艇那样，定期浮出水面。而且，热能经过冷却后又返回核反应堆，循环往复，不停地工作，可以使核潜艇无需补充燃料，也能航行到地球的任何一处海洋。

会议召开前夕，1958 年 5 月 14 日，苏振华就和肖劲光、罗舜初联名向中央军委专题报告：在现代条件下，我国海军应该以火箭、导弹为主要武器，争取自力更生独立设计适合于我国作战方针及气候条件的装备。为加快这一进程，建议我国政府向苏联提出给予新技术援助的要求，促使我国海军武器装备逐步向导弹化过渡。

海军新建立的研究所提出了发展军用核动力装置和研制导弹核潜艇的建议。

这时，苏振华受毛泽东6月21日、6月22日讲话的鼓舞，更加思绪如潮。他是一个勤于学习的人，面对世界各国海军科技发展，他越发迫切地感到需要学习，需要迎头赶上。他想起清人魏源在《海运全策》里说的话："海道未通，海氛未靖，海商船舶未备，虽欲藉海，用海无舟。""非海难人，而人难海。"没有船，没有军舰，何谈利用海洋？不从世界造船最新发展起步，何谈赶上先进？

发展和加强海军建设，正面临一个历史机遇。

6月24日，苏振华和海军副司令员罗舜初邀请中国科学院副院长张劲夫、五院院长钱学森和一机部、二机部的领导同志开会，向他们通报了海军向党中央建议研制核潜艇的报告，说道："你们都是专家，请你们来审查，看是不是可行？如果可行，我们代表海军几十万指战员，请求你们支持，支持中国人民实现百年来的心愿，建设起强大的海军，使中华民族再也不受外人的欺负！"

苏振华的诚意，苏振华的热切希望，使这些原本就积极支持海军建设的同志们也热血沸腾，他们以科学家的严谨，更以科学家的胆识，支持海军的建设，主张着手独立研制核潜艇。

海军向聂荣臻副总理作了报告，聂荣臻再次召集有关同志，听取了海军的详细汇报。聂荣臻十分高兴，肯定了这一主张，指示海军综合各方面的意见，重新修订请示报告，把需要和可能、成功的把握和预期的困难，客观地、如实地向党中央报告。聂荣臻反复仔细地审核海军重新修订的报告，由他于6月27日署名向党中央报告：我国原子能反应堆已开始运转，这就提出了原子能的和平利用和原子能动力用于国防的问题……为此，曾邀集有关同志进行了研究，根据现有力量，考虑国防需要，本着自力更生的方针，首先自行设计和试制能够发射导弹的原子潜艇。

周恩来一直关注着这一工程，他接到报告后，第二天，6月28日便批示：请小平同志审阅后提请中央常委批准。

6月29日，邓小平就在报告上批示：拟同意。他高兴地特别加注说：是好事！

报告送到了毛泽东的案头，他看了很高兴。海军同志有此雄心，应予支持。他欣然在报告上圈阅，表示他的赞同和批准。

中国核潜艇工程起航了。

军委扩大会议结束时，毛泽东在讲话中，又再次强调：大搞民兵，大搞特种武器。

大搞特种武器！毛泽东发出了加速航行的命令。

十七　长波台，中国自己建造

人民海军初建，在西方帝国主义的严密封锁和严重威胁下，苏联政府卖给中国鱼雷快艇、潜艇、驱逐舰和导弹快艇，同意技术转让和仿制，还派来专家帮助中国，这的确是十分宝贵的援助。中国人民始终记得苏联人民的友谊。

但是，事情起了变化。

1958 年 4 月 18 日，苏联国防部长马利诺夫斯基致函中国国防部长彭德怀，提出由中、苏两国在中国华南地区合建一座大功率长波发信台和远程收信台。

人们知道，当舰艇，特别是潜艇远离祖国基地，潜航在世界各处海洋深处，要保持同祖国联系，必须依靠无线电通讯。无线电短波、中波、长波，都无力穿透海水，把信息传送给潜艇，只有超长波，才能使联系畅通无阻，实现远距离作战指挥。长波台成了海军的紧迫需要。但是，6 月间，苏联政府送交中国政府一份由他们草拟的协议（草案），公然提出，为了"苏联国防部的需要"，在中国境内，两国共同建设长波电台，所需费用，苏方负担 70%（技术设备和材料），中方投资 30%（土建）。建成后长波台的使用按"投资比例划分"。而且，急切要求 6 月上旬便派苏方人员前来勘察建台地址。

公然要中国为了苏联国防部的需要建设长波台，其紧迫程度，其无视中国主权，到了无以复加的地步。

这是一个不寻常的问题，经过分析，认为苏方如此紧迫的要求，可能是已经组成了能够携带导弹的潜艇舰队，将在印度洋，以及通往美国海岸的太平洋区域活动，很想在中国有利地区建立长波台，以便保持与舰队的联系。海军把对苏联意图的分析和草拟的谈判的意见，向中央军委报告，彭德怀转报党中央、毛泽东。

毛泽东仔细审阅了所有材料，于6月7日在彭德怀所拟的谈判稿中加写了一段，对其中的一些话，特别加了着重点："可以照所拟办。钱一定由中国出，不能由苏方出。使用共同。"明确指出由中国建设长波台，建成后可以共同使用，而且应当由两国政府签订正式协定。毛泽东还写道："这是中国的意见，不是我个人的意见。"更明确指示："如苏方以高压加人，则不要回答，拖一时期再说。或者中央谈一下再答复。"

与此同时，6月28日，中方向苏联提出援助建造核潜艇技术的建议。

7月21日，苏联驻中国大使尤金求见毛泽东。

尤金是个哲学家，曾经几次来中国帮助做《毛泽东选集》的编译工作，毛泽东和他有良好的个人交往。1953年，赫鲁晓夫任命他担任驻中国大使。

尤金以赫鲁晓夫的名义向毛泽东转达了苏联方面的要求：共同建设和共同使用长波电台，在中国建立潜艇基地，中苏建立"共同舰队"。尤金说：苏联的黑海容易"被敌人封锁"，北方的海面"更不宽阔"，东面的海上"不能算安全"。支支吾吾，不吐露真实意图。

毛泽东震怒，隐忍不发。

第二天，7月22日，毛泽东约见尤金，向他说："关于海军提出的核潜艇的请求可以撤销……海军司令部里有那么些热心人，就是苏联顾问，他们说苏联已经有了核潜艇，只要打个电报去，就可以给。"毛泽东尖锐地讥讽说："海军核潜艇是一门尖端科学，有秘密，中国人是毛手毛脚的，给了我们，可能发生问题。"

毛泽东愤慨地说："一切都合营，陆海空军、工业、农业、文化、教育都合营，可不可以？或者把一万多公里的海岸线都交给你们，我们只搞游击队。你们只搞了一点原子能，就要控制，就要租借权。此外，还有什么理由？""你们建议搞海军'合作社'。怎么向全世界讲话？怎么向中国人民讲话？……你们昨天把我气得一宿没有睡觉。""搞海军'合作社'，就是斯大林活着的时候，我们也不干。我在莫斯科和他吵过嘛！"

毛泽东严正要求尤金讲清楚，尤金无言以对。毛泽东说："你讲不清楚，请赫鲁晓夫同志来讲。"

尤金向莫斯科作了紧急报告，奉命再次求见毛泽东，又一次提出建立"共同舰队"的要求，说是为了对付美国第七舰队。

于是，赫鲁晓夫在7月31日秘密访问中国。

毛泽东仍然礼节性地到南苑机场迎接赫鲁晓夫，然后各自乘车直驶中南海颐年堂，立即进行会谈。

互致问候，各自坐下后，毛泽东开门见山说："尤金向我谈了你们那么个意思，但没有说你们究竟出于什么考虑。你自己来了，这很好。我们一起谈谈好。"

赫鲁晓夫打着手势，以恩赐和索取报偿的态度打他的如意算盘，要求在中国得到潜艇基地，共建长波电台。他越讲越兴奋，越讲越得意，一如他后来回忆录中所说："我们已经答应了毛的要求，愿意帮助他建造潜艇。我记得我们已经把设计图纸交给了中国人，还派出专家帮助他们选择建造潜艇的地点。因此，当我们提出要在他们领土上建立无线电台的时候，我们满以为中国人是会给予合作的。"

毛泽东打断他的话，说道："你讲了很长时间，还没说到正题。"

赫鲁晓夫十分尴尬。

毛泽东直截要害质问道："请你告诉我，什么叫做'共同舰队'？"

赫鲁晓夫十分圆滑，支吾其词，喋喋不休地重复建立潜艇基地、长波电台的必要性。

毛泽东动怒了，愤然起身，指着赫鲁晓夫说："我问你，什么叫'共同舰队'？"

赫鲁晓夫仍然一味搪塞，说道："我们不过是同你们共同商量商量……"

毛泽东愤怒说："什么共同商量？我们还有没有主权了？"

陪同赫鲁晓夫的费德林，是一个汉学专家，他用俄语提醒赫鲁晓夫说："毛泽东可真动火了。"

赫鲁晓夫仍然不死心，说道："毛泽东同志，我们能不能达成某种协议，让我们的潜艇在你们国家有个基地，以便加油、修理、短期停留？"

毛泽东断然说："不行！我不想再听到这件事。"

毛泽东始终坚持中国独力出资建设长波台，断然拒绝赫鲁晓夫建立潜艇基地和建立“共同舰队”的要求。赫鲁晓夫不得不收回他的建议和要求。

1958年8月3日，中国、苏联政府正式签订关于中国大功率长波无线电发信台和远距离无线电收信中心有关协定。协定由中国自建，苏方提供技术援助，所需费用全部由中方负担。建成后，中、苏双方共同使用，使用方法，另行商订。

人们曾绘声绘色地传言毛泽东如何嘲讽赫鲁晓夫说：搞“共同舰队”？我们的海军都交给你吧，我们上山去打游击好了！毛泽东又如何愤慨地说建长波电台？苏联要七分使用权，中国只有三分，这比袁世凯的“二十一条”还厉害。毛泽东又如何义正辞严地向赫鲁晓夫说：要在中国建基地，这是要租借权，是个政治问题。要讲政治条件，连半个指头都不行，等等。毛泽东是不是真的这样说过这些话，无需详加考证，但这些不胫而走的传言，却反映出毛泽东代表了中国人民的正气和尊严。

经过几年的艰苦努力，中国邮电部、三机部、广播事业局的专家和海军合力攻关，在1965年10月建成了中国第一座大功率长波发信台和远程收信台。不久，又建成第二座长波无线电台。今天，中国的舰队和潜艇，行驶在全球任何一处海洋，都可以通过无线电波，同祖国紧密相连。

赫鲁晓夫后来在回忆录中如此写道：

> 我们刚开始生产内燃机潜艇和核动力潜艇的时候，我们的海军就向我们提出建议，要求中国政府允许我们在中国建立一个无线电台，以便我们能同在太平洋的苏联潜艇舰队保持通讯联络……
>
> 结果呢，中国人就是不合作。他们的反应既愤怒又激烈。当我们驻北京的大使尤金向中国领导人提出这个建议的时候，毛叫嚷了起来，说：“你怎么敢提出这样的建议，这种建议是对我们民族尊严和主权的侮辱！”尤金向中央委员会发来了一封吓人的电报，描述了毛愤怒的反应。
>
> 我们领导班子讨论了这件事，根据中央委员会主席团的指示，决定由我乘飞机到中国去一趟。由于我们是去讨论军事方面的事情，陪同我去的有马利诺夫斯基，还有库兹涅佐夫。这是一次秘

密访问，我们微服而行。我们要求中国同志接待我们，他们同意了……

关于我们要求建立无线电台的事，我向毛道歉说，我们根本没有想到要侵犯中国的主权，干涉中国的内政，影响中国的经济，或者伤害它的民族尊严。

作为回答，毛提出了一个反建议："给我们必要贷款，我们自己来建这个电台。"

"很好，"我说，"这是一个很好的解决办法。我们会把图纸、设备和技术顾问都给你们送来，还会给你们必要的贷款。"

"行，"毛说，"我同意。"

这个问题谈了这么多。另外还有一件事，我们的海军希望在中国沿海港口能为我们的潜水艇加油，让艇上人员上岸休假。当我向毛提出这个想法的时候，他又斩钉截铁地当场拒绝了。

"毛同志，"我说，"我们简直不能理解你。我们使用你们的港口，这对你我双方都是有利的嘛。"

"话不能这么说。"他回答说，"我们正在建设自己的潜艇舰队。如果苏联潜艇可以进出我国港口，那不成了侵犯我国主权了吗？"

"好吧。那么也许你会同意一种互惠的安排：我们有权使用你们太平洋的港口。作为交换条件，你们可以在苏联北冰洋沿岸建立潜水艇基地，你看怎么样？"

"不行，"毛说，"也不能同意。每个国家的武装部队只应驻扎在自己本国领土上，而不应驻扎到任何别的国家中去。"

"那好，我们不坚持原来的建议了。我们就用自己现有的设施凑合好了，用我们自己在远东的港口作为太平洋潜艇舰队的基地。"

对于毛的回答我不能反对得太强烈了。我们当时提出在中国建立潜艇基地这件事，也许做得急了点。他们显然猜疑我们为将来的入侵活动取得立足点。

赫鲁晓夫在这里没有完全说实话。

事实是1960年6月布加勒斯特会议后，苏联在7月10日突然照会中国，单方面决定撤走所有在华专家，带走各种资料，停止供应协议规定的主要设备，使正在建设的长波台工程陷入困难境地。赫鲁晓夫还隐瞒了毛泽东在“共同舰队”问题上所作的强烈反应。

十八　力争外援，适可而止

1958年6月17日，毛泽东在军委扩大会议期间，对第二个五年计划要点报告的批示："自力更生为主，争取外援为辅，破除迷信，独立自主地干工业、干农业、干技术革命和文化革命……认真学习外国的好经验，也一定研究外国的坏经验——引以为戒，这就是我们的路线。经济战线上如此，军事战线上也完全应当如此。"

6月28日，周恩来代表中国政府致信苏联部长会议主席赫鲁晓夫：希望苏联政府在中国海军建设方面给予新的技术援助。在可能条件下，向中国提供建造新型战斗舰艇和可以携带火箭、导弹武器的舰艇设计图纸，以及相关的机械部件、材料、无线电技术器材设计图纸和必需的计算资料。9月8日，赫鲁晓夫专电答复周恩来：同意"在舰艇新技术方面，给予广泛援助"，并邀请中国政府派代表团去苏联商谈。

经中央军委研究，确定由苏振华担任中国政府专家代表团团长，率团去苏联商谈海军新技术援助问题。尽管当时国家百废待举，财政十分紧张，外汇极为短缺，国家仍然决定尽最大可能挤出2亿卢布外汇给海军引进先进技术。

中国政府专家代表团副团长为一机部副部长张连奎、二机部副部长刘杰、海军副司令方强，团员6人、技术顾问17人、工作人员7人。特别注意选调有实际才能的中、青年技术干部参加代表团，要求在谈判过程中，"细看、多问、深谈"，尽可能多地掌握新的科学技术知识。

中苏关系正处于十分微妙的时刻，谈判将是十分艰苦而复杂的。预料关于核潜艇制造技术的商谈，必将困难重重。周恩来、邓小平等中央领导同志都强调既要尽量争取，又要“适可而止”，不强人所难。

代表团订于10月17日乘苏联民航班机赴莫斯科。16日上午，周恩来的军事秘书周家鼎打电话通知说：“总理有些事还要和苏振华同志商量，请代表团晚几天走。”周家鼎曾经担任过苏振华的秘书，他强调说明：“总理说是同你们商量，推迟行期，把问题在国内研究得透一些，做到心中有数。”

第二天，苏联民航班机“图－104”在苏联鄂木茨克附近上空，突遇高空旋风，不幸失事，机上人员全部罹难，由郑振铎、蔡树藩分别率领的我国文化、体育代表团全体同志不幸牺牲。苏振华和专家代表团的同志们无不为中国文化、体育代表团同志的遇难深深感到惋惜、悲痛，也不约而同地说：“是周总理救了我们一命！”

8月23日，炮击金门的战斗已经打响，为加深和扩大美蒋矛盾，粉碎美国所谓的“停火阴谋”，根据毛泽东的安排，组织发表文告和其他外交斗争，划清国内和国际争端的界限，堵塞美国和国际干涉的借口和道路。尽管如此，周恩来同苏振华和代表团几位副团长深入研究去苏联谈判的种种问题和准备工作，明确指示：要尽最大努力争取获得新技术，一定要买先进设备，不要落后、陈旧的东西；要把立足点放在自力更生上，以自力更生为主，争取外援为辅，积极学习国外的先进科学、技术，通过引进技术和仿制，锻炼和提高自己的技术力量，以便将来逐步做到自行设计、研制；要把有限的外汇用在最需要的地方，只买少量的舰艇材料和必需的设备，但一定要不惜代价购买相关的设计图纸、技术资料，尤其是计算资料和转让制造权。

根据周恩来和中央军委的指示，苏振华和同志们再度审查准备工作，估计苏联不可能卖给我们他们正在研制的最新装备；刚刚定型，只是小批量生产的装备也不大可能卖，但要努力争取买到苏联刚开始装备部队的比较先进的舰艇和导弹。这些属于尖端范围的东西，是当时中国还不能研制生产的，通过购买、掌握相关的技术资料，有利于中国海军由常规装备向新的动力装置和导弹武器的过渡，这是掌握海军新技术的捷径，可以帮助中国造船工业和海军装备缩短同世界先进水平的差距，在前进中避免或少走弯路。

为了尽早赶到莫斯科进行谈判，代表团决定仍然乘坐苏联民航班机。10月22日当地时间下午5时抵达莫斯科，苏联海军副总司令伊沙勤可夫上将等到机场迎接。

赫鲁晓夫指定苏联部长会议对外经济联络委员会副主席阿尔希波夫担任苏联政府专家代表团团长，负责同中国政府专家代表团的会谈。

10月24日，首次会谈，中国代表团提出商谈内容的建议：原子动力潜艇制造、舰用导弹、舰艇制造技术研究等。

10月28日，第二次会谈，苏方答复：除原子动力潜艇、导弹驱逐舰外，其他项目可基本上满足中方的要求。建议先听取苏方关于舰艇新技术装备性能的介绍和参观，然后分组商谈。

中国专家代表团决定在“客随主便”中争取主动，坚持只购买刚刚装备苏联海军不久的装备，而且要购买全套设计、计算资料。果然不出预先所料，谈判十分艰难，一直谈了三个多月，仍不能最后落定。

苏方一再强调“制造核动力潜艇问题，目前没有准备好提供技术援助”“在导弹驱逐舰方面，不可能予以援助”“空对舰、舰对空的导弹，以及固体推进剂的技术资料，目前还未准备商谈这些问题”。

11月7日，苏振华向军委秘书长黄克诚报告：为了“抛砖引玉”，请批准拿出我们关于原子潜艇初步设计设想进行咨询，尽可能争取在核潜艇制造技术方面获得一些帮助。11月9日，中央军委电复同意。11日，代表团提出中国“核动力潜艇初步设计设想”向苏方咨询，苏方仍然避而不答。

苏振华向国内报告后，邓小平指示：适可而止，不要再提了。

苏振华感慨万端，向代表团技术顾问、从事潜艇专业的陈春树坚定地说：“回去后，下决心自己研制。我们中国人是有志气，有能力的！”

经过艰难谈判，1959年1月21日，双方第五轮会谈中，对所拟订的协议草案进行修改，基本达成一致。当晚，苏振华派程望携协议草稿专程回国汇报。

1月24日，周恩来率中共代表团出席苏共第二十一次代表大会来到莫斯科，苏振华当面向他详细汇报了谈判情况和协议草案的内容。

1月25日，彭德怀、黄克诚审阅了协议草稿，于1月27日报送党中央。1

月 29 日，毛泽东、刘少奇、邓小平、陈毅、李富春等圈阅同意。2 月 1 日中央军委电告苏振华，授权他代表中国政府签订协议。

2 月 4 日，苏振华和阿尔希波夫分别代表两国政府共同签订《关于在中国海军舰艇制造方面给予中华人民共和国技术援助的协定》，人们简称之为“二四协定”。依据协定，苏方向中方出售常规动力导弹潜艇、中型鱼雷潜艇、导弹快艇、水翼鱼雷快艇、潜地弹道导弹、舰对舰飞航式导弹以及 51 项设备的技术图纸资料和部分船用设备和导弹样品，并向中国转让上述制造特许权。

这一协定有助于中国舰艇生产由常规技术跃进到导弹武器水平，缩小了中国海军装备技术与世界先进水平的差距，对中国海军装备实现关键性转变，对中国造船工业的发展，都具有深远影响。特别是中、青年技术干部在谈判、参观过程中得到了锻炼和有益的启迪，提高了自行设计、研制的技术水平。后来，他们都成了海军装备建设的骨干。

1959 年 4 月上旬，苏联方面向中国提交了《对于导弹原子潜艇研究设计初步方案所提各项问题的答复》，对有关核潜艇总体设计、核动力和导弹武器等 67 个技术问题提出了他们的意见，这对中国自行设计建造核潜艇，无疑也是有重要参考意义的。此外，苏方虽拒绝对建造导弹驱逐舰提供援助，但由于中方购买了驱逐舰主机和双联装 130 毫米口径火炮的样品和资料，为以后中国自行设计和研制导弹驱逐舰提供了便利。

1960 年 8 月，苏联政府单方面撕毁协定，停止提供承诺的设备和资料，对我国造成很大的损害。毛泽东、周恩来指示：自力更生，发奋图强，大力组织全国协作攻关。苏振华组织海军和有关工业部门、科研机构和高等院校通力合作，实行科研、生产和使用三结合，经过几年努力，克服各种困难，自力更生地完成了仿制 5 型舰艇和相关设备、武器的任务，从而更新了一代舰艇装备。

十九　核潜艇，一万年也要造出来

北京长安街，它的西端有一处曾叫做新北京的地方，几乎所有中国的军事机关都集中在这里。人们很难想象，最初这里是一片坟地、荒郊。

在一个清代公主葬地的南面，矗立着一座黄颜色的建筑物，高高的水泥立柱，翘起的斗拱飞檐，大屋顶，高台阶，好似一座殿堂。北京人戏称它为龙王庙。这里是中国海军司令部所在地，在古老的传说里，龙王是管辖海洋的，这称呼寄寓着人民期待海宴河清的愿望。

1958 年 6 月，毛泽东的声音在这里激荡，如洪波涌起，大潮澎湃。

6 月 21 日，毛泽东在军委扩大会议上说：除了继续加强陆军和空军的建设外，必须大搞造船工业，大力造船，建立“海上铁路”，以便在今后若干年内建立强大的海上战斗力量。

6 月 23 日下午，海军政治委员苏振华向海军将领们传达毛泽东振奋人心的讲话。

苏振华说：“昨天下午到主席那里谈了一个下午，各小组长都去了。主席谈得很随便，是畅谈。各个小组谈情况，他随时插上一段。归纳起来，他讲了三个问题：一是建军方针、战略方针；二是学习苏联先进经验和反对教条主义影响；三是领导方法。我们谈情况多了，主席就讲得少了。我们很后悔占去了太多的时间。”

将军们无不联想到战争年代直接同毛泽东的接触，听他当面指挥作战、部署工作，知道毛泽东的畅谈，都是经过深思熟虑，有感而发的，极有针对性。当苏振华讲到毛泽东关于海军建设的讲话时，每个人越发聚精会神了。

苏振华有极好的记忆力，平时说话略有一点口吃，但说起重要事情，讲开了的时候，却十分顺畅，毫不阻塞、停顿。昨夜，他精心整理了当时的记录，他希望把毛泽东的话，原原本本传达给同志们。

苏振华说："主席带着商量口气讲：去年纪念建军30周年，中央发了个通知，其中讲十大军事原则过去、现在和将来都完全适用。将来有了洲际导弹、原子弹、氢弹，是不是还完全适用啊？十大军事原则总的精神是保存自己，消灭敌人，以劣胜优，以弱胜强。过去，我们依据这个原则，打了胜仗。再过五年、七年，我们自己有了原子弹、导弹，是不是还是先打弱的后打强的，先打分散的后打集中的？你们看看，恐怕不灵了吧。我看会要先打集中的。"

苏振华停了停，说道："我理解主席的意思，是军事科学要根据科学技术的发展而发展，并无否定十大军事原则之意。"

将军们纷纷议论，同意苏振华的理解。

苏振华接着传达了毛泽东的重要讲话，将军们都十分兴奋，发出议论。

苏振华等大家议论平息下来，郑重说："主席特别强调说：军队，特别是海军、空军，现在要赶快抓技术、抓设计、抓科学技研究。现在不搞，将来就来不及，赶不上了。"苏振华停顿了一下，向大家说："主席在催促我们，我们海军怎么办？"

毛泽东的话，使在座的海军同志热血沸腾，再也坐不住了。早在1956年1月25日，毛泽东在最高国务会议上就发出号召：

> 我国人民应该有一个远大规划，要在几十年内，努力改变我国经济和科学文化的落后状况，迅速达到世界上的先进水平。

国家发布了《1956~1967年科学技术发展远景规划纲要（草案）》，海军也相应制订了《海军科学技术和装备建设发展规划》，提出立足国内造船，提高舰艇技术性能，研制新型动力装置和其他新课题。1958年4月，又组建了造船、航海、水声、水中兵器、工程五个科学技术研究所，瞄准世界各国海军新技术的发展，着手追赶。

1959年，苏振华和中国政府专家代表团汇报了在苏联谈判的情况，毛泽东愤然说：“核潜艇，一万年也要搞出来。”这是中国人的自信，中国人的气魄！

毛泽东指示：“自力更生，大力协作，办好这件事。”召唤、激励人们奋发图强，积极投入研制核潜艇工程，实现人民近百年的愿望，重振海洋强国雄风。

古代中国，是举世公认的海洋强国。

“见窾木浮而知为舟”“刳木为舟，剡木为楫”，古代中国人同古腓尼斯人、埃及人一样早的利用舟楫“以利不通”。

早在春秋时，吴、楚等国就建立了“舟师”。秦汉时，农业、医药、天文、历算等科学技术进步，促成了中国造船的第一个高峰。汉武帝时，有了在“海上丝瓷之路”上航行的千人巨舶。中国人最早使用帆，而且懂得利用多帆，充分发挥风力作用。三国时的《南洲异物志》载：“其四帆不正向前，皆使邪移，相聚以取风吹……故行不避迅风激波，所以能疾。”中国人最早使用橹和舵，这是了不起的科学技术进步。“一橹三桨”，橹的摇动，不间歇地产生推动力，比桨更具优越性。舵的使用，使得巨舶能够顺利航行。祖冲之曾经造“千里船”，可“日行百余里”。特别有意义的是东晋《拾遗记》中设想一种“沉行海底，而水不浸”的“沧波舟”。这可能是人类最早提出的水下潜航的设想。

封建盛世的唐、五代、宋，中国海船著称于世。公元851年，阿拉伯人苏莱曼在他的《印度—中国游记》里写道：“中国唐代的海船特别巨大，抗风浪的能力强，能够在波斯海里畅行无阻。”唐代建造了“车轮舟”，“挟二轮蹈之，翔风鼓浪，疾若挂帆席”。这是机械推动船舶的第一步。宋代，指南针普遍用于导航，公元1119年，北宋《萍舟可谈》记载：“舟师识地理，夜则观星，昼则观日，阴晦则观指南针。”这是对人类的重大贡献。

元、明两代，中国造船业达到极盛时期。元世祖忽必烈先后两次派900艘战船、4万人和3500艘船、10万人东征日本，可见水师的强大。明代举世无双的郑和宝船舰队，扬威海上，结好亚洲、非洲。明正德七年（1512），明朝水师使用“水老鸦”作战，“藏药及火于炮，水中发之……以喙钻船，而机发之，以自运转，转透船可沉”。这可以说是世界上最早的鱼雷了。这时还出现了“火龙出水”多级火箭，能在水面飞行二三里，攻击敌舰。

古代中国，有过建造战船的辉煌时期，只是随着封建王朝的没落、腐败，外国帝国主义入侵，中国落后了，今天，要迎头赶上。我们一定要建造中国的核潜艇。

世界各国都把制造核潜艇的技术，作为最高机密，严加保守，尤其对中国实行封锁，增加了我们研制核潜艇的困难。自从德国人奥托·哈恩、弗里茨·斯特拉斯曼在1939年成功地分裂了铀原子核后，美国海军科学家认为有可能把核动力用于舰艇。1946年8月，美国总统杜鲁门批准进行研究。1948年，任命海军四星上将里科弗为海军研究部核动力处处长，开始了发展核动力装置的工作，他们走到这一步几乎用了10年时间。又用6年时间，到1954年1月，才有“舡鱼”号核潜艇下水，12月启堆进行系泊试验，1955年1月开始航行试验，耗资10亿美元以上。以美国雄厚的经济实力和先进的科学技术，犹如此费力、费时，可见这不是一件轻而易举的事情。

中国人民知难而上。

1959年夏天，大连。海军党委六次全会的同志聚集在这里，重温毛泽东的指示，研究海军装备建设方针。特意约请著名科学家钱学森、钱令希等到会讲授导弹、力学等现代科学知识，分析核动力和导弹武器出现后海上作战前景。

会后，海军党委向中央军委报告说：导弹武器和原子动力在世界海军技术装备上引起重大变化，海军建设有必要进入新的发展阶段，有必要对空、潜、快为主建设海上轻型兵力的方针加以补充和发展，今后10年以发展原子动力和导弹武器为主与改进常现武器相结合，加强海军技术装备建设。

海军遵从毛泽东划定的航线继续前进。

核潜艇建造，困难重重。

西方国家对中国进行严密的技术封锁。笔者曾经采访中国第一艘核潜艇总设计师黄旭华，他感慨地说：“当时我们没有任何资料可以借鉴，甚至偶然发现了一个从境外带回的核潜艇玩具，也当作宝贝，反复揣摩、研究，想从中得到一丝信息、一点启发。”

正是毛泽东关于不要跟在外国人后面爬行的指示，鼓励黄旭华和同志们走自己的路：攻克了五道难题，创造了先进的水滴型艇型等“五朵金花”，完成核潜艇总体设计。

1959 年 6 月，苏联单方面废除了 1957 年开始生效的中苏关于原子弹合作的协议，但这也阻挡不了中国人的脚步。赫鲁晓夫在他的回忆录《最后的遗言》中写道：

> 我们的专家建议我们给中国人一枚原子弹样品。他们把样品组装起来并装了箱，随时可以送往中国……我们专门开了一次会，决定该怎么办。我们知道，如果我们不给中国送去原子弹，中国人一定会指责我们违背协议，撕毁条约，等等。另一方面，他们已经开展了诽谤我们的运动，并且还开始提出各种各样令人难以置信的领土要求。我们不希望他们获得这样的印象，好像我们是他们驯服的奴隶，他们要什么，我们就给什么，而不管他们如何侮辱我们。最后，我们决定推迟给他们送去样品的时间。

赫鲁晓夫在这里虽有不少歪曲，但承认了他把中共、苏共两党的分歧扩大到两个国家的关系方面，而且背信弃义地撕毁了已经达成的协议以施加压力的事实。

1959 年 9 月 30 日，赫鲁晓夫飞到北京参加中华人民共和国 10 周年庆典。他正得意于访问美国同艾森豪威尔会谈的“戴维营精神”，对中国的事情，横加指责，出言不逊，引起了陈毅等人激烈驳斥。第二天，10 月 1 日，在天安门城楼上，赫鲁晓夫突然向毛泽东冷冷地说：“关于这个生产原子弹，我们是不是把他们撤回去?”

撤走专家、废除技术援助协议，本是意料中事，而赫鲁晓夫竟选择这样的场合和时机提了出来，令人愤慨！毛泽东却平静地、冷冷地回答说：“我们需要是需要，不过撤回去也没什么大关系。如果技术上能帮助一下更好，不能帮助就是你们考虑决定的事了。我们可以自己试试，这对我们也是个锻炼。”

1960 年，苏联全部撤走在中国的专家，带走重要设备、材料和关键资料。海军无法按中苏 1959 年 2 月 4 日达成的协定生产计划中的舰艇，不得不集中国内技术力量，优先解决这项生产中的技术难点。

中国核潜艇的研制工作，仍然在前进。北京原子动力所在 1960 年 6 月，由彭士禄主持，提出了《潜艇核动力方案设计（草案）》。

彭士禄，澎湃烈士的儿子，新中国第一代原子能科学家。

按照毛泽东抓紧科研、设计工作的指示，海军在1961年组建舰艇研究院，调派得力干部刘华清、于笑虹和戴润生担任领导，把分散的科研力量，攥成拳头，逐步形成比较完整的造船科学研究体系，为自行研制新型舰艇打下基础。但是，1962年巨大的天灾，加上工作失误以及赫鲁晓夫的压力，许多建设项目被迫下马，核潜艇研制也不得不下马。人们是多么不情愿啊！

海军党委于7月20日向聂荣臻报告，请求适当保留必要的骨干，不中断对一些技术复杂、周期长的项目的研究，为将来重新上马创造条件。

中国的元帅们对此极为关切。

聂荣臻接到报告后，反复考虑了20多天，终于在8月13日批示：拟同意。请瑞卿同志审阅后报军委常委并报中央。

10月间，罗荣桓、贺龙元帅圈阅，同意聂荣臻的意见。

刘伯承元帅批示：素无研究，只觉得集中力量先解决关键问题，如解决核爆炸之类是对的，但为保留核动力研究成果深钻，似应保留少而精的骨干以发展成果。

叶剑英元帅批示：请考虑，既然先要核爆炸过关以后，何不先集中力量搞核爆炸？

徐向前元帅批示：如不妨碍集中力量搞一般的情况下，还要保留一部分人力继续研究一些必要的项目，因为科学研究是个长时间的问题，不然将来一旦需要，再搞就来不及了。

陈毅元帅热情激荡地写道：我不赞成这方面的缩减，而赞成继续进行钻研，不管要八年、十年或十二年才能成功，都应加紧进行。

朱德元帅批示：酌留一些人研究。

十位元帅，除彭德怀因受到错误批判不再有权过问、林彪不知何故没有表示态度外，八位元帅都表示了坚持研制核潜艇的热心。

党中央总书记邓小平圈阅同意。

毛泽东最后圈阅同意。

1963年3月，周恩来主持会议，部署留下少量技术人员继续工作，海军具体组织实施。近代中国国弱民贫，今天，又面临灾祸，但为了奋起，人民呼唤自己的强大海军！

渤海湾一处海港。风吹得海滩上沙石乱滚。

望海寺的旧址上，有几排平房，经常彻夜亮着灯光。留下来继续研制核潜艇的人们，一个人担起几个人的担子。没有限期规定的任务，但人人都在抢时间加紧工作。

天，仍然寒冷，没有煤火取暖，粮食奇缺，定量供应的粮食不能支持一个人的正常需要。人们忍饥挨冻工作到深夜，甚至通宵达旦。人们喝一碗开水，压下空腹的咕咕鸣叫，继续埋头工作。他们相信，核潜艇一定会开航。

1992 年初夏，我采访中国第一艘核潜艇的总设计师黄旭华。只见他步履轻快，精神矍铄。他见我注意他的满头白发，笑着说："我的头发是为核潜艇'熬'白的。"

黄旭华，上海交通大学的毕业生，中共地下党员，解放战争期间留在学校搞学生运动，上海解放后，参与接收工厂，转入造船工作。多年来，他默默地从事核潜艇的研制。"文化大革命"中，免不了受冲击，最使他不能忍受的是被剥夺了工作权利。他说："我一刻也没有停止研制的思考。毛主席说，'核潜艇，一万年也要搞出来'，我们没有延误的权力啊！"黄旭华带领同志们努力攻关，攻克研制中五大技术难关，创造性地提出解决办法。他被关进牛棚，仍然暗暗帮助年轻的同志一丝不苟地进行研究。

采访中，我还见到了另一个比较年轻的同志许君烈，是当年下马时保留的骨干，如今已是核潜艇研制工作的主力。后来，他继黄旭华之后，担任了核潜艇研究所所长。他是新中国自己培养的大学生，被挑选参加核潜艇研制，这在当时是一项绝对需要保密的工作，他们甚至连挑选终身伴侣也要受此影响。为了国家的需要，许君烈就曾忍痛断绝了同相互爱慕的姑娘的交往。我想，我无需多去披露他们在科技研发方面的事情了。

1964 年 10 月 16 日，中国西部浩瀚的沙漠上空，腾起了原子弹爆炸的蘑菇云，驱散了笼罩中国三年的"晦气"。也是在这一天，莫斯科宣布：赫鲁晓夫被赶下台。这是历史的又一次巧合。

人们久盼的一天终于来到了！ 1965 年 8 月，鲜花盛开的一天，六机部部长、海军副司令员方强在这里宣布说：“8月19日，中央专门委员会批准，核潜艇研制重新上马，再度开航！”

人们一个劲儿地鼓掌，激动得流下了眼泪。离那个风吹石头满地滚，叫人伤心落泪的日子两年多一点，终于盼到了这一天。

方强，革命前湖南平江长寿街一个印刷厂的学徒，几十年征战，成为海军中将，转到工业战线，现在刚被任命代号为“09”核潜艇研制工程的领导小组组长。20世纪80年代，他向笔者说：“‘09’任务和两弹同样重要，是尖端项目，是党中央、毛主席交给我们的重要的政治任务。中央专委确定的指导思想是：一、抓大力协作，国防科委、国防工办、中国科学院、一机部、四机部、六机部、七机部、冶金部、化工部、高教部、海军和许多省市、许多高等学校都参加这一工程；二、立足国内，从现实出发，先研制反潜鱼雷核动力潜艇，缩短战线，争取时间；三、是试验艇，也是战斗艇，二者结合，多快好省。”

在这简陋的海滩，连续召开了研制核潜艇的专业会议。人们像过节一样兴奋，人们想把耽误的时间夺回来，尽早把核潜艇送下水。

1966年12月，“文化大革命”已经开始，核潜艇工程受到影响、停滞。在聂荣臻指示下，在北京饭店集中了一些专家，由已经担任国防科委副主任的刘华清主持，会审“09”总体方案。会议决定加快核潜艇研制进度。

1967年，“文化大革命”的混乱，使许多核潜艇研制项目无法落实。聂荣臻毅然批准在北京召开“09”工程第三次协调会议，要求凡是接到参加会议通知的人员必须按时到会。

6月20日，300多人齐聚北京民族饭店。与会的厂长、所长、党委书记、技术负责人普遍反映，风行的“用生产压革命”的帽子，使得想干的人不敢干，也不能干——核潜艇研制有搁浅的危险。

聂荣臻不顾自己的困难处境，出席会议，他语重心长地鼓励人们说：“毛主席早就讲了：核潜艇，一万年也要搞出来。1965年，党中央、毛主席批准了重新研制、建造核潜艇。这项工程工作量很大，协作面很广，一环扣一环，紧密相关。每一部分的工作都要从大局出发，只能提前，不能拖后，不要因为自己的部分，影响整个进程，一定要千方百计克服困难，一定要努力按时完成任务，为加强我国国防作出新的贡献。”

许多单位的研制工作能够进行了，但是，一些两派闹得厉害的单位仍然无法进行工作。“09”工程办公室主任陈右铭为此焦急，他想来想去，主张由军委发出一个“特别公函”，派专人去各有关研究所、工厂传达，或许能够奏效。办公室的同志们心里七上八下，忐忑不安。一些人正高声喊“砸烂修正主义的管、卡、压”“反对以生产压革命”，这“公函”岂不是逆潮流而动么？抱着试一试的心情，他们起草了“特别公函”草稿。刘华清竟大胆地签字，报请聂荣臻批准。聂荣臻在7月30日当天予以签发。办公室的同志持“特别公函”跑向全国。每到一处，召开大会，大讲毛泽东亲自批准建造核潜艇，任何人都不准冲击、干扰。这一道特殊情况下的“特别通行证”，使“09”工程航道畅通。

毛泽东关注核潜艇研制，针对核潜艇建造工程受阻，在关键时刻，连续作了几次批示：

1968年2月28日，毛泽东批准海军建设核潜艇基地；

1968年4月8日，毛泽东签发中央军委电示，抽调陆军一个师的部队支援核潜艇总装厂的建设；

1968年7月17日，毛泽东签署电报，命令××军区派部队支援陆上模拟堆和核动力研究所的建设；

1968年11月23日，“09-1”核潜艇开工建造；

1969年12月21日，毛泽东指示××军区派1000人的工兵部队支援陆上模拟堆建设；

1970年12月26日，人们把中国第一艘核潜艇送下水。

人们有意选择在毛泽东诞生的日子，而他向来不喜欢这种做法。但是，当时人们的心情如此。

1969年12月，被林彪扶植的李作鹏曾取代方强，担任过核潜艇研制领导小组长。林彪事件后，有人竟误认为核潜艇研制是“黑工程”。在此时刻，毛泽东于1972年8月12日，亲自签发电报，批准第一艘核潜艇扩大航行试验，为“09-1”首艇解缆出航。

“09-1”先后出海20多次，进行了200多个项目试验。试验结果评定：“中国第一艘核潜艇设计、建造是成功的。”

1974年8月1日，海军司令员肖劲光宣布中央军委命令：“第一艘核潜艇编入海军序列。”

一万年太久，中国第一艘核潜艇从提出方案设计到完成试验，一共才10多年，其中还有两年时间被迫停顿。这速度是快的。中国第一艘核潜艇打破美国第一艘核潜艇“魟鱼”号连续潜航84天的纪录，通过最大自给力的试验，最大深潜深度也超过“魟鱼”号的记录，充分显示了良好的适航性、隐蔽性、机动性和可靠的核动力系统。至于有的国家事故频仍的核潜艇，则更是相形见绌了。

在建造反潜鱼雷核动力潜艇的同时，1967年3月18日，刘华清主持讨论研制导弹核潜艇的初步设想。钱学森等专家都主张立即进行研制。中央军委批准了这一设想。6月，开始研制能在全球海洋航行的导弹核潜艇。

与此同时，又一项战略工程——保障中国洲际弹道导弹全程试验的“718工程”，在1968年经毛泽东批准了。

1974年，为加强“09”和“718”工程的领导，中央决定，苏振华担任领导小组组长，余秋里、周希汉、方强、钱学森任副组长，陈右铭为办公室主任。核潜艇研制工作加快了。

1988年9月15日13时57分，一枚弹道导弹由中国导弹核潜艇从水下发射，飞出海面，划过蓝天，准确地飞向预定海域。全世界都注意到这一则电讯：

> 新华社北京9月27日电：我核潜艇水下发射运载火箭成功！核潜艇为中国自行研制，火箭准确落在预定海域，整个试验获得圆满成功。

早在1982年10月12日，中国从潜艇水下发射运载火箭成功后，英国路透社就曾报道说：

> 西方观察家认为，中国制成潜艇上发射的弹道导弹，将使中国拥有在受到一次核攻击后进行第二次打击的能力。这意味着中国已经制成一个核武器系统：有了这个武器系统，甚至在它已经成了核袭击的目标之后，它也能对任何侵略者进行还击。

日本《读卖新闻》说：

由于试验成功，中国继美、苏、英、法之后，肯定已成为世界上第五个拥有装载弹道导弹的核潜艇并且能从核潜艇上发射这种导弹的国家。

英国《金融时报》报道说：

这次弹道导弹发射……反映了中国比较向外看的政策，其中包括急剧扩大其世界范围的商业航运活动，并大力发展贸易。同时，中国人还意识到，随着近海油田的发展，需要有一支更强大的海军来保护这种商业利益。

美国评论说：

中国导弹核潜艇的出现，不管对苏联来说，还是对美国来说，显然都是一件意义十分重大的事件。

中国完全依靠自己的力量搞出了导弹潜艇、水下发射弹道导弹，这本身就是一件了不起的事情，因为我们知道搞导弹核潜艇，是很复杂、很困难的事。

中国核潜艇，作为保卫祖国、保卫世界和平的核威慑力量受到人们重视。当人们为中国也有了核潜艇而自豪的时候，自然会首先想到毛泽东的话：“大力协同”“核潜艇，一万年也要造出来”。这再次显示中国人自立于世界民族之林的努力。

二十 在飞驰的鱼雷快艇上

1958年8月底，毛泽东和中国领导同志与赫鲁晓夫折冲樽俎，谈判制胜，几天后，9月10日上午8时，毛泽东约同张治中分乘两架飞机，由北京直飞武汉。

8月间，在北戴河，毛泽东请张治中全家到他的住处吃饭，便约张治中一同到外地视察。11时40分到达武汉，一下飞机，张治中关心地问毛泽东："您昨晚恐怕没有睡好吧？"

毛泽东笑笑说："昨天晚上开了五个会，今天清晨又同新疆参观团见了见面，根本就没睡。"

张治中说："那您好好睡一觉。"

毛泽东说："不，天气这么热，我们这就到长江上去。"

毛泽东急于到长江上去"水击三千里"。

"不管风吹浪打，胜似闲庭信步，今日得宽余。"难得的休憩啊！毛泽东被允许在长江游泳，是他自己争来的，是他把罗瑞卿骂了一顿才争来的。

前来欢迎毛泽东的王任重告诉他说："青山脚下，武汉钢铁厂已经出铁了！"

毛泽东听了，十分高兴。当他1953年春节来武汉，去黄石考察时，兴建武汉钢铁厂还只是个设想，是纸上的东西。五年时间，新中国在长江流域建设的第一个大型钢铁联合企业起步了。

毛泽东嘱咐说："请帮助我借些关于冶金工业的书来，我要学习。"

张治中惊讶于毛泽东竟然也学工业技术方面的书。

9 月 20 日，毛泽东由武汉来到芜湖造船厂，视察正在建造的鱼雷快艇。

1992 年，笔者来到长江边上这个鱼雷快艇生产基地。人们领我走过毛泽东当年走过的码头、船舶滑道和车间旧址。看着当年驻厂军代表、工人自己拍的毛泽东的照片，听老厂长张云璋和军代表、普通工人兴奋地忆起当时点点滴滴细节，我仿佛看见了 1958 年 9 月 19 日晚 7 时，在初秋的蒙蒙细雨中，毛泽东从裕溪口渡过长江，在造船厂的小小码头上登岸。

天雨路滑，码头跳板上铺着草袋，一个卫士在毛泽东身后擎着一把雨伞。毛泽东穿着一件旧的灰色夹大衣，黄色旧皮鞋上沾着泥巴，他一边走着，还一边关照张治中，怕他滑倒。

毛泽东当晚就住在造船厂的招待所。

离造船厂不远，有一处叫铁山的小山岗。高树，修竹，一栋砖木结构的两层楼房，傍山而筑。红砖墙，乌瓦顶，木制回廊，中西合璧的建筑，解放前，原是美国在芜湖的美孚公司两兄弟的住宅。解放后，造船厂用来作招待所。现在已改为铁山宾馆。毛泽东当年住过的房间，已改成普通客房，接待一般宾客。有地毯，有空调，有彩电，有隐于顶棚的柔和灯光，有宽大的席梦思床，这都是当时所无法想象的。无从推想当年的陈设了，当时的工作人员回忆说：“具体的记不清了，也就是木板床、木桌子、木椅子，卫生设备也就是有抽水马桶，有没有洗澡盆，记不得了。总之，是很普通很普通的，简陋得很。”

当时的工作人员还回忆说：“当天晚上，毛主席到了，天也黑了。过了一会儿，毛主席自己拿了一个碗从楼上走下来找晚饭吃。我们连毛主席没有吃晚饭这样大的事都忽略了。一时也来不及单为他老人家另做别的了，就把小厨房做的饭菜端给毛主席吃了。真是对不住他老人家哩！”

这位同志至今仍感到过意不去，而毛泽东的随和，却给人留下了深刻的印象。

笔者到这里正是五月初，恰巧也是雨天，有些许凉意，仿佛是那个细雨的初秋。从毛泽东曾经住过的房子向外看去，满处是树，柳丝挂着雨水，嫩绿晶莹。小树林旁边有一处池塘，红色的睡莲盛开，衬着满池绿叶，雍容娇丽。不知当年是不是也有这满池睡莲，如果有的话，毛泽东看去，当是赏心悦目的吧。

9月20日下午，毛泽东和张治中、罗瑞卿以及安徽省领导同志来到芜湖造船厂生产厂房。

工厂的同志们早已知道消息，都排列在工厂道路和横移滑道四周等候，有的同志爬到树上，站到防波墙上，四处是人，比过节还欢快。

毛泽东来了，人们欣喜地热烈鼓掌欢迎。

天还在下雨，而且雨滴很大。安徽省的领导同志说："天下雨，请主席去看车间吧。"

毛泽东看看欢迎的人群，说道："我先到那边去一下，再到车间去。"

毛泽东走到人群面前，人们都拥上前来争着要和他握手。

有人情不自禁地喊道："毛主席万岁！"

这一声喊引起呼应，人们举臂高呼："毛主席万岁！""中国共产党万岁！"

毛泽东举手答礼。

毛泽东看到队伍前，有许多十五六岁的娃娃，他走上前去，问道："你们也是工人吗？"

孩子们欢快地回答道："我们是技工学校的学生。"

副厂长张云璋说："我们工厂办了个技工学校。招初中毕业的学生，培养他们当技术工人。"

毛泽东很高兴，说道："好，要重视培养工人，要组织他们好好学习。"

毛泽东在车间里看到了许多大马力鼓风机，惊喜地问道："你们能制造大型炼钢设备吗？"

十分急切，殷殷期待。

当年，张治中对造船厂花大力气造鼓风机，造炼钢设备，不以为然地说："你们这不是以副业为主了吗？"

毛泽东却没有说话。

毛泽东来到船台，这里正在建造"02"型鱼雷快艇。

毛泽东仔细地看，不断地问。他为中国人自己制造出鱼雷快艇而高兴。

芜湖造船厂，最早是1900年开办的福记恒机械厂，解放前夕，仍只是一个铁工厂，一个几十人的小厂，只能修理木船和小的钢铁船舶。1954年11月扩建，1955年1月开始生产鱼雷快艇，这年12月制造出第一艘鱼雷快艇。

毛泽东在车间看到4艘已经装配好的快艇，问道："这是什么艇？"

驻厂海军军代表王玉璋说："远航鱼雷快艇。"

毛泽东问："是铁的吗？"

"木制的，主要是红松、柏木和落叶松木料。"

毛泽东又问："不用铁吗？"

"用得很少。"

毛泽东看到涂成深色的快艇尾部，问道："那也不是铁吗？"

"那是铜的。"

毛泽东"哦"了一声，问道："这艇多重？"

"标准排水量是62吨。"

毛泽东仍然没有忘记钢铁，问道："你们能不能制造大型钢铁设备？可不可以制造潜水艇？"

"能够制造。"

毛泽东点点头。1956年1月，陈毅曾陪同他在上海江南造船厂视察过正在装配的第一艘潜水艇。他多么希望中国制造出更多的军舰啊！

当毛泽东听说可以用国产材料制造鱼雷快艇时，更高兴了。

王玉璋大胆请求说："主席，我们想请您乘坐鱼雷快艇。"

毛泽东说："好哇。"又谦虚地问道："可以让我们坐吗？"

王玉璋说："特意请您坐。"

毛泽东说："你们十分钟能准备好吗？"

227号艇的指战员立即上艇准备，只用了5分钟，便做好了出航准备。

14时50分，毛泽东登上227号鱼雷快艇指挥台。

电航兵刘有忠人小心细，他深知快艇航行时颠簸、震动剧烈，特意把两床毛毯铺在毛泽东的座位上。毛泽东恰好走过来，连声感谢道："小同志，你辛苦了，谢谢你！"刘有忠高兴得不知道该说什么，只是笑笑。毛泽东握着他的手，刘有忠觉得暖到了心里。

中队长操纵鱼雷快艇离开码头，向大小梁山方向的宽阔江面驶去。

鱼雷快艇以20节的速度向前飞驰，艇首翘起，只觉江水迎面奔涌而来。

毛泽东转过头问操艇的中队长："能再快些吗？"

"能。"

鱼雷快艇增速到30节。风声、水声从耳边呼啸掠去。

毛泽东又问："还能不能再快？"

鱼雷快艇加大时速到35节，快艇似乎要在水面上飞起来了。

江面上三四级风浪，鱼雷艇高速航行，乘风破浪，冲刺疾进。尽管不时在浪上跳跃，艇身剧烈颠簸，毛泽东却显得十分惬意，说道："这艇很好，跟坐在小汽车上差不多嘛，很稳当。"

王玉璋向毛泽东说："艇身是木壳的，木制材料韧性好，有减冲减震的作用。"

毛泽东点点头，又向他问到鱼雷艇的构造、性能，王玉璋一一作了回答。

前方已到四会山江面，鱼雷快艇施放了液体烟幕。艇尾释放出一条白色巨龙，随着烟雾散开，江面上顿时扯起一张雾幔，如同涌起一道乳白色的云墙。

毛泽东兴奋地问道："烟幕用什么材料？都有什么成分？"

王玉璋又一一作了回答。

鱼雷快艇返航，轻盈地靠上码头，毛泽东从驾驶台下来，走向每个战位。他来到鱼雷发射管旁边，问鱼雷班长刘述记道："鱼雷是怎样发射出去的？"

刘述记作了简要的说明，把鱼雷发射管后盖打开请毛泽东看。毛泽东俯下身子，仔细察看发射管内部。

从鱼雷艇下来，毛泽东又走到码头上两条鱼雷旁边，兴犹未尽地仔细端详，向鱼雷班长说："请你给我讲讲，鱼雷是怎样在水中航行的？"

鱼雷班长作了回答。

毛泽东又问："一条鱼雷装多少炸药？怎么爆炸？"

毛泽东专注地倾听着，对鱼雷班长的说明很满意。他又用手比画着，风趣地问道："鱼雷打中了，能把敌人军舰炸一个大洞吗？"

"能，能炸一个很大的洞。"鱼雷班长和同志们都抢着回答。

毛泽东笑了："好，那好得很啊！"

毛泽东离开码头，沿着铺着草袋的跳板，来到堤岸上。海军驻厂军代表列队排在岸上，毛泽东经过队列，同大家一一握手。他每同一个人握手时，便专注地看着这个同志，细细打量，不时问话，完全不是应酬式的一握。张永江激动得连声说："毛主席好！毛主席好！"

毛泽东亲切说：“同志们好！”

1992年，海军装备论证研究中心的高级工程师曹德逵向笔者说：“当年，我刚从学校毕业便到芜湖造船厂当军代表，还戴着学员肩章。毛主席走到我面前，停下来同我握手，问我多大年纪，家住什么地方，读过书没有。我回答说：刚从大学毕业，不久前才来到这里当军代表，从技术上保证鱼雷快艇生产的质量。毛主席点头鼓励说，要好好掌握科学技术，抓好科学技术研究。毛主席的话，决定了我一生的道路，要为海军装备尽自己一份力量。当时，记者同志照了一张相，我正好面对毛主席，把这最珍贵的时刻拍摄下来了。我把这照片放大了，挂在家里，鼓励鞭策我自己，也教育我们全家！”

毛泽东和海军文艺工作者交往的轶事，也曾在海军广为流传。海军政治部文工团的前身是四野第十二兵团政治部宣传队，驻军湖南时，吸收了许多湖南青年，创作和演出了一些颇具湖南地方特色的节目。湖南民歌《一根竹竿容易弯》《浏阳河》《天上太阳红彤彤》等，就是由他们最先在北京唱开的。20世纪50年代末到60年代，海政文工团的同志不时被邀参加中南海的周末舞会。

春藕斋里，由湖南民歌曲调改编的舞曲乐声悠扬，以其家乡情韵使毛泽东和其他中央领导人感到亲切。一次舞会休息时，演员演唱《浏阳河》，歌中唱道：

浏阳河
弯过了几道湾
几十里水路到湘江
江边有个什么县哪
出了个什么人呀世界把名扬

浏阳河
弯过了九道湾
五十里水路到湘江
江边有个湘潭县
出了个毛泽东世界把名扬

坐在毛泽东身旁的一个青年演员用湖南家乡话向毛泽东说："毛主席，你听，这支歌是唱你的哩。"

毛泽东原来只顾谈话，没有听唱歌，这时才注意听了一下，随即俯身向这个青年说："这是唱么子哟！"

这个演员以为毛泽东没有听清歌词，便加重语气告诉他说："这个歌专门唱你哩！"

毛泽东说："我有么子好唱的哟！"

初去参加舞会的演员，都会因为有毛泽东参加而格外紧张，却也正是毛泽东，帮助他们解除了拘谨。毛泽东历来喜欢由一个人的名字而生联想，或诙谐、调侃，或赞扬、激励，活跃谈话气氛，缩短与交谈者的距离。

有一个小演员用家乡话问候毛泽东。

毛泽东听到了纯正的乡音，高兴地笑说道："啊，湖南细妹子！"

毛泽东这一声"细妹子"，使小演员感到格外亲切。在湖南，只有长辈才这么称呼女娃子。

毛泽东又问道："你叫什么名字？"

"我叫王淑达。"小演员小声而紧张地回答。

毛泽东敏捷地接着说："王淑达，王苏达，苏打，苏打饼干！"说罢，开心地笑了。

小演员不再紧张了，纠正说："不是苏打饼干，是王淑达。"

毛泽东越发高兴地连声说："苏打饼干，苏打饼干。"接着又说："呵，苏打可是好东西，苏打就是纯碱，重要的化工原料呀。"

后来，这个演员索性把有仕女气的名字改成"王苏达"。

毛泽东又曾问身旁的一个年轻女演员："你叫什么名字？"

"高睿。"

毛泽东故作惊讶地稍稍离开一些，说道："女孩子又高又睿，人们可要离你远点啊。"

说得在场的人都轻松地笑了。

舞曲奏响了，毛泽东一边跳舞，一边向伴舞的演员问道："你叫什么名字？"

"刘芙蓉。"年轻的演员随即抱怨说，"我这个名字不好，花花草草的。"

毛泽东摇摇头说道："哪个讲的不好，芙蓉这名字蛮好嘛。我念一首诗你听。"说着便随口吟诵道："天上碧桃和露种，日边红杏依云栽。芙蓉生在秋江上，莫向东风怨未开。"

毛泽东见刘芙蓉一副茫然不解的样子，又耐心解释说："你读过《千家诗》吗？这是唐朝渤海人高蟾写来称赞一个朋友的。诗里所指芙蓉是木芙蓉，秋天才开花。春天不开秋天开，既不争春，又耐得寒霜。你还说芙蓉不好么?!"

刘芙蓉笑了，毛泽东又说："要学芙蓉花的长处，春去了，万花凋零，独有木芙蓉拒霜而开。做人也该这样。"

刘芙蓉点点头。毛泽东沉吟了片刻，又同她商量说："如果你实在不满意现在的名字，你就改名叫'秋江'吧。"

下次舞会时，毛泽东一见刘芙蓉便问道："那首诗背下来没有？"

刘芙蓉立即背诵给毛泽东听。

毛泽东连连点头说："很好，很好！"接着，语重心长地说："背得好，更要做得好啊！"

20世纪80年代中，刘芙蓉向笔者谈起这事时，感慨万端，说道："我的文化太浅，毛主席第一遍念那首诗时，我根本没有听懂。他老人家索性不跳舞了，拉我坐下，给我一字一句地讲解，有些我听不懂的字，便在我手心上一笔一画地写给我看。毛主席给我的名字赋予了深刻的意义。我父母给我取名字的时候都没有想这么多。毛主席他老人家对我们年轻人的期望和鼓励，我一辈子也不会忘记的！"

舞会上，毛泽东体贴年轻人的心情，每同一个舞伴跳完一曲，总要礼貌地陪送到座位上休息、聊天。待下一个舞曲奏起，他会站起来，邀请另一个早在等候的姑娘跳舞，以免有一人向隅之憾。

1992年，笔者采访当年参加舞会的同志，独唱演员赵云卿向我说："我第一次去参加舞会，又兴奋又紧张。当毛主席来到舞会上，出现在门口的那一刹那，真的使人感到像是升起了一轮红太阳！"

许多人都曾不约而同地谈到类似的印象和感受。不仅中国人如此，美国著名记者埃德加·斯诺1936年在陕北保安第一次见到毛泽东时，由毛泽东的高大身材、清癯的脸庞、锐利的目光、超凡的气势，立刻联想到缔造了美国的林肯。后来他写道:“毛泽东那时 43 岁，只比我长 14 岁，可是他的阅历却比我丰富不知多少倍。他可以给我很多教益。”这种油然而生的敬佩之情是真诚的。1970 年 10 月 1 日，斯诺再度访问中国，应邀登上天安门城楼。毛泽东一出现，斯诺便感到“这是一位至高无上的领袖”。而毛泽东却向他伸出手来，极富感情而又十分平常地招呼说:“老天保佑你，我们又见面了。”也正是这次会面时，毛泽东向斯诺表露自己的厌恶说:“所谓‘四个伟大’，讨嫌！总有一天要统统去掉，只剩下 teacher 这个词，就是教员。”

赵云卿接着向我说:“那天舞会上，我唱了《珊瑚颂》，当唱到‘一树红花照碧海，一团火焰出水来’时，心里升腾起一种激情，自己觉得唱得酣畅淋漓，唱得声情并茂，从来没有唱得这么好过。”

通常和毛泽东一起参加舞会的还有刘少奇、周恩来、朱德等许多中央领导同志。舞会多是在他们开会休息时举行，毛泽东和其他领导同志会合着舞曲，翩翩起舞。跳几支曲子，便又去开会。一场舞会，总要间断一两次。这时，演员们便自己娱乐，或由管理部门安排看电影。待会议再休息时，舞会重新开始。

演员们目睹了毛泽东和其他领导同志为国家日夜辛劳，目睹了他们难得的休息，也目睹了他们和普通老百姓一样吃红薯，凭粮票进餐，深受感动。

这些故事不仅使海军文艺工作者受到鼓舞，也激励了全体海军战士。毛泽东同人民共赴艰难，又总是那样乐观、坚定、豪爽、幽默，鼓舞了人们奋斗的热情和胜利的希望。

二十一　炮击金门，调动美国

1958年7月1日，清晨，毛泽东欣然命笔，写了《七律二首·送瘟神》。诗前有序：

读六月三十日《人民日报》，余江县消灭了血吸虫。浮想联翩，夜不能寐。微风拂煦，旭日临窗。遥望南天，欣然命笔。

其一

绿水青山枉自多，华佗无奈小虫何！
千村薜荔人遗矢，万户萧疏鬼唱歌。
坐地日行八万里，巡天遥看一千河。
牛郎欲问瘟神事，一样悲欢逐逝波。

其二

春风杨柳万千条，六亿神州尽舜尧。
红雨随心翻作浪，青山着意化为桥。
天连五岭银锄落，地动三河铁臂摇。
借问瘟君欲何往，纸船明烛照天烧。

当晚，毛泽东还为《七律二首·送瘟神》写了“后记”：

六月三十日《人民日报》发表文章说：余江县基本消灭了血吸虫，十二省、市灭疫大有希望。我写了两首宣传诗，略等于近来的招贴画，聊为一臂之助。就血吸虫所毁灭我们的生命而言，远强于过去打过我们的任何一个或几个帝国主义。八国联军、抗日战争，就毁人一点来说，都不及血吸虫。除开历史上死掉的人以外，现在尚有一千万人患疫，一万万人受疫的威胁。是可忍，孰不可忍？然而今之华佗们在前几年大多数信心不足，近一二年干劲渐高，因而有了希望。主要是党抓起来了，群众大规模发动起来了。党组织、科学家、人民群众，三者结合起来，瘟神就只好走路了。

《送瘟神》岂只是扫荡为虐人类的血吸虫？20世纪50年代末，从地球上清除殖民主义，潮流不可阻挡，狂飙席卷阿拉伯和整个非洲。

毛泽东神思飞越，上下驰骋。“坐地日行八万里，巡天遥看一千河。”他的思绪由地下而天上，由银河系而无穷宇宙。

10月25日，他在给周世钊的信中又说：

坐地日行八万里是有数据的，地球直径为一万二千五百公里，以圆周率3.1416乘之，得约四万公里，即八万里，这是地球自转即一天时间的里程。

巡天遥看一千河。所谓我们这个太阳系（地球在内）每日都在银河系穿来穿去。银河，一河也，河则无数。“一千”，言其多也。我们人类只是巡在一条河中，“看”去可以无数。

毛泽东看到了什么？他看到了埃及人民战胜英国、法国军队对塞得港的入侵，苏伊士运河最后回到了真正的主人手里。在非洲，法国前殖民地突尼斯、摩洛哥独立了。在西非，以前叫黄金海岸的加纳独立了，随之而来的将是几内亚。在东非，肯尼亚、乌干达、坦噶尼喀和“丁香之国”的桑给巴尔都在激荡。伊拉克人民推翻费萨尔封建王朝，建立了人民共和国。巴格达，这个古巴比伦国的都城，曾经以空中花园闻名于世，如今燃起人民自由斗争之火，举世瞩目。黎巴嫩人民反对夏蒙反动统治集团的斗争也在胜利发展。但是，这个世界上有两个历史的盲人，美国总统艾森豪威尔和英国首相艾登，他们给自己找了个视而不见的理由，公然派兵侵入中东。

中国大地上，人民大规模游行示威，声援中东人民的正义斗争。“借问瘟君欲何往，纸船明烛照天烧”，要与世界人民一道送瘟神！

7月15日，美国海军陆战队3个营在黎巴嫩首都贝鲁特附近登陆，英国军队空降约旦，美国第六舰队陈兵地中海。与此同时，美国在远东地区的陆海空军进入戒备状态。

台湾国民党军队策应美、英对中东的军事入侵，叫嚷“加速进行反攻大陆的准备”。早在2月间，曾举行代号“太白”的演习，设想在美军协同下对大陆作战。7月17日，蒋介石命令三军处于“特别戒备状态”，空军加强了对大陆的侦察、袭扰；据守大金门、小金门的炮兵，频繁炮击厦门地区。

国民党军金门防卫部统率6个步兵师，2个战车营，8万5千多人，分别驻守大金门、小金门、大担、二担等9个岛屿，有105至240毫米大口径火炮308门。大金门距厦门10公里，小金门距厦门6公里。厦门地区人民处在炮口之下，真如头悬利剑，时时在担惊受怕之中。

毛泽东的面前，放着关于厦门地区人民遭受炮击之苦的报告，他由此联想到中东人民的苦难。如何伸出援助之手？如何制止战争疯子可能的蠢动，保障中国的安宁？哪里是帝国主义的难处、痛处，何处可以牵一发以动全局？蒋介石不是要有所动作么？很好，很好。近在咫尺的金门就是靶子，它会使美国人感到头痛的。

毛泽东和中国元帅、将军们运筹帷幄，排兵布阵，在中国东南沿海导演一场威武雄壮的活剧，世界将为之震动。

7月17日夜，毛泽东指示空军和地面炮兵立即转进福建，准备作战。彭德怀当晚向总参谋部传达中央军委决定：空军转进福建机场，越快越好，地面炮兵和海岸炮兵立即做好准备。

7月18日深夜，毛泽东又召集彭德怀和总参谋长粟裕、副总参谋长陈赓、海军司令肖劲光、空军司令刘亚楼、炮兵司令陈锡联开会。

毛泽东说："对中东人民斗争不能仅限于道义的支援，而要有实际的支援，要牵制英美的军事力量，决定打击金门、马祖的国民党军队。以地面炮兵实施主要打击，准备打它两三个月。"

当晚，彭德怀主持中央军委会议，部署炮击金门。

7月19日，由粟裕主持，研究炮击金门和海军、空军入闽作战具体部署。要求海军协同陆军、空军，以海岸炮兵打击国民党军的运输、战斗舰艇，控制金门舰船停泊点和飞机场，压制金门远程炮兵阵地；水面舰艇相机打击国民党军舰船，切断其海上交通线；海军航空兵配合空军作战，夺取福建沿海制空权。

当日，海军司令部、空军司令部分别下达了预先号令。

7月20日，东海舰队彭德清副司令奉命赶到北京受领任务。

这天上午，福州军区司令员叶飞根据中央军委指示，在厦门主持作战会议，确定以17个地面炮兵营组成莲河炮兵群，15个地面炮兵营组成厦门炮兵群，分别负责打击大金门和小金门的国民党军；海军14个海岸炮兵连，60门以130毫米为主的火炮协同打击大金门料罗湾停泊场和国民党军舰艇。

7月21日下午，蒋介石在台北召集有军长、师长参加的作战会议。会后，"国防部长"俞大维立即赶往金门视察、部署。

双方紧锣密鼓，厦门与金门之间的海面，战云弥漫。

7月22日夜，闽南地区大雨滂沱，山洪暴发，有34座大小桥梁被冲垮，参战炮兵的30个营冒雨前进，于24日拂晓，全部进入发射阵地。

在海峡对岸台湾岛上，国民党军的两个步兵师，准备由高雄航运金门岛。

中央军委于7月24日20时，命令福建前线炮兵，进入射击阵地，准备于26日炮击金门。

国民党军队因故推迟换防。中国人民解放军军决定暂缓炮击。

毛泽东又是彻夜未眠。7月27日上午10时，写信给彭德怀、黄克诚：

德怀、克诚同志：

睡不着觉，想了一下。打金门停止若干天比较适宜。目前不打，看一看形势。彼方换防不打，不换防也不打。等彼方无理进攻，再行反攻。中东解决，要有时间，我们是有时间的，何必急呢？暂时不打，总有打之一日。彼方如攻漳、汕、福州、杭州，那就最妙了。这个主意，你看如何？找几个同志议一议如何？政治挂帅，反复推敲，极为有益。一鼓作气，往往想得不周，我就往往如此，有时难免失算。你意如何？如彼来攻，等几天，考虑明白，再作攻击。以上种种，是不是算得运筹帷幄之中，制敌千里之外，我战则克，较有把握呢？不打无把握之仗这个原则，必须坚持。如你同意，将此信电告叶飞，过细考虑一下，以其意见见告。

晨安！

观察待战。

7月27日，空军歼击航空兵分别隐蔽转进至汕头、连城机场。

7月29日上午，空军第十八师第五十四团赵德安中队4架米格-17歼击机从汕头机场起飞，与国民党空军4架F-84G战斗轰炸机在南澳岛上空展开空战，赵德安中队击落国民党军飞机2架，击伤1架。三比〇，一次漂亮的空战。

8月4日夜，海军东海舰队司令员陶勇在上海组织鱼雷快艇第一支队把鱼雷快艇吊装到列车上，陆上行舟，于6日秘密转进到厦门，立即卸车下水，进入战备。

8月7日上午，空军第九师第二十七团两个中队在晋江上空，击伤台湾国民党空军飞机1架。

中央军委决定增派部队进驻福州机场。派哪个部队前去呢？

彭德怀提议由海军航空兵第四师第十团进驻。

1955年夏，彭德怀在浙江路桥视察过这个团队。他把自己的意见向毛泽东作了报告，说道："这个团，在浙南打得不错，今年1月中旬，换防到青岛，2月18日，大年初一，就打掉了国民党空军RB-57侦察机1架，是在15000米高空打下来的。第十团是海军航空兵一只拳头。"

那是2月18日，山东流亭机场上，天刚蒙蒙亮，海军航空兵第十团副团长王昆和飞行员们来到机场上。天边的崂山有如城堞，海上旭日好似红焰，人们禁不住互道一声："抬头见喜！"预感到会有人上门"送礼"。

果然，11时19分，国民党军一架RB-57侦察机从山东临沂以东上空进入大陆。

RB–57 侦察机，1956 年才装备美国空军，第二年，1957 年 9 月就给了国民党空军 2 架。

RB–57 升限高，可以在 15000 米同温层飞行，速度快，航程远，装备有完善的驾驶仪器和先进的电子侦察、干扰设备。

RB–57 侦察机，有恃无恐，继续北上。

王昆他们几乎是怀着"欢迎"、"惊喜"、求之不得的心情等待这空中不速之客。

两个月前，12 月 9 日，中国人民解放军副总参谋长陈赓向彭德怀和中央军委报告：台湾飞机今年多次偷入大陆沿海重要城市和内地，空投了大量反动传单和"慰问品"，在群众中造成极坏影响，应给以应有打击，并力求将其击落。12 月 18 日，毛泽东批示：

> 退彭德怀同志：
>
> 非常必要。请你督促空军全力以赴，务歼入侵之敌。请考虑我空军 1958 年进入福建的问题。

王昆和同志们学习了毛泽东的批示，士气鼓得更高，迫切求战，决心歼灭入侵之敌。

大队长胡春生和僚机驾驶员舒积成驾驶歼 –5 飞机起飞。

胡春生发现了 RB–57，靠上前去，11 时 33 分，他开炮了。

两次攻击，从距离 433 米打到 75 米，打得 RB–57 冒出黑烟，直线坠落。

胡春生招呼舒积成给正在跌落的 RB–57 补上几炮。舒积成冲上去，连续射击。

RB–57 加速向下坠落。这架国民党引为骄傲的先进飞机，连同获得"飞虎"奖章的驾驶员赵广华上校，一起坠落在崂山外千里岩海面。

这不是一次平常的空战，是世界空战史上 15000 米以上同温层战斗的第一次！

歼 –5 飞机本来难以在这样的高空作战，海军航空兵第十团的飞行员，冒着空中失速坠落的危险，反复试验，终于突破难关，最大限度地发挥飞机的性能，取得了胜利。

听罢彭德怀介绍，毛泽东抬起眼睛，说道：“好，同意你的意见，调海军航空兵第十团第一个进福州。马上就去。”

8月8日，美国把入侵黎巴嫩的军队急剧增加到14000人。

中东告急，中东人民需要紧急支援！

8月9日下午，一架歼击教练机由流亭直飞北京，海军航空兵第四师李文模师长飞来受领紧急任务，当晚返回流亭，连夜部署第十团由王昆带领，立即由空中转进福州。

“毛主席点将！”

第十团的同志感到光荣，感到责任重大。

兵贵神速，令行禁止，连夜准备，明早起程。

8月10日早晨6时，第十团地勤人员和战备物资列车，向南进发。

一个小时后，早晨7时，第十团2个大队的歼-5飞机起飞。海军政委苏振华到场为飞行员们送行。

从接受命令到空中转场，不到12个小时。

当天，第十团秘密转进至浙江路桥，12日，又秘密转至靠近福建的衢州机场，8月13日上午7时，秘密转至福州上空。

福州空军机场新建不久，还从没进驻过飞机。机场设施不配套，电台频率、呼号与海军航空兵不同，无法沟通空中、地面联络，正常指挥飞机降落。

几十架飞机急待降落，飞机降落时最易受到攻击。这里与台湾近在咫尺，国民党军飞机随时都可能临空袭来，稍有迟疑，后果不堪设想。

王昆看看身后的机群，当机立断，命令道：“注意，我进行无地面引导指挥着陆，我着陆后，听我指挥着陆。”

王昆在福州机场上空盘旋一周，察看了机场旁边几乎与跑道平行的一溜小山，仔细观察了跑道和机场建筑，然后对准跑道，调整油门，修正侧风，稳稳当当地着陆。地面的人们看着飞机这样漂亮的着陆，而且是无地面指挥降落，情不自禁地连连鼓掌。

王昆滑行到跑道头上，推开座脸盖，站起身来，却不跨出座舱，向空中呼叫：“注意：听我指挥，按次序着陆。”

王昆以飞机当塔台，指挥机群安全着陆。

机场上，第一次进驻飞机，像刮起一阵旋风，涡轮轰鸣，惊天动地，热风扑面，气氛紧张、热烈。

一架银燕从跑道头上降落下来，又一架战鹰从跑道头上降落下来……直到最后一架飞机安全着陆，人们吊在喉咙口上的心才放了下来。

王昆却没有放松，命令道："不准离开座舱，防备偷袭。马铭贤中队进入一等戒备，随时准备起飞作战。"

果然，国民党空军 2 架 RF-84F 侦察机，从黄岐半岛入陆，窜至古田转向东南，直入福州，企图从高空侦察机场、侦察进驻的飞机。

马铭贤大队 4 架歼 -5 起飞拦截。

福建，隔海峡与台湾相望，两地喷气式战斗机飞行不过一二十分钟的航程。解放多年来，一直受到国民党军空袭的威胁。房屋窗户上贴着纸条，公路上的桥梁、车辆用树枝伪装防空。渔船不敢远出。宽阔的闽江上，没有货物集散码头的繁华，船只不得不分散防空。福州街市上，显得冷清，烟雨迷离的小西湖公园，游人也时怀惊恐。

马铭贤 4 机逼近国民党军飞机，从 10000 米高空，直追到距离 2000 米，把 2 架 RF-84F 打得冒烟，机翼颤抖，如惊弓之鸟，钻进云团，负伤逃逸。

海军航空兵当天进驻福州，当天空战，击伤国民党飞机 2 架。消息传开，福州人民奔走相告。机场周围，聚集着老乡，他们涌来看望飞行员，他们看见飞行员从飞机上下来，满身汗流如雨，飞行靴里倒出一筒汗水。老乡们眼睛湿润了。他们看见地勤人员，趴在晒得烫人的水泥地上检修飞机，连声啧啧叹息。他们送来了一篓篓鸡蛋，送来了一筐筐荔枝、龙眼，送来了一张张草席。福州人民同声庆贺："福州天空解放了，福州完全解放了。"

海军航空兵果然不负毛泽东的期望。

王昆和同志们不敢稍有懈怠，更加周密地研究敌情，熟悉新的机场、新的区域，准备新的战斗。

与此同时，海军航空兵第六师的一个团也转进至福建机场。

顿星云来到福州机场，当他突然出现在飞行员休息棚的候，大家一齐拥上去。几年来，在海军航空兵的任何一个机场，你都能看到他。他微跛着右脚，哪里战斗频繁，哪里战斗紧张，哪里有了困难，他就在哪里同飞行员、地勤人员说笑，同飞行员、地勤人员研究作战，研究飞机维护，研究意外事故时的消防灭火……

他的到来，无形中给大家增添了力量和信心。

顿星云端详王昆，说道："你瘦了，最近胃病怎么样呀？"

"好多了，基本上没有犯过胃疼病。"

顿星云不相信，盯住他问道："真的吗？"

王昆知道顿星云赶到前线来，要操心的事很多，他不愿意首长为自己身体担心，影响在战斗中使用兵力。他平生第一次说假话，却十分认真，干脆回答道："是真的！"

顿星云不说什么了。憨直的李逵要奸巧，老实人说假话，更显得憨直，更掩不住真情。

对王昆的心思顿星云明明白白，一碗水看到底。但是，当前要打仗，当前是一场关系重大的战争，爱惜战士，却又免不了要命令他们去担负最艰巨、最危险的任务，甚至明知可能牺牲，也还是要命令他们出击。他对王昆一字一顿说："你自己要保重，不许蛮干！"

电话铃响了，福州军区和福建省的领导同志找顿星云。

"顿司令员，福州仍然有遭受空袭的危险，我们给你安排住处，安全一些。再说，机场的条件差，你就不要住在机场了。"

顿星云扯开嗓门哈哈大笑说："谢谢你们关心！我跟我们飞行员住在一起，十分安全，非常之好，不麻烦你们了。"

飞行员个个都听到了，有这样的司令员，战士怎么能不舍生忘死！

顿星云放下话筒，看着这些望着他的飞行员，憨憨地笑了。

他能叫出每个飞行员的名字，知道多数人的长处、短处、脾气、个性。带领这样的部队，他感到最顺心。

箭在弦上，大战在即。

北戴河，毛泽东仍然照常游泳。

从金山嘴，东望山海关，远天边上，大山巍峨，长城隐现。面前的大海长波大涌，从远处奔来，波涛互相撞击，浪沫飞烟，如雪如雾。毛泽东眯缝眼睛，向海天远处望去。他在想什么？

一个跟毛泽东有过许多接触的将军曾这样说过：泰山崩于前，面不改色。天大的事，“举起千斤，放下四两”，从容不迫，指挥若定；决策之前，反复思索，再三再四，一旦决定，果断坚持，一往无前，这便是毛泽东。

现在，正是决策关头，中央政治局的同志们也都集中在这里。将要开始的战斗，说大不大，说小不小，但其影响非同寻常，不能不慎之又慎。

毛泽东终于作出决断，在8月18日午夜1时写信给彭德怀：

> 准备打金门，直接对蒋，间接对美。因此不要在广东深圳方面进行演习了，不要去惊动英国人。
>
> 毛泽东
>
> 八月十八日上午一时
>
> 再：请叫空司注意：台湾方面可能出动大编队空军（例如几十架至百多架）向我反击，夺回金、马制空权。因此，我应迅即准备以大编队击败之。追击不要越过金、马线。

8月20日，毛泽东要总参作战部通知福州军区司令员叶飞来北戴河汇报。

8月21日中午，叶飞从福建厦门赶到北戴河。

地毯上摊着地图，毛泽东和林彪、彭德怀等听取叶飞详细汇报。毛泽东仍在考虑炮击金门将会引起的各种问题和影响，最后决定说：“照你们的计划打。”

22日，参战地面炮兵459门火炮，海军35门海岸炮、58艘鱼雷快艇、36艘护卫艇、6艘猎潜艇、8艘登陆艇、海军航空兵53架飞机以及空军100多架飞机，进入一级战备。

8月23日，星期六，17时30分，中国人民解放军36个地面炮兵营、6个海岸炮兵连，突然猛烈轰击大金门、小金门、大担、二担岛上国民党军事目标，开始第一次大规模炮击。

在金门，北太武山国民党军防卫部的官兵听完“国防部长”俞大维的训话，聚餐完毕，正待散去。突然，炮弹呼啸临空，从天而落。

中国人民解放军所有炮群一律不经试射，精密测定射击诸元，第一批炮弹即同时在确定目标上爆炸开花。一举击毙金门防卫部中将副司令赵家骧、章杰，澎湖防卫部中将副司令吉星文，击伤少将参谋长以下官兵600多人。俞大维被人拉着躲到山石下面，防卫部司令官胡琏跑回司令部，侥幸免于一死。

大陆海岸炮轰击料罗湾，击中由大型登陆舰改装的“台生”号货轮。

20分钟后，金门国民党军从慌乱中清醒过来，开始炮火还击。特别是古宁头重炮阵地，连连疯狂射击。大陆炮火立即铺天盖地打去，将它压制、摧毁。

金门几个炮兵阵地集中向大陆海岸炮兵反扑。海岸炮第170连承受炮弹最多，阵地起火，战士们一面灭火，一面战斗。

入伍不久的战士安业民，奋不顾身，冒着熊熊烈火，坚持在炮位上，最后壮烈牺牲。阵地上发出了为战友复仇的吼声。

人民解放军持续炮击85分钟，向大、小金门倾泻了近3万发炮弹，打得国民党军六神无主。

出其不意的猛烈炮轰，打在金门，震撼白宫；打在国民党军身上，痛在美国总统心里。从1951年到1958年5月，美国给台湾当局的“经济援助”8亿美元，而“军事援助”则高出“经济援助”一倍多。据不完全统计，1952年到1958年，仅美国“援助”台湾国民党当局各种飞机，就多达1117架，仅1958年一年“援助”舰艇就有60艘之多。

事有凑巧，当时，在台北，美国驻台湾协防司令斯奈德刚刚到任，国民党当局正为他摆宴洗尘。宴会举行到一半，万炮震金门，宴会不得不中止。斯奈德后来回忆说：“炮战一开始，美国也如同身受。”

在大洋彼岸的艾森豪威尔更是惶惶不安，他后来在回忆录中写道：

> 我们必须考虑到中国共产党可能企图用断绝台湾岛屿的粮食供应，也有可能对沿海岛屿，对台湾，或者既对沿海岛屿也对台湾发动两栖进攻，有可能他们会用空军打击国民党飞机场……我们看来是必须援助我们的盟友蒋介石了。

但是，他又不能不顾虑重重：

应当千方百计避免扩大战端，除非有绝对的必要。

艾森豪威尔下令：“给予一些有限的支援”“把舰队的航空母舰力量从 2 艘增加到 4 艘”。

8 月 24 日，人民解放军对金门进行第二次大规模炮击。海岸炮兵轰击料罗湾，使湾内的国民党军舰无法存身，向外逃逸。东海舰队的鱼雷快艇却隐蔽在海上等着截击。

18 时 10 分，海军前进指挥所命令鱼雷快艇出击，集中兵力先打沉一艘大型登陆舰，有把握时，再打另一艘。

6 艘鱼雷快艇迅速逼近战区。

18 时 40 分，鱼雷快艇在右舷 30° 、距离 130 链发现“台生”号和“中海”号登陆舰。

几分钟后，又先后发现国民党海军猎潜舰 2 艘、炮艇 2 艘。

鱼雷快艇队从右翼突击“台生”号、“中海”号。

农历七月初十，月亮渐圆，海上视距良好，鱼雷艇队展开攻击队形。

“台生”号、“中海”号做梦也想不到会有鱼雷快艇出现在厦门海面。相距 5 链，竟然向鱼雷艇队发出识别信号。他们哪里知道快艇不经海路，由陆路飞越关山而来？

“台生”号刚刚清醒过来，慌忙开火拦阻，鱼雷快艇的鱼雷已经喷突而出，“台生”号来不及规避，中雷爆炸起火。这艘 4040 吨的运输船在熊熊大火中下沉。“中海”号坦克登陆舰负伤向外海逃逸。

台湾国民党军改用小船，对金门补给。

大来大打，小来小打，凡来必打，人民解放军封锁金门。

9 月 1 日夜，国民党军由 700 吨的中型登陆舰组成一支运输编队，在小型炮舰护航下，驶向金门岛。东海舰队护卫艇大队、鱼雷快艇大队出击，协同作战打沉国民党军“沱江”号炮舰，打伤扫雷舰“维源”号，迫使国民党军海运中断。

雷霆万钧的炮火，神奇出现的鱼雷艇，完全控制福建沿海上空的歼击机，以一种迫人的态势，使国民党和美国人捉摸不透，神经紧张。

美国从本土和地中海抽调兵力赶往亚洲。

艾森豪威尔后来写道：

> 所有在这些地区的美国部队都处于戒备状态，准备应付突然战争行动。在台湾海峡巡逻的驱逐舰增多了。在台湾的美国空中防御力量也加强了。美国军队奉命做好为国民党中国到沿海岛屿的供应船只护航。

美国太平洋第七舰队主力和地中海第六舰队一部分兵力，共60多艘舰艇、430架飞机、20万人都集中到台湾海峡地区。炮击金门，打乱了美国的侵略部署，支援了中东人民反对帝国主义、殖民主义的斗争。

历史有许多巧合。半个世纪前，1884年的8月23日，在福建也曾发生过一场战斗。

1884年，甲申，七月，法国殖民主义舰队的13艘军舰侵犯台湾，失败后转入闽江口马尾江面。腐败的清朝政府，竟下令中国福建水师“不准先行开炮，违者虽胜亦斩”。8月23日下午1时56分，法国舰队利用退潮，用77门大炮对停泊江面的福建水师发动偷袭，福建水师受到重创。在甲午战争前十年，就使中国海军蒙受耻辱。

又是8月23日，但今天已不再是当年了。万炮震金门，宣告中国人民掌握着自己的命运，掌握着战争主动权，帝国主义再也不能为所欲为，要认真仔细听听炮声所传递的每一个信息。

1992年7月，当年总参谋部作战部副部长雷英夫向笔者谈起炮击金门，虽然事隔35年了，犹如昨日。

雷英夫说：炮击金门第一阶段，毛主席在北戴河亲自决策、掌握。彭总、作战部部长王尚荣也随毛主席在北戴河。根据毛主席指示，黄克诚同志和我以及外交部的乔冠华等同志，在北京研究炮击金门所激起的各方面反响和我们的对策，研究重新宣布我国领海线。为此，起草了相应文件。当时留在北京的邓小平作了审查、修改。

8月30日，毛主席召集黄克诚、雷英夫、乔冠华带着文件和有关材料去北戴河开会。

研究领海线问题时，毛主席特别找了著名法学家周鲠生、李浩培、刘泽荣征询意见。

这几位专家对于整个国际形势，对于未来海洋利益、资源的开发和利用，对于东南沿海军事斗争需要，对于支援阿拉伯人民斗争的必要性，不可能完全了解。但是他们对于法律、权益方面有着十分丰富的知识，而且敢于直陈自己的不同意见。毛主席听了很赞赏，一再请他们畅所欲言，把自己意见倾囊而出。在场的周总理也十分赞赏他们的态度。

毛泽东仔细听取了总参作战部的汇报，充分听取了专家们的意见后，经过反复斟酌，决定9月4日宣布中国领海宽度为12海里，并决定从9月4日起，停止炮击金门三天，以观各方面的反应。

1958年9月4日，发布了《中华人民共和国政府关于领海的声明》：

中华人民共和国政府宣布：

（一）中华人民共和国的领海宽度12海里。这项规定适用于中华人民共和国的一切领土，包括中国大陆及其沿海岛屿和同大陆及其沿海岛屿隔有公海的台湾及其周围各岛、澎湖列岛、东沙群岛、西沙群岛、中沙群岛、南沙群岛以及其他属于中国的岛屿。（二）……在基线以内的水域，包括渤海湾、琼州海峡在内，都是中国的内海。在基线以内的岛屿，包括东引岛、高登岛、马祖列岛、白犬列岛、乌丘岛、大小金门岛、大担岛、二担岛、东碇岛在内，都是中国内海岛屿。（三）一切外国飞机和军用舰船，未经中华人民共和国政府的许可，不得进入。

……

这是反对帝国主义海洋霸权的斗争。

1580年，英国伊丽莎白女王为了夺占西班牙、葡萄牙人的势力范围，使英国舰队进入亚速尔群岛以西海域，提出“海洋和空气的利用为全人类所共有：海洋所有权既不属于任何民族，也不属于任何个人”。这种“海洋自由论”，表面上看起来，任何国家、民族都有利用海洋的自由，但是，这只是理论概念上的平等。而实际上，只有那些拥有海洋技术、财力和军事力量的国家，才真正从“海洋自由论”中得到自由，得到利益。一切弱小国家没有自由利用海洋的能力，也就被剥夺了权利。

16世纪初，意大利人以当时岸炮最大射程为限，提出领海3海里的主张。1793年美国独立宣言宣布美国领海为3海里。随后，德国、日本、法国也作了类似宣布。而实际上，他们从来也没有尊重过别国的领海主权。国际上也从没有一个关于领海宽度的统一法规和一致的主张。

20世纪50年代，针对美国关于海洋大陆架的声明，拉丁美洲的秘鲁、阿根廷等一些国家相继声明，提出了200海里专属经济区以及12海里领海的主张。

1958年联合国有关海洋法会议，也没有能就海洋的诸多问题达成一致。

当此之时，中国必须维护自己的领海和海洋权益。

9月4日，美国国务卿杜勒斯声称：“国会联合决议，授权艾森豪威尔总统使用武装部队来确保金门和马祖的有关阵地。”

英国、法国政府则都赶紧声明对台湾局势不承担任何义务。美国陷于孤立。

毛泽东、周恩来已经从北戴河回到北京，继续直接掌握和指挥炮击金门的战斗。

9月5日，毛泽东在第15次最高国务会议上讲话，他揶揄、调侃说：美国现在在我们这里来了个大“包干”制度，索性把金门、马祖，还有些什么大担岛、二担岛、东碇岛一切包过去，我看他就舒服了，他上了我们的绞索，美国人的颈根吊在我们中国人的铁的绞索上面。台湾也是个绞索，不过要隔得远一点。他要把金门这一套包进去，那他们的头更接近我们。我们哪一天踢他一脚，他走不掉，因为他被一根索子绞住了。

毛泽东更细致分析说：第一条，谁怕谁多一点。我看美国人怕打仗，我们也怕打仗。问题是究竟哪一个怕得多一点。

第二条，美帝国主义他们结成军事团体……他现在的锋芒向哪一边呢？是向社会主义进攻，还是向民族主义进攻？我看现在是向民族主义进攻，就是向埃及、黎巴嫩、中东那些弱的进攻。

第三条，关于紧张局势……这个紧张局势，对我们并不是纯害无利。……你看金门、马祖打这样几炮，我就没料到现在这个世界闹得这样，满城风雨，烟雾冲天，这就是因为人们怕战争，怕美国人到处闯祸。

9月6日，周恩来总理发表关于台湾海峡地区局势的声明，警告美国政府，如果继续对中国进行侵略和干涉，必须承担一切严重后果。

9月7日，美国第七舰队派出巡洋舰、驱逐舰为国民党军护航，驶至金门东南海域。14时45分，又有4艘美国军舰驶入中国领海线。

台湾国民党军副总司令黎玉玺率领3艘“美”字号登陆舰，壮着胆子驶入料罗湾靠岸卸载。

美国人在试探。中国外交部提出严重警告。

毛泽东决定9月8日对金门国民党军进行大规模惩罚性炮击。

9月8日，11时35分，国民党军“美乐”“美珍”号登陆舰，驶进料罗湾海岸卸载。大陆42个地面炮兵营、6个海岸炮连，共489门火炮，从12时43分猛烈开炮。2万多发炮弹在金门岛上军事目标和料罗湾舰艇上爆炸。13时40分，海岸炮把“美乐”号打得起火，爆炸成两段沉没；“美珍”号中弹负伤，向外海逃逸。国民党军舰艇向美国军舰紧急呼救，满以为会得到他们的支援。

美国海军7艘军舰看着国民党军舰遭受炮击，弃而不顾，仓皇撤到公海，徘徊逡巡，十分难堪。

二十二　不让美国轻易脱身

万炮震金门，以一种特殊的战斗方式，制止和反对美国把台湾从中国分裂出去。

9月8日，周恩来总理接见香港著名报人曹聚仁，向他说：美国目前是虚张声势。金门、马祖的国民党军有三条路可走：第一条是与岛共存亡；第二条是全师而还，好处是金、马驻军占国民党军队三分之一，这点数字我们不在乎，对蒋介石有作用，可以作为对美国讲话的资本；第三条是美国逼国民党军撤退，这条路是很不光彩的。

9月9日，毛泽东与刘少奇、周恩来、邓小平、张闻天、黄克诚等研究，决定缓和台湾局势。

10日，周恩来再接见曹聚仁，托他第二天返港后以最快办法转告台方，为了宽大并给予蒋方面子，准备以7天的期限，准其在此间由蒋军舰只运送粮食、弹药和药品至金门、马祖，但前提条件是决不能由美国飞机和军舰护航，否则一定要向蒋军舰只开炮。内政问题应该自己来谈判解决。可以告诉台方，应该胆量大点，学学西哈努克的做法。美国可以公开同我们谈，为什么国共两党不能再来一次公开谈判呢？

10日上午，毛泽东和张治中到武汉视察，13日，接到有关报告后，致信周总理和黄克诚总参谋长：

周总理、黄克诚同志：

送来连日金门情况二件及我军命令一件，收到。除照你们命令规定路线执行以外，白天黑夜打零炮（每天二三百发），每天二十四小时，特别是黑夜，特别是对料罗湾三里以内打零炮，使敌昼夜惊慌，不得安宁，似有大利，至少有中利小利，你们意见如何？大打之日，不打零炮。小打之日，即是打零炮，特别黑夜对料罗湾打，白天精确地校准炮位，黑夜如法炮制，似较有利。请征询前线研究，看可行否？

华沙谈判，三四天或者一周以内，实行侦察战，不要和盘托出。彼方亦似不会和盘托出，先要对我们进行侦察。周彭张乔（冠华）诸位意见如何？顺祝

旗开得胜！

毛泽东

九月十三日于武昌

毛泽东判断预见，惊人的准确。还在 8 月 18 日，他曾经警示说："请叫空司注意：台湾方面可能出动大编队空军（例如几十架至百多架）向我反击，夺回金、马制空权。因此，我应迅即准备以大编队击败之"。果然，国民党军在金门的地面和海上遭到沉重打击，同美国一起策划了一次大的报复性的军事行动，避开福建，把目标转向浙江南部的温州。

9 月 24 日 8 时 56 分，国民党空军两架 F–84 战斗机窜至沙埕以北沿海侦察。9 时 6 分，海军航空兵雷达发现台湾桃园机场上空有 4 架截击机活动，随后经南、北麂山岛北犯，进一步查明共 12 架之多。

海军航空兵第二师两个大队共 8 架米格 –15 比斯歼击机，连续起飞迎战。

9 时 15 分，海军航空兵又先后发现国民党军 12 架 F–86 飞机北犯。国民党空军前所未有地集中出动了 24 架飞机，非同寻常。

9 时 32 分，海军航空兵紧急起飞 4 架歼 –5 歼击机，加强空中兵力。同时通报空军驻衢州部队，请求起飞一个大队支援海军航空兵作战。

一时间，战区上空，集结了双方各 24 架飞机，力量相当。

国民党空军 4 架飞机拉着白烟，向外海飞行。如此暴露，故意显形，意在

引我出海作战。

空中态势不利，海军航空兵命令各大队返回温州上空待机。9时45分，飞行员王自重驾驶的飞机剧烈摇摆，猛掉高度，脱离了编队。僚机前来掩护，王自重拉起飞机，命令道：“不要管我，跟上编队。”

王自重1944年投身抗日救亡战斗，经历了整个解放战争。1952年7月开始学习飞行。因为文化水平低，遇到了比常人难上百倍的困难。凭着坚强的毅力，飞上了蓝天。不久，出了飞行事故，按照规定，必须停止飞行。他再三恳求，感动了教员，对他特别施教，他终于成为喷气式歼击机飞行员。

王自重调整好飞机，追赶编队时，发现国民党军4架F–86飞机正尾随偷袭而来。情况危急，刻不容缓，为了大队免受偷袭，王自重义无反顾，毅然从下方楔入F–86机群，迫近开火。王自重单机陷入包围之中，索性同大队F–86飞机纠缠格斗，不让它们脱身，保障我大队机群安全返航。

F–86飞机有备而来，连连发射“响尾蛇”导弹。

“响尾蛇”空对空导弹，是美国最新研制生产的“秘密武器”，长2.8米，直径0.17米，重70公斤，内装烈性炸药4.8公斤，射程9至11公里，飞行时速2.5倍音速，红外线导向，热感应自动跟踪目标。美国如此之快地把“响尾蛇”装备国民党空军，并且冒天下之大不韪，共同策划悍然使用于实战。

王自重终于被导弹击中，血洒长空，壮烈牺牲。

美国人和国民党策划使用“响尾蛇”，发射多枚导弹，原想取得“惊人战果”，结果，在混战中，两架F–86飞机坠落入海。

世界空战史上飞机同导弹的第一次对抗和作战，王自重以勇敢的精神和精良的技术，趋长避短，打破了导弹不可战胜的神话。

新华社9月29日发出电讯：

中华人民共和国国防部发言人关于国民党在美国指使下使用导弹武器向我大陆空军进攻的声明。

9月24日，国民党空军先后出动飞机143架次，窜入我福建、浙江、广东三省上空进行军事挑衅。在空战中，国民党飞机竟然使用了美国制造的“响尾蛇”导弹，击落我机1架。国民党空军这次共发射

"响尾蛇"导弹5枚，时间为9月24日上午9时40分。发射导弹的空域是浙江的温州、瑞安、乐清地区上空。现在，我们已经在温州地区分别捡获导弹的红外线接受部分（头部）、导向部分，并且已经将其重要部分运来北京，准备公开展出。

必须指出，国民党空军这一新的挑衅，是发生在美国用F-86型、F-100型飞机和"响尾蛇"导弹等现代化武器装备了国民党空军以后，是发生在美国与台湾当局军事首脑正在台北举行会谈的时候，因此，这是一个极其严重的事件。

国防部发言人奉命郑重宣布：中国人民解放军对于国民党空军的这种罪行，必须采取惩罚性的打击。

新华社29日晚些时，还发出电讯：

外交部新闻司今晚举行记者招待会，向在京的中外记者揭露了国民党空军在美国指使下，竟然使用导弹向我大陆空军进攻的新的军事挑衅和罪行……

温州地区捡获的美国制造的"响尾蛇"导弹的红外线接受部分（头部）、导向部分、未爆炸的弹头部分和固体火箭部分的实体，都在今晚的中外记者招待会上展出。从展出的导弹实弹上，记者们可以看到导弹长约二米多，直径五英寸，弹头部分装有烈性炸药。在导弹的动力装置及固体火箭部分的铝合金外壳上面，用英文写有"五英寸火箭"和"军械局"的字样。

……

中外记者招待会和与电讯同时发表的5幅"响尾蛇"导弹残骸的照片，有力地揭露了美国直接指使国民党空军使用导弹的罪恶。

"响尾蛇"残骸既留下了罪证，也给人民解放军后来反击空空导弹提供了难得的实物研究资料。

王自重牺牲后，在他的档案记载中，人们才从档案和遗物中知道他在解放战争中，曾经先后立过特等战功2次，甲等功3次，获得过毛泽东奖章，而平常从没有听他提起过。

笔者当时专程赶往路桥机场，同作战部队的同志一起怀念王自重，协助他们写了怀念文章《碧海长空颂英雄》，刊载在《解放军报》上。

这次战斗后不久，顿星云和海军航空兵领导同志们专程来到前线机场，顿星云沉痛地说："党委常委到前线来开会，不是要'撂起扁担打下面'，而是一起重温毛主席8月18日的指示。毛主席预见到了战争的严重情况，提出了明确的警示。但是，我们没有认真仔细领会，没有'举一反三'，对敌情作更多的分析，对可能出现的严重情况，估计不足。当战斗发生了，我们不但预先准备不足，而且投入的兵力也不足。教训十分深刻。这首先应当由我这个司令员负责，应当由我这个党委书记负责。"一如过去的战争，人们正是从战争实践中建立起对毛泽东的信服和认识。

炮击金门，使得美国与国民党的矛盾加剧。9月30日，美国国务卿杜勒斯公开骂蒋介石说：在金门、马祖等岛屿上驻军是"相当愚蠢的""不明智的，也是不谨慎的""我们没有保卫沿海岛屿的任何法律义务。我们不想承担任何这种义务"。再也不提26天前他自己说过的话了。

可是，人们并不健忘，就是这个杜勒斯，在9月4日发出战争威胁："使用美国武装部队来确保金门和马祖的有关阵地。"

为什么发生了这些变化？美国想要脱身而去了。美国逼迫蒋介石从金、马撤军，同时在华沙会谈中提出所谓"停火"，想换取侵占台湾合法化。

10月3日、4日，中共中央政治局常委会议讨论杜勒斯9月30日的谈话和有关形势。同志们发言指出，杜勒斯的谈话，表明美国意图趁机制造两个中国，要我们承担不用武力解放台湾。中美双方都在摸底。毛泽东分析说，侦察任务已经完成，问题是下一步棋怎么走。可以设想，让金、马留在蒋介石手里会如何？这样做的好处是金、马离大陆很近，我们可以通过这里同国民党保持接触，什么时候需要就什么时候打炮，什么时候需要紧张一点就把绞索拉紧一点，什么时候需要缓和一下就把绞索放松一下，可以作为对付美国人的一种手段。同志们同意毛泽东的意见，分析了美国意图和可能的手段。毛泽东最后说：方针已定，还是打而不登，断而不死，让蒋军留在金、马。但打也不是天天打，更不是每次都打几万发炮弹，可以打打停停，一时大打，一时小打，一天只零零落落打几百发。但我们在宣传上仍要大张旗鼓，坚持台湾问题是中国内政，向金、马打炮是中国内战的继续，任何外国和国际组织都不能干涉；美国在台湾驻扎陆、空军是侵犯中国领土、主权，美舰云集台湾海峡是蓄意制造紧张局势，都必须完全撤退；反对美国制造两个中国，反对美国霸占台湾合法化。我们和蒋介石通过谈判解决金、马以至台、澎问题。

拖住美国，不要让他轻易脱身，把绞索继续套在美帝国主义脖子上，以利通盘解决台、澎、金、马的问题，以利中东人民斗争。根据毛泽东指示，中央军委作出决策，对金门“打而不登，封而不死”，让金门守军能够生存下去，守而不撤，把美国人拖在那里。

10月5日，毛泽东致信彭德怀、黄克诚：

德怀、克诚同志：

不管有无美机美舰护航，十月六、七两日，我军一炮不发；敌方向我炮击，我也一炮不还。偃旗息鼓，观察两天，再作道理。空军必须防卫，但不出海。还有一事：两天中，不要发表公开声明，因为情况如何，尚待看清。以上请即令行。或者即以此信转发叶飞、韩先楚。

此件处理后，送总理一阅。

毛泽东

十月五日上午八时

又是一个不眠的夜晚，10月6日凌晨，毛泽东以国防部长彭德怀名义亲自起草《告台湾同胞书》，经中共中央政治局常委扩大会讨论后，向全世界发布：

台湾、澎湖、金门、马祖军民同胞们：

我们都是中国人。三十六计，和为上计。金门战斗，属惩罚性质。你们的领导者们过去长时间太猖狂了，命令飞机向大陆乱钻，远及云、贵、川、康、青海，发传单，丢特务，炸福州，扰江浙。是可忍，孰不可忍！因此打一些炮，引起你们注意。台、澎、金、马是中国领土，这一点你们是同意的，见之于你们领导人的文告，确实不是美国人的领土。台、澎、金、马是中国的一部分，不是另一个国家。世界上只有一个中国，没有两个中国。这一点，也是你们同意的，见之于你们领导人的文告。你们领导人与美国人订立军事协定，是片面的，我们不承认，应予废除。美国人总有一天肯定要抛弃你们的。你们不信吗？历史巨人会要出来作证明的。杜勒斯九月三十日的谈话，端倪已见。站在你们的地位，能不寒心？归根结底，美帝国主义是我们的共同敌人。十三万金门军民，供应缺乏，饥寒交迫，难为久计。为了人道主义，我已命令福建前线，从十月六日起，暂以七天为期，停止炮击，你们可以充分地自由地输送供应品，但以没有美国人护航为条件。如有护航，不在此例。你们与我们之间的战争，三十年了，尚未结束，这是不好的。建议举行谈判，实行和平解决。这一点，周恩来总理在几年前已经告诉你们了。这是中国内部贵我两方有关的问题，不是中美两方有关的问题。美国侵占台澎与台湾海峡，这是中美两方有关的问题，应当由两国举行谈判解决，目前正在华沙举行。美国人总是要走的，不走是不行的。早走于美国有利，因为它可以取得主动。迟走不利，因为它老是被动。一个东太平洋国家，为什么跑到西太平洋来了呢？西太平洋是西太平洋人的西太平洋，正如东太平洋是东太平洋人的东太平洋。这一点是常识，美国人应当懂得。中华人民共和国与美国之间并无战争，无所谓停火。无火而谈停火，岂非笑话？台湾的朋友们，我们之间是有战火的，应当停止，并予熄灭。这就需要谈判。当然，再打三十年，也不是什么了不起的大事，但是，究竟以早日和平解决较为妥善。何去何从，请你们酌定。

中华人民共和国国防部部长　彭德怀

一九五八年十月六日上午一时

这文告，这“纸弹”，比万炮齐轰，更让世界震动。嬉笑戏骂，豪放自信，前无古人。这一明白宣告的决定，更令美国人和国民党人忐忑不安。据说，当时蒋介石读之再三，心领神会，喟然感慨：此文告出自毛泽东，只能是毛泽东手笔！

10月8日，美国国务院宣布暂停为国民党军护航。

10月12日午夜，炮击暂停7天期满，毛泽东与刘少奇、朱德、陈云、陈毅、黄克诚等研究台湾海峡局势。

毛泽东草拟了《再告台湾同胞书稿》：

台湾、澎湖、金门、马祖军民同胞们：

一星期过去了，炮没有打，一方清静。全世界欢迎，你们快乐。有几位先生有点不舒服，余悸犹存，胡思乱想。例如说：共产党向你们建议的是一条诡计。诡计吗？历史会来证明不是，而是一条较好的出路。例如说：七天之后又要大打。你们对我的第一封信有一个字没有看清楚，那就是“暂以七天为期”的那个暂字，意谓可能延长，七天是暂时规定。好几个星期以前，我们的方针就告诉你们的领导人了，七天为期，六日开始。你们看见十月五日的《南洋商报》吗？发行人有新闻观点，早一天露出去，那也没有什么要紧。政策早定，坚决实行，有什么诡计，有什么大打呢？一说共产党靠不住，你们有三十年和我们打交道经验。让我们算一下账吧。我们和你们历史上有过两次和谈。一次，1945年，各党派开政治协商会议，地点重庆，通过了一个全民团结共同建国的协定。是谁撕毁这个协定的呢？国民党。又一次，1949年，两党代表团聚于北京，议定了四十八条和平协定，双方全权代表签字同意。是谁不愿意批准这个协定宁愿继续打下去的呢？国民党。由此看来，你们经验虽多，不会总结。你们不自反省，反而归结为共产党不可信任。颠倒是非，一直如此！你们靠美国吃饭，靠得住吗？肯定靠不住，迟早他们要把你们抛到东洋大海里去的。下毒手要一下子置你们领导人于死地的，不是美国人吗？那个美国走狗孙立人将军，不是被你们处置了吗？他是你们的一个武贼。洋奴胡适，组成派别，以自由、民主为名，专门拆国民党的台。你们不是大张挞伐，拼命抵抗过一阵子吗？他算是一个文贼，仗美反华，余威尚在，我看你们还难安枕吧。你们看，美国人有一毫一厘一丝一忽所谓仁义道德吗？其他种种，千件万件气死人的事，你们一一亲历，不必我来多说。积怨如山，一旦爆发，于是有去年五月二十日之役。这在中国历史、世界历史都要大书特书的。什么美国大使馆三拳两脚，打个稀烂。做得对！做得好！因为那些人欺人太甚。你们有些人说，共产党离间你们同美国人的关系。什么叫离间？你们对一个文贼，一个武贼，一个大使馆，较之我们说几句闲话，即便叫作离间，谁的分量重一些呢？我们就是企图唤醒你们，坚决跟美帝国主义离开，跟伟大祖国靠拢，这样难道不好吗？我们无求于你们，只是希望你们实行孙中山先生的爱国三民主义，然后逐步进到社会主义，如此而已。自从美帝国主义占据台湾以来，形势已经改变了。美帝国主义成了我们的共同敌人。而国民党已经不是我们的主要敌人。我们和你们还是敌对的，但这种敌对，较之民族矛盾，已经降到第二位。几年前，周恩来总理即向你们建议，就是这个道理。如果和谈顺利妥洽成功，则我们两党又可以化敌为友。我们建议：台湾、澎湖、金门、马祖全体军民同胞团结起来，采取坚定而又灵活的政策，减少你们内部的摩擦，一致对付民族敌人。你们的一位军事发言人说：停火七天太短，没有码头，全靠手搬，供应不了许多东西。这是实情。为此，我们决定，再停七十天，从本日算起。期满如有必要，可以考虑延长。你们怕我们大举进攻。那么，你们可以做一些事情：多运粮，厚筑墙。你们中间又有人说：停停打打，打打停停，这是共产党的又一条诡计。告诉你们：确是如此，但非诡计。谈判未举行，和平未实现，贵我之间战争状态依然存在，当然只好谈谈打打，打打停停。但是这里所说的谈，不是华沙会议的谈判，专指我们两党之间的谈判。内政问题，不容外国干涉，华沙未便谈此。华沙谈的，是一个美国人走路的问题。美国人同我们讲生意，想以金、马换台、澎，造出两个中国来。他们的梦多么甜蜜啊！停火，停火，再一个停火！我们不知道美国官员们究竟有多少常识。看起来似乎不很多吧。说他们代表美国自己谈这个问题吧，中美之间并未开战，无火可停，他们不能代表自己。说他们代表你们吧，也是冒充。你们的领导人反对华沙谈判，并且讥笑停火。你们没有委托美国人当代表。假如委托了，我们也不同意。为什么我们中国两个政党不去直接谈判，要委托一个外国做代表呢？这种谈判，我们感到羞耻，因此不可以谈。华沙谈的，只能是一个中美关系问题，一万年也是如此。台湾的朋友们，不可以尊美国为帝。请你们读一读《鲁仲连传》，好吧？美国就像那个齐湣王。说到齐湣王，风烛残年，摇摇欲倒，他对鲁卫小国还要那样横行霸道。六朝人有言：韩亡子房奋，秦帝鲁连耻。本自江海人，忠义感君子。现在是向帝国主义造反的时候了。

中华人民共和国国防部部长　彭德怀

一九五八年十月十三日上午一时

后来，因为另有考虑，这篇文稿没有发布，而以彭德怀名义向福建前线解放军发布了一个命令：

中华人民共和国国防部命令

（一九五八年十月十三日）

福建前线人民解放军同志们：

金门炮击，从本日起，再停两星期，借以观察敌方动态，并使金门军民同胞得到充分补给，包括粮食和军事装备在内，以利他们固守。兵不厌诈，这不是诈。这是为了对付美国人的。这是民族大义，必须把中美界限分得清清楚楚。我们这样做，就全局说来，无损于己，有益于人。有益于什么人呢？有益于台、澎、金、马一千万中国人，有益于全民族六亿五千万人，就是不利于美国人。有些共产党人可能暂时还不理解这个道理。怎么打出这样一个主意呢？不懂，不懂！同志们，过一会儿，你们会懂的。待在台湾海峡的美国人，必须滚回去。他们赖在这里是没有理由的，不走是不行的。台、澎、金、马的中国人中，爱国的多，卖国的少。因此要做政治工作，使那里大多数的中国人逐步觉悟过来，孤立少数卖国贼。积以时日，成效自见。在台湾国民党没有同我们举行和平谈判并且获得合理解决以前，内战依然存在。台湾的发言人说：停停打打，打打停停，不过是共产党的一条诡计。停停打打，确是如此，但非诡计。你们不要和谈，打是免不了的。在你们采取现在这种顽固态度期间，我们是有自由权的，要打就打，要停就停。美国人想在我国的内战问题上插进一只手来，他们叫停火，令人忍俊不禁。美国人有什么资格谈这个问题呢？请问他们代表什么人？什么也不代表。他们代表美国人吗？中美两国没有开战，无火可停。他们代表台湾人吗？台湾当局没有发给他们委任状，国民党领袖根本反对中美会谈。美国民族是一个伟大的民族，其人民是善良的，他们不要战争，欢迎和平。但是美国政府的工作人员，有一部分，例如杜勒斯之流，实在不大高明。即如所谓停火一说，岂非缺乏常识？台、澎、金、马整个地收复回来，完成祖国统一，这是我们六亿五千万人民的神圣任务。这是中国内政，外人无权过问，联合国也无权过问。世界上一切侵略者及其走狗，通通都要被埋葬掉，为期不会很远。他们一定逃不掉的。他们想躲到月球里去也不行。寇能往，我亦能往，总是可以抓回来的。一句话，胜利是全世界人民的。金门海域，美国人不得护航。如有护航，立即开炮。切切此令！

国防部长　彭德怀

一九五八年十月十三日上午一时

10 月 13 日同一天，毛泽东、周恩来会见曹聚仁，作陪的有李济深、张治中、程潜、章士钊。

毛泽东向他说：“只要蒋氏父子能抵制美国，我们可以同他合作。我们赞成蒋保住金门、马祖的方针，如蒋介石撤退金门、马祖，大势已去，人心动摇，很可能垮。只要不同美国搞在一起，台、澎、金、马要整个回来。”毛泽东说：“我们的方针是孤立美国。他只有走路一条，不走只有被动。要告诉台湾，我们在华沙根本不谈台湾问题，只谈要美国人走路。蒋不要怕我们同美国人一起整他。”“他们同美国的连理枝解散，同大陆连起来，枝连起来，根还是你的，可以活下去，可以搞你的一套。”

章士钊插话说："这样，美援会断绝。"

毛泽东说："我们全部供应。他的军队可以保存，我不压迫他裁兵，不要他简政，让他搞三民主义，反共在他那里反，但不要派飞机、派特务来捣乱。他不来白色特务，我也不去红色特务。"

曹聚仁问："台湾有人问生活方式怎样？"

毛泽东说："照他们自己的生活方式。"

后来，周恩来把毛泽东这次谈话，概括成为"一纲四目"，于1963年初通过张治中致陈诚的信转达给台湾当局。"一纲"是："只要台湾归回祖国，其他一切问题悉尊重总裁与兄意见妥善处理"。"四目"包括："台湾归回祖国后，除外交必须统一于中央外，所有军政大权人事安排等悉由总裁与兄全权处理；所有军政及建设费用，不足之数，悉由中央拨付；台湾之社会改革，可以从缓，必俟条件成熟，并尊重总裁与兄意见协商决定，然后进行；双方互约不派人进行破坏对方团结之事。"

10月17日，中共中央关于当前对美斗争形势的通知指出：一、彭德怀十月六日的文告和十月十三日的命令，截然划清了国际和国内两类问题的界限，彻底粉碎了美国的停火阴谋，堵住了国际干涉的道路，并且扩大和加深了美蒋矛盾。二、这场斗争进一步暴露了美国纸老虎的本质，测验出他目前还不敢冒大战的危险。美国从金门、马祖脱身，为的是永占台、澎，便于进行"两个中国"的阴谋。我们坚持台、澎、金、马必须全面解放，反对美国用金、马换台、澎的阴谋。三、我们现在的一切做法，都是为了扩大美蒋矛盾，并且利用蒋不肯撤出金、马，来拖住美国。我们宁可使台、澎、金、马多留在蒋手上一个时期，绝不能让美国拿去。四、解放台、澎、金、马是一个长期、复杂的斗争。

同日，周恩来再次约见曹聚仁。

美国政府坚持侵略中国，还要再较量，还要再试试。

10月17日，美国把驻扎在台湾的"奈克－赫尔克里士"地对空导弹和许多坦克，移交给国民党。杜勒斯宣布将去台湾同蒋介石会谈。

中央军委决定恢复炮击金门。

10月20日，杜勒斯启程赴台。

中国国防部发布命令，指出台湾当局于19日夜至20日晨在金门海域引进美军护航，而中国的事情绝不允许美国插手。中国人民解放军恢复炮击。

20日16时30分，9000多发炮弹，飞向金门。第5次大规模炮击，摧毁金门10多处阵地设施，打伤3艘“中”字号运输舰、1艘大型货船、1架C–46运输机，实际上是帮助蒋介石获得一个口实，以便他们在谈判时拒绝杜勒斯的要求。

10月21日，中国文艺界福建前线慰问团由田汉团长带领，来到福州机场慰问海军航空兵，著名京剧表演艺术家梅兰芳要会见有功同志，做慰问演出。上级指定王昆参加会见。

王昆很敬佩梅兰芳先生，很敬佩这些从北京来的艺术大师。他还在当宣传队员的时候，就听说过田汉，知道他是中国早期革命音乐、电影的组织者和领导人。东北沦陷时，《义勇军进行曲》在地下流传，振奋了抗日救亡斗争。建国后，这一曲中华民族的壮歌，在朝鲜战场上，在社会主义建设工地上，唱得人们热血沸腾，唱得中国崛起了新的伟岸的长城。

梅兰芳，全世界闻名的艺术家，被称为“伟大的演员，美的化身”。王昆一直想看他的表演，想一睹他的风采。几次去北京开会，都错过了机会，没能看到他的演出，更没有可能靠近看到他本人。听说梅兰芳先生今天将为部队演出《宇宙锋》，这是梅兰芳先生的杰作，王昆更佩服梅兰芳先生的为人和民族气节。1937年抗日战争爆发，北平沦陷，梅兰芳先生留须明志，绝不给侵略者和汉奸卖国贼演出。同艺术大师齐白石先生在门上贴出“画不卖与官家”一样，受到举国赞扬。王昆尤其佩服梅兰芳在艺术上力臻最佳境界的努力。他知道，梅兰芳也是父母早亡，这使他想起自己幼年母亲病故、父亲惨死在日本人治河工地的遭遇。梅兰芳8岁学戏，10岁登台串演织女，刻苦学花旦戏，学昆曲，练武功，积累了大量优秀剧目，敢于创新，形成独具风格的艺术流派。“梅派”京剧艺术蜚声海内外。旧社会一个被人瞧不起的戏曲艺人，受到中国人喜爱，也征服了外国人。他获得美国名誉文学博士学位，受到世界著名文学家、艺术家、科学家卓别林、保罗·罗伯逊、高尔基、肖伯纳、小托尔斯泰、史坦尼斯拉夫斯基、爱森斯坦、布莱希特的推崇和敬重。他是中国人的骄傲。

王昆是多么想看看梅兰芳，多么想看看他的演出呀！但是，应当让马铭贤、陈怡恕、程开信、谢进林同志和慰问团会见。他们进入福州第一天就打了胜仗，首建战功，他们应当享有荣誉。只是不巧得很，今天正轮到他们战斗值班。王昆决定改变值班序列，由他来担任今天的战斗值班。

上午 11 时 06 分，午饭刚吃一半，警报响了，王昆放下饭碗，带领三名战友起飞迎战。

梅兰芳先生 1959 年元旦写了《新岁怀亲人》，记述当时情景和他的感受：

> 我们去年到某地和空军健儿会见时，我们为祖国空军迅速成长而兴奋……喷气歼击机的特技表演，显示了我空中英雄的卓越武技。两架银燕腾空而起后，从高空垂直骤降，机身越来越大，似乎要落在我们头上，突然它们一个翻身，直冲凌霄。这对银燕，始终首尾相衔，队形严整，而飞翻跌滚种种特技使人眼花缭乱，目不暇接。令人振奋的是就在空中特技表演之后，突然一颗红色信号弹在机场升起，战斗起飞。我们祖国的战鹰，一队一队凌空而起，直奔远处……

王昆没能看到梅兰芳演出，但梅兰芳目送王昆战斗出航。

王昆和同志们 4 架歼 -5 飞机直上高空，国民党军飞机逃遁了，消失了。

王昆和同志们飞行在 10500 米的天上，突然，王昆飞机失去操纵，倾斜下坠。

僚机田怀春紧急向他呼唤。只见王昆的飞机机头稍稍抬起，接着又猛向下栽。田怀春驾机赶到王昆的飞机的侧面，只见王昆的头部和上身倒伏在座舱里，已经昏迷不醒。

田怀春急了，忙用明语呼叫：“王副团长，王昆，你拉起机头！”

地面指挥员也紧急呼叫：“王昆，拉起来！拉起来！”

战争时留下的胃溃疡，长期以来一直折磨着王昆，紧急战斗起飞后，胃病突然发作，剧烈的疼痛使他昏迷了。

飞机急剧下跌，战友们在焦急呼叫。

但是，王昆什么也听不见了。

跌落，跌落……

盘踞起伏的峰峦迎面撞来。巉岩重叠，林木森郁，山涧轰鸣，藤绕蔓缠，高山、密林，伸出万条臂膀，承接着祖国忠诚的儿子！

战友们失声痛哭。天下雨了，天落泪了。

王昆，这是一个与毛泽东血脉相连、命运与共的战士。

10月25日，毛泽东草拟发布了《中华人民共和国国防部再告台湾同胞书》：

台湾、澎湖、金门、马祖军民同胞们：

我们完全明白，你们绝大多数都是爱国的，甘心做美国人奴隶的只有极少数。同胞们，中国人的事只能由我们中国人自己解决。一时难于解决，可以从长商议。美国的政治掮客杜勒斯，爱管闲事，想从国共两党的历史纠纷这件事情中间插进一只手来，命令中国人做这样，做那样，损害中国人的利益，适合美国人的利益。就是说，第一步，孤立台湾；第二步，托管台湾。如不遂意，最毒辣的手段，都可以拿出来。你们知道张作霖将军是怎样死去的吗？东北有一个皇姑屯，他就是在那里被人治死的。世界上的帝国主义分子都没有良心。美帝国主义者尤为凶恶，至少不下于治死张作霖的日本人。同胞们，我劝你们当心一点儿。我劝你们不要过于依人篱下，让人家把一切权柄都拿了去。我们两党间的事情很好办。我已命令福建前线，逢双日不打金门的飞机场、料罗湾的码头、海滩和船只，使大金门、小金门、大担、二担大小岛屿上的军民同胞都得到充分的供应，包括粮食、蔬菜、食油、燃料和军事装备在内，以利你们长期固守。如有不足，只要你们开口，我们可以供应。化敌为友，此其时矣。逢单日，你们的船只、飞机不要来。逢单日我们也不一定打炮，但是你们不要来，以免受到可能的损失。这样，一个月中有半月可以运输，供应可以无缺。你们有些人怀疑，我们要瓦解你们军民之间官兵之间的团结。同胞们，不，我们希望你们加强团结，以便一致对外。打打停停，半打半停，不是诡计，而是当前具体情况下的正常产物。不打飞机场、码头、海滩、船只，仍以不引进美国人护航为条件。如有护航，不在此例。蒋、杜会谈，你们吃了一点亏，你们只有代表“自由中国”发言的权利了；再加上小部分华侨，还许你们代表他们。美国人把你们封为一个小中国。十月二十三日，美国国务院发表十月十六日杜勒斯预制的同英国一家广播公司所派记者的谈话，杜勒斯从台湾一起飞，谈话就发出来。他说，他看见了一个共产党人的中国，并且说，这个国家确实存在，愿意同他打交道，云云。谢天谢地，我们这个国家，算是被一位美国老爷看见了。这是一个大中国。美国人迫于形势，改变了政策，把你们当作一个“事实上存在的政治单位”，其实并非当作一个国家。这种“事实上存在的政治单位”，在目前开始的第一个阶段，美国人还是需要的。这就是孤立台湾。第二个阶段，就要托管台湾了。国民党朋友们，难道你们还不感觉这种危险吗？出路何在？请你们想一想吧。此次蒋杜会谈文告不过是个公报，没有法律效力，要摆脱是容易的，就看你们有无决心。世界上只有一个中国，没有两个中国。这一点我们是一致的。美国人强迫制造两个中国的伎俩，全中国人民，包括你们和海外侨胞在内，是绝对不容许其实现的。现在这个时代，是一个充满希望的时代，一切爱国者都有出路，不要怕什么帝国主义者。当然，我们并不劝你们马上同美国人决裂，这样想，是不现实的。我们只是希望你们不要屈服美国人的压力，随人俯仰，丧失主权，最后走到存身无地，被人丢到大海里去。我们这些话是好心，非恶意，将来你们会慢慢理解的。

国防部长　彭德怀

一九五八年十月二十五日

10月31日，毛泽东写信给周恩来等：

恩来、陈毅、克诚同志：

将逢双日不打的地方加以推广，就是说，逢双日一律不打炮，使蒋军可以出来活动，晒晒太阳，以利持久。只在单日略微打一点炮。

由内部通知福建实行，暂不再发声明。待有必要，再考虑发一声明。此事，请你们商量酌定。

我今日下午南下。

毛泽东

十月三十一日上午二时

11月，美国共和党、民主党为竞选而互相攻击。为了揭露共和党政府的“战争边缘政策”，继续羁留美国，毛泽东草拟了《中华人民共和国国防部三告台湾同胞书稿》：

台湾、澎湖、金门、马祖军民同胞们：

鉴于金门群岛国民党军队广大官兵的良好反应，本部关于双日停止炮击金门飞机场、料罗湾的码头、海滩和船只这四种军事目标的规定，现在宣告推广到其他一切地区的军事目标，逢双日都不打炮，打炮一律于单日行之。有些目标，例如飞机场、料罗湾的码头、海滩和船只，单日也不一定打炮，但你们的飞机船只以不来为宜，免受可能的损失。禁止美国人护航，仍如历次文告所规定。周恩来总理两年以前即向你们建议举行和谈，合理解决国共两党历史纠纷，和平解放台湾地区，未获你们积极响应。美国人下死劲钳制台湾当局，不许他们和我们举行和谈，一心一意要干涉中国内政。美国人非常惧怕和平，非常惧怕国共两党重新接近，谈出一个和平局面来，妨碍他们孤立台湾和托管台湾的阴谋计划。我们必须击破这个计划。我们希望台湾当局有一天甩掉美国人那只钳制魔手，派出代表，举行和谈。我们的和谈是真和谈，谈成了，内战就可以宣告结束，全体中国人团结起来，一致对付外来的威胁，岂不是一件好事么？美国人同国民党之间的所谓团结、互信云云，讲讲而已，归根到底是靠不住的。尽管声明一千次，连你们自己也不相信。同胞们，我们都是中国人。我们相信，在美国人要把国民党置之死地的时候，国民党就会觉悟过来，和谈就有可能成功，对于这件事悲观是没有根据的。亲美派散布出来的一切悲观言论，希望你们最好不要听。

国防部长　彭德怀

1958 年 11 月 × 日

后来，这个文告，没有发布。

11 月 2 日，毛泽东从郑州致电周恩来等：

恩来、陈毅、克诚同志：

建议明三日（逢单）大打一天，打一万发以上，对一切军事目标都打。以影响美国选举，争取民主党获胜，挫败共和党。同时使蒋军得到拒绝撤兵的口实。是否适宜，请加酌定。

毛泽东

一九五八年十一月二日上午五时于郑州

尤其令人感动的是，毛泽东还亲自替厦门前线电台写了广播稿：

金门群岛军民同胞们注意：

明日，十一月三号，是个单日，你们千万不要出来，注意，注意！

毛泽东更为此发专电给周恩来：

发周总理。

今日（十一月二日）下午，厦门前线口头广播，反复三次。

这个广播稿播发时，周恩来在前面加了一句："今日十一月二号，是个双日，我们一炮未打，你们得到补给。"

世界上的事情就是如此奇妙，打蒋介石，却正是在帮助他。你中有我，我中有你，令人眼花缭乱。

1959 年 1 月 3 日，大金门国民党军炮兵突然炮击大嶝岛，杀害了山头村托儿所31名儿童，激起中国人民解放军指战员愤慨，中央军委决定给予惩罚性打击，1月7日实施第7次大规模炮击。

此后，对金门转入零星炮击，不封不锁，以利国民党军固守，粉碎美国制造“两个中国”的图谋。

这场战争史上绝无仅有的作战，打打停停，半打半停，如同“猫捉老鼠”一般，使美国难于应付，大长了中国人民和世界人民的志气。

古往今来，许多国家利用海上力量来影响国际事务，有时是全球性的，有时是区域性的。海军是军事行动的工具，但更多的被用来实施政治压力。西方国家一贯如此。毛泽东以其人之道，还治其人之身。但是，中国海军弱小，无力独自承担这样的任务。毛泽东运用陆、海、空三军的力量，在家门口组织了一场具有世界性影响的力量显示，取得了完全的胜利。

1959年9月15日，在民主党派负责人座谈会上，毛泽东回顾说：

> 金门打炮每一个环节都是我跟周总理搞的，如何打法等等。那么一个严重的局面，美国12艘航空母舰来了6艘，第七舰队是他最大的舰队，搞边缘政策，护航。

说到这里，毛泽东用两个茶杯示意：

> 这个地方是美国军舰，这个地方是国民党军舰，相隔这么一点。他这里铺起美国国旗也不动，他也不打我们，我们也不打他，我们专打国民党。这个事情不能粗枝大叶，要很准确，很有纪律，后来转到双日不打单日打，以后又搞什么告台湾同胞书这套东西。每天全世界的一切舆论，一切消息，每天两大本（新华社编的内部资料《参考资料》）你都要看完，你才能了解情况，才知道动向，不然怎么决策？开头我们不是在这里报告了吗？那个时候，我们跟张文白，还有许多朋友，都是一致的，要把金门、马祖搞回来。后头一到武昌，我不是跟你（指张治中）一道吗，形势不对了，金门、马祖还是留给蒋委员长比较好，金、马、台、澎都给他。因为美国就是以金、马换台、澎

这么一个方针，如果我们只搞回金、马来，恰好我们变成执行杜勒斯的路线了。所以，十月间回到北京的时候就改变了，金、马、台、澎是一起的，现在统统归蒋介石管，将来要解放一起解放，中国之大，何必急于搞金、马？这样，我们就不会变成杜勒斯的部下了，不然他就是我们的领导者，就是以金、马换台、澎，蒋介石不做总统。蒋介石不做总统，这个我们也不赞成的。美国人压迫他，不要他做总统，要陈诚做，讲好了的，蒋介石答应了的，陈诚也答应了的。后头我们这个消息使他知道了，他就有劲了，共产党支持嘛。（笑声）他现在决定做总统了，是蒋介石做总统比较好，还是别人做比较好？在目前看，还是蒋介石比较好。他这个人是亲美派，但是亲美亲到要把他那点东西搞垮，他就不赞成。

这样一场政治仗，延续到1960年，在结尾处又掀起了一个高潮。

1960年6月，美国总统艾森豪威尔公然冒天下之大不韪，访问中国的一个省——台湾。美国两位作家曾著书说：在美国“处于军事荣耀顶峰”的时候，艾森豪威尔当了第34任总统，“一个如此缺乏理性的人领导地球上最强大的国家，足以使人感到迷惑”。

新华社宣布，中国将在艾森豪威尔于6月17日到达台湾的日子和6月19日离开台湾的日子，炮击金门，以示“迎送”。美国十分紧张。

6月17日20时和23时，福建前线35个地面炮兵营420门大炮向大小金门滩头、空旷无人地域和没有工事的山头，先后发射39000发炮弹，“欢迎”艾森豪威尔。

6月19日6时、8时30分又各炮击50分钟，打了38000发炮弹，“欢送”艾森豪威尔。

国民党金门守军也在40分钟后进行“还礼”，炮弹也只打在滩头、田野无人的地方。

中国人就是中国人。通过炮火这种最激烈的爆炸性手段，传递的却是民族一致、“和为贵”的信息，而且使对手加以认同。

毛泽东，运用战争这一政治手段的艺术大师。

艾森豪威尔后来离开总统职位时发表演说，建议从台湾海峡撤走美国第七舰队，被美国人认为是他一生中最动人的演说。这时候，也许那台湾海峡上空的隆隆的炮声又滚过他的心头。

早在1949年11月，华东军区海军即设立福州办事处，拟议建立厦门基地。

炮击金门战斗，促进了建设步伐，1958年12月，海军组建了福建基地，司令部设在飞鸾，后迁福州，直接面对马祖、金门前线，遏控东海与南海交通咽喉，护卫台湾海峡航线安全。如今，更直面钓鱼岛和东海严峻形势，枕戈待旦，以首战用我，用我必胜的气概，准备打仗，保证打胜仗。

二十三 “海上蚂蚁啃骨头”好得很

20 世纪 60 年代前期，共和国经历了最困难的阶段。失误加天灾，“妖雾重来”“雪压冬云”“寒流滚滚”。毛泽东在这期间写了许多诗词，是 1949 年以来最多的。从 1961 年 2 月的《七绝 · 为女民兵题照》到 1965 年秋《念奴娇 · 鸟儿问答》共 13 首。几乎与 1928 年秋到 1936 年 7 月写的篇数相等。毛泽东一生中，在艰难困顿时期，写诗最多。这一文学现象，有待专家们去探索。而这些诗词给人们留下的感觉是一种傲视苍穹，藐视困难，气壮山河，倒海翻天的气魄和豪情。这是毛泽东对待困难的一贯态度，无疑，也意在给人民一个排除万难、争取胜利的鼓舞。

且看那时期人民海军的几场战斗。

暗夜，低空，一架飞机悄悄地从海上进入大陆，继续低空飞行。

前方，有雷达网，它自动地绕了开去。

前方，有险峻的山峰，它灵便自如地穿行飞越。

前方，有设防阵地，它自动施放干扰，隐蔽起自己的行踪。

美国新生产的 P2V–7 电子侦察机，装备着收集核试验情报的空气采样器，由精选出来的飞行员驾驶，国民党空军司令部总情报署国防情报组直接控制。1959 年起不仅频繁窜扰大陆沿海，更深入至江西、湖南、贵州、四川、山西、山东，以至北京、天津、上海等地区上空活动。

毛泽东命令：“全力以赴，务歼入侵之敌！”

总参谋长罗瑞卿指示：“就是大海捞针，也要把敌机打下来。”

然而，海军航空兵没有先进的夜间作战飞机。但是，仍然积极起飞拦截，由地面雷达引导，朝 P2V-7 侦察机方向概略瞄准射击，但是，误差太大，没有命中。

P2V-7 在暗夜天空里，有恃无恐，越来越深入大陆腹地。

剥夺 P2V-7 利用黑夜掩护的优势，让它暴露在强光之下。一个个建议提出来了，人们设想，用轰炸机在 P2V-7 的上空投掷照明弹，帮助歼击机飞行员捕捉瞄准，进行攻击。北海舰队航空兵副司令员陈士珍集中群众智慧，经过反复计算，组织海军航空兵第四师第十团的歼击机和第三师第九团的轰炸机协同试验，摸索这“土”办法新方案。

1961 年 5 月 9 日，正值农历月初，夜空无月无光。一架 P2V-7 侦察机窜入山东半岛，海军航空兵起飞迎战。轰炸机投下 6 枚 75 公斤重的照明弹，亮光中显露出 P2V-7 的身影。刹那间，歼击机还没有来得及攻击，P2V-7 便扭身消失在一小片光区外的黑暗中，再次逃脱了打击。

初战没有获得成功，但是，证明了“土”办法是可行的。

一个以打击 P2V-7 为主要任务的海军航空兵独立第五大队组成了。但是一度被撤销。顿星云、刘道生等坚持组织试验，重新恢复了这个专门以制服 P2V-7 为目标的战斗大队。

1964 年 6 月 11 日，又是农历月初。

台湾新竹机场起飞了一架 P2V-7。

人们密切地注视它将飞向哪里，它将从哪里进入大陆。

海军航空兵严阵以待。

21 时 54 分，P2V-7 从江苏连云港东南的燕尾港入陆。

人们仍然耐心等待。

23 时 08 分，海军航空兵独立第五大队一架歼击机和一架轰炸机起飞了，飞往预定拦截空域。

23 时 36 分，轰炸照明机处在 P2V-7 前方 2100 米高处，攻击机隐蔽在 P2V-7 的右后方。这是一个十分理想的战机。

指挥员命令：“所有照明弹一次全部投放！”

12 枚 90 公斤重的照明弹，在夜空中把半径 7 公里的范围照得如同白昼，P2V-7 在亮光中格外显眼、暴露，它慌忙向左下滑转弯逃窜。

攻击机压住 P2V-7 的航迹，距离 700 米开炮，打中它的右翼。P2V-7 冒出浓烟，大角度下滑逃跑。攻击机紧追不放，距离 450 米、200 米连续两次打击，P2V-7 冒烟起火，向下跌落。

这架机号为 4610 的 P2V-7，被打落在山东栖霞境内。机上 13 名乘员全部毙命。海军航空兵缴获 4 枚“响尾蛇”导弹，2 部空气采样器和多种电子侦察、干扰设备。

海军政委苏振华当天赶往 P2V-7 坠落的现场，总结经验说：“毛主席领导我们在长期作战中，形成以劣势装备战胜敌人优势装备的思想、原则和战法。在新的条件下，这些继续显示出无比的威力。”强调说：“勇敢加技术，才能克敌制胜，政治和技术是辩证的统一。装备越是落后，就越要讲究科学方法，越要讲究科学技术！现代化技术要靠人去掌握，才能发挥最大的效力；人只有掌握了现代化技术，才能更有力量。”

6 月 16 日晚，毛泽东和中央领导同志观看北京军区、济南军区比武汇报表演，周恩来邀请击落 P2V-7 的有功人员陈根发等一起观看，向毛泽东报告作战胜利。

从此，P2V-7 电子侦察机再也没有敢窜犯海军航空兵的防区。

RF-101 巫毒式高空战术侦察机，是美国人供给国民党空军的又一“宝贝”。最大升限 18300 米，最大时速 1650 公里，曾经突然在 200 米高度的低空窜进浙江路桥机场侦察，然后急速升高飞走。又一次以同样伎俩窜进宁波机场，被守卫机场的高射炮击伤，回到台湾着陆时起火。

海军航空兵的歼 -5 飞机，多次起飞迎战，都因速度低于来犯的 RF-101 而没有能将它击落。

RF-101 通常借上午太阳东晒，有利于它隐蔽入陆的时机，窜入海军航空兵防区。而这时，正是林彪推行“雷打不动”的“天天读”的时间。人人都要“天天读”，空中却无防线了。再加上“突出政治”，规定军政训练比例为 6 比 4，军事技术不能得到提高，也无从克敌制胜了。

东海舰队司令员陶勇实地调查后，当即决定：“作战分队的军政训练比例改为 8 比 2，天天读的时间移到下午和晚上。”

有人劝陶勇慎重，不要冒风险。

陶勇不怕死，说道：“一切要从实际出发，‘天天读’搞得再好，打不下敌机还不是空的！”

到林彪作乱的年代，陶勇终被害死，他上面的话，也成了迫害他的口实。

RF–101 仗着它优越的性能，有恃无恐，不断窜犯。

海军航空兵在长江以南，没有更优越的飞机。

1964 年 11 月，毛泽东批准海军航空兵歼 –6 飞机渡过长江作战。11 月 25 日，总参谋部指示“力争在年底前打下一架敌机”。12 月 3 日，海军航空兵第四师副师长周克林、副团长王鸿喜和领航员、地勤人员 20 人组成歼 –6 机动作战分队，南下作战。肖劲光、刘道生到山东流亭机场为机动分队送行。

歼 –6 飞机越过长江后，下降高度，减慢速度，停止无线电联络，由歼 –5 飞机伴随行动，向浙江路桥转进，着陆时控制速度，不使用减速伞，完成秘密转场。

国民党空军是警觉的，第二天便派出 RF–101 飞机一架窜至浙东沿海上空，进行侦察。

机动作战分队一架歼 –6 飞机起飞了。

但是，RF–101 却只在海上逡巡，不肯入陆，以吸引海军航空兵出击，意在侦察。

歼 –6 飞机低空慢速巡逻，高度不超过 4000，隐蔽自己的真面目。

12 月 18 日，一架 RF–101 侦察机从海上超低空飞来。前线机场指挥员命令歼 –5 飞机提前起飞，佯动待战，随后命令歼 –6 机动分队王鸿喜单机隐蔽起飞。

14 时 58 分，RF–101 已窜至披山岛东南，判断它可能入窜侦察路桥，判断它将在披山、温岭之间爬高。这时正是它难以发挥其优越性能的瞬间，决定打它的弱处，打它在这一瞬间。

领航员引导王鸿喜驾驶歼 –6 飞机向 RF–101 接近，王鸿喜已经看得见 RF–101 飞机喷口火焰了，但他不过早惊动对手，直等到 RF–101 升高到 9700 米，慢慢减少上升角的瞬间，才三炮齐射，打它的右翼根部。RF–101 突遭打击，冒出黑烟，翻滚下坠。王鸿喜不肯放松，从 10500 米高空以最大俯冲角，以

170 公里的高速度，瞬间追到离地面 1600 米，距离坠落中的 RF-101 飞机 200 多米时，再次开炮。RF-101 飞机便直栽入海了。国民党飞行员跳伞。

当被击落的国民党飞行员从海上被救起，送到路桥机场时，笔者赶到现场。

浙南的 12 月，虽已进入初冬，但阳光和煦，十分温暖。

被俘的国民党空军第五联队第六大队第四中队少校作战官谢翔鹤十分紧张、害怕，脸上全无血色，坐在桌前不知命运如何。当递给他一杯滚热的龙井清茶时，他捧起茶杯，双手禁不住发抖。

人民解放军历来优待俘虏，把一盘新摘的黄岩蜜桔送到他面前时，他才稍稍安定。

谢翔鹤是江苏人，他的父亲曾经是国民党的县长。他已飞行过 2800 多小时，获得过国民党空军"宣威""彤弓""飞虎""云龙"奖章。他叙述道："我正在爬高，回头一看，一架米格飞机在后面爬高上升。起初，还以为像过去一样不如我快，追不上我。但留心一看，上升得飞快。我知道坏了，是新的飞机。就在这时，我的飞机就被打中了。"

谢翔鹤这次入陆仅 3 分 40 秒，飞行 65 公里，便被击落了。

当问起他的家庭时，他说："我的太太刚生了一个女儿，才满月。"

一直坐在桌边的王鸿喜不禁笑了。巧得很，王鸿喜从流亭出发时，他的女儿也刚刚满月。两个几乎同时做父亲的飞行员，却有着如此不同的命运。

1965 年元旦前夕，北京人民大会堂华灯齐放，音乐飘洒着喜庆，笑语喧腾起欢快。

突然，灯火大放光明，《东方红》音乐声起，全场响起掌声。毛泽东和中央领导同志来到首都元旦联欢晚会上。

可以容纳万人的剧场，顶棚上红星照耀，万盏灯火齐明，有如满天星斗。

毛泽东和大家一起欢度除夕。

周恩来把王鸿喜引到毛泽东面前，介绍说："主席，他叫王鸿喜。他在 12 月 18 日打下了 RF-101 侦察机，活捉了国民党飞行员。"

毛泽东伸出大手，握着王鸿喜的手，赞赏地看着他，说道："哦，你叫王鸿喜，你打下了敌机，我们大家同喜！"

周围的人笑了，王鸿喜也消除了紧张。

顺手拈来，就来人的名字说笑，拉近彼此的距离，几成毛泽东的习惯。他喜爱地看着王鸿喜，继续说：“请你讲讲，你们怎么打的，有什么经验?”

王鸿喜简要地汇报了战斗经过，毛泽东连声说：“打得好，打得好！希望你们海军航空兵打更多的胜仗！“

人民海军在海上也同国民党军队进行了几场有决定性意义的战斗。

1962年6月，国民党军乘大陆经济困难之机，叫嚣反攻大陆。6月10日，毛泽东、中央军委命令全军进入紧急战备。海军186艘舰艇、156架飞机遵照命令，紧急部署在东南沿海前线。全军各部队也都紧急备战。一些部队向东南沿海开进。毛泽东曾经亲自观察部队的调动、开进，大加赞扬。

最终，国民党军慑于人民解放军威力，其大规模窜犯大陆的计划胎死腹中。

1962年秋天起，国民党不断派遣小股武装特务偷登袭扰。

1962年有8股,1963年增至34股,1964年更增至59股，先是在广东沿海，后来扩展到福建、浙江，甚至远至山东，“抓一把就走”，以海狼艇群袭击大陆沿海舰船，大造“反攻复国”声势。

海军处于反击武装特务袭扰的前沿，先后击沉国民党军“班超计划”特务输送船“M1545F”；击沉载运国民党特务的“祥顺1号”船，歼灭伪装成日本渔船的“海兴51号”“海兴52号”船输送的特务，捕获了“T3166M”特务输送船，歼灭国民党情报局海上突击队的海狼艇2艘，击沉国民党情报局“扬威”号输送特务的挂机舟，全歼特务输送船“满庆盛”“满庆升”号，击沉伪装成香港船的特务船“大金1号”“大金2号”。特别是在歼灭“大金1号”“大金2号”的战斗时，美国军舰“星座号”编队曾向战区移动，人民海军迅速击沉特务船，制止了美国军舰的挑衅。

1964年6月2日，台湾特务船“海兴1号”“海兴2号”先转至韩国鹿岛，再从那里起航，偷登山东镆铘岛，“抓一把就走”。海军部队没有打好，让特务船逃脱了，毛泽东就此作了指示。海军指战员憋着一口气，决心打好下一次战斗。

1965年8月5日15时12分，汕头港外兄弟屿海面，出现了两艘军舰。近几个月来，美国驱逐舰频频出现在这条航线上。水兵们愤怒于美国军舰又来挑衅，从雷达上密切监视它们的行踪。

雷达回波有异。再仔细辨认，却原来是国民党海军“江”字号军舰一艘、

“永”字号军舰一艘。

驶来的是“剑门”号、“章江”号猎潜舰。它们从台湾左营港隐蔽出航，一直保持无线电静默，走在美国军舰常走的航线上。

汕头军用码头上紧急备战。21时24分，汕头水警区孔照年副司令员登上“海上先锋艇”，率领601、558、611高速炮艇起航，驶向南澳岛云澳，待机出击。22时43分，鱼雷快艇第一梯队131、132、133、134、135、123等6艇从海门起航，也驶向云澳。

南澳岛，山石赭黑，沙滩雪白。绕岛一周，到处可见能够泊船的港口。

作战计划已被批准，先打国民党军刚自美国接收的“剑门”号军舰，再打吨位比它小的“章江”号。

海上阴云布合，西南风起，能见度不好。

5日23时13分，孔照年率领护卫艇4艘由云澳出击。鱼雷艇队已直赴南澎岛附近邀截，防止两舰逃脱。

6日零时40分，护卫艇队逼近“章江”“剑门”号，相距3.8海里。零时50分，“章江”“剑门”突然转向，同我拉开了距离，护卫艇由拦截改成追击。

中途，588艇故障。

不能让“章江”“剑门”逃脱！孔照年率领“海上先锋艇”、601、611艇投入攻击。

1时50分，“章江”“剑门”先向人民海军艇队开炮，护卫艇队自动还击。

效果不佳。孔照年下令立即停止射击，要求务必近战歼敌。规定没有命令不准打，看不清目标不准打，瞄不准不准打。

护卫艇队紧紧咬住靠近的“章江”号。“剑门”号见势不好，一面用重炮拦击护卫艇队，一面向东撤逃。

“海上先锋艇”、601、611艇和赶上来的558艇，向“章江”号冲击，抵近至500米，与“章江”号同向运动，连续向它轰击。经四次冲击，直打到距离54米，打得“章江”号中弹爆炸，3时33分在东山岛东南海面沉没。

战斗中，611艇负伤，艇首进水下沉。主机舱后右机突然停，情况万分危急。机电兵麦贤得赶过去启动主机，一块弹片打中他的前额，弹片嵌入左侧靠近太阳穴的额叶，他跌倒了。副指导员替他包扎时，他苏醒过来，挣扎着手指机器。同志们领会他的意思，立刻重新启动主机。麦贤得经过包扎，尽管脑脊液都流了出来，凝结的血浆蒙住了双眼，但他以一种惊人的意志和熟练的技术，摸索着不停地来回检查机器，坚持战斗岗位 3 小时，直到战斗结束。

“剑门”号逃到战区边缘，在暗夜里徘徊。

这艘 1250 吨的大型猎潜舰，航速 20 节，火力强，有 76 毫米火炮 2 门，40 毫米炮 4 门，20 毫米炮 4 门，还有三联装鱼雷发射管 1 座，24 管反潜刺猬炮 1 座。现在，它进退两难，犹豫不决。

在北京，周恩来、贺龙来到总参谋部作战室，命令追歼“剑门”号，天亮前完成突击，并部署空军掩护。

护卫艇队击沉“章江”号后，立即整队追击“剑门”号。

鱼雷艇队第二梯队 5 艘快艇飞奔战区。

4 时 40 分，“海上先锋艇”、601、558 艇不理会“剑门”号的拦截炮火，高速逼靠向前。5 时 10 分，逼近到 5 至 7 链，保持与“剑门”号同一航向，以大舷角集中火力猛打。4 分钟后，“剑门”号哑巴了，炮火沉默，负伤起火。

鱼雷快艇及时赶到，护卫艇队向“剑门”号前方，继续射击，掩护鱼雷艇队攻击。

5 时 20 分，鱼雷艇队占据“剑门”号右舷有利阵位，分两组发射 10 枚鱼雷，3 发命中，“剑门”号爆炸，追随“章江”号沉入海底。

国民党巡防第二舰队少将司令胡嘉恒被击毙，171 人死亡。“剑门”号中校舰长王韫山等 33 人当了俘虏。

人民海军 2 艘护卫艇、2 艘鱼雷艇受轻伤，601 艇艇长吴广维等 4 位同志牺牲，28 名同志负伤。

向海看去，南澳处在南海、东海分界处，东去福建、台湾海峡，西去广东，出洋远行的船都从左近航道通过。这里扼南海、东海航道咽喉。明嘉靖年间，戚继光率五千士卒，荡平盘踞在这里勾结倭寇为害的海匪，把倭寇全部赶下海去，俞大猷则率领水师在海上邀截击灭。

紧傍南澳，有一个猎屿，弹丸小岛，历史上却是坚固的海防堡垒。明代天启年间，荷兰人 3 艘铁甲舰入侵，南澳总兵黎国炳率军民严守猎屿，荷兰人只得悻悻退走。人民毁家纾难，捐献一切，修筑炮台、铳城。崇祯六年（1633），荷兰人20多艘舰船进攻南澳，猎屿铳城的大将军炮、大神飞炮轰击敌舰，守牢和人民更趁暗夜大雾，驾船火攻，使侵略者仓皇逃遁。猎屿上摩崖石刻“海阔心雄”，至今闪耀着战斗光彩。

南澳与台湾隔海相望，明朝时，南澳总兵管辖台湾、澎湖的防务，从这里派兵去台湾戍守，人民更是来往频繁。至今矗立在南澳岛上的芝龙坊，一色汉白玉雕砌，高耸入云，记载着郑芝龙打击侵占台湾的荷兰舰队，开发海上贸易的功绩。

今天由这里出航进行的一场战斗，再次表明台湾和大陆密不可分的联系。

国防部授予麦贤得“战斗英雄”称号，海军授予611护卫艇“海上英雄艇”，119鱼雷艇“英雄快艇”称号。

11天后，8月17日下午，在北京人民大会堂，周恩来向毛泽东介绍孔照年等“八六”海战有功人员。

周恩来介绍说：“这是参加‘八六’海战的代表。这次海战是夜战、近战、群战，是小艇打大舰，是一场歼灭战。”

毛泽东握着孔照年的手，称赞说：“打得好，是以小打大嘛。”

当毛泽东听到护卫艇、鱼雷快艇协同攻击时，问道：“是不是我在芜湖坐过的那种鱼雷快艇？”

“是您在芜湖视察过的同一型号的快艇。”

人们还告诉他高速护卫艇也只有100吨，人们称之为小炮艇。

毛泽东笑着比方说：“你们这是海上‘蚂蚁啃骨头’啊！打得好！”

这次战斗，是指战员长期训练，掌握近战、夜战本领，采取集中优势兵力，各个歼敌的战法，和发扬一不怕苦、二不怕死的精神所取得的胜利。但同时也暴露出许多弱点，特别是协同作战训练不足。然而，由林彪派到海军担任副司令的李作鹏，匆匆忙忙组织人员赶写战斗总结，对“突出政治”做了不适当的夸大，甚至不顾军事常识，说什么只要有了精神，用脑袋也能把鱼雷顶出去。利用战斗胜利，吹嘘林彪的那一套，片面强调精神作用，过分夸大政治作用，以致发展到荒谬。

1993年3月，笔者在广州采访了当年参加“八六”海战的部分同志。

海军广州基地副司令员姜官资少将，当年是601护卫艇后主炮班长，战斗中负伤坚持战斗，战后记一等功，他和其他同志一起受到毛泽东接见。他深情地说：“见到毛主席，我又高兴又紧张。我，一个农民的孩子，最大的愿望就是有一天能到北京毛主席住的地方看看。而毛主席要接见我们，听我们汇报，想都不敢想呀。

“毛主席来了，还有刘少奇、邓小平、董必武、杨尚昆、薄一波、彭真、李先念、谭震林等首长。周总理先作介绍。事先，周总理、贺龙元帅、罗瑞卿总长和总政两位副主任详细听了我们的汇报。

“毛主席特别高兴，又问了几个问题。他谈笑风生，开心地大笑。为我们打了胜仗而高兴。

“毛主席听说麦贤得在战斗中负伤。连声问：‘现在怎么样了？’

“当听说还在危险中时，毛主席说：‘要派最好的医生去治。’毛主席又问其他负伤的同志，说：‘一定要好好医治。’

“谈到俘虏时，毛主席嘱咐说：‘他们负了伤，也要好好给治。’

“毛主席问了很多，问得很仔细。我们当时都流泪了。见了毛主席，你一生难忘，觉得一辈子不要辜负毛主席对你的希望、鼓励，要做一个好战士，不论在什么岗位上，都要做好工作。

“毛主席改变了中国命运，影响一代人，两代人，还会继续影响后人。

“今天，有那么多小青年，对唱毛泽东的歌那么入迷，抢着看写毛泽东的书，只是好奇，赶时髦吗？不是。他们是在寻找，在探索，在追求。改革开放，正是毛泽东思想的发展，青年们要从精神上得到更深层次的东西。我同一些青年战士和地方青年谈过，他们说，他们想了解毛泽东怎么做到了这一切，想知道上一辈的人为什么那么信服毛泽东、崇敬毛泽东。他们在追寻毛泽东，重新发现毛泽东，要了解一个改变了中国命运，改变了世界格局的时代巨人。不只是了解那些使人觉得神秘的领袖生活，更想知道他的思想、理论，寻找那凝聚民族的力量。他们可能会得出各种各样的结论，但可以肯定，绝大多数会对毛主席的思想、人品和作为，留下深刻印象。毛主席留给中华民族，中国人民一份丰厚的遗产。这份遗产的意义随着时间的推移，会看得更清楚。”

姜宜资约了当年一些战友一起座谈，他们中有些人也同时受到毛泽东接见。他们深情地谈起接见时的种种，至今仍然激动不已，感慨万千。

笔者还专门采访了“海上先锋艇”，采访了麦贤得。

在猎潜艇、导弹快艇大队码头上，我见麦贤得正在黑板报前，同办报的水兵一起改进黑板报，几乎天天如此。

座谈会上，当人们称他为英雄时，他立刻诚挚地说：“请不要这么说，我只是做了应该做的，为人民服务！”

麦贤得脑部严重受伤，但是，“为人民服务”已经深深扎根。死亡，伤残，都不能摧毁他明白无误的生活目的。对于外面的世界，他像我们一样清楚，他既为改革、开放而开心，也为人们不像20世纪五六十年代那样纯净而担心。

当年，麦贤得伤愈后，毛泽东于1967年12月3日在北京接见了他。一见面，麦贤得用双手握住毛泽东的手，激动地连声问候：“毛主席好！”毛泽东用疼爱和喜悦的目光看着他。

麦贤得至今还记得那目光。这照亮了他以后同伤残作斗争的道路，激励他继续为人民作贡献。

麦贤得遗憾地向我说：“可惜我当时没有要一张毛主席的照片。”在纪念毛泽东诞辰100周年的时候，《人民海军报》和《解放军画报》社的同志，找到了当年毛泽东接见麦贤得的照片，第一次公开发表，而且给麦贤得寄去了一张。

“海上先锋艇”已经不再是小炮艇，而是新式猎潜艇。这支炮艇部队已换装为猎潜艇、导弹快艇。他们仍然以解放万山群岛时的那条木壳老艇为荣。他们正在加紧训练。他们将担负起新的任务，保卫人民的安宁，保障全部中国国土的繁荣昌盛。

“八六”海战后的3个月，1965年11月13日13时20分，福建崇武以东海面，国民党军“永昌”号炮舰、“永泰”号猎潜舰由马公驶往乌丘屿。

东海舰队576、577、588、589和573、579高速护卫艇和鱼雷艇第三十一大队132、124、131、152、145远程鱼雷艇组成突击群，计划在乌丘正南海面实施突击，打击这两艘国民党军舰艇。

22时10分，突击艇群到达东月屿待机。

周恩来从北京发出作战指示：要抓住战机，集中兵力先打一条，要近战，发扬英勇顽强的战斗作风，组织准备工作要周密一些；不要打到自己，天亮前撤出战斗。

突击艇队接到指示，22 时 16 分，成单纵队出击。掩护艇队也前出到海上佯动。

23 时 14 分，573 护卫艇雷达室报告：“右舷 10 度，距离 1 链，发现目标。”

“永昌”号炮舰650吨，满载954吨，“永泰”号猎潜艇600吨，满载903吨，都是美国“援助”国民党军的。它们在海上踽踽而行。

东海舰队 6 艘高速护卫艇突然插入国民党军两舰之间，把它们分隔开来。4 艘护卫艇集中攻击走在前面的国民党军舰，2 艘护卫艇钳制后面的一艘。战斗打响，国民党军舰顽强抵抗。“永泰”号抵挡不住了，负伤逃向乌丘屿。护卫艇队集中火力围攻“永昌”号，同时向夜空中发出信号弹，召唤鱼雷艇群前来攻击。

鱼雷艇群迅速占领阵位，向“永昌”号攻击，第 1 组、第 2 组连续攻击，都被“永昌”号躲过了。指挥员命令第 3 组慢速接近攻击。第 1 组佯攻钳制，迫使“永昌”号转向，把整个舰身暴露在第 3 组鱼雷艇的面前。“永昌”号惊慌失措，拼命向台湾呼救：“我舰 1000 码以内都是共军快艇，情况非常紧急……”

零时 30 分，145 鱼雷快艇首先占据有利阵位，单艇攻击。零时 31 分，距离 1.9 链，两枚鱼雷齐射，直奔“永昌”舰。“轰隆”一声，一条鱼雷命中“永昌”舰尾部。“永昌”舰失去机动能力，开始缓慢下沉。

护卫艇编队立即赶了过来，继续用炮火猛烈轰击，“永昌”号迅速下沉，1 时 06 分，完全沉没。

国防部通令嘉奖东海舰队参战部队，并授予 588 号护卫艇“海上猛虎艇”称号。

“八六”海战和崇武以东海战后，国民党海军在沿海的袭扰基本销声匿迹，以内战形式进行的反对美帝国主义侵略的斗争，告一段落，中国大陆从北到南的海运航道，基本打通，有力地保障了社会主义经济建设。

战斗转向北部湾，转向海南岛上空，同美国海军交手，开始了中国人民海军直接反击外国入侵者的作战。

二十四　美机入侵应该坚决打

20世纪60年代，美国取代法国殖民主义，在毗邻中国的越南扩大战争，派遣飞机频频侵犯中国；中苏两国关系交恶，苏联在中国边境陈兵威胁；印度利用中国经济困难，越过麦克马洪线，大肆侵占中国领土，赫鲁晓夫公然支持印度侵略；台湾蒋介石集团也在美国支持下叫喊“反攻大陆”，中国周边形势日趋严峻。

早从中华人民共和国成立起，美国为了“遏制共产主义”，就在中国当面海上构筑了以地缘为基础的战略体系，建立起从阿留申群岛，经日本、冲绳、台湾、菲律宾到东南亚的东方弧形“包围圈”。这一体系第一道防线是南朝鲜、台湾和南越三个进攻桥头堡，部署有大量地面兵力；第二道防线是日本、冲绳、菲律宾、泰国、马来西亚，是整个战略体系的部署重点，配置有中程导弹基地，海军和战术空军；第三道防线是小笠原群岛、马利亚纳群岛、澳大利亚、新西兰，是战略体系的前进后方，部署有战略空军和海军后方勤务兵力。中国一直面对着美国武装力量的威胁和侵犯。

对于美国推行越南战争美国化，有一种意见认为可能引发大战，毛泽东指出，或许不会，但要有准备，“要放在马上打的基础上部署工作”。

1964年8月29日到9月29日的一个月里，美国无人驾驶高空侦察机先后6次窜犯中国浙江、福建、广东、广西上空。美军潜艇也在靠近海南岛的海域活动。

根据中央军委决策，苏振华和海军常务副司令兼海军航空兵司令员刘道生运用从红军时开始积累的作战经验，坚持好钢用在刀刃上，精兵强将上阵，以确保首战胜利，从驻青岛的某师选调优秀飞行员、地面雷达、领航人员、地勤工作人员，抽调数架歼 –6 飞机，组成精干的作战分队，由该师周克林师长率领，于 1965 年 2 月 20 日紧急转进到海南岛。此前 5 天，苏振华即于 2 月 15 日先期到广东川岛海军水面舰艇部队视察，组织安排运送作战物资，支援越南人民抗美作战。随后，转至海南岛，与南海舰队航空兵张文清司令员和歼击机作战分队研究打击入侵美军飞机的措施。接着，又马不停蹄地赶往榆林基地舰艇部队研究反对美国军舰入侵的部署。按照习俗，此时还在春节当中，指战员看到海军政治委员来到前线，无形中加强了作战紧迫意识。3 月 6 日，苏振华按照事先约定，在海南岛海口秀英码头迎接中国人民解放军总参谋长罗瑞卿。他们一起登上“南宁”号护卫舰，与 104 扫雷舰组成一个编队，驶向北部湾，考察北海、钦州、龙门、东兴，直至中越边界，研究支援越南人民反侵略作战的部署。战争威胁迫近，加紧战前准备。

1965 年 3 月 24 日 12 时 55 分，美军一架“火蜂”式无人驾驶高空侦察机再次入侵海南岛上空。歼击机作战分队飞行员张炳贤和王相一各驾驶一架歼 –6 飞机分别从海口机场、陵水机场起飞，拦截美军无人驾驶侦察机。

美军 AQM–34A“火蜂”式无人驾驶侦察机，机身长 7.01 米，翼展 3.91 米，最大时速 0.96 音速，高飞在 18000 至 20000 米高空。

当时，海军航空兵装备最先进的歼 –6 飞机，也只能飞到 17900 米，要打下“火蜂”式无人驾驶高空侦察机，必须飞到 18600 米高空去作战；“火蜂”式无人驾驶侦察机体积小，在空中飘摇不定，以四分之一最理想的进入角实施攻击，它的被弹面，可能被打中的面积不过一米，如果说在通常情况下，一百发炮弹可以百发百中的话，打“火蜂”式无人驾驶飞机，就只能百发中一了。加之美军飞机只在海南岛边缘快进快出，而我们必须把它打在我国领海线内，把握战机的难度很大。

为了使歼 –6 飞机飞得更高，小分队从每架飞机上拆掉一门机关炮，拆掉座椅防弹钢板，拆掉所有打“火蜂”式暂时不用的一切设备，尽最大限度减轻飞机重量，提高飞机的静升限。这仍然不够，他们决心最大限度发挥武器效能，利用飞机运动中的惯性，当飞行达到超音速时，突然抛物线式地跃升到18000米以上，瞬间攻击，命中体积很小的“火蜂”式无人驾驶侦察机。这需要大无畏的精神和高超的技术，充分发挥现有武器的性能。

13时55分33秒，地面领航员准确引导王相一接近美机，27秒钟后，13时56分，王相一奋力跃升，占位后在一瞬间连续开炮3次，打中无人驾驶飞机的左翼。14时01分，王相一再次跃升，两次开炮，再给美机一次打击。“火蜂”式无人驾驶侦察机被打得摇摇晃晃，逃向外海，终于因被打伤而控制不住，返航时坠落在越南岘港东北海区。

在此之前，海军航空兵，以至海军的战斗，都是同美国支持的国民党军作战，这一次，第一次直接同外国入侵军队作战，为保卫祖国而战，首次击落入侵美军飞机，开启了共和国海军战斗新篇章。

苏振华当即赶到陵水机场，同指战员研究总结战斗经验，仔细分析战斗各个环节，肯定部队指战员的创造，语重心长地说：“这次战斗，是又一次集体协作的胜利，地面指挥、引导，空中攻击，协调一致。这是长期磨合、精心准备的结果。”相对于当时盛行的政治冲击一切的鼓吹，苏振华说：“我们强调政治和技术的辩证统一，勇敢加技术，才能克敌制胜。”苏振华加重语气说：“同志们要充分认识我们的任务是，粉碎美帝国主义的侵略挑衅，我们必须以大无畏的气概，讲究科学的方法，保证打胜仗！”

3月31日13时41分，美军又一架“火蜂”式无人驾驶侦察机入侵，擦着海南岛边缘，直进直出，速进速出，以图逃避打击。海军航空兵大队长舒积成驾驶一架歼-6飞机起飞。地面领航员王立珠、王静玉快速、准确计算了各种数据，引导舒积成左转增速拦截，把美军“火蜂”式无人驾驶高空侦察机打落下来，坠毁在陵水县境。海军党委报请国防部于4月3日授予舒积成战斗英雄称号。

1965年4月3日，军委总参谋部指示：全军必须高度警惕，认真掌握情况的发展变化，切实做好反击美国可能对我国进行军事挑衅的准备。

4月9日上午，从美国“突击者”号航空母舰上，起飞了4架F-4B超音速战斗机，直向中国海南岛莺歌海靠近。随着，又一批4架美国海军F-4B舰载机，侵入海南岛上空。

南海舰队航空兵某师大队长谷德合率领李大云等4架歼-5飞机起飞，穿过厚厚的云层，警卫祖国的天空。

入侵的F-4B鬼怪式战斗机，是当时最新式舰载飞机，高空每小时速度高达2410公里，海平面飞行每小时也高达1350公里，装备有麻雀-Ⅲ型空对空导弹，半主动雷达跟踪制导，最大射程14.8公里，最大时速3倍音速，弹头装有6公斤烈性炸药。

海军航空兵歼-5是20世纪50年代生产的老式飞机，性能无法和F-4B相比。但是，谷德合中队毫不畏惧，命令全中队："投掉副油箱，左转逼近美军飞机。"僚机飞行员李大云占据了攻击的有利位置，请求攻击。但是，"不打第一枪"的规定必须严格执行，海军航空兵只是严密监视美军飞机动向。

然而，美军却急不可待地发射了2枚麻雀-Ⅲ型导弹。李大云一个急转，规避开来，2枚导弹径直向前方的美军3号机奔去。空中一声爆炸，一团火光，美军3号机向下坠落了。

作恶者自毙，美国人自己打掉了自己的飞机。

4月9日，新华社发布消息：

> 美国军用飞机2批8架，侵入我海南岛崖县、白沙、冒感上空进行挑衅活动。我机当即起飞迎战，美机见势不妙，施放导弹2枚，仓皇逃窜，在慌乱中，一架美机被另一架美机发射导弹击中。

美国国防部发言人抵赖说："美国没有侵入中国海南岛上空，交战是在海面上进行的。"更威胁说："美国飞机始终被授权自卫。"

当日，周恩来总理修改杨成武副总参谋长的报告，将"南海地区对美舰、美机斗争的六项规定已不大适应当前情况"修改为"已大不适应当前情况……现在必须撤销六项规定"，并批示："将此事报告主席。说明常委已予同意，看主席有无新的意见；如无，应立即由总参下达命令。……按照1963年6月25日颁发的'沿海地区海、空情况处置守则'执行"。"对侵入我大陆和海南岛上空的敌机采取坚决打击的方针……但追击时不超出大陆和海南岛及其领海上空。"

当天，毛泽东看到战斗报告，为海军航空兵战士的勇敢、机智感到欣慰，更为美军如此肆无忌惮而愤怒。他作出果断决定：

美机入侵海南岛，应该打，坚决打。海军驻青岛的那个师调去海南岛没有？海军应该调强的部队去，不够就由空军调强的部队去。美机昨天是试探，今天又是试探，真的来挑衅啦！既来，就应该坚决打。海军航空兵和空军应该统一指挥，海军和空军应该很好配合起来打。

海军党委立即重新调整海军航空兵作战部署，增强进驻海南岛的打击力量。

毛泽东指示中提到的“海军驻青岛的那个师”，是海军航空兵着力建设的一个“拳头”师。苏振华、刘道生以及原海军航空兵司令员顿星云都对这支部队的建设倾注了大量心血。毛泽东在 1957 年 12 月 18 日刚提出“务歼入侵之敌”的号召，这个师的飞行员就在 1958 年 2 月 18 日，农历春节那天，在空气稀薄的高空同温层击落美国制造的 RB–57 高空侦察机；1964 年 6 月 11 日夜间，击落美国制造的 P2V–7 侦察机；1964 年 12 月 18 日，在浙江上空击落美国制造的 RF–101 侦察机。

美军飞机在 4 月 9 日失利后，改变直进直出深入中国陆地纵深的方法，只是擦着中国领海线和海岸线边缘，时出时进，诱中国飞机进入公海上空作战，挑起事端，为扩大侵略制造口实。甚至扬言要同中国“较量”，要在亚洲大陆“再打一场地面战争”。

4 月 14 日中共中央发出《关于加强战备工作的指示》。海军党委要求海军航空兵切实贯彻毛泽东的指示，海军航空兵决心把入侵美军飞机打落在中国领海线内。

1965 年 8 月 21 日上午，美军一架 AQM–34A 型“火蜂”式无人驾驶侦察机侵入海南岛。海军航空兵指挥员命令舒积成驾驶歼 –6 飞机打破常规，开加力起飞，比预计时间提前 3 分钟上升到 13000；比预计时间提前 4 分 40 秒上升到 16000 米，争取了极其宝贵的时间，在最佳时间赶到了拦截地段。由地面领航员准确引导，迫近无人驾驶飞机开炮，把美军“火蜂”侦察机打落在海南岛新村港南。

1965 年 9 月 20 日上午，一架美军 F-104C 战斗机，由南越岘港起飞，在峨蔓港方向逼近中国。

F-104C 战斗轰炸机，是美国洛德希克公司新生产的全天候多用途高速喷气式飞机，时速达 2400 公里，高度可达 24000 米，有一门 6 管装的机关炮、2 到 4 枚“响尾蛇”空对空导弹。

10 时 58 分，海军航空兵大队长高翔、副大队长黄凤生各驾驶一架歼 -6 飞机从海口机场起飞迎战。

高翔在左前方发现美军 F-104C 飞机正在转弯，他切半径直扑过去，进入有效射程，直到瞄准具光环完全套住美机，距离 291 米，他才按下炮钮，一个长射，直打到距离 74 米。美机当空起火爆炸。僚机黄凤生赶过来，对正在下坠的美机再补上几炮。

美军飞行员跳伞，落入七洲洋水面。老民兵，当年琼崖纵队游击队员符气合，第一个从水里捞救起美军飞行员，把他俘获。这个军号 4360 的菲利普·史密斯美军上尉赶紧举起双手投降，交出随身武器，捧上美国国防部发给的用 13 国文字写的“请求帮助”的“救命书”，请求不要杀他。

F-104C 飞机被击落，飞行员也当了俘虏，美国政府感到震惊。

这次战斗，给了美国政府一个明确无误的警告：侵越战争一旦扩大到中国，后果只会比他们在朝鲜战争的失败更惨，更令人难堪。

1993 年，笔者采访高翔。他已经离休，但仍然像过去那样精力旺盛，一打开话匣子，别人休想插一句话。

高翔说：“打下美国 F-104C，说话间已有 28 年了。毛主席命令很明确，只要是美国的战斗机、侦察机侵入中国领空，就应该打，坚决打。毛主席最了解我们当兵的心思，让我们放开手脚。过去我们打的是国民党军队，实质也是反对美国侵略的战争，但毕竟还有不同。海南岛空战，是人民海军第一次面对面同美国人打，第一次在国土上空进行反对外国入侵的战斗！我要再强调一句，是从毛主席的命令，让我们放开手脚打！打了胜仗，我当然想见毛主席，想让他老人家也享受享受战士打了胜仗的热乎高兴劲。上级叫我和老民兵符气合到北京参加国庆观礼。我们天天盼着见毛主席，见到毛主席的头一句话说什么词，我都想好了。可是，突然说，毛主席忙，这回就不同大家见面了。代表们那个不依呀！有人讲了，我们从全国各地来，就是要见毛主席，不光是我们自己，我们单位的人，都托我来看毛主席呀！我们每个人的身后，谁不代表成千上万人呀！见不到毛主席，我们就不走。”

高翔笑了笑说：“你别看我这人在部队里啥都敢说，啥都敢干，可那会儿，这么硬提要求，还真不敢，我们毕竟是解放军代表嘛。但是，我的心情跟那些人是一样的，甚至比那些人更强烈。后来反映到毛主席那里了，毛主席笑着说：见，哪能不见哩！这话一传出来，代表们那个高兴哟，眉开眼笑，真是欢天喜地。照相的时候，把我和符气合安排在前排正当中，我特高兴。可是宣布说，不要主动同毛主席握手，而且一而再、再而三地强调，作为一条纪律，不通也得通。过了一会儿，先是彭绍辉上将来了，他是动员部长，管民兵的，特别关照符气合。本来我们俩是挨着站的，一个打飞机的，一个抓俘虏的，一体嘛。谁知调整来调整去，把我调到离开中间的位置了。这时，毛主席来了，彭绍辉就向他介绍符气合。毛主席同老民兵握手，问话。我那个心里呀，就盼着毛主席走过来，盼着有人向毛主席介绍我。有人在毛主席旁边说了句什么话，毛主席便抬起头来，上下左右挥手致意，同志们激动地鼓掌、欢呼。我没有站在毛主席近跟前，隔了好几个人。要不，我豁出去背个违反纪律的处分，也要主动同毛主席握手，把心里早想好的话说给他老人家听！唉，错过了机会，只有在心里向毛主席、在梦里向毛主席说了。”

这是战士对领袖的深情！

我向高翔说：“听说你打下的菲利普·史密斯，在1989年到中国来，特意要求同你见面，是么？”

高翔说：“那年他被打下来，从文昌送到海口，在南海舰队航空兵干部食堂审问他，我也参加审问。1989年，他是作为客人到中国来的，他邀我在上海他住的饭店见面。那怎么行？我是主人嘛！后来，还是我请他到我住的地方见面。”

我问道：“你们见面，他说什么？”

高翔笑笑说：“他一见面，先感谢我，说是我只打落飞机，没打人，手下留情。他还告诉我，当时他绝想不到会被中国飞机打着了，直到飞机一震，有一种斧头斫铁桶似的感觉，这才明白被中国飞机打中了。他问我当时是什么心情。我说，当时你不经允许，跑到人家屋子里来了，那只有当强盗，当非法入侵者办了。我打胜了，我很高兴。今天，你作为朋友来做客，我欢迎你，我更高兴。史密斯先生说：‘你是为了自己的国家，而我当时是不愿到越南作战的。’”

我笑着说：“高翔，你可以当外交官了。”

高翔说：“史密斯也很诙谐，他说：‘尼克松访问中国后，毛主席、周恩来善意地把我放回去。我在中国等于休假七年，回去后补发了薪金。只是我的妻子，经不起长期寂寞，早早离开了。’我安慰他说道：我也损失不小。我出发到海南作战的时候，我的大孩子到飞机场送行，我准备了作战牺牲，再也见不着他了。当时我又一个孩子快要出生了，我也来不及看上一眼，而且不能肯定见不见得着了。我们都付出了大的感情代价。就我们中国人来说，我们是不要战争的，但是，许多年来，别人总是把战争强加到我们头上，我们不得已才拿起枪。”

高翔停了停说：“史密斯还说：‘把我从海上救起来的老人也没有杀我，他很善良，我要看看他。’我向他说：你见不着他了，他已经去世了。史密斯连连说：‘中国老人很善良。’我看他是真的感到怅然。”

高翔说：“你看，这真叫做不打不相识了。”

但是，当时，美国的决策者仍不断派飞机入侵中国海南岛。

美国 F-104C 在海南岛被击落，飞行员被活捉后，1967 年 6 月 26 日 11 时 22 分，一架美国 F-4C 战斗机在陵水附近侵入中国领海上空。海军航空兵第六师王柱书、吕纪良双机起飞迎战。王柱书投副油箱时，却误把减速伞投掉了，僚机吕纪良为了不影响长机攻击注意力，不再通报，只加倍留心掩护长机攻击。

王柱书决心进行突然打击，有意推迟打开半雷达，以免被美机护尾器发觉。距离美机 1000 米，光学瞄准具已完全套住美机；他干脆放弃使用半雷达，进行奇袭。距离 254 米时，美机还未觉察，他三炮齐发，打掉了美机的右水平尾翼。僚机吕纪良接着攻击，击中美机翼根部，美机起火爆炸，坠落在榆林以南领海线内。6 月 27 日，美国国防部不得不公开承认：“美国空军一架幽灵式喷射机，在海南岛附近误入中共区上空，被中共飞机击落。”

1968 年 2 月 14 日 10 时，美国 2 架 A-1H “空中袭击者”舰载攻击机在万宁侵入中国领海线内上空。为了把美机打在领海线内，海军航空兵第六师陈武录、王顺义驾机起飞，利用内侧阳光，隐蔽接敌。陈武录近距离一次进入，三次开炮，将美军僚机打了个空中开花。王顺义打伤了美军长机。这架美国飞机也没能飞回基地，在岘港外海便坠落了。

海军航空兵从 1965 年到 1970 年，在海南岛上空，先后击落美军飞机 7 架，击伤 1 架，迫使美军击落自己飞机 1 架，我无一伤亡，取得 9 : 0 的战绩。

人民海军在中国国土上第一次直接同外国入侵者作战，获得全胜!

二十五　三步走，收复西沙群岛

20 世纪 60 年代，中国由于自然灾害和工作失误，发生了严重经济困难，毛泽东、中共中央集中精力解决国内问题。在此艰难时刻，境外敌对势力联手对中国进攻了。1959 年 3 月 10 日，英国帝国主义分子与印度扩张主义分子策动西藏上层反动集团武装叛乱，“妄图把西藏拿了过去”。3 月 20 日，印度总理尼赫鲁公然要求把 10 多万平方公里的中国领土划入印度版图；此前的 2 月 20 日，美国武装和支持南越西贡集团派 HQ225 号炮艇侵入中国西沙群岛永乐群岛海区，22 日入侵琛航岛，抢劫掳掠中国渔船。

毛泽东和中共中央不得不分出精力应对外国挑起的事变。在西藏，人民解放军开始平息武装叛乱。在南海，3 月 9 日，周恩来总理写信给国防部长彭德怀，就《关于海军巡逻西沙宣德群岛海区问题》指示说：根据在郑州时中央常委商定的原则，经报毛泽东主席同意，派海军舰艇开始巡航西沙群岛，相机在宣德群岛建立军事据点，进驻政府工作人员，建立巩固的生产基地。

海军司令员肖劲光、政治委员苏振华立即部署南海舰队司令员赵启民去榆林组织落实。3 艘护卫舰、4 艘猎潜艇、4 艘护卫艇和 1 个鱼雷快艇大队随即转进至榆林，同时加紧抢修海南岛陵水机场，以便海军航空兵部队进驻。

3 月 12 日，南海舰队榆林基地会同海南军区派出侦察组去西沙群岛海域侦察。3 月 17 日 12 时，以“南宁”号护卫舰、“泸州”号猎潜艇组成的舰艇编队从榆林出发，开始第一个航次巡逻西沙群岛。

“南宁”号、“泸州”号凛然巡航西沙群岛海域，多次遭遇美国军用飞机侦照，中国水兵的火炮跟踪瞄准，迫使它们离开。南越军舰慑于正义，也远远避开航行。

中国海军巡逻西沙群岛6个航次后，毛泽东批准在永兴岛建立海军据点，组建政府机构“南沙群岛、西沙群岛、中沙群岛工作委员会”同时进驻，实施有效行政管辖，组织渔民扩大生产，逐步覆盖西沙群岛全部海域。

海军及时向中央军委报告巡逻西沙群岛的情况，6月9日，总参谋长黄克诚根据海军的请示，向中央军委报告：拟充实西沙群岛巡航力量，调东海舰队两艘军舰通过台湾海峡去南海。6月14日周恩来批示：拟同意。6月15日，毛泽东批示：请彭酌定。从此，中国海军一直对西沙群岛海域例行巡逻，到1973年底，海军定期对西沙群岛巡航达76次，遏制了美国、南越西贡集团侵略图谋。

1973年3月，美国被迫从越南撤军，但继续武装西贡越伪集团，怂恿其先后侵占了中国南沙群岛的鸿庥岛、南子岛、敦谦沙洲、景宏岛、南威岛、安波沙洲，悍然宣布把南威、太平等岛划归南越福绥省管辖。

1974年1月初，南越“总统”阮文绍到岘港成立作战指挥部，实行战争冒险。由南越海军司令陈文真指挥，以“李常杰”号（HQ–16）驱逐舰、“怒涛”号（HQ–10号）护航炮舰为左翼，“陈庆瑜”号（HQ–4号）驱逐舰、“陈平重”号（HQ–5号）驱逐舰为右翼，计划在中国永乐群岛登陆，“把中国人赶出去”。阮文绍把中国的隐忍看作软弱可欺，认为中国处在“文化大革命”中，无暇顾及西沙群岛，更以为有了美国制造的4艘军舰，总吨位达到6540吨，可以稳操胜算。他自我膨胀，欺骗和鼓动南越士兵说，“中国人不会打你们”。

1974年1月11日，中国外交部发表声明，严厉谴责西贡越伪当局挑衅，重申中国对南沙、西沙、中沙、东沙群岛固有的主权。周恩来总理指示：密切关注事态发展，加强保卫西沙群岛的兵力部署。

这是一个非常时刻，在中国北方边境，苏联扩张主义陈兵百万，在海参崴结集了100多艘舰艇。在南方，菲律宾继侵占了南沙群岛的中业岛后，1971年再占西月岛、北子岛。马来西亚又在中国盟谊暗沙进行非法钻探，蚕食中国领土，掠夺海洋资源。南海，战云密布。

1974年1月14日，海军榆林基地魏鸣森副司令员率领271、272两艘猎潜艇开始第77次西沙群岛例行巡航。这两艘20世纪50年代苏联制造的喀朗斯塔德级猎潜艇，每艘满载排水量仅257吨，最大航速18节。本应调派火力强、吨位大的护卫舰出巡，但是，由于"文化大革命"废弃了原来行之有效的规章制度，军舰失修，无法航行，不得不远从汕头调派某猎潜艇大队281、282艇立即赶赴西沙群岛增强巡航力量。

西沙群岛由宣德群岛、永乐群岛组成，西贡越伪集团不仅侵占了永乐群岛的珊瑚岛，又派4艘军舰，深深侵入中国海域。

1月15日，西贡越伪海军的"李常杰"号（HQ–16）驱逐舰遣送15人的两栖小分队登占中国金银岛。

1月17日，西贡越伪集团增派"陈庆瑜"号（HQ–4）驱逐舰入侵，并派27名武装人员强登中国甘泉岛，公然摘下中华人民共和国国旗。

17日14时，中共中央军委副主席叶剑英指示：加强值班，提高警惕，准备打仗。

1月18日，西贡越伪集团的"陈平重"号（HQ–5）、"怒涛"号（HQ–10）、"李常杰"号、"陈庆瑜"号4艘军舰由飞机掩护，炮轰金银岛、甘泉岛。10时15分、13时45分，"李常杰"号在羚羊礁北面，先后两次冲撞中国渔轮，撞毁407渔轮驾驶台。

中午12时，周恩来总理亲自打电话到总参谋部作战值班室了解南越军队的挑衅行动。此时的中国，处在"文化大革命"的困扰中，周恩来也身染重病，为了国家民族的生存安危，他审慎分析判断，一字一字说：看来，在西沙群岛难免一战。应该对可能扩大的武装冲突做好充分准备，后发制人，有理有节，既寸土必争，又不使战争无限扩大。总参谋部根据广州军区的报告上报了兵力调动的方案。周恩来转报毛泽东。23时，中央军委发出《关于我在西沙永乐群岛同越伪军舰的斗争问题》的指示：为维护我国领土主权，对西贡越伪集团的入侵必须坚决斗争。在任何情况下，都不打第一枪；如越伪军舰首先射击，则应坚决自卫还击。

南海舰队鱼雷快艇、护卫艇、登陆舰转进至榆林待命，海军航空兵部队转进至海南岛前线机场。同时，广州军区指示海南军区在榆林集结2个营，准备支援西沙作战。

晚21时左右，西贡越伪集团“总统”阮文绍发给侵入西沙群岛的“陈平重”号电报指示:“命令‘收复’琛航岛。”“如中共开火，要立即还击、消灭。”“‘怒涛’号、‘李常杰’号驱逐舰跟踪中共苏式护卫舰（原电如此。实际上，中国海军没有出动护卫舰）；‘陈庆瑜’号、‘陈平重’号支援BH分队登陆，消灭渔船和小船。”“行动时间19日6时35分。”

当此紧急时刻，周恩来总理根据中央政治局会议的决定指示：

> 叶剑英召集军委五人小组（苏振华亦参加）研究商讨作战方案，部署自卫反击。

1月19日，正值农历春节前，北京的天气异常寒冷。清晨，天空飘着雪花。5时40分，叶剑英最先来到总参谋部作战值班室，拿起电话向周恩来报告:“我是剑英，已经到了作战值班室，正按照你的指示工作。”紧接着，陈锡联、苏振华和六人小组中的王洪文、张春桥也到了，协助指挥的副总参谋长向仲华、海军副司令员孔照年、空军副司令员张积慧也随着到了。邓小平最后来到作战室，他没有多话，说道:“先把情况汇报一下。”作战部海军组张予三汇报了永乐群岛海区南越军舰和中国海军前方兵力部署情况，叶剑英、邓小平口述了几条命令，就海战关键、兵力使用、出击时机等做了部署，又抬眼看了看陈锡联、苏振华等，见没有异议，便说道:“发出吧。”

叶剑英、邓小平等曾经指挥千军万马，进行过无数大规模的作战。当前，永乐群岛海区只是一个不大的战区，海军投入的兵力有限，却是新中国第一次在海上反击外国入侵作战，他们丝毫也不敢掉以轻心，随时注意前方战事的进展。

1月19日上午7时，西贡越伪集团军队分乘4艘船进犯琛航岛、广金岛。守岛民兵据理斥责。侵略者不肯退去，首先开枪。中国民兵自卫还击，侵略者从琛航岛狼狈撤逃，一名南越士兵可怜兮兮地请求说:“请给我证明，好向上司交差。”中国民兵在他手掌上写下了义正词严的话:“琛航岛是中国领土，不容许任何人侵犯!”

10时23分，西贡越伪集团的“李常杰”号和“怒涛”号军舰向中国396、389两艘扫雷舰首先开炮。西贡4架飞机也轰炸扫射琛航岛。

海上指挥员魏鸣森命令：271、274猎潜艇，396、389扫雷舰自卫还击，坚决阻止越伪军队接近和抢登中国岛礁！

中国4艘舰艇总共不过1600吨，而越伪集团4艘军舰总吨位6000多吨。一场实力悬殊的战斗，惊天地，泣鬼神！

271、274猎潜艇逼近越伪1700吨的军舰，利用其火炮死角，近距离齐发速射，猛烈轰击。

扫雷舰本不是用于水面作战的军舰，每艘也不过400吨，但是，勇敢地冲向越伪1700吨的军舰。389扫雷舰与越伪“怒涛”号绞在一起，像帆船时代那样展开了接舷战，准备登陆海岛的民兵，也用轻机枪猛扫越舰舱面，手榴弹甩向敌舰驾驶台，打得“怒涛”号脱身不得。

从汕头赶到西沙群岛永兴岛的281、282猎潜艇编队，奋力向永乐群岛海面赶去。

珊瑚岛海面，中国两艘猎潜艇、两艘扫雷舰以大无畏的气概，利用艇小机动灵活和抵近炮火速射的优势，击伤了西贡越伪集团3艘军舰，迫使它们向西南方向撤去。

广金岛外，“怒涛”号依仗吨位大，火炮口径大，猛烈轰击中国389扫雷舰。炮弹落下，389舰舱面起火，浓烟滚滚。水兵们带伤顽强战斗，继续集中火力，打得“怒涛”号多处受伤，失去控制，与389扫雷舰相撞。389扫雷舰规避不及，被撞得首翘尾陷，海水漫过后甲板，处在危急中。

海上指挥员魏鸣森命令：389舰退出战斗，赶赴琛航岛登滩。

281、282猎潜艇及时赶到。魏鸣森命令：“281编队立即向羚羊礁追击，坚决消灭‘怒涛’号！”

281编队指挥员刘喜中回答：“是，坚决执行命令！”

“怒涛”号虽已负伤，但远没有丧失战斗能力，它不寻常地变化航速，寻求处于有利阵位，南越的水兵，穿着红色救生衣，在炮位上忙碌地上上下下，等待时机以便迎击中国舰艇。

中国海军281、282猎潜艇追逼南越“怒涛”号。

“怒涛”号舰尾40火炮开火了，炮弹在近处爆炸。

刘喜中命令：“两艇注意保持航向，避开‘怒涛’号主炮极限射界，从右舷165° 加速逼近！”同时命令：“信号兵，向敌舰发信号：‘西沙群岛是中国领土，你舰必须退出中国领海！’”

“怒涛”号只沉默了一会儿，接着又打炮了。一发炮弹飞来，擦着信号兵的耳朵过去，在海里爆炸了。

刘喜中愤怒地命令：“发信号，命令敌舰投降！要他们按照惯例，大炮归零，取消发射状态，全体人员到后甲板集合，表明投降诚意。警告他们，不投降，就消灭他们！”

信号发出，但是，“怒涛”号大炮仍然处于发射状态。

“再次警告！”

“三次警告！”

“怒涛”号不作回答，而是在悄悄地、缓缓地转向，扩大舷角，狡猾的对手在争取有利时机开炮。

刘喜中命令：“加速靠近‘怒涛’号！”

接近敌舰的角度不理想，不利于充分发挥火炮威力。刘喜中下达舵令说：“左舵！”

“怒涛”号以为281、282艇将从左舷进入，全部火炮转向了左舷。

刘喜中见机立即命令：“右舵，占领有利阵位！”

281、282艇处于十分有利的射击角度，“怒涛”号大部分面积暴露在炮火面前。

“抵近，慢速，集火。左舷，向‘怒涛’号齐射！”

“咣咣——”，海震天惊。顷刻间，大、小炮接连不断轰击，橘红色的火链直穿敌舰。炮弹在“怒涛”号上空爆炸，中国水兵发出了正义的吼声！

第一阵急袭过后，“怒涛”号驾驶台被掀掉了。

281、282两艇一面猛烈轰击，一面驶过“怒涛”号，掉过头来，又从它舰首进入，再次射击。

“右舷，瞄准‘怒涛’号中心部位，打沉它！”

一去一来，打了一个来回，烈火横扫“怒涛”号舰舱面，它开始倾斜了。

刘喜中命令第三次冲击："右舷，顺航向，距离200米，慢速，集火，坚决打沉它！"

西贡越伪集团逃逸的3艘军舰惊魂甫定，试图返回作战海区。中国猎潜艇、扫雷舰立即迎前堵击，保证281、282猎潜艇击沉"怒涛"号。

12时30分，"怒涛"号起火爆炸，开始右倾下沉。14时52分完全沉没在东经111度35分48秒、北纬16度25分06秒的羚羊礁附近。

15时，在北京总参谋部作战值班室，收到前方传来281编队击沉了南越"怒涛"号炮舰的消息，邓小平平静地说道："我们该吃饭了吧。"

为扩大战果，争取全歼入侵敌舰，苏振华征询了孔照年和南海舰队同志的意见，主张派鱼雷快艇出击，并经叶剑英、邓小平同意，可惜中途因故改变。

后来，苏振华感慨说：人民海军一建立，就处在海防前线，一直处在战争环境，不断在战斗中经受锻炼。这次作战，部队事先没有充分准备，指战员带着各自的经历、各自的烦恼、各自的包袱投入进来，仍然在中国最不适宜打仗、最没有准备打仗的时候，用相对落后的装备和力量，把美国支持的、用美国军舰武装的外国军队打了个落花流水！打了近代以来中国海军舰艇对外国军舰作战从未有过的胜仗！检验了人民海军前二十多年的建设！雄辩地证明，我们这个国家，人民不管遭到什么磨难，有多少的不顺心，在民族危难关头，总能团结、奋起，互相理解，万众一心，同舟共济，这就是希望所在！

这次战斗，击沉西贡越伪集团"怒涛"号护航炮舰，击伤"陈平重"等3艘驱逐舰，击毙、击伤200余人。人民海军18人牺牲，68人负伤，389扫雷舰受重伤。

海上指挥所指示：遵照中央军委命令，舰艇立即疏散，防止敌舰报复。一有情况，立即集中。

战斗没有结束，苏振华等积极建议乘胜完全收复永乐群岛。经周恩来报毛泽东批准，命令中国人民解放军乘胜收复被西贡越伪集团侵驻的珊瑚岛、甘泉岛、金银岛。

1月20日6时，海军舰艇编队搭载陆军部队到达永乐群岛海域，海军航空兵歼击机编队飞临战区空中掩护，8时32分收复永乐群登陆作战打响。入侵的南越军队立即瓦解溃散，人民解放军在珊瑚岛登岛后，用越南话高喊"诺松空页(缴枪不杀)!”“中对宽洪堵命(我们宽待俘虏)!”南越士兵摇着白旗走出碉堡，南越军队范文红少校高举双手向中国人民解放军投降。俘虏49人，其中少校1人，海军大尉1人，工兵中尉2人，还有一名美国驻岘港领事馆派驻西贡越伪集团第一军区的联络官杰拉尔德·埃米尔·科什。

新华社1月27日授权公布：

> 中国政府决定，1月19日、20日在西沙群岛的自卫反击战中，中国军民俘获入侵南越西贡军队官兵48名、美国人1名，均将分批遣返。

1月31日12时，中国在广东深圳将西贡军队伤病俘虏5名、美国病俘1名遣返。中国红十字会代表与红十字国际委员会代表罗杰尔·桑西、美国红十字会代表尤金·德·盖办理了交接手续。2月27日又将范文红等43人全部遣返。路透社1月31日报道被中国释放的南越和美国俘虏时写道：“他离开中国走过罗湖桥时面带笑容。”美联社报道说：“他们在被俘期间没有受到虐待。”泰国《泰京报》报道说：“第一批在深圳被中国遣返的西贡军队俘虏和美俘，都承认他们在中国受到了良好待遇。”

西贡南越集团为了掩饰失败，夸大中国舰艇的力量，他的军方发言人黎重轩公然说：“一艘南越巡逻护卫舰被一枚冥河式导弹打中。”“此次战斗，中国舰只数目由11艘增至14艘，包括4艘配有导向飞弹的驱逐舰。南越舰只均被这种飞弹所击中”等等，真是“天方夜谭”，狂人梦呓。阮文绍甚至导演了所谓“庆祝黄沙（指中国西沙群岛）大捷”的闹剧，在国际上贻笑大方。

倒是南越军队准将阮友幸后来在回忆文章中道出了实情：“经过一段时间战斗，海军10号舰被击沉，海军16号舰遭重创，舰身倾斜，海军4号舰和5号舰也受重伤，但跑得还挺好，也还能靠码头，海军16号舰直逃回岘港。把包括一名美国顾问在内的第一军区军官组及一些海军别动队员丢在了岛上。”

西贡越伪集团的挑衅失败了，仍不甘心，急忙向岘港集结军舰和兵力。美国也派出一支舰艇编队，由菲律宾附近向中国南海方向驶来。经周恩来批准，人民海军东海舰队一支由“昆明”号、“成都”号、“衡阳”号导弹护卫舰组成的编队立即南下。1月21日晚，从仍由台湾方面军队驻守的马祖岛以东驶入台湾海峡航道，凌晨3时多驶过金门以东，顺利直接通过海峡，赶赴南海，以应对可能发生的意外情况。

1月23日，中央军委、国务院向西沙群岛参战部队发出嘉奖令。

西沙既克，琛航岛上修建了西沙群岛烈士陵园，永远纪念为国捐躯的18位英雄。

1974年8月15日，苏振华视察驻榆林部队，向团以上干部讲话，开宗明义说：中国是一个海洋国家，毛主席在延安就说过：海洋“给我们以交通海外各民族的方便”。这集中反映了我们中国人的海洋观。海洋关系国家、民族的生存，当今世界，海洋争夺愈演愈烈，我们有责任维护海洋和世界和平。“太平洋不太平”，也仍然是对当今海洋形势的概括。美苏海上争霸，日趋严重。美国想从越南撤军，但并不是放弃对亚洲的控制，还在南亚搞安全体系，搞颠覆，怂恿、支持一些国家侵蚀中国南沙群岛；苏联想取美国而代之，他的舰队已经伸向地中海、印度洋，同美帝争霸，也为了从东西两个方向包围中国。我们的任务是防御帝国主义、扩张主义的侵略，保卫海南，保卫我国海上、海底资源，保障海上运输通道安全。近代以来，帝国主义屡屡侵犯南沙群岛、西沙群岛。1959年3月，周恩来总理根据郑州会议时中央和毛主席的决策，指示巡航西沙群岛，收复西沙群岛。提出三步走，舰艇巡逻、建立军事据点；工作人员进驻，设立管辖政权；建立巩固的生产基地，发展生产。保卫海疆，主要是国家、军队的责任。军队进驻，建立有效的行政管辖，组织渔民生产，开发海上、海底资源，使人民的生产、经济活动覆盖整个海域，才能完全巩固海疆。我们收复西沙群岛，向前伸出了一大步，作战纵深增大了，是解放南沙群岛的支撑点。历史上，帝国主义一直觊觎南海诸岛，尤其是法国殖民主义强占越南后，就染指西沙群岛、南沙群岛。日本帝国主义也叫喊“南进”，在抗日战争期间夺占中国南海诸岛。未来南海必将多事，形势迫人，我们要驱逐占据南沙群岛岛礁的外国军队，在适当时期完全收复南沙群岛。

部队就积极准备收复南沙群岛展开了热烈讨论，针对西沙群岛海战暴露的薄弱环节提出改善舰艇在航率，加强海上运输线建设；设想解放南沙群岛的最佳时机和条件；迫切要求在西沙群岛修建机场。

海军党委分工由第一副司令员刘道生坐镇海南岛，统筹组织西沙群岛设防工程，他来到西沙群岛，看到战士们在劳动中浑身沾满水泥、灰尘，却没有淡水冲洗；汗湿、盐渍，战士们身上的海魂衫破成了“渔网”，解放鞋张开了大口；看到战士们吃不上新鲜蔬菜，普遍烂裆，口腔溃疡。他一个个察看战士们的肩膀和双手，眼睛湿润了。刘喜中向他陈情汇报：“岛上战士们住圆形碉堡，热得像蒸笼，整夜不能入睡；长年吃不到新鲜蔬菜，洗不上淡水澡，连饮水也要限量；劳动强度大，空气潮湿、含盐分高，把一切都腐蚀了，按标准发的衣服不够穿；战士们苦于交通、通讯不便，最难耐寂寞和孤单……”他说着这些时，心里不免有些忐忑。刘道生却深情地说：“你反映的问题很重要，这不是叫苦。保存和提高部队战斗力，就必须改善战士们的生活条件。不能让战士们苦守西沙，要让他们乐在西沙，才能够坚守西沙！”

海军党委向中央军委如实汇报了西沙群岛的情况，于是，战士们不再住碉堡，逐渐地住上了明亮、舒适的营房；有了海底电缆，电话直通全国各地；有了定期班船，有了直升机航线；有了优先配备的电视机，有了每周一次电影放映；全军各文工团轮流来西沙群岛慰问演出；开始筹备在永兴岛修建飞机场。海军副参谋长刘华清也在西沙群岛深入调查，提出改进和加强西沙群岛建设的意见。

1976年，毛泽东主席逝世前，签署了对海军的最后一道命令：将巡防区升级为西沙群岛水警区。至此，19世纪以来，特别是20世纪20年代以来，法国、日本殖民主义以及越南多次袭扰、入侵中国西沙群岛的历史结束了，外国人觊觎中国领土的梦呓亦当永远终结。

二十六　海军要使敌人怕

1973年3月1日，中央军委任命苏振华为海军第一政委，并担任海军党委第一书记。

"文化大革命"一开始，林彪就支持他的亲信李作鹏、张秀川和王宏坤篡夺海军领导权，1966年6月，在海军党委三届三次扩大会议上，他们公然提出"肖、苏不能领导会议，要王宏坤领导"。肖劲光、苏振华和其他海军领导同志敏锐地向中央军委和中央政治局反映了这种异常情况。7月4日，刘少奇主持中央常委会议，严肃指出："第一位的错误是地下活动和罢官夺权问题"，不能够也不允许搞地下活动。7月中旬，李作鹏不得不承认"搞了非组织活动"，"李、王、张的错误，主要由我负责"。8月17日，林彪直接出面保李作鹏等过关，下达指令："海军批王、张要适可而止，立即收兵停战。"8月18日毛泽东在接见红卫兵的时候，当面对肖劲光、苏振华和李作鹏说："肖劲光是个老同志，苏振华是好同志，你们整他们做什么？"肖劲光、苏振华等海军党委多数同志于8月25日坚持通过海军党委扩大会议决议《团结起来，以大局为重，焕发精神，努力工作》，揭露和批评李作鹏、王宏坤、张秀川的错误。这是在党中央直接领导下挫败篡党夺权阴谋的一次胜利。然而，林彪变本加厉，一反平日的深居简出，于9月22、23日连续两天亲自来海军领导机关视察，露骨地支持李作鹏、张秀川和王宏坤，说："全军只有'一个半'好的政治部，除空军政治部算'半个'，（张秀川为主任的）海军政治部则算'一个'。"接着又于

1967 年 1 月 9 日强使肖劲光向海军干部传达他对李作鹏、张秀川、王宏坤的高度评价：“是高举毛泽东思想伟大红旗的，拥护毛主席的，是突出政治的，旗帜鲜明。对海军工作的转变做了很多工作，反对罗瑞卿是有功的。”苏振华当即起而发言，坚持实事求是，尽力保护战友说：“海军的进步，是在毛主席领导下，全体指战员努力奋斗得来的，海军党委也做了大量工作。毛主席说，肖劲光是个老同志，我认为海军其他领导同志也是好同志，都做了许多工作。”但是，李作鹏等在 1 月 16 日凌晨非法绑架了苏振华，宣布苏振华为“三反分子”，把一大批海军领导干部和群众打成“苏记黑司令部”的“狐群狗党”。随即宣布李作鹏主持海军党委工作，篡夺了海军领导权。苏振华被关押在偏僻的湖南冷水滩，刘道生等也被关押在江西上饶。

1972 年 3 月 5 日，毛泽东在苏振华辗转寄来的信上批示：

此人似可解放。如果海军不能用，似可改回陆军（或在地方）让他做一些工作。当否，请中央酌定。

3 月，经毛泽东同意，邓小平恢复工作，苏振华和同志们坚决贯彻邓小平提出的“整顿”方针，清除林彪集团给海军造成的危害，恢复和加强海军战备训练工作，继续加强海军装备建设，使遭受林彪严重破坏的海军逐渐恢复元气，出现了新局面。

1973 年 9 月 21 日，渤海辽东湾，《东方红》奏起了黎明晨曲。

太阳升起来了，“09-1”型鱼雷攻击核潜艇、“051”型导弹驱逐舰、“053”型导弹护卫舰、常规潜艇、“037”型猎潜艇以及导弹快艇、高速护卫艇、扫雷舰的甲板上，同时升起了国旗。

水兵们在甲板上站坡，以海军的隆重礼节，迎接党中央、中央军委首长检阅。

集结在这里的是 20 世纪 60 年代以来，中国自己研究、设计和建造的海军第一代主战舰艇，是几十年间海军指战员、科研、造船部门和全国各方面专家、工人奋斗的成果，是近代中国人民百年愿望的体现。

军委副主席叶剑英，军委，各总部、国防工办和有关工业部的领导同志，由海军领导同志陪同来到军舰上。

海上西南风三级，水波粼粼。军舰起航，将要进行导弹实射，请首长检阅。

14 时 20 分，军舰进入战斗航向。

14 时 30 分，战斗信号旗升上桅顶。

舰长发出口令："前右管导弹发射!"

前发射架右管在右舷 109 度 14 分，顺利发射导弹一枚。

导弹带着橘红色的尾焰，贴着海面疾飞。一会儿，传来命中目标的报告。

15 时 30 分，后发射架右管在右舷 67 度 14 分，又顺利发射导弹一枚，同样击中目标。

第二天，12 时 25 分，军舰在预定海区，又齐射两枚导弹，都准确命中目标。

叶剑英十分高兴，向所有参加建造工作的同志和水兵祝贺，鼓励说："核潜艇、导弹驱逐舰都造出来了，人民感谢你们！全国各地、各方面努力贯彻毛主席指示，自力更生，大力协同，实行三结合，建成了这些新型舰艇，加强了我们的国防力量。""你们要来个猛进，要赶上去。猛进才能赶上。你们要努力，赶上和超过敌人。"

叶剑英向苏振华等指示说："今天看到的几型舰艇，证明了我们科研人员、工厂职工、使用部门三结合方向是正确的。苏振华在这里留两三天，准备研究一下以后的做法。各工业部的同志要参加研究。昨天晚上，我请示总理同意，要做到第一生产不断线，第二全国配套、协力不散伙，第三定点不要变。希望大家努力协作，为完成毛主席的指示，建设强大的海军而努力。"

不久，朱德委员长也专程来此检阅了海军新建舰艇。

近百年来，中国人民筚路蓝缕，努力自己建造军舰。

1864 年上海江南制造局开办，特别是 1865 年开办马尾造船厂，摸索建造用机器推动的军舰。多少仁人志士深深懂得"海疆非此，兵不能强，民不能富""必使中国水师可以使楼船于海外，可以战洋夷船于海中，庶几有备无患"。19 世纪 80 年代，马尾船政学堂第一届毕业生魏翰等人根据英国图纸，制造出中国第一艘巡洋舰"开济"号，随后又建造了"镜清"号、"寰泰"号巡洋舰。与当时从外国购买的军舰比，更为坚利灵快。从 1866 年到 1907 年的 40 年间，马尾造船厂仿制和自行设计建造了 44 艘军舰和商船。

中国最大的造船厂——上海江南造船厂在 1914 年曾建造了排水量 800 吨

的“永建”“永绩”号炮舰，1927年至1937年的10年间，也建造了“逸仙”号护卫舰、“平海”号巡洋舰等。可是，抗日战争胜利后，除修理舰船外，却几乎没有建造过一艘舰艇。

人民海军建立之初，只有国民党海军起义和人民解放军缴获的舰船183艘，约4.3万吨，加上其他接收、征用、打捞、购买的旧船223艘，约9万吨。这些中小型舰船，多由美国、日本、英国、法国、德国、加拿大、荷兰、澳大利亚等国家建造，而且都是第二次世界大战中和大战前制造的，有的还是清朝末年我国江南造船厂建造的，都早已超过了规定的服役期限。

海军亟需新的舰艇！

20世纪50年代，苏联给了中国宝贵的援助，提供一些小型舰艇装备和技术资料，派遣专家来华帮助仿造，促进了中国舰艇制造水平的提高。

毛泽东一直鼓励人们自力更生，建造自己的军舰。1952年2月14日，他亲自来到海军司令部，同肖劲光、刘道生、罗舜初等商量，先帮空军解决抗美援朝战争的急需，压缩原定给海军购买装备的外汇，鼓励海军“买点材料，自己造，先造小的，为将来发展打基础”。

1952年9月，海军建立舰船修造部，由总设计师徐振骐主持，自行设计，在江南造船厂等工厂建造50吨、75吨的第一代、第二代巡逻艇，到1955年共建造了236艘，解决了当时沿海护渔、护航和解放沿海岛屿战斗的需要。

徐振骐是1925年马尾飞潜学校第二期毕业的，30年代为国民党海军派往国外监造订购的军舰。新中国成立时，他和许多中国造船专家一道，参加人民海军的建设。1952年被任命为舰船修造部设计室主任、总设计师。60年代，协助指导设计中型、大型水面舰船。他和许多专家、科技人员为加强海军装备作出了积极贡献。

早在1960年，海军就开始了导弹驱逐舰的研制，但也因国民经济的暂时困难而下马。1965年，随着核潜艇研制重新上马，导弹驱逐舰的研制也重新上马。1968年12月开始建造第一艘“051”型导弹驱逐舰，1972年12月编入海军序列。

海军经过20多年的奋斗，由仿制到自行设计、研制，取得了可喜的进步，建造了适应今后一个时期的主战舰艇，但同世界先进水平比，无论是数量还是技术性能，都还有相当大的差距。

中国的导弹研制发展迅速，“东风五号”洲际弹道导弹需要做全程飞行试验，由中国本土发射，溅落南太平洋某一海区。选定试验靶区，发射时进行海上测量，落区警戒，回收试验数据舱，需要一支庞大的专用船队和强有力的护航舰队。主测船、远洋调查船、拖船、打捞船、油水补给舰和其他有关设备，都需要加紧建造。为保障弹道导弹全程试验的“718 工程”加快了步伐。

根据党中央决定，苏振华担任“718 工程”的领导，他和同志们总结核潜艇研制成功经验，反复强调加强统一领导，坚持大协作，改善科研、生产、使用的三结合，加快“718 工程”进度。

1973 年 12 月 12 日起，毛泽东先后就军队工作做了五次讲话。根据毛泽东的提议，12 月 25 日，中共中央政治局决定八大军区司令员对调，邓小平任总参谋长。各大军区，包括空军都做了相应调整，而海军继续由肖劲光任司令员，苏振华任第一政治委员。这一组合已经长达 20 多年，这是很少见的。毛泽东对他们既寄予厚望，也有所批评。

1972 年，苏振华从冷水滩回来，刚恢复工作，他不愿意回到海军大院原来的住处。那原也不过是解放前有钱人修建的一处墓庐，有一个小小的庭院。“文化大革命”中李作鹏住进去后，大加翻造，被认为是豪华装修了，而同当下许多大款、大腕儿的豪宅比，那也只能够说是茅屋比华堂了。从那以后，苏振华就一直住在一栋比较宽敞的平房。1975 年的一天，毛泽东派张玉凤来看苏振华，惊讶说：“哎呀，苏政委你就住在这样的平房呀！”

因为不是深宅高墙，倒便利与群众交往。1972 年 6 月，笔者直接来到苏振华住处。由于在 1968 年的 6 月 19 日，笔者随海军机关的一些同志，选择 1957 年毛泽东《关于正确处理人民内部矛盾问题》第一次在《人民日报》公开发表的日子，对李作鹏等人几乎打倒所有海军领导干部的做法，公开提出不同意见，被称为“六一九”，王宏坤竟指责说：“‘六一九’就是‘五一六’（当时，正在进行清查所谓“五一六反革命组织”）！”于是，笔者被关押审查。《人民海军报》一位优秀编辑郇深也被斗而含冤死去。1970 年 5 月 4 日，专案组向笔者宣布：经审查，你是反对林副统帅的现行反革命，经“左”派首长批准，开除军籍，开除党籍，给出路，按人民内部矛盾处理，帽子拿在群众手里，押送农村劳动改造。林彪“折戟沉沙”后，笔者得到农村党组织支持，回到北京，但是，仍然顶着“反革命”的帽子。笔者向苏振华汇报了上述情况，并提出应该给死去的郇深平反。苏振华表示同情，同时说道：要相信党组织会很好处理。现在，要讲团结，要讲三个正确对待。毛主席反复讲过，要各自多作自我批评。我过去在海军工作上有错误，群众有意见，毛主席有批评，就要认账，要改。1959年12月1日，“418”潜艇在训练中与一艘护卫舰相撞沉没；1962年3月，海军航空兵一个飞行员投奔台湾，都表明我们工作严重失误，毛主席提出严厉批评，我们一定要接受教训。接着，他几乎一字不漏地背诵了毛泽东1963年在军委关于海军问题报告上的批示：“希望海军各级党委同志团结起来，以大局为重，焕发精神努力工作，发扬成绩，纠正缺点错误，同其他军种一样，把海军工作做好。有错误并不要紧，只要改正就好了。”

这时，苏振华的妻子陆迪伦拿着一盘蜂糕进来说道：“政委还没有吃早饭哩，吃一点吧。”苏振华端到我面前，让我也吃。

苏振华与陆迪伦的结合，因为资历、年龄悬殊，曾经有过质疑，甚至非议。当时苏振华原来的妻子从1954年起，以个人感情为由，坚持要求离婚。1958年苏振华去苏联进行中苏海军技术援助谈判期间，竟自离家另居，而大女儿只有15岁，大儿子也才12岁，最小的儿子、女儿都还很小，生病也无人照顾。1959年国庆时，苏振华一手抱着小女儿，几个孩子一个一个拉着他的衣襟去参加天安门联欢，刘少奇的夫人王光美见了说：“你这样又当爹又当妈怎么行呢！”毛泽东知道以后，又了解到家庭变故的主要责任不在苏振华，用家乡话对苏振华说：“你放肆找，找个合适的。”据传，毛泽东还曾经有意为苏振华介绍一个烈士的未亡人。陆迪伦是1950年1月从长沙参军的学生，她母亲年轻时叛离官宦家庭，1925年参加广州农民运动讲习所，后来，担任过周恩来和邓颖超的联络工作。周恩来赞同苏振华与陆迪伦结合，毛泽东也关心。经过“文化大革命”的风雨，一些苏振华前妻的战友，也由原来的质疑而赞美他们的结合了。这时，陆迪伦向我说：“你可是稀客，头一回来我们家吧？”我说：“过去，没有事情，谁来找首长呀！”苏振华笑着说：“你看，过去我们联系群众不够，就要改！”我慨叹：毛泽东的话，几乎融入了他的血液、骨髓！

1975年5月2日晚11时至3日凌晨，毛泽东主持中央政治局会议，这是他最后一次主持政治局会议。他同到会的政治局委员握手交谈，先是握着陈永贵的手说："你和吴桂贤搬出钓鱼台好。钓鱼台没有鱼钓。"

这不是一般的寒暄。当时，"四人帮"经常在钓鱼台国宾馆进行活动，毛泽东的话，实际上是他随后在会上尖锐批评江青等人的一个开场白。

当毛泽东握着苏振华的手时说道："哦，苏振华！"说着戴上眼镜仔细端详了一会儿，语重心长地说："海军要搞好，要使敌人怕。"随即伸出小拇指，不无遗憾地说："我们的海军只有这么大！"

5月8日，苏振华立即向海军党委传达了毛泽东的指示，组织海军会同有关工业部门研制《海军舰艇十年发展规划》。5月22日苏振华写信向毛泽东报告：

五月八日，我根据个人追记，向海军党委常委传达了主席五月三日晚对海军的指示。昨晚政治局同志学习主席这个指示时，发现我追记的有些出入，根据核对记录，主席指示为：'管海军靠你，海军要搞好，使敌人怕，我们的海军只有这样大。'是否准确，请主席审示。我们拟将主席的这个重要指示向海军部队和有关工业部门传达（第一句不传达），是否有当，请指示。主席早在一九五三年的一次政治局扩大会议上就曾指示，要有计划有步骤地建设一支强大海军。但是，海军建设经过二十多年时间，现在仍然很小。目前，我国自力更生建成了相当规模的造船工业基础，可年产五万吨左右军用船只，并将逐年提高造船能力。我们一定要遵照主席指示办，努力把海军各项工作搞好，力争在十年左右建成一支较强大的海军。

毛泽东看信后，甚为欣慰，在23日批示说：

同意，努力奋斗，十年达到目标。

中共中央办公厅将毛泽东的批语和苏振华的信作为1975年第146号文件印发全党。人民海军走向大洋的起航钟声响了！

6月18日，由苏振华主持，海军会同六机部向国务院、中央军委联合上报了《关于海军舰艇十年发展规划的请示报告》。它对海军的作战指导思想、舰船装备的建造方针、装备生产、造船质量和配套问题等七个方面都作了规划，强调“海军装备应以潜艇和中型导弹驱逐舰为重点，大、中、小相结合，齐装成套”。虽然，由于诸多原因，这个规划不完善，但无疑对海军建设起了促进作用。

毛泽东生前再次号召建立强大的海军，努力奋斗，十年达到目标。鼓舞了全体海军指战员和舰船建造者们。

1982 年，美国亚历山大海军研究中心的战略研究员布鲁斯·斯旺森在他的专著《龙的第八次航行》里写道：明朝初期郑和的“七次伟大航行（公元 1405 年至 1433 年）使得中国的海上力量向南进入了印度洋，继而抵达非洲”。今天“重建中国海上力量的道路，是龙的第八次航行”。作者还写道：“激进派对海军的攻击最终使毛泽东不得不出面干涉，并对海军给予支持。1975 年 5 月 3 日发生了一件对中国海军具有重大深远影响的事件。据透露，在一次高级军事领导人的会议上，毛泽东紧紧握住一位海军高级军官（可能是苏振华）的手说：‘一定要把海军搞好。’这位领导人便利用毛泽东的讲话作为契机，向主席介绍了海军新的十年规划。毛泽东表示赞成。”

二十七　驶向大洋

1980 年 5 月。

南太平洋，南纬 7 度 0 分，东经 171 度 33 分海域。

> 赤橙黄绿青蓝紫，
> 谁持彩练当空舞？

大洋上，水与天齐，万丈祥云高布，一支中国海军舰队，际天航行。

6 艘中国造“051 型”导弹驱逐舰、远洋调查船“向阳红 5 号”等海军和国防科委的 18 艘舰船、4 架舰载直升机，总吨位达 17.4 万吨，共 5360 人，组成特混编队，第一次来到南太平洋。全世界所有敏感的神经都对准了这一海区。

早在 1968 年，毛泽东就批准了远程运载火箭全程试验方案，这次航行，将为这一战略工程画上圆满的句号。这是一次和平的战斗航行，是新中国海军 30 年建设的总结，是重写中国海军历史的发端。这是毛泽东开辟的航程。

1980 年 4 月，浙江舟山群岛，东亭山外的海面上，一支特混编队集结了。正值渔汛旺发时节，船只如蚁，帆樯如林。桅顶红旒，有如繁花怒放，如火如荼，千帆涨满，一似天幕低垂，遮蔽蓝天。好一个海上航行的黄金季节。鼓轮远航，“天时”顺我！

编队指挥员兼政治委员刘道生站在旗舰高高的舰桥上，整个编队尽收眼底。他的目光从一艘导弹驱逐舰转向又一艘导弹驱逐舰，再转向一艘艘补给船、调查船、测量船。其中许多舰船是经毛泽东批准建造的，明天将作远离祖国的万里航行，保障远程运载火箭的全程试验。

几天以前，动员令已经发布："胜利完成编队所担负的任务，是对过去海军建设的全面检验，是对今后海军建设的有力推动，它将在我人民海军建设史上写下光辉的一页。全党和全国人民在期待着我们，为了党，为了祖国，为了人民，为了国防现代化，奋勇前进。"

放眼望去，东海的水，绿中泛黄，沿海江河冲下来的泥沙，浮悬在海水之中。这是近陆浅海。人民海军初建的时候，这近在咫尺的海区，也曾经是遥远的、难以到达的地方。那是什么时候？啊，离现在已经三十年了。海军，没有军舰，只有为数不多的江防炮艇，比小木划子大不了多少，排水量25吨，在大海里真如一叶苇舟。穿着陆军服的新中国第一批水兵，开着这样的炮艇，第一次冲出长江口，来到海上；又是用这样的炮艇，第一次"远航"到达舟山；第一次在海上作战，小艇打大舰，取得胜利……眼下，这里集结着一支庞大编队，有几千吨的军舰，万吨级的船舶。这都是从那个"25吨"，从那个"第一次"开始的。

夕照余晖已尽，暮色苍茫。

一艘艘军舰舷窗的灯光熄灭了，只有桅灯、锚灯还亮着。

指挥舱室里灯光明亮。会议结束了，人们还不舍得离去。

刘道生环视在座的副指挥员杨国宇、高希曾、聂奎聚、田震环，参谋长张序三……他们无一不在海上骑风跨浪三十年，在海里淹过水，也在海里打过胜仗。舰长们也多是穿着黄军装，打着绑腿，背着背包走上军舰甲板的。当初，甚至不知道海有潮汐涨落，惊呼水到哪去了？曾几何时，他们在缴获来的日本造军舰、英国造军舰、美国造军舰上学会了在海上生活、战斗，后来又驾驶从苏联购买的军舰，最后驾驶中国自己造的军舰。他们戏称自己是"万国海军学校"的毕业生。

此刻，刘道生和将军们、舰长们，几乎不约而同地想起一个指引他们来到海上的人——毛泽东！

刘道生感慨地说："这次任务，是毛主席生前确定的，也是他早已盼望的。

海军能有今天，由没有军舰到拥有舰队，由不能出海到航向大洋，毛主席费了几多心血!”

月亮升起来了，正是十五不圆十六圆的日子，天上星稀月朗，海面浮光跃金。刘道生却想到晦雨阴霾。他记起1963年“跃进”号万吨轮沉没的事故。那年，新中国制造的第一艘万吨轮“跃进”号满载大豆、玉米，第一次从青岛航往日本，中途在苏岩触礁，船底被剖开10多米长的口子，不幸沉没。

周边国家，全世界都十分关注，声明他们没有武装力量活动在事故发生的地区。这事故震动了毛泽东。周恩来亲自主持事故调查作业。从航海角度看，那次教训主要是计划航线离苏岩太近，对于海风、海雾、海流引起船只偏航的估计不足。

慎重初战，毛泽东一贯如此要求啊！刘道生急步来到海图作业室，他不知多少次来过这里了，航海业务长摊开了航线总图，其实，他不用细看，航线早已刻在了心上。站在海图前，他心驰神往地航行海上：编队出东海，过琉球群岛，进入太平洋，直转南下，经菲律宾海峡，穿加罗林群岛，跨越赤道，进入南太平洋，到达预定海区。整个航程，可以说是“八千里路云和月”。每一海里，每一链距离，都用两脚规、平行尺以及老战士的锐利目光反复度量过了，还有什么不放心的呢？作为一个指挥员，不怕问题如山，但怕想不起有什么有待解决的难题，怕没有预见。航路前途会有什么风波呢？沧海桑田，暗礁，浅滩会突然伸出头来，沉船更是时有发生，这都是预伏的隐患。至于人为的破坏，更不能不防。一条理想的航线，不但要考虑海洋自然条件，还要照顾各国的政治情况。航海业务长提出过几个预案，进行过无数次计算、比较，就在落定航海总图时，他在最新海图上发现预定航线附近有一块淹没在水下5.4米的暗礁，于是，重新审视整个海区，搜索每一个隐患，再定航线，使大队舰船远离所有暗礁。尽管如此，刘道生还是叮咛说：“现在虽不是台风季节，但台风的成因、条件存在，要着眼于变化、发展，密切注意太平洋上的气象变化，要做好防台风准备，拟制防台风航线。”

4月28日、5月1日，18艘舰船分三个波次陆续起航，第一波：“向阳红10”号、远洋拖船“T710”于4月28日由舟山东亭山洋面起航；第二波：导弹驱逐舰“132”“131”“162”“向阳红5号”“远望2号”“J302”“T830”“X615”

于5月1日10时由东亭山洋面起航;第三波:导弹驱逐舰“107”“106”“108”“远望1号”“J506”“T154”“X950”“德跃”轮于5月1日14时自舟山东亭山起航，保持无线电静默，隐蔽航行。5月2日过琉球群岛，从日本宫古岛以东过宫古海峡，直转南下，经过菲律宾海峡，从美国托管的雅浦岛以西，穿罗加林群岛，跨越赤道到达南太平洋，驶过几内亚的圣马提阿斯，抵达预定海区的任务展开点。把用来封锁中国的所谓“第一岛链”远远抛在身后。

编队航行大洋上，寰宇澄清，大水浮天，浩渺无极。

5月6日，天空中出现大风征兆，为了避免热带低气压的影响，编队进入预定防台航线，折向西行。

果然，台风接踵而至，横扫过来，但已落在殿后舰的尾后了。

台风过后，大洋平静安详。刘道生却为这平静而不安。太平洋不太平，为和平的航行，需要战斗的航线。

同刘道生并肩站在指挥台上的杨国宇，同他一样，经历过长征。张序三，也曾经过解放战争炮火的锻炼，也曾在苏联波罗的海之滨的海军学院学习。刘道生和他们交换了一下眼色，无需言语，共同做了决定，依编队党委确定的预案，发布命令:编队成战斗队形前进!

军旗在头顶“啪啪”作响，战斗信号旗升上了桅顶，各舰相继转向，变换队形，进入战斗航线。

从5月2日，日本飞机飞临编队上空侦察起，美国、澳大利亚、新西兰等国家紧急调整侦察部署，派出飞机、舰船跟踪监视，对火箭发射进行侦测。天上的客人已有94批次，103架飞机了;海上有不少于12艘外国潜艇、军舰、侦察船迫近编队。台湾也派出了侦察船只。

“大路朝天，各走一边。”编队威风凛凛，按自己航线前进。

5月8日，卫星导航仪的显示屏上，纬度显示“000”——赤道，地球的南北分界线!

时值正午，骄阳当顶，海天一色。舰艏冲激起波浪，向两舷展开，一层一层，一浪一浪，向远方扩展，越扩越远。

“呜——”一声汽笛长鸣，“呜——”又一声汽笛响起，彼呼此应。霎时，整个编队，汽笛齐鸣，在海洋上回旋激荡。水兵们以自己特有的方式，宣告跨越赤道，来到了地球的另一面。

一个水兵灵机一动，脱下自己的鞋子，丢下赤道海洋，欢快地宣布说："我的脚印，永远留在赤道上！"

在航海日志上，郑重记下这一有历史意义的时刻："1980 年 5 月 8 日 12 时，我舰跨越赤道。"

大洋之上，已久违了从中国本土远航的舰艇编队。

自 15 世纪郑和宝船舰队下"西洋"以来，五百年过去了，中国水面舰队又第一次跨出岛链，第一次越过赤道，中途不停靠任何国家港口，全凭自己实行海上油水补给，而且是执行如此敏感的任务，无怪乎全世界都瞪大了眼睛注视这里。

5 月 9 日，新华社受权发布公告，宣布中华人民共和国将由中国本土向太平洋以南纬 7 度 0 分、东经 171 度 33 分为中心，半径 70 海里圆形海域范围内的公海上，进行发射运载火箭试验。

世人的注意已由猜测转为关切。为此兴奋者有之，表示反对的也不乏其人。

中国编队继续前进。

赤道附近的洋面，看似波平如镜，不起浪花，如山的大涌却把大海连底儿一起晃动了。入夜，海色更浓更暗，天空显得更高更蓝。

"北斗七星高，将军夜挎刀。"在大洋上，刘道生似乎又听到了那首从家乡飞出，唱遍了神州大地的歌：

天上太阳红彤彤哟，
中国出了个毛泽东！

毛泽东，导航的星光，引路的明灯。

湖南东部崇山峻岭间，有一个小小的边界县城——茶陵。

静静的洣水河，从城边流过，河滩上横卧着一条铜牛，相传是天外飞来神物。每逢天旱枯水季节，县太爷总要带领乡绅，举行祭礼，用茶水淋在铜牛身上，祈求风调雨顺。小河流过几百、几千年，生活就像这河水，打不起漂漂，激不起浪花。

刘道生从这茶陵的高山深峒、穷乡僻壤走向海洋。以前，他不曾知道有西点军校、纳希莫夫海军学校或皇家海军学校，他自有传统，是经“山地大学”深造出来的。

1927年10月，井冈山传来消息，毛委员带领秋收暴动的队伍上了山，占了宁冈、永新、莲花，已经到了茶陵边上。11月，天还不冷，四山还是绿的，茶子树打了骨朵，快要开花了。工农革命军打开茶陵。崇山峻岭间，升起了苏维埃旗帜。这红旗把少年的刘道生引向革命。

几十年征战，中国解放了，没容稍息，毛泽东一声召唤，刘道生穿着陆军服，只在帽子上缀个带铁锚的军徽，便在海上开始新的征战。1952年毛泽东来到北京城的海军司令部，他看到的海军就是这样的装束。刘道生向他说：“北京老百姓叫我们是‘候补海军’！”毛泽东笑了，说道：“这称呼很恰当嘛。不过，要不了多久，会变成正式海军的。”

毛泽东的期望没有落空，今天，我们来到了大洋。

中国编队的出现，使这一片荒漠的海区，变得像闹市通衢一样。每日晨昏，总有几个国家的飞机定时飞临顶空作例行观察。还有无数看不见的电波，各种遥测装置，都盯着这一海区，对准我们每艘舰船。

随着火箭发射日期临近，“好奇者”越来越多：特别是澳大利亚驱逐舰“吸血鬼”号、教练舰“贾维斯湾”号，新西兰测量船“莫洛韦”号，一直迫近中国火箭回落区活动。

5月17日，苍烟锁海，云涛翻滚，涌如连山，乌云重合，天色不开，阵雨不时倾盆直泻。而明天，就是预定发射火箭的日子，多么需要一个晴朗的天气啊！

气象分队的同志们紧张地观天测海，对卫星云图进行认真的分析、研究，他们判断南太平洋的副热带高压将逐渐加强，试验海区的云带可能减弱，转向西南方面移动，明天将是一个晴天。然而，现在，头顶上副热带高压还没有明显加强，空中的漩涡云带移动缓慢，明天真能放晴吗？如果预报不准确，天气很坏，火箭飞来时，观测不清楚，溅落的数据舱不能及时打捞回来，将造成不可弥补的损失。而推迟火箭发射，错过良好时机，又会造成多么严重的影响！箭在弦上，令人心焦。气象战士潜心研究，关注每一度气温的升降，每一片云彩的变化。然而，急切盼望胜利，会使人们作出一厢情愿的预报。而过重的负担，则更可能动摇人们对天气变化的准确判断。

根据详尽的数据，周密的分析，辩证的判断，气象分队作出最后预报。刘道生在“气象良好，可以发射”的预报上签字，同意发出。

一切工作在加紧进行。测量船，要准备在恶劣气象条件下准确测试；直升机，要准备在恶劣气象条件下出动；潜水员，要准备在恶劣气象条件下打捞；军舰，要准备在恶劣气象条件下确保落区不发生意外……人们希望一切顺利，却从最坏处着手去夺取胜利。

5 月 18 日，彻夜不眠的气象员，终于迎来了充满希望的黎明。

洒来一阵轻轻的细雨，一下子又把人们的心吊了起来。不一会儿，天上的流云散尽了，星星露出脸来，随后又在看不见的晨曦中，隐没了自己的亮光。凉风习习，海色更浓更暗。一转眼，飘浮的云朵由灰呈白，海水也由黯转青。水天相接处，变幻不定的云彩镀上了金光，色彩斑斓。忽然，一团亮点，带着耀眼夺目的光华，膨胀升腾，让人不敢逼视。水线清晰了，天水分明。青色的海平面向下沉降，红焰腾起，太阳从波摇水颤中弹射、蹦跳而出。好一个响晴天啊！

刘道生发出命令：各舰加强巡逻警戒，确保火箭落区海宴波平。

恶意的眼睛正盯紧着这一海区，也有并无恶意、却充满好奇的舰船、飞机加速向这里靠拢。

几天来，一直紧傍着中国 108 号导弹驱逐舰航行的新西兰“莫洛韦号”几次试图驶进试验海区。

108 号舰舰长刘子庚命令向来舰发出信号：“请不要驶入我舰作业区。”

刘子庚是新中国第一代导弹驱逐舰舰长。1951 年，他带着河南山区少年的憨气，带着经过南下行军作战锻炼的稳重，带着中南军区第九通信学校的毕业证书，来到华东军区海军第六舰队。

刘子庚放下背包，端起脸盆到海边去洗衣服。

舰长喊道：“你干什么去？”

“洗衣服。”

“到哪里去洗哟？”

他用手指了指满处是水的大海：

舰长摇摇头说："那是能洗衣服的吗？"

刘子庚不知道海水是咸的。

刚才他从军舰下来的时候，舷梯通到码头上，舰舷像一座崖壁，高出码头许多。当他返身准备上舰的时候，舷梯反过来了，军舰跌落在码头下面，他战战兢兢走在舷梯上，像落向深山坳里。

刘子庚这才惊骇地发现海有潮汐涨落。

刘子庚深感自己无知，他拜由国民党海军起义的舰长为师，当一个每事问的小徒弟。

朝鲜，正战火纷飞，十六国组成联合国军向鸭绿江推进，美国第七舰队在台湾海峡游弋，国民党海军军舰在长江口肆虐，进行封锁。国民党政府宣布："自闽江口北，东经 119 度 40 分，北纬 26 度 15 分之点起，往北至辽河口，东经 122 度 20 分、北纬 40 度 30 分止"，"严禁一切外籍船舶驶入"。后来更扩大了封锁范围。国民党《中央日报》叫嚷："关闭匪区港口，断绝航运，摧毁匪区经济。"对于人民海军舰艇，则"不等他们出海就统统消灭掉"。

封锁造成极大的困难。华东军政委员会副主席马寅初当时在上海发表的广播讲话中说：由于封锁，"百货业有了东西卖不出去，机械业几乎濒于停顿，纺织业的成本超过了卖价，粮价上涨，其余物价也跟着上涨……

为了打破封锁，剿灭海匪，刘子庚揣着密码本，今天随"洛阳"舰出海，明天又随"长沙"舰出击。在万国造的军舰上，刘子庚学会了航海、打仗，成了不出国的"留洋学生"。

瑞雪飘飘，漫天飞白，在长江上，刘子庚有幸和毛泽东一起航行，面聆建设强大海军的谆谆嘱咐。又经过几多寒暑，1970 年，刘子庚成了中国自行设计、建造的"051"型导弹驱逐舰首舰首任舰长。

108 号舰，是刘子庚和水兵们，同造船工人一道赶制出来的，原本是作为替补的备份舰，但"精诚所至，金石为开"，他们硬是争取到参加太平洋航行。

刘子庚密切注视"莫洛韦"号的反应。

"我有权在公海自由航行。"回答颇不友好。

"莫洛韦"号突然转向，插到 108 舰左前方，随即升起信号："我舰机械故障，失去机动能力。”

按照国际航行避碰规定，必须避让左舷船只。“莫洛韦”号想利用这一规定，趁108号舰规避的空隙，插入试验区。

刘子庚眼明手快，果断地下达舵令，从“莫洛韦”号右舷掠过，保持在原定航线上，阻挡住它的插入。

刘子庚命令：“再发信号。”他字斟句酌地口授：“中、新两国人民是友好的，为了你船安全，请不要驶入我舰作业区。”

善意被理解了，“莫洛韦”号放下橡皮艇，送来了他们的船徽、船史资料和一顶红白相间的船员帽，表示友好，并提出要求：“可否允许我船船长访问贵舰?”

火箭即将发射，整个编队实行无线电静默，中止一切电讯联络，无法请示编队指挥部，只能由108号舰自行决定。

时间一分一秒地过去了，“莫洛韦”号变得焦躁起来，多次试图向试验区里航行。108号舰如果实行堵截，稍一不慎，就会引起碰撞，影响完成警戒任务。

刘子庚认为邀请“莫洛韦”号客人上舰是唯一可行的选择。在火箭发射时，万一发生纠纷，也便于当面磋商。

一艘军舰自行邀请外国人访问，从无先例。

刘子庚在思索，在犹豫：浩劫刚过，一顶“里通外国”的帽子，打倒了功勋卓著的元帅、将军，“崇洋媚外”的骂声，更难以分辩，“无组织无纪律”的指责，又岂好消受?

但是，作为军人，完成任务是自己的天职；作为舰长，在海洋上应当独立作出明智的决定。

刘子庚断然说：“我作为舰长，决定邀请‘莫洛韦’号船长上舰做客。一切责任由我承担。”多数党委成员同意这一决定。

“莫洛韦”号客人来到108号舰，宾主举杯，共祝和平。

与此同时，106号导弹驱逐舰也与澳大利亚“贾维斯湾”号教练舰进行了友好的交往。

当108号舰欢宴新西兰客人的时候，从中国本土发射的远程运载火箭，横跨南北半球，飞越 6 个时区，如同“火凤凰”挟九天风雷，倏忽闪电，飞临上空。10 时 30 分，准确溅落预定水域，数据舱也随之降落大洋之中，释放出染色剂，把海水染成绿茵一片，格外醒目。

3 分钟内，海军航空兵的舰载直升机发现了数据舱，负责打捞的“172”号舰载直升机向数据舱方向迅速飞去。

乌云滚滚，大雨阵阵，飞行员郭文才果断降低飞行高度，稳稳地把飞机悬停在离海面 30 米的高度上。

早在舱门待命的潜水员刘志友顺着绳梯下到海面。

飞机的旋翼，在数据舱周围海面掀起了八级风浪。刘志友奋力向数据舱游去，他一心想着捞起数据舱。完全忘记了投放防鲨剂。他扑向数据舱，手脚并用，紧紧抱住，迅速挂上吊钩。直升机将他们吊起。全部过程 5 分 20 秒！

急急赶来的一架美国飞机，望着中国飞机冉冉飞向指挥舰，只得低掠海面，舀起一桶被中国人染绿了的海水，匆匆离去。

……

1980 年 6 月 1 日、2 日，编队凯旋上海。

中国人民海军从此迈出国门，走向大洋。外国新闻媒体报道说：中国海军正在成为蓝色海军。国际上把在大洋活动的海军称作蓝色海军。中国海军跨出了重要的一步。

刘道生、刘子庚，还有更多的海军将领、舰长、水兵、飞行员，都和毛泽东有过亲切交往，受到他的决定性的影响。

“深山曾虎啸，入海又龙吟。”当年，他们听从毛泽东召唤，走向革命，今天，继续解缆远航。

中国舰队，航遍全球海洋。

中国舰队，正在亚丁湾守护海上航行的自由、安全。

2013 年 7 月 31 日修订

图书在版编目（CIP）数据

知向谁边：毛泽东与中国海军 / 杨肇林 著. -- 北京：作家出版社，2013. 11

ISBN 978-7-5063-7175-9

Ⅰ. ①知… Ⅱ. ①杨… Ⅲ. ①纪实文学－中国－当代 Ⅳ. ①I25

中国版本图书馆CIP数据核字（2013）第269427号

知向谁边——毛泽东与中国海军

作　　者：杨肇林

责任编辑：史佳丽

装帧设计：曹全弘

出版发行：作家出版社

社　　址：北京农展馆南里10号　　　**邮　　编：**100125

电话传真：86-10-65930756（出版发行部）

86-10-65004079（总编室）

86-10-65015116（邮购部）

E-mail:zuojia@zuojia.net.cn

http://www.haozuojia.com（作家在线）

印　　刷：三河市紫恒印装有限公司

成品尺寸：170×240

字　　数：300千

印　　张：20

版　　次：2013年12月第1版

印　　次：2013年12月第1次印刷

ISBN 978-7-5063-7175-9

定　　价：35.00元
